LUCY MONROE

VIDAS SECRETAS

PASIÓN SICILIANA

LIBRES DEL PASADO

Editado por Harlequin Ibérica.
Una división de HarperCollins Ibérica, S.A.
Núñez de Balboa, 56
28001 Madrid

© 2017 Harlequin Ibérica, una división de HarperCollins Ibérica, S.A.
N.º 4 - 11.10.17

© 2003 Lucy Monroe
Vidas secretas
Título original: The Billionaire's Pregnant Mistress

© 2004 Lucy Monroe
Pasión siciliana
Título original: Pregnancy of Passion

© 2005 Lucy Monroe
Libres del pasado
Título original: The Greek's Innocent Virgin
Publicadas originalmente por Mills & Boon®, Ltd., Londres
Estos títulos fueron publicados originalmente en español en 2004, 2005 y 2005

Todos los derechos están reservados incluidos los de reproducción, total o parcial. Esta edición ha sido publicada con autorización de Harlequin Books S.A.
Esta es una obra de ficción. Nombres, caracteres, lugares, y situaciones son producto de la imaginación del autor o son utilizados ficticiamente, y cualquier parecido con personas, vivas o muertas, establecimientos de negocios (comerciales), hechos o situaciones son pura coincidencia.
® Harlequin, HQN y logotipo Harlequin son marcas registradas por Harlequin Enterprises Limited.
® y ™ son marcas registradas por Harlequin Enterprises Limited y sus filiales, utilizadas con licencia. Las marcas que lleven ® están registradas en la Oficina Española de Patentes y Marcas y en otros países.
Imagen de cubierta utilizada con permiso de Dreamstime.com.

I.S.B.N.: 978-84-687-9990-2
Depósito legal: M-17411-2017

ÍNDICE

Vidas secretas 7

Pasión siciliana 137

Libres del pasado 279

VIDAS SECRETAS

LUCY MONROE

Prólogo

Alexandra Dupree apoyó la frente contra el borde del lavabo rogando que se le pasasen las náuseas matinales que sentía por tercera vez durante tres días consecutivos. Respiró trabajosamente y luego intentó enderezarse. Tuvo una leve sensación de repugnancia en el estómago, pero logró controlarla. Tenía que hacer algo todavía más desagradable que aquello: el test de embarazo.

Dimitri siempre había insistido en usar preservativos, así que ella no le dio importancia al retraso de su regla hasta que, tres días atrás, se despertó con ganas de vomitar. Al principio pensó que tenía la gripe, segura de que no estaba embarazada, ya que, a pesar de que el preservativo se les había roto hacía un mes, había tenido el período de forma normal una semana más tarde.

Seguía sin comprender cómo podía ser aquello posible, pero tenía todos los síntomas: los pechos doloridos, el constante cansancio, las lágrimas que había derramado cuando Dimitri le dijo que tenía que ir a Grecia y ausentarse del apartamento de París durante varios días.... Ella no lloraba nunca.

Siguió las instrucciones del test de embarazo. Diez minutos más tarde sintió que le daba un vahído al ver la línea azul que confirmaba que llevaba en su vientre un vástago de Dimitrius Petronides.

***

Dimitri apretó los puños para controlar su frustración.

–Ya es hora, hombre. Tienes treinta años, ¿no? Necesitas una esposa, unos niños, un hogar –el anciano inclinó la cabeza cana con altanería y le lanzó a Dimitri una mirada que indicaba que se mantendría firme en sus trece.

–Todavía no estoy senil, abuelo –sonrió Dimitri. No quería discutir con su abuelo, que había sufrido un ataque al corazón hacía cinco días.

–No intentes conquistarme con tu simpatía –resopló el hombre que se había ocupado de criar a Dimitri y a su hermano desde que estos perdiesen a sus padres–. Ya sabes que no me afecta. Eres mi heredero y quiero irme a la tumba sabiendo que cumplirás con tu obligación con el apellido Petronides.

–No te vas a morir –dijo Dimitri, con el corazón oprimido.

–¿Qué sabemos nosotros? –se encogió de hombros su abuelo–. Ya estoy viejo, Dimitrius. Mi corazón no es tan fuerte como antes. ¿Sería demasiado pedirte que te casases con Phoebe ahora? ¿Para qué retrasarlo? Es una joven encantadora. Será una perfecta esposa griega. Te dará descendencia Petronides –agitado, cerró los ojos, sin fuerzas tras el corto discurso.

Dimitri lo miró impotente. Los médicos que atendían a su abuelo querían que se sometiese a una operación de corazón, pero él se había negado en redondo.

–¿Por qué no quieres que te hagan el by-pass que recomienda tu médico?

–¿Por qué no quieres casarte? –replicó el anciano–. Quizá, si tuviese la ilusión de unos nietos, valdría la pena pasar por el dolor de una operación tan seria.

–¿Quieres decir que no te operarás si no me caso con Phoebe Leonides? –preguntó Dimitri, poniéndose pálido.

Los profundos ojos azul oscuro se abrieron para mirar fijamente a Dimitri con toda la obstinación de la que podía ser capaz un Petronides.

–Exactamente –dijo el abuelo.

Capítulo 1

Alexandra se alisó nerviosamente el plano vientre cubierto por el top que se abrochaba en la nuca y le dejaba la espalda al descubierto.

La agradable temperatura de finales de primavera le había permitido ponerse la sensual prenda para levantar un poco su hundida moral. De perfil, se miró en el espejo de cuerpo entero de su dormitorio. Su esbelto cuerpo enfundado en los ajustados pantalones de seda color champán y el top parecía no haber cambiado desde que él se marchase a Grecia.

Quizá saber que estaba embarazada de Dimitri se le notase en los temerosos ojos color dorado que las lentillas convertían en verdes, pero todavía no le había afectado la silueta. Se colocó la cadena de oro que le colgaba de las caderas y múltiples brazaletes tintinearon con su movimiento. Luego se retiró nerviosamente un mechón de cabello del rostro.

Su larga melena, que expertos profesionales habían rizado y teñido en distintos tonos de rubio, parecía brillar como el sol cuando se la dejaba suelta, y era el sello de Xandra Fortune. Pero ahora no se sentía como Xandra, la popular modelo y amante del magnate griego Dimitrius Petronides. Sentía que era Alexandra Dupree, la descendiente de una rancia familia de Nueva Orleans, educada en un colegio de monjas, horrorizada al pensar que estaba soltera y embarazada de su novio.

—Estás hermosa, *pethi mou*.

Alexandra se dio la vuelta. Dimitri se hallaba en el vano de la puerta con los llamativos ojos azules relucientes de admiración. Por un segundo, ella se olvidó de su estado, se olvidó de todo menos de lo mucho que había echado de menos a aquel hombre durante las últimas tres semanas.

—¡*Mon cher*, el tiempo parecía no pasar nunca cuando te marchaste! —exclamó, atravesando la habitación para apretarse contra su pecho.

Los fuertes brazos la apretaron en un convulso movimiento mientras el cuerpo masculino mantuvo una extraña rigidez.

—Solo ha pasado un mes y has estado ocupada con tu trabajo. No puedes haberme extrañado tanto.

Sus palabras le recordaron a ella lo mucho que a él le había molestado que se negase a dejar su profesión de modelo cuando se hicieron novios, pero ella no había querido ser la mantenida de nadie. Además, no habría podido hacerlo aunque hubiese querido: necesitaba el dinero que ganaba para ayudar a una familia cuya existencia él desconocía.

—Te equivocas. Por mucho que trabaje, te sigo extrañando. Un día. Una semana. Un mes. Todos me causan pena —le molestaba sentirse vulnerable. ¿Dónde había ido a parar la impertérrita elegancia y sofisticación que habían conquistado a Dimitri?

La primera grieta había aparecido cuando él se despidió de ella para ir a Grecia y ella había llorado. Después de dos semanas y media de vómitos al levantarse, un test de embarazo que había dado positivo y la reacción horrorizada de su madre ante la noticia, el personaje de Xandra Fortune estaba en decidido peligro de extinción.

***

Dimitri intentó mantener la compostura, algo que le costaba trabajo hacer cuando se encontraba con ella. Era una Xandra desconocida para él: muy apegada, casi vulnerable. Pero sabía que no podía ser verdad. Hacía un año que, a pesar de que ella compartía su cuerpo con una generosidad que lo emocionaba, no le había entregado su corazón y había partes de la vida de ella que desconocía totalmente. Su relación era moderna y libre de compromisos a largo plazo, algo que ella le había indicado a él con su comportamiento. En aquel momento, apretó su cuerpo contra el de él de forma provocativa y él rio.

–Lo que quieres decir es que lo que has echado de menos ha sido mi compañía en la cama, ¿verdad?

Aquel era el único sitio donde él estaba convencido de que ella lo necesitaba, ya que se negaba a que él la mantuviese y le demostraba con sus actos que prefería estar a veces separada de él a tener que dejar su carrera. Ninguna de estas cosas, sin embargo, le simplificaba la tarea de decirle lo que le tenía que decir. En realidad, estaba seguro de que le resultaría más difícil a él hablar que a ella oír lo que tenía que decirle. A aquella mujer sofisticada le molestaría tanto como a él que se pusiese sentimental al despedirse de ella.

Xandra alargó los brazos y le rodeó con ellos el cuello, acariciándole el cabello de la nuca.

–Te he echado en falta, Dimitri. No tiene gracia cocinar para mí sola. Tampoco me gustó demasiado el Abierto de Francia sin tenerte a mi lado protestando cuando tu tenista favorito cometió una doble falta a punto de ganar.

Él frunció el ceño al recordar el partido. Ella le sonrió y su mirada le hizo pensar que tenía que darle la noticia antes de que fuese demasiado tarde. Su cuerpo ya había reaccionado ante el contacto femenino.

–Tengo que darte una noticia.

−¿No puede esperar, *mon cher*? –preguntó Xandra, preocupada por su tono.

Él intentó que lo soltase, pero ella se sujetó a su cuello con inusitada fuerza.

−Tenemos que hablar ahora –dijo él, tomándola de las muñecas.

Alexandra no quería hablar. No estaba lista para darle la noticia. Él la había seducido desde el primer momento y ella le había entregado su corazón, su cuerpo y su fidelidad como si hubiese sido su esposa. Pero no era su esposa, y no sabía cuál sería la reacción de él al enterarse de su embarazo.

−No –dijo, y movida más por el miedo que por el deseo, apretó sus caderas contra las de él–. No quiero hablar –sus pechos, libres de sujetador, rozaron la blanca camisa masculina a través de la fina seda del top–. Primero, esto.

−Xandra, no.

Soltando las manos de ella de su nuca, cometió el error de no sujetárselas.

−Dimitri, sí –dijo ella, metiéndolas por debajo de la chaqueta de él.

Él la miró, furioso, pero no le impidió que se la quitase y la dejase caer al suelo.

−Te deseo, Dimitri –sonrió ella, que necesitaba asegurarse de que eran dos mitades de un todo antes de poder hablarle del bebé que llevaba en su vientre y de quién y qué era ella en realidad–, podemos hablar más tarde.

Él la tomó por la cintura y la levantó hasta que sus labios se encontraron.

−Que Dios me perdone, pero yo también te deseo.

Hubo algo en su tono que ella no comprendió, pero sus cálidos labios le despertaron tal pasión que no pudo pensar en ello demasiado. Le tironeó de la corbata mientras él le desabrochaba rápidamente el top. Desabotonaron juntos la blanca camisa y ambas prendas cayeron juntas sobre la gruesa alfombra mientras sus labios permanecían unidos. Él la estrechó contra sí y los rígidos pezones femeninos rozaron el cálido pecho, haciéndola gemir de deseo.

–No deberíamos estar haciendo esto –dijo Dimitri, pero ella no pudo responder conscientemente a sus palabras, tan sumida se hallaba en las emociones que le despertaba el roce de su piel tras un mes de separación. Él parecía estar igual de afectado, ya que sus brazos la apretaron hasta casi quitarle el aliento.

Segundos más tarde se hallaban en la cama, desprovistos del resto de su ropa, las manos recorriendo con ansia rincones ocultos, las bocas devorándose mutuamente. Los gritos masculinos de placer se unieron a los de ella cuando llegaron al clímax juntos con una rapidez que nunca habían experimentado antes y que los dejó exánimes.

Alexandra apoyó su mano sobre el corazón de Dimitri. Todavía latía con el acelerado pulso de la pasión reciente.

–Un corazón fuerte –murmuró–. Un hombre fuerte –¿se volvería aquella fuerza en contra de ella al enterarse de lo que tenía que decirle?

Dimitri se envaró, como si tuviese una premonición de lo que estaba por venir. Se apartó y se levantó de la cama.

–Necesito una ducha.

Ella se quedó mirando al sexy gigante junto a su cama. Podía sentir la tensión emanando del cuerpo masculino.

–Voy contigo.

–Quédate aquí –dijo él, negando con la cabeza–. Enseguida vengo.

—De acuerdo –dijo ella. Aunque con el corazón oprimido por su rechazo, aceptó de buena gana otra excusa para retrasar la noticia que tenía que darle.

A los quince minutos, él salió del cuarto de baño vestido con su habitual elegancia.

—¿Tienes una reunión? –le preguntó ella al ver que él había elegido otro de sus trajes a medida en vez de un atuendo más cómodo.

La seriedad esculpió una máscara en el atractivo rostro varonil.

—Xandra, tengo algo que decirte.

—¿Qué? –preguntó ella, sentándose en la cama y cubriéndose con la sábana de la mirada azul que la había subyugado desde que se conocieron.

—Me caso.

—¿Ma... matrimonio?

—Sí –dijo él, los puños apretados a los lados, el cuerpo envarado con una tensión que ella no pudo ignorar más.

—Si esto es una declaración de matrimonio –dijo ella, incrédula. ¿Estaría bromeando?–. Se te da muy mal hacerlo.

—No seas ridícula –dijo él, con una mueca–. Eres una mujer dedicada a su profesión –hizo un violento gesto con el brazo–. Una mujer con tus ambiciones no sería la esposa adecuada para el heredero del imperio Petronides.

Un gélido estremecimiento la recorrió de la cabeza a los pies.

—¿A qué te refieres?

—Me caso y, como es lógico, nuestra relación tiene que acabar –anunció, pálido.

—Me dijiste que no saldrías con otras mujeres mientras compartieses la cama conmigo. Dijiste que podía confiar en ti –dijo ella, sintiéndose utilizada, sucia.

—No me he acostado con nadie más –declaró él con un suspiro.

–Entonces, ¿con quién te casas? –exclamó ella.

–No la conoces –volvió a suspirar él, pasándose la mano por el pelo–. Se llama Phoebe Leonides.

Griega. La otra era griega y probablemente educada para casarse con alguien con dinero y convertirse en la perfecta y sumisa esposa.

–¿Cuándo os conocisteis? –tenía que saberlo, aunque la pena la desgarrase.

–Desde que éramos niños. Es la hija de un amigo de la familia.

–¿La conoces de toda la vida y te acabas de dar cuenta de que la amas?

–El amor no tiene nada que ver con ello –dijo él con una risa cínica.

Nunca habían hablado de amor, pero ella quería a Dimitri con cada fibra de su ser y suponía que él también la amaba, aunque no en la misma medida, lo suficiente para hacer que resultase bien un matrimonio entre los dos ahora que estaba embarazada, pero estaba claro que él no creía en ese sentimiento.

–Si no amas a esa mujer, ¿por qué te casas con ella?

–Ha llegado el momento.

–Lo dices –tragó el nudo que tenía en la garganta–, como si siempre hubieses planeado hacerlo.

–Así es.

Una súbita debilidad hizo que ella se tambalease.

–¿Estás bien, *pethi mou*? –jurando en griego, la sujetó por los brazos.

¿Qué se creía? ¿Cómo iba a estar bien? Le acababa de decir que iba a casarse con otra, una mujer con la que siempre había pensado hacer su esposa. Durante un año la había utilizado a ella como a una prostituta.

–¡Suéltame! –masculló.

Él la soltó, ofendido, y Alexandra sintió deseos de abofetearlo.

—¿Me convertiste en tu fulana a sabiendas de que nuestra relación nunca pasaría del mero sexo? —preguntó, lanzando una mirada de rabia al rostro al que había amado por encima de cualquier otro durante catorce meses.

—No te convertí en mi fulana —dijo él, retrocediendo como si ella le hubiese dado una bofetada—. Eres mi amante.

—Examante.

—Examante —dijo él, con la mandíbula apretada.

—¿Por qué? —exclamó ella—. ¿Por qué acabas de hacer el amor, quiero decir... el sexo conmigo, entonces?

—No he podido evitarlo.

Lo creyó. A ella le había pasado lo mismo con él desde el principio. Era virgen a los veintidós años, pero su inocencia no había servido de barrera a los sentimientos que él encendió en ella.

Aunque sorprendido por su virginidad, no había desistido en su empeño de hacerla su amante. Tras dos meses de mantenerlo a raya, ella se le había entregado finalmente. Había sido fantástico. Él la había hecho sentirse mimada y había habido momentos durante el pasado año en que incluso había creído que la amaba.

—No puedo creer que quieras separarte de mí.

—Ha llegado la hora —dijo él nuevamente, como si ello lo explicase todo.

—¿La hora de desposar a la mujer con quien pensabas casarte todo el tiempo? —preguntó ella, que necesitaba que él se lo confirmase.

—Sí.

A pesar de la rabia que la invadía, sintió la vergüenza de estar desnuda. Había entregado su cuerpo sin inhibiciones a aquel hombre durante un año; doce meses durante los cuales él sabía todo el tiempo que se casaría con otra. Girando sobre sus talones, se dirigió al cuarto de baño y se puso el albornoz que colgaba tras la puerta. Cuando volvió al dormitorio, Dimitri se había ido. Recorrió todas las estancias, pero él la había dejado.

Se detuvo en medio del salón. La soledad del apartamento la oprimió de tal manera que cayó de rodillas, deshecha en lágrimas. Dimitri se había marchado.

Dimitri se apoyó contra la pared fuera del apartamento. Se había marchado con esfuerzo cuando Xandra entró al cuarto de baño. De lo contrario, jamás habría podido hacerlo. Resistió la tentación de volver a entrar y decir que todo era un error.

Pero no era un error. Si no se casaba con Phoebe, fallecería el anciano a quien amaba más que a su vida, más que a su felicidad personal. Su abuelo se mantenía firme en su ultimátum, sentado en una silla de ruedas, negándose a que lo operasen hasta que Dimitri fijase su fecha de boda.

Se dio un puñetazo con rabia en la palma de la mano. ¿Por qué habría mencionado ella el matrimonio si era algo que no le interesaba? De haber sido así, al menos una vez durante el año que estuvieron juntos, habría antepuesto su relación con él a su carrera. Pero no lo había hecho. Ni una vez.

Xandra se hallaba enfadada, herida en su orgullo femenino. Le había dolido enterarse de que él pensase casarse con otra desde el principio, pero Dimitri no podía creer que creyese seriamente que se casarían. Sin embargo, era obvio que ella suponía que él no tenía otros planes al respecto.

Más culpa se añadió al torbellino de emociones que lo sacudían.

No había sido su intención acostarse nuevamente con ella, pero había perdido el control en cuanto ella comenzó a seducirlo. A pesar de su mundana sofisticación, Xandra no era una amante agresiva. Era afectuosa y sensible, más sensible que cualquiera de las mujeres con las que él había estado, pero normalmente no tomaba la iniciativa. Y si lo hacía, era con total sutileza. Pero la forma en que acababa de hacerlo no tenía nada de sutil, lo cual había minado las defensas de Dimitri con la fuerza de un batallón de infantería.

Le había resultado más difícil todavía anunciarle su próxima boda. Con un esfuerzo, se apartó de la pared y se dirigió al ascensor. La única forma de separarse de ella era cortando por lo sano.

Alexandra esperó treinta y seis horas para llamar a Dimitri al móvil, convencida de que el hombre que amaba, el padre de su hijo, volvería a ella.

Pero él no volvió. Se sentía furiosa como nunca lo había estado en su vida, pero llevaba a su hijo en su vientre y tenía que decírselo antes de que él cometiese el error de casarse con otra. No quería pensar en lo que haría si el anuncio de su próxima paternidad no alteraba sus planes de boda.

El teléfono sonó tres veces antes de que él respondiese.

–¿Dígame?

–Soy Xandra –dijo ella y le respondió un enervante silencio–. Tenemos que hablar.

–No hay nada más que decir –respondió él tras una nueva pausa.

–Estás equivocado. Tengo algo que decirte.

–¿No podemos evitar este epílogo?

Ella contuvo el aliento para no gritar como una loca. Cerdo insensible.

–No. Tengo que hablar contigo. Me lo debes, Dimitri.

–De acuerdo –dijo él, tras un larguísimo silencio que acabó en un suspiro–. Te espero en el Chez Renée para comer.

–Bien –dijo ella, entre dientes.

Hubiese preferido la intimidad del apartamento para anunciarle su próxima paternidad, pero quizá fuese mejor que lo hiciese en un sitio público. «No se atreverá a asesinarme con tantos testigos», pensó con ironía.

Después de acordar la hora, Dimitri cortó la comunicación y se dio la vuelta para mirar por el ventanal de su gran despacho en Atenas. Se había marchado a su país a las pocas horas de romper. No se había atrevido a quedarse en Francia por temor a volver con ella, lo cual lo enfurecía.

La vida de su abuelo se hallaba en juego y Dimitri se negaba a que la obsesión por una mujer lo alejase de su propósito. Había aprendido la lección con sus padres. La obsesión de su progenitor por su madre había acabado con sus vidas tras años de una relación llena de altibajos. No podía permitir que su necesidad compulsiva por Xandra afectase a su abuelo de igual manera.

Había sido el primer hombre de su vida, pero con el carácter sensual que ella tenía, sabía que no sería el último. Incluso, a veces se había preguntado si ella no tendría otro hombre en su vida. Había partes de su vida que ella mantenía al margen de él. Hacía viajes al extranjero que nada tenían que ver con sus contratos de modelo, pero se negaba a hablar de ellos con él. Y por más que él se decía que era un tonto, que ella jamás flirteaba con otros hombres y que cuando volvían a hacer el amor se entregaba a él con ansia, Dimitri nunca había podido ahogar la sensación de que ella no le pertenecía del todo. Si no físicamente, al menos en lo referente a sus emociones.

Ello lo había llevado a creer que ella se tomaría la ruptura con fría sofisticación, del mismo modo que había tomado las frecuentes separaciones que les exigían sus respectivas profesiones. Le asaltó el recuerdo de la voz de ella, ahogada por las lágrimas, cuando la llamó desde Grecia para decirle que tardaría más de lo previsto en volver.

¿Y si se hubiese convencido de que lo amaba? Se estremeció al pensar en ello. El amor era la excusa que las mujeres utilizaban para sucumbir a su pasión. Supuestamente, su madre amaba a su padre, pero también había amado a su instructor de tenis y luego al esposo de una clienta y finalmente al profesor de esquí con quien se había marchado. Ella era el ejemplo de la forma en que las mujeres traicionaban en nombre del amor. Dimitri prefería el franco intercambio de deseo sexual a la insistencia en emociones efímeras que solo acababan causando dolor.

Pero Alexandra quería verlo una vez más. Había accedido porque ella tenía razón: se lo debía.

Habían pasado un año juntos y Xandra le había dado el regalo de su inocencia. Ella le había restado importancia en su momento, pero la educación tradicional griega de él hacía que considerase aquello una deuda que no tendría que haber sido saldada con el despiadado final de su relación.

Ni siquiera le había dado un regalo al separarse. Ella se merecía algo más. Había sido suya durante un año. Dimitri decidió asegurarse de que no le faltase de nada en el futuro.

Capítulo 2

Alexandra permaneció sentada mientras esperaba que se acercase Dimitri entre las pequeñas mesas del restaurante. Había optado por sentarse fuera con la esperanza de que el sol de finales de primavera alegrase un poco su encuentro. Las gafas oscuras de Dimitri ocultaban la expresión de sus ojos, pero la boca masculina se apretaba en una dura línea que no auguraba nada bueno cuando apartó una silla frente a ella y se sentó.

–Xandra.

Qué saludo más frío para la mujer con la que había compartido su vida durante el último año. Ella se envolvió en la máscara de sofisticación que le servía de escudo.

–Dimitri –respondió, inclinando la cabeza.

–¿Has pedido? –se quitó las gafas; sus ojos estaban inescrutables.

–Sí –respondió ella, dolida por su frialdad. Ni siquiera le había preguntado cómo estaba–. Un filete con ensalada.

–Bien. Supongo que tendrás tus motivos para insistir en que nos reunamos –dijo él, como si el fin de una relación de un año no fuese suficiente razón–. Hay algo que yo también olvidé hacer la última vez que nos vimos –hizo una mueca–. No salió como esperaba.

Ella creyó no poder sentir más dolor que el que ya la embargaba, pero se había equivocado. ¿No había salido como él esperaba? Había hecho el amor con pasión y luego la había dejado plantada. ¿Qué era lo que él no había esperado que sucediese?

—Hay algo que tienes que saber, algo que debo decirte antes de que tú...

Él arqueó las cejas y sacó un fajo de documentos de su maletín. Los puso sobre la mesa y luego depositó una pequeña caja sobre ellos, obviamente una joya. Su actitud parecía tan resuelta que ella perdió los estribos.

—¡No puedes casarte con ella! —exclamó—. No le importas. Si le importases no habría aceptado la vida que llevaste el año pasado.

—Te aseguro que no he divulgado el hecho de que viviese contigo —las burlonas cejas volvieron a arquearse.

Tenía razón, pensó ella, recibiendo sus palabras como un puñetazo en el estómago. Dimitri había tenido cuidado de mantener su relación al margen de los medios, una proeza, considerando que ella era una modelo relativamente conocida en Europa y él era un millonario. Pero aquellos mismos millones, unidos a su discreción, lo habían conseguido. Ella también prefería mantenerse al margen de las revistas del corazón, aunque por otros motivos.

Eran razones que la hacían mantener en secreto su identidad como Alexandra Dupree, responsabilidades que en muchas ocasiones la obligaban a trabajar en vez de quedarse con Dimitri, pero que no resultaban prioritarias ahora que estaba embarazada y él hablaba de casarse con otra mujer.

—¿La amas? —preguntó, porque necesitaba que él le dijese la verdad.

—El amor no viene al caso. Mira, Xandra, no te causes daño. Nuestra relación estaba destinada a acabarse. Quizá haya resultado antes de lo esperado por cualquiera de los dos, pero es imposible que te haya tomado por sorpresa.

Ella negó con la cabeza, incapaz de asimilar que él la imaginase un año creyendo que su relación se acabaría. Aunque tampoco había pensado en un futuro con él. En realidad, había pasado un año negándose a pensar en el futuro.

–Te amo –dijo, incapaz de contener sus palabras.

–¡Maldita sea, no intentes manipularme con eso ahora! –exclamó él con frialdad–. ¿Por qué no has mencionado ese gran amor en el último año?

–Tenía miedo...

–Eras más sincera entonces –dijo él con una hiriente risa sarcástica.

Por un lado, ella comprendió su incredulidad. Ella nunca había hablado de amor. Él no sabía de la existencia de su madre y Madeleine, ni de las necesidades económicas que la habían forzado a anteponer su carrera de modelo a la relación con él. Quizá nunca le habría hablado de amor si no se hubiese quedado embarazada, pero ahora había reevaluado su vida, y una gran parte de ella era su relación con él. Pero, a pesar de comprenderlo, le dolió su mordacidad.

–Me quieres, no intentes negarlo –le dijo–. No puedes negar estos doce meses. Hicimos el amor hace dos días.

–Reconozco que estuve mal. Dadas las circunstancias, tendría que haber evitado hacer el amor contigo. Pero ya te dije que no pude evitarlo.

No había reconocido quererla, pero al menos la encontraba irresistible. Seguro que eso significaba que sentía algo por ella.

–Si solo se hubiese tratado de sexo, podrías haberte acostado con cualquiera, incluyendo a tu prometida.

–Una joven griega seria no se entrega a un hombre antes de casarse.

–¿En qué me convierte eso? ¿En una fulana?

–No –dijo él, poniéndose tenso–. Tú eres una mujer independiente, dedicada a tu profesión. Yo te deseaba. Tú me deseabas. No nos hicimos promesas. Nunca mencioné el matrimonio y, reconócelo, tú lo sabías.

–¿Por qué iba a saberlo? –nunca se le habría ocurrido pensar que él planeaba casarse con alguien más–. Lo nuestro era increíblemente especial.

–Lo pasamos muy bien en la cama.

–No puedo creer que acabes de decir eso –dijo Alexandra y depositó sobre la mesa el vaso de vino que se llevaba a los labios. Le temblaban las manos.

–Es la verdad.

–Tu verdad.

–Mi verdad –repitió él, con un encogimiento de hombros.

–Pues bien, tengo una verdad que quiero compartir contigo también.

–¿Y qué verdad es esa? –le preguntó él con frialdad.

Alexandra nunca creyó que le resultaría tan difícil reunir el coraje para decirlo.

–Estoy embarazada –soltó, decidiendo que lo mejor era la sinceridad.

Durante varios segundos la expresión del rostro masculino no cambió, pero luego los ojos azules se llenaron de pena.

–Xandra, no te humilles de esta forma. No te dejaré sin una compensación.

¿Pensaba que ella estaba preocupada por su regalo de despedida? Le lanzó una mirada de furia a los documentos y la caja con la joya, deseando incinerarlos con los ojos.

–Es tu hijo, Dimitri.

–Siempre has sido franca y directa –dijo él, con un gemido–. No te rebajes a decir mentiras ahora. No creerás que ello cambiará las cosas, ¿verdad?

¿Pensaba que ella mentía? Antes era franca y ahora mentía. Se había tragado que ella era Xandra Fortune, la modelo huérfana francesa que el mundo conocía y ahora dudaba que ella estuviese embarazada. Le dieron ganas de reír histéricamente al pensar en la ironía de aquello.

—No miento —dijo con voz ahogada. Al ver la cínica sonrisa masculina, metió la mano en el bolso y sacó el test de embarazo—. Una línea azul significa positivo.

—¿Te atreves a mostrarme esto? —exclamó él, enfurecido, agarrándole la mano.

—Claro que me atrevo. No permitiré que cierres los ojos ante la realidad de tu bebé porque hayas decidido casarte con otra mujer.

—¿Me tomas por imbécil? Es imposible que el niño sea mío.

—El preservativo se rompió, ¿recuerdas?

—Pero luego te bajó la regla y no volvimos a hacer el amor hasta hace dos días —la presión en la muñeca femenina se intensificó, causándole dolor—. Dime que no estás embarazada. Dime que esto —le sacudió la mano—, es una broma.

—Me haces daño —susurró ella y ardientes lágrimas le nublaron la vista.

El fogonazo de un flash los iluminó una fracción de segundo y él la soltó disgustado. Ella vio con el rabillo del ojo que uno de los guardaespaldas de Dimitri corría tras el fotógrafo.

—No es mentira. Estoy embarazada.

—No es mío —dijo él, más furioso todavía.

Durante unos segundos, ella se quedó paralizada. ¿Cómo podía dudar que fuera hijo suyo? Ella nunca había tenido otro amante y él lo sabía.

—Sí que lo es.

—¿Quién es él? —gritó él, asustándola. Dimitri nunca perdía la compostura.

—No hay otro hombre. No sé cómo ha podido pasar, pero no hay nadie más.

—Había pensado en ser generoso, darte el apartamento. Creía

que te lo merecías, pero me niego a mantener a tu amante y a su hijo, no me tomes por tonto –levantó los documentos de la mesa, pero le tiró la caja–. Con esto te basta por los servicios prestados.

–¡No hay ningún otro hombre! –dijo ella, apartando la joya con furia. Presa del pánico, vio que él no la creía–. Haz las pruebas de paternidad.

–Desde luego que las haré si se te ocurre reclamar pensión alimenticia.

Alexandra tragó las náuseas que la asaltaron y se llevó un puño a la boca. Le causaba un dolor insoportable ver a su hijo brutalmente rechazado. Gimió.

–Tienes veinticuatro horas para desalojar el apartamento –dijo él, lanzándole una última mirada de enfado antes de girar sobre sus talones y marcharse.

Alexandra se paseó de un extremo del salón al otro. Había llamado al móvil de Dimitri al menos una docena de veces y siempre le había respondido el buzón de voz. Había dejado mensajes en su oficina de París, en la de Atenas, hasta le había dado un mensaje al ama de llaves de la casa de su abuelo. Todos decían lo mismo: «Por favor, llama».

Pero él no lo había hecho. Ella había pasado el día anterior debatiéndose entre el enfado y la pena y él no la había llamado. Tampoco lo había hecho durante la noche, en la que ella intentó infructuosamente dormir en aquella cama que resultaba demasiado grande para ella. Cada vez que cerraba los ojos la asaltaban imágenes de él: diciéndole que se casaba, mirándola con repulsión cuando ella le había dicho que estaba embarazada.

Era mediodía y se había pasado una hora llamando a todos los teléfonos que tenía de él, sin ningún resultado. No podía quedarse quieta, se sentía nerviosa y alterada. Un pensamiento le daba vueltas en la cabeza: Dimitri creía que ella tenía otro amante. ¿Qué tipo de confianza era aquella? Estaba claro que la consideraba una fulana.

Al oír la llave en la cerradura, dio un salto y corrió hacia la puerta, esperanzada. Había vuelto. Se había dado cuenta de lo tonto que había sido al pensar que ella podría hacer el amor a otro hombre que no fuese él. Abrió la puerta.

–Dim... –se interrumpió al ver que no era él–. ¿Se puede saber quién es? –exigió.

Un fornido hombre entró a la fuerza al apartamento, seguido de una mujer de aspecto eficiente y de otro hombre delgado.

–Soy la gerente de equipamiento del señor Petronides. Me encuentro aquí para supervisar el desalojo del piso.

Alexandra logró llegar al cuarto de baño antes de devolver lo poco que había desayunado.

Cuando salió, la morena, con una lista en una mano y un bolígrafo en la otra, dirigía a los dos hombres, que embalaban las cosas de Alexandra. La gerente de equipamiento señaló con el bolígrafo una figurita de Lladró que Dimitri le había comprado a Alexandra durante un viaje juntos a Barcelona.

El cachas tomó la estatuilla y la envolvió en papel antes de ponerla en una de las numerosas cajas que habían llevado con ellos. Alexandra se quedó petrificada mientras todas y cada una de las cosas que ella podría reclamar como suya corrían la misma suerte. Los tres últimos días habían resultado una pesadilla, pero aquello se llevaba la palma. Sintió que no podía soportarlo.

–¿La ha enviado para que me desaloje? –preguntó en un susurro apenas audible.

–Me ha enviado para que la ayude a mudarse, sí.

–¿Ha desahuciado usted a muchas de sus examantes? –preguntó Alexandra.

—Su relación con el señor Petronides no es de mi incumbencia, solo obedezco órdenes.

—Los criminales de guerra dicen lo mismo en su defensa.

Apretando los labios, la morena se apartó sin responder. Alexandra no insistió. En lugar de ello, se dirigió al dormitorio y comenzó a hacer las maletas. No quería que aquellos hombres tocasen su ropa. Bastante violada se sentía ya por su presencia y la forma en que recorrían su casa sacando sus cosas, eliminando todo rastro de su presencia.

Dos horas más tarde, con las maletas hechas, Alexandra se dirigió nuevamente al salón. Los dos hombres se disponían a sacar la ordenada pila de cajas que habían llenado con sus cosas. ¿Pensarían llevarlas a la entrada y dejarlas allí? ¿En la calle?

—¡Un momento! —exclamó Alexandra al ver al gordo inclinarse para agarrar una—. Algunas de las cosas que han guardado no me pertenecen—. Tendrán que esperar mientras las saco.

—El señor Petronides me dio una lista muy detallada —dijo la mujer.

—Me da igual —dijo Alexandra, muy erguida—. No quiero nada de él.

Se le debió de notar la decisión en el rostro, porque no intentaron disuadirla nuevamente. Le llevó cuarenta y cinco minutos, pero logró sacar de las cajas cada una de las cosas que Dimitri le había dado. También había revisado su ropa y separado cada una de las prendas que él le había comprado.

Al acabar, había un montón de objetos rodeados de papeles de embalar en el suelo del salón, junto a dos pilas de ropa perfectamente doblada.

—Falta algo.

La morena asintió mientras Alexandra rebuscaba en su bolso hasta encontrar el tubo blanco del test de embarazo y la cajita de la joya que Dimitri se había dejado sobre la mesa del restaurante. Dejó caer a ambos sobre la pila de ropa interior. Luego, tomando la maleta por el asa y colgándose la bolsa a juego del hombro, se marchó.

Alexandra esperó una semana con la esperanza de que Dimitri se calmase y pudiese pensar con calma, pero al cabo de ese tiempo apareció un anuncio de la próxima boda de él con Phoebe Leonides. La joven, que aparentaba unos diecinueve años, inocente como cualquier novia virginal.

Alexandra pagó la cuenta del hotel donde se hallaba alojada, arregló para que le enviaran sus posesiones a los Estados Unidos, se despidió de la agencia de modelos, cerró la cuenta bancaria y las tarjetas que tenía a nombre de Xandra Fortune y compró un billete a Norteamérica a nombre de Alexandra Dupree.

Xandra Fortune, modelo y examante de Dimitri Petronides, dejó de existir.

Unos dos meses más tarde, Alexandra salió de la clínica prenatal al calor húmedo de principios de otoño en la ciudad de Nueva York. Le lanzó una mirada a la foto de la ecografía que le acababan de hacer. Estaba ilusionadísima con la prueba de que el bebé se desarrollaba bien.

Era varón, una parte de Dimitri Petronides que podría querer, alguien que le devolvería su amor. A pesar de sentirse débil por las insistentes náuseas matinales y cansada por el embarazo, quería gritar de alegría.

Desesperada por compartir la noticia con alguien, abrió el móvil y marcó el número de su hermana. Al oír el buzón de voz, optó por no dejar mensaje. Ya se lo diría a Madeleine cuando llegase a casa. Pensó en decírselo a su madre, pero luego descartó la idea. No se sentía con fuerzas para escuchar las recriminaciones de su madre sobre la vergüenza que le había causado.

No pudo evitar llamar al apartamento de París. No había habido noticias de la boda de Dimitri en las revistas del corazón de Nueva York. Era tonto de su parte, pero seguía esperanzada. ¿Habría recobrado la cordura y cancelado la boda?

Quizá fuese mucho pedir, pero seguramente dos meses le habrían servido para calmarse y darse cuenta de que Alexandra nunca le habría sido infiel.

El teléfono sonó varias veces y Alexandra recordó que sería la hora de cenar en Francia. Quizá él había salido a comer, o tal vez ni siquiera estaba en la ciudad. Dejó que el teléfono siguiese sonando porque no tenía valor para llamarlo al móvil.

–¿Dígame? –contestó una mujer y Alexandra casi dejó caer el teléfono por la sorpresa.

–Hola –dijo, rogando que fuese la nueva ama de llaves y no la última mujer de Dimitri–, ¿puedo hablar con el señor Petronides, por favor?

–Lo siento, ha salido. Soy la señora Petronides. ¿La puedo ayudar en algo o prefiere dejar un mensaje?

La señora Petronides. Alexandra se quedó sin aliento. El desgraciado se había casado con otra a pesar de que ella llevaba un hijo suyo. Qué curioso. Hasta aquel momento no había creído que él lo haría de verdad. Y al perder toda esperanza se dio cuenta de la confianza que había tenido en aquel hombre a quien ella no le importaba en absoluto. Nunca lo había hecho.

–¿Hola, sigue usted ahí? ¿Quería dejar mensaje?

–No, yo... –no pudo seguir. La alegría que la había embargado al saber que estaba embarazada de Dimitri se esfumó.

–¿Quién es, por favor? –preguntó con impaciencia Phoebe Leonides, no, mejor dicho Phoebe Petronides.

–Xandra Fortune –respondió mecánicamente porque se encontraba destruida.

–Señorita Fortune, ¿dónde se encuentra? Dimitri la ha estado buscando. Está desesperado por lo del niño.

¿Dimitri le había hablado a su esposa de ella, del bebé? Alexandra apartó el teléfono de la oreja y lo miró perpleja. Oía la voz de la mujer, pero no distinguía sus palabras. Parecía desesperada.

Alexandra apagó el teléfono sin volver a escuchar qué decía.

Capítulo 3

Dimitri tomó un sorbo del whisky solo que tenía en la mano y salió a la terraza del piso de la torre de apartamentos en Nueva York. No había nadie fuera, seguramente debido a la fresca brisa de noviembre.

Había ido a aquella fiesta ante la insistencia de un conocido del mundo empresarial, pero en realidad, poco le importaban en aquel momento las relaciones de negocios. Durante los últimos cuatro meses, su único interés era encontrar a la madre de su hijo.

Estaba en Nueva York porque aquel era el último paradero conocido de Xandra, que había enviado sus pertenencias a una dirección de Manhattan de donde las había recogido el mismo día en que estas llegaron.

Después de aquello, los investigadores privados de Dimitri no habían logrado encontrar ninguna otra pista. Llevaba tres meses sin saber nada de Xandra Fortune, excepto aquella llamada al apartamento de París que había respondido Phoebe y que Xandra había colgado sin decir dónde se encontraba; la llamada había sido hecha desde un móvil imposible de localizar.

Dimitri seguía enfadándose cuando pensaba en aquella llamada. ¿Le habría dicho a él dónde se encontraba si él hubiese atendido el teléfono?

Oyó voces en la casi vacía terraza y se preguntó por qué se habría molestado en ir. Giró sobre sus talones con intención de irse, pero una mujer le llamó la atención. Su largo cabello rubio le llegaba hasta media espalda, una espalda que le resultaba demasiado familiar.

–¡Xandra!

Ella se volvió hacia él y el corazón masculino se contrajo de dolor, porque aunque la mujer se parecía lo bastante a Xandra como para ser su hermana, no era la modelo.

–Hola –sonrió ella–, no sabía que hubiese nadie más aquí.

–Buscaba un poco de soledad –reconoció él.

–Sé a lo que se refiere –volvió a sonreír ella–. Me encanta estar con la gente, pero de vez en cuando necesito estar sola.

–Entonces, la dejo –dijo él, sonriendo por primera vez en meses.

–No es necesario –dijo ella, con un gesto de la mano–. No me molesta compartir mi pequeño oasis de silencio. ¿Ha dicho que conocía a Xandra?

–Sí, la conozco.

–Era una modelo excepcional, ¿verdad? Tenía la combinación perfecta de inocencia y pasión para llegar a ser una súper modelo. Es una pena que se negase a trabajar en Nueva York.

–Prefiere trabajar en Europa.

–Sí –dijo ella y una expresión extraña se le reflejó en las facciones–, supongo que era así.

–Insiste en hablar de ella en pasado –dijo él, preguntándose si Xandra habría abandonado su profesión para dedicarse de lleno a la maternidad.

–Porque Xandra Fortune ya no existe más.

–¿Qué quiere decir con que no existe más? –preguntó Dimitri, sintiendo que una mano gélida le paralizaba el corazón.

–Según mi hermana –suspiró la rubia–, Xandra Fortune está muerta y enterrada.

–¿Muerta? –preguntó, intentando respirar, pero sus pulmones se negaban a responder. El vaso de whisky se le rompió en la mano causándole una herida.

–¡Oh, Dios mío! ¿Se encuentra bien? –preguntó la mujer, preocupada–. Espere aquí. Iré a buscar con qué curarlo y recoger esto.

Dimitri vio la sangre, pero no sentía nada. Xandra estaba muerta, y con ella su bebé. No podía pensar en otra cosa.

La mujer volvió con un botiquín de primeros auxilios y la empleada la acompañaba con un cuenco de agua y unas toallas.

–Pon eso sobre la mesa y cierra la puerta cuando entres –le dijo la mujer y le sonrió a Dimitri–. No quiero causar un incidente en la fiesta. A mi marido, Hunter, no le gustan las escenas. No fue mi intención disgustarlo. Me olvidé de que hay gente que no lo sabe –le lavó la pequeña herida y le puso un esparadrapo con cuidado.

–¿Fue... –tragó– el bebé?

–¿Cómo sabía lo del bebé? –preguntó ella, interrumpiendo su tarea de recoger el botiquín para mirarlo con la desconfianza dibujada en el rostro encantador.

–Ella me lo dijo.

–¿Es Dimitri Petronides? –dijo la mujer, y pareció escupir su nombre.

–Sí.

Dimitri no vio la bofetada, pero desde luego que la sintió, porque su ímpetu le dio vuelta la cara y lo hizo trastabillar.

–¡Cerdo asqueroso! ¡Ojalá pudiese estrangularlo! ¿Cómo se atreve a venir a mi casa después de la forma en que se comportó con mi hermana?

–¿Se puede saber qué está pasando aquí? –exclamó un verdadero gigante rubio, saliendo a la terraza–. ¿Qué ha dicho para disgustar así a mi mujer?

—¡Hunter! —exclamó su esposa, arrojándose en sus brazos—. Es Dimitri Petronides. Tienes que echarlo de aquí. Si Allie lo ve, tendrá una recaída, ahora que ha logrado dormir por la noche. ¡Haz algo!

Sin comprender nada, Dimitri se dio la vuelta, dispuesto a marcharse.

Alexandra, sentada en el salón charlando con un amigo de Hunter, oyó la conmoción en la terraza. Disculpándose, atravesó el comedor decorado con elegancia para celebrar el Día de Acción de Gracias y salió. Madeleine se abrazaba a Hunter.

—Madeleine, ¿te encuentras bien, *chérie*?

Madeleine se volvió hacia ella con expresión de horror. Corrió hacia Alexandra y la tomó de la mano.

—Ven, Allie —dijo, tironeando de ella.

Sin comprender la angustia de su hermana, Alexandra intentó descubrir el motivo de su agitación y se quedó helada al ver a Dimitri Petronides alejándose hacia las puertas corredizas que daban al estudio de Hunter.

—No fue mi intención molestar a su mujer —dijo el griego, deteniéndose para dirigirse al marido de Madeleine. Sus ojos, velados, se detuvieron un segundo en las dos hermanas, sin verlas—. Ya puedo salir yo solo.

Se alejaba nuevamente de ella sin mirar atrás. No le sirvió de consuelo saber que le habría costado trabajo reconocerla esta vez.

—Lo siento, Allie. No sé cómo es que ha venido —dijo Madeleine—. Le he dado un cachete.

—¿Qué? —exclamó Alexandra cuando registró finalmente las palabras de su hermana.

—Le di una bofetada y le dije que era un cerdo.

—Se lo merecía –dijo Alexandra, casi sonriendo–. ¿Cómo supiste quién era?

—Le dije que Xandra Fortune había muerto y me preguntó si había sido por el bebé, entonces me di cuenta de que era él.

—¿Le dijiste que Xandra Fortune había muerto?

—Sí, lo hizo, pero no es verdad, ¿no? Estás viva y me gustaría daros una buena a las dos –dijo Dimitri, furioso.

—¡Váyase! –espetó Madeleine.

—Yo no me marcho de aquí –dijo él con el rostro pálido. Sus ojos expresaron enfado y un breve momento de vulnerabilidad que desapareció antes de que Alexandra pudiese estar segura de su existencia–. En realidad, lo que creo es que quienes deberían marcharse son usted y su marido para que Xandra y yo podamos hablar de cuestiones privadas que no le conciernen.

Madeleine abrió la boca, dispuesta a hablar, pero Alexandra se le adelantó.

—Mi nombre es Alexandra Dupree –dijo, enfrentándose a Dimitri con una mirada de desprecio–, y estoy segura de que no tenemos nada de lo que hablar.

Desde que había dejado de ser Xandra Fortune, ella se había cruzado con sus compañeras de trabajo alguna vez y ninguna la había reconocido. Ahora llevaba el cabello corto, de su color castaño natural. Había dejado de usar las lentillas verdes, y su figura, en el quinto mes de embarazo, carecía totalmente de la esbelta delgadez característica de Xandra Fortune.

Alexandra tenía motivos para hacerle creer que era otra persona: seguramente Dimitri le habría hablado a su esposa de ella y de su embarazo porque deseaba apropiarse de su bebé.

—¡No juegues conmigo! –exclamó Dimitri, los ojos azules relampagueantes.

—No es un juego. Si no cree quien soy, puedo mostrarle mi

carné de identidad. He sido Alexandra Dupree toda mi vida. ¡Si lo sabré yo!

–Hace diez minutos te creí muerta.

–Puedo confirmar sin duda que Xandra Fortune está muerta, que yo no soy ella, y que soy en realidad Alexandra Dupree.

–Puede que seas Alexandra Dupree, pero también eres Xandra Fortune y no comprendo cómo crees que puedes engañarme a mí, el hombre que te conoce más íntimamente que ningún otro –su inglés, usualmente impecable, tenía un marcado acento griego.

–Le puedo asegurar que no me conoce en absoluto –si la hubiese conocido de verdad, nunca se le habría ocurrido pensar que el niño era de otro hombre.

La cólera se reflejó en los ojos de Dimitri antes de que se inclinase y la levantase en sus brazos, rígidos e inflexibles como cables de acero.

–¡Déjala! –gritó Madeleine.

–No permitiré que se lleve a mi cuñada de este piso sin su consentimiento –dijo Hunter, tomándolo del hombro.

–No me toque –amenazó Dimitri, su cuerpo tenso de primitiva virilidad.

La situación era rocambolesca. Jamás se le hubiese ocurrido a Alexandra que Dimitri Petronides, siempre tan formal, montase el número de raptar a una mujer embarazada en una fiesta.

–Diles que quieres venir conmigo –dijo él, bajando la vista hasta ella.

–No quiero –respondió, lanzándole una mirada furiosa.

–No le haré daño –dijo Dimitri. Con un movimiento, se soltó de la mano de Hunter y se enfrentó a él–. Es mía. Soy el padre de su bebé y hemos de hablar.

Se hizo un tenso silencio. Ante la consternación de Madeleine y la irritación de Alexandra, Hunter finalmente asintió.

–Puede hablar con ella, pero tendrá que hacerlo aquí.

—No quiero hablar con él —dijo Alexandra, intentando librarse del férreo abrazo.

—Ten cuidado —dijo él, sujetándola con mayor fuerza—, si te caes podrías hacer daño al bebé.

—¿Qué le importa a usted mi bebé?

—Me importa —dijo él, con la expresión más seria, si cabe.

—¡No pienso darles a usted y a su esposa modélica mi bebé! ¡Ni lo sueñe!

—Tenemos que hablar, Xandra —dijo él, meneando la cabeza—. Hablar.

—¡Ni siquiera creías que el bebé fuese tuyo al principio! —exclamó ella, abandonando sus intentos de engañarlo sobre su identidad.

—Ahora sí —dijo él y sus facciones reflejaron emoción.

—¿Qué te hizo cambiar de opinión? —exigió ella, dejando de debatirse contra la presión de sus brazos.

Por algún motivo, él tenía la frente perlada de sudor. La idea de perder a su bebé seguramente lo habría afectado. Casi sentía pena por él, pero se negó a ceder. Le había negado la paternidad a su hijo. Se lo tenía merecido.

—Hablé con un médico. Me dijo que era muy común que las mujeres tuviesen una o dos menstruaciones después de haber concebido un niño.

—Así que preferiste creer a un extraño en vez de a mí. Qué bonito, Dimitri —dijo con ironía—. Demuestra lo importante que te resulta nuestra relación. ¡Ni pienso darte a mi bebé! —repitió.

—Si no deja a mi hermana en este preciso momento y se marcha, llamaré a la policía —interrumpió Madeleine.

—Hágalo —dijo Dimitri, una inquebrantable decisión reflejada en sus ojos. Se dirigió a Hunter—: No me iré sin ella.

—Pueden hablar aquí —suspiró Hunter—. Cerraremos las puertas para que tengan intimidad.

Alexandra se estremeció. No quería intimidad con Dimitri.

–Si tengo que hablar contigo, prefiero hacerlo en un sitio público.

–No tienes por qué hablar con él –intervino Madeleine, enfadada.

–El hijo es de ambos, cielo –dijo Hunter apretándole el hombro–, tienen que hablar.

–¿Has olvidado lo mal que estaba ella cuando vino? –preguntó Madeleine, lanzándole una mirada de enfado a su esposo.

Por más que quería a su hermana y apreciaba su lealtad, Alexandra no quería que Dimitri se enterase de lo mucho que la había hecho sufrir.

–Está bien. Podemos ir a Casamir –dijo, nombrando un conocido restaurante francés.

–¡No! –exclamaron Dimitri y Madeleine a la vez.

–Maddy, tengo que resolver esto.

–No quiero que sufras nuevamente –dijo esta, con los ojos llenos de lágrimas.

–Ya no me puede hacer ningún daño –dijo Alexandra, con total certeza–. Lo desprecio. ¿Por qué no podemos ir a Casamir? –preguntó, haciendo caso omiso a la reacción de Dimitri ante sus palabras.

–¿No has visto las fotos? Salieron en todos los periódicos la semana siguiente al anuncio de mi compromiso con Phoebe: «Magnate griego discute con amante secreta embarazada». Mi abuelo tuvo una recaída y hubo que operarlo de urgencia.

Alexandra estuvo a punto de decirle que lo sentía, pero se contuvo. De ahora en adelante, Dimitri no recibiría nada de ella. Nada en absoluto.

–Habla aquí fuera, Allie. Quieres evitar que corran los rumores tanto como Dimitri. Si se publican fotos de vosotros en las revistas del corazón de aquí, puede que tu madre no tenga un ataque al corazón, pero se pondrá histérica si se entera, y quien la tendrá que soportar luego serás tú.

–Hunter tiene razón –concedió Madeleine, lanzándole una mirada de enfado a su esposo–. Si vas a hablar con ese cerdo, será mejor que lo hagas aquí donde no haya inmundos periodistas dispuestos a escribir algo que han oído o publicar fotos dañinas.

Alexandra se dio cuenta de que Dimitri estaba perdiendo la paciencia. Era curioso cómo algunas cosas no habían cambiado en absoluto. Todavía era capaz de darse cuenta de lo que él sentía como si fuese parte de sí misma.

–Tienes razón –dijo–. Hablaremos aquí.

Le pareció que Dimitri lanzaba un suspiro de alivio, pero no creía que él fuese capaz de sentir suficiente vulnerabilidad como para estar aliviado. Cuando Madeleine y Hunter se marcharon y cerraron las puertas, aislándolos del resto de la fiesta, Alexandra se sintió atrapada. Se encontraba sola con el hombre al que había amado una vez, un hombre en el que no confiaba más.

–Déjame irme –le dijo a Dimitri, que se había quedado mudo, mirándola.

–Estás distinta, tus ojos son dorados, no verdes. Y te has cortado el pelo. Es más oscuro –dijo él, como saliendo de un trance–. Me gusta.

–Me da igual –le dijo enfadada. Ya no tenía derecho a opinar sobre lo que le gustaba de ella. Estaba casado.

Dimitri entrecerró los ojos y sus labios se apretaron en una dura línea, pero ella no estaba dispuesta a arredrarse ante aquellas señales de enfado.

–Por fascinante que resulte esta conversación, creía que tú querías hablar de cosas más importantes conmigo.

Él asintió y la depositó con delicadeza en un sillón de mimbre antes de sentarse en otro igual frente a una mesita de cristal.

Al separarse del calor del cuerpo masculino, Alexandra tuvo un escalofrío.

–Tienes frío, tendríamos que hablar dentro.

–No, fue solo la brisa –dijo ella, que no quería que los oyesen hablar.

Antes de que pudiese reaccionar, él se había quitado el abrigo y se lo había puesto sobre los hombros. Intentó quitárselo, pero él la sujetó por las solapas.

–No seas obcecada –le dijo.

Su proximidad la puso nerviosa y aceptó quedárselo para que él se alejara, pero fue peor. El abrigo olía a él, conservaba el calor de su cuerpo, era como si él la estuviese rodeando con sus brazos. Intentando no pensar en ello, se concentró en el tema que les interesaba.

–¿De qué quieres hablar, exactamente? –preguntó, yendo a la ofensiva.

–Quiero al bebé –dio él, mirándola con los azules ojos llenos de decisión.

Capítulo 4

No te lo daré –dijo ella, abrazándose el vientre como si pudiese con ello proteger al bebé.

–¿Es varón?

¿Y si le dijera que era una niña? ¿Le interesaría menos luchar por ella que por un niño? La expresión implacable del rostro masculino le indicó que no.

–Sí. A los cuatro meses me hicieron una ecografía.

Las rígidas facciones se suavizaron lentamente cuando él comprendió.

–Por eso llamaste al apartamento. ¿Querías decirme que nuestro bebé era varón? –una expresión de pena se le reflejó en el rostro–. Y hablaste con Phoebe; te negaste a decirle dónde estabas.

–¿Me culpas a mí?

–Aunque te parezca gracioso, sí –dijo él, apretando las mandíbulas–. Phoebe te rogó que le dijeses dónde estabas y tú te negaste. He pasado meses de búsqueda inútil, he contratado a cinco de las mejores agencias de detectives del mundo y lo único que he conseguido que me dijesen es que Xandra Fortune ha dejado de existir.

–Tenían razón. Nunca volveré a ser Xandra Fortune.

–Me dijiste que eras huérfana.

–No –dijo ella con una mueca irónica–. Eso es lo que te

dijo la agencia de modelos cuando me hiciste investigar para ver si sería una candidata adecuada para ser amante tuya. Lo que sucede es que yo nunca lo negué.

–Te creaste una personalidad nueva.

–Sí.

–Me mentiste cada día mientras estábamos juntos, dejaste que te llamase Xandra.

–Muchas modelos usan un seudónimo para trabajar.

–Vivías una vida completamente diferente a la realidad que encuentro en este apartamento de Nueva York. Esa mujer, Madeleine, ¿es tu hermana?

–Sí. Hunter es su esposo.

–Lo suponía –dijo él, arqueando las cejas burlonamente.

Ella apretó los puños para no golpearlo.

–Ni lo intentes –dijo él, con una seca carcajada–. Tu hermana ya me ha dado una bofetada. Y además... –levantó la mano para mostrarle el esparadrapo–. No tengo humor para recibir otra herida.

–Pobrecito.

–Basta, que conseguirás sacarme de mis casillas.

–Y pensar que yo creía que eras un tipo frío incapaz de montar una escena o tener una rabieta, un griego elegante y sofisticado.

–Y rico.

–No me interesa tu dinero. Nunca me ha interesado.

–Sin embargo, si intentases negarme a mi hijo...

–No me asustas –dijo ella, intentando no dejarse llevar por el miedo–. No estamos en Grecia. No me puedes quitar a mi bebé porque seas rico y griego. En los Estados Unidos la ley está a favor de la madre –lo había averiguado en cuanto llegó a Nueva York. Desde entonces sabía que si Dimitri decidía reclamar a su hijo, ella tendría que enfrentarse a dificultades.

–Quizá, pero, ¿podrás permitirte las constantes batallas legales, el gasto de contratar abogados excelentes para que te defiendan?

–Haré lo que sea necesario para quedarme con mi hijo.

–¿Cualquier cosa? Entonces, ven con tu bebé a mi casa.

–¡Eres un cerdo arrogante! –se puso de pie–. ¿Realmente crees que iría a algún lado contigo después de todo lo sucedido? No pienso convertirme en tu amante.

–No busco una amante –dijo él, incorporándose también.

–Me alegro, porque no lo seré. Nunca más. Aprendí todo lo que quería saber sobre acostarme con un tipo tan primitivo que tendría que estar en un museo. ¡La próxima vez que me acueste con un hombre, será con un anillo en el dedo y una promesa por escrito!

–¿Quién es ese hombre? –exigió él furioso.

–No lo sé, pero cuando lo encuentre, será totalmente diferente a ti.

–¿Ah, sí? –preguntó él, tomándola de las solapas de su abrigo y acercándola a él–. No lo creo, porque seré yo. Ningún otro hombre toca a la madre de mi hijo –susurró junto a los labios de ella y luego acortó la distancia.

La corriente eléctrica de deseo estaba allí, esperando, agazapada en lo más profundo del subconsciente femenino para saltar al primer contacto. Cedió tan rápidamente que ni siquiera tuvo tiempo para despreciarse por su debilidad. La boca masculina se movió sobre la de ella con una pasión realmente posesiva y ella respondió como una mujer privada de intimidad física durante años.

Rodeándole el cuello con los brazos, apoyó el cuerpo contra el de él y abrió la boca invitadoramente. Él aceptó el envite y profundizó el beso, acariciándole la espalda, apretándola contra sí, dejándola sentir su calor y su excitación, pero al tocar la indudable evidencia de su ardor, ella se apartó de él tan rápido que trastabilló y cayó sentada de golpe.

–¡Podrías haberte hecho daño! –exclamó él, hincándose a su lado enseguida–. ¿Intentas matar a nuestro hijo? ¿Te encuentras bien? –la examinó rápidamente, pero el cuerpo de Alexandra malinterpretó aquel contacto.

–Basta –dijo ella, apartando las manos de él–. Estoy bien –le dolía el trasero por el golpe, pero no le diría nada–. Los bebés son resistentes. No lo perderé por una caída tan tonta –afirmó, rogando que fuese verdad–. No es culpa mía que me besases. ¿Qué querías, que lo tolerase, sin más?

–¡Jamás has «tolerado» un beso mío en tu vida! –dijo él, ofendido en su orgullo.

Ella no pudo negárselo, así que cambió de tercio.

–Se supone que los hombres casados solo deben besar a sus esposas.

–Estoy de acuerdo –asintió él encogiéndose de hombros–. ¿Te molesta esto?

–¿Quién está loco? ¿Tú o yo? –le preguntó, incrédula. Desde luego que se hallaba molesta. Estaba casado con Phoebe y le acababa de dar un beso.

–Cuando los detectives privados perdieron tu rastro, creí perder la razón. Habías desaparecido en una de las ciudades más grandes del mundo.

Le acomodó nuevamente el abrigo en los hombros e, inclinándose, la volvió a levantar en sus brazos. Era la segunda vez que lo hacía aquella noche.

–Por favor, déjame en el suelo, Dimitri.

–No creo que debieses, estás muy alterada.

–Te prometo controlarme –dijo ella, con un gesto de frustración–, si dejas tus manos y tus labios quietecitos.

–No te lo puedo prometer.

–Pobre Phoebe, ¿sabe que está casada con un cerdo infiel?

–Phoebe está casada con un caballero –dijo él, furioso.

–¿Tú? ¡No me hagas reír! –se burló ella. Un caballero no

se casaba con una mujer después de haber dejado embarazada a otra.

Dimitri se sentó, sujetando a Alexandra en su regazo.

–¿Crees que estoy casado con Phoebe? ¿Y crees que no tengo honor? –dijo, cada vez más enfadado.

–Supongo que ahora me dirás que no estás casado con ese dechado de perfecciones.

–Exacto. No lo estoy.

Alexandra cerró los ojos. Por algún motivo, había supuesto que él no le mentiría. Volvió a abrir los ojos y a mirarlo.

–No intentes engañarme. Ella misma me dijo que era la señora Petronides.

–Pero luego te dijo que se había casado con mi hermano.

–¿Qué? ¡No dijo nada de eso! –exclamó, pero luego recordó que Phoebe lo podría haber hecho. Todavía hablaba cuando ella cortó la comunicación.

–Sí lo hizo –dijo Dimitri. Su penetrante mirada la mantenía prisionera–. También te rogó que le dijeras dónde estabas.

–No estaba dispuesta a tener una conversación íntima con tu esposa –dijo Alexandra, recordando esa parte de la conversación.

–No es mi esposa.

–Demuéstralo.

Sorprendido ante su requerimiento, Dimitri aflojó el abrazo con el que la sujetaba y Alexandra se bajó de su regazo, aunque esta vez con más cuidado.

–Dices que no estás casado con Phoebe Leonides. Pues, yo he perdido toda la confianza en ti, Dimitri. Si quieres que lo crea, tendrás que darme una prueba.

–¡Cómo te atreves a dudar de mi palabra! –exclamó él.

–Tú tendrías que saber lo fácil que resulta hacer eso –señaló ella.

Aquello pareció conmocionarlo.

—Te conseguiré la prueba que deseas —le dijo, furioso.

—De acuerdo. Hasta entonces, será mejor que te vayas.

—No pienso dejar que desaparezcas de mi vista otra vez.

—¿Y qué vas hacer? ¿Acampar ante la puerta de mi hermana y perseguirme cada vez que salga?

—Desde luego que sí. Pero no estoy dispuesto a dormir en el vestíbulo. Puedes venir conmigo a mi suite.

—Ni lo sueñes. No estoy dispuesta a alojarme en una habitación contigo.

—Hay dos habitaciones. Hubo una época en que no habrías usado la otra.

—Ni lo pienses —dijo ella, lanzándole una mirada de enfado—. No iré contigo.

—Entonces me quedaré aquí. Es un piso grande. Estoy seguro de que tu hermana tendrá una habitación de huéspedes que pueda usar.

—No puedes quedarte aquí. A Madeleine le daría un patatús. Te odia.

Él se encogió de hombros.

—Hablando de patatús, tu cuñado dijo que tu madre tendría uno si salías en la prensa sensacionalista.

—Sí —dijo Alexandra, exasperada. Había pasado seis años viviendo con otra identidad para proteger el sentido de dignidad de su madre.

«Las mujeres Dupree no trabajan».

Si no hubiese desoído aquello, las Dupree de la generación actual se hallarían en la calle. El primo de una compañera de colegio le había ofrecido un contrato como modelo y ella lo había aceptado con una condición: la de trabajar con un seudónimo. Él no solo había accedido, sino que la había ayudado a crear a Xandra Fortune, la huérfana francesa convertida en modelo de alta costura.

—No le sentaría bien —prosiguió Dimitri—, leer la entrevista en la que el amante de su hija, el magnate griego, confiesa la verdad sobre la forma en que lo ha rechazado Xandra Fortune, Alexandra Dupree, embarazada de cinco meses.

–¡No te he rechazado! –exclamó ella, furiosa por la patente amenaza de sus palabras y la tergiversación de los hechos–. ¡Me dejaste plantada para casarte con Phoebe, la noviecita virgen! ¿Ya lo has olvidado?

–¡No estoy casado con Phoebe!

–No es necesario haber cometido un asesinato para que te encuentren culpable de un crimen

–Si insistes en pedir una prueba, tendrás que decirle a tu hermana que me aloje por una noche porque no te quitaré los ojos de encima, ni lo sueñes.

–Y si no lo hago, te ocuparás de que el nombre de mi familia aparezca en todos los periódicos sensacionalistas y revistas del corazón, ¿no es así?

–Exacto –dijo él, sin alterarse en los más mínimo.

–Te desprecio.

–¿No me odias?

–No. Ya no te amo, pero no te odio. Parte de ti está en mi bebé y no quiero que mi niño crea nunca que hay algo en él que yo pueda odiar.

–Eso es encomiable –dijo Dimitri con una extraña expresión–. ¿Le pedimos a tu hermana alojamiento para mí?

Alexandra resolvió finalmente acompañarlo a su hotel. Aquella era la única solución. No quería que Madeleine y Hunter se enfrentasen a un hombre tan poderoso y adinerado como Dimitri debido a ella. No sería un problema, decidió. Ya tenía superada aquella relación totalmente. Aquello se había acabado. El beso había sido una mera reacción física y no permitiría que volviese a suceder algo así.

Lo único que quedaba era decidir cómo iban a delimitar el papel que él tendría en la vida de su hijo.

***

Jamás habría Alexandra imaginado hacía dos días que desayunaría con Dimitri en la suite de su hotel. Sin embargo, allí estaba. Jugueteó con la comida que les acababan de subir a la habitación mientras Dimitri la contemplaba.

Sabía que estaba hecha un horror. Tampoco había podido dormir la noche anterior sabiendo que Dimitri se encontraba pared por medio. Tenía ojeras, y el tono macilento de su rostro se debía a que, al contrario de muchas mujeres, ella seguía despertándose todos los días como si tuviese gripe a pesar de hallarse ya en el quinto mes de embarazo.

Su único consuelo era que Dimitri no se encontraba mucho mejor. La noche anterior ella estaba demasiado alterada para notarlo, pero él había perdido peso y se encontraba demacrado. La enfermedad de su abuelo, sumada a la búsqueda de su niño, había afectado su tremenda fortaleza.

–Tienes que dejar de juguetear con la comida y comértela.

–No me digas lo que tengo que hacer –dijo ella, lanzándole una mirada airada.

–Pues parece que alguien tiene que hacerlo –sonrió él, frente a ella ante la mesita de nogal–. Siempre he oído que las embarazadas están radiantes, pero tú pareces haber salido de una gripe de nueve días.

Los ojos se le llenaron a ella de lágrimas. Sabía que ya no era la hermosa modelo que él había intentado por todos los medios llevarse a la cama, pero ¿era necesario que se lo restregase por las narices? Parpadeó, intentando controlarse. Odiaba lo sensible que se había vuelto con el embarazo.

–Es una suerte que ya no intente ganarme la vida como modelo, ¿verdad?

–No he dicho que no estés hermosa –dijo él, tomándole una

mano antes de que ella pudiese apartarla–, solo que no tienes buen aspecto. No pareces feliz.

–¿Qué quieres decir? –arrancó la mano de la suya–. ¿Que no quiero a mi niño?

Dimitri lanzó un suspiro de exasperación.

–Creo que el hecho de que hayas llegado al quinto mes de un embarazo complicado es suficiente prueba de que quieres a mi niño.

–No quiero a «tu niño». Lo que quiero es a este bebé.

–Es lo mismo –dijo él, sonriendo.

–Quiero a este bebé y me lo quedaré, ¿me oyes? –dijo ella, probando el melón.

–¿Te he dicho alguna vez que no lo hicieses? –sonrió él.

–Has dicho que querías a mi hijo.

–¿Crees que estoy casado con Phoebe y que, por lo tanto, deseo al bebé sin la madre? –hizo un gesto exasperado con las manos–. ¿Es eso? –la sonrisa se borró de su rostro–. Tu concepto de mí es muy bajo. La prueba de la boda de Phoebe y Spiros no tardará en llegar.

Ella no hizo comentario alguno. Hasta que no lo viese... Spiros no era el que había anunciado su compromiso con la joven heredera griega.

–Ya veo que no vale la pena hablar contigo hasta que tenga los documentos.

–No quiero hablar contigo en absoluto –reconoció ella.

Aquello era una tontería. El bebé que ella llevaba en su vientre era hijo de él también. Tarde o temprano tendrían que llegar a un acuerdo, pero él no pretendía quitarle al bebé.

–No te comportes como una niña.

Ella hizo el esfuerzo de comer un bocado de huevos revueltos, que le supieron a serrín. Antes de conocer a Dimitri creía que no se alteraba fácilmente.

–Has dicho que habías abandonado tu carrera de modelo.

Ella asintió con desconfianza. ¿A dónde quería llegar?

–¿Qué haces ahora?

–Quizá viva de la generosidad de Hunter –sabía que la idea de que un hombre la mantuviese durante su embarazo lo pondría furioso. Efectivamente, así fue.

–¿Es eso cierto? –preguntó él, airado.

–Estoy viviendo con ellos –señaló ella. Tras un silencio, añadió a regañadientes–: Trabajo como traductora e intérprete para una agencia de trabajo temporal.

–¿Trabajas para extraños? –exclamó él, como si se tratase de algo sucio.

–No se diferencia demasiado de trabajar como modelo, ¿cuál es la diferencia?

–Que estás embarazada y no te encuentras bien –la recorrió con la mirada–. No deberías estar trabajando.

Si no quería que Hunter la mantuviese, ¿cómo pretendía que viviese?

–No quiero vivir de la caridad de mi hermana pequeña.

–¿Por qué no has vuelto a la casa de tus padres?

Un hombre griego tradicional que se entendía tan bien con su abuelo nunca comprendería la complicada relación que ella tenía con su madre.

–No soy bienvenida allí –se limitó a decir.

–Eso es imposible. Estás esperando su nieto. Seguramente tus padres desearán cuidarte durante este tiempo.

–Mi padre murió hace seis años y mi madre está dispuesta a que vuelva a Nueva Orleans y al seno de la familia si invento un marido ficticio que acaba de morir o vive en el extranjero. Se niega a hablar del bebé y no ha venido a visitar a Madeleine desde que yo estoy aquí.

–¿Y tú te negaste a inventarte ese esposo? –preguntó él, la mandíbula tensa.

–Sí.

Prefería vivir sin la aprobación de su madre a seguir simulando ser alguien y algo que no era.

–Entonces, será un alivio para ella saber que el padre de tu niño está vivito y coleando y que pronto será también tu esposo.

Capítulo 5

–Ese es un chiste de mal gusto.

–No es broma, *pethi mou* –dijo él, con una mirada impenetrable.

–Deja de llamarme así, ¿quieres? Es un apelativo cariñoso, un insulto en estas circunstancias.

–¡Mi proposición de matrimonio es una broma y un término cariñoso un insulto! –exclamó él, apartando el plato con un gesto airado, inusual en él–. ¿Nada te viene bien? Estamos hablando en serio.

–¿De qué? ¿De tu intento de bigamia?

–¡No estoy casado, porras! –exclamó él, dando un puñetazo a la mesa.

Ella lo miró con un poco de temor, creyéndolo casi, pero quería demostrarle lo duro que era que dudasen de tu palabra.

–Eso es lo que has dicho. Suponiendo que te creyese, ¿por qué iba tu hermano a casarse con tu prometida?

–Como te dije anoche, mi relación contigo dejó a mi familia estupefacta –el dolor ensombreció sus facciones–. El periódico se encargó de puntualizar que habíamos estado un año juntos. A mi hermano le horrorizó lo que le había hecho a Phoebe, no podía tolerar que la hiciese quedar como una imbécil, mancillando así el honor de nuestra familia.

–¿Y se casó con ella? ¿No habría resultado igual de eficaz

que tú lo hicieses? No puedo creer que dejases que tu hermano se casase con tu prometida.

–Él la convenció de que huyera con él. El orgullo de ella quedaba redimido, el honor de la familia intacto y ahora estoy libre para casarme contigo.

La miró como si esperase que ella diese un salto de alegría y lo felicitase. Le dieron ganas de echarle el café encima.

–Fantástico. Puedes casarte con tu amante encinta ahora que la virginal prometida ha volado de la jaula. Te lo agradezco, pero no, gracias.

–¿Crees que nuestro hijo te agradecerá que le niegues su herencia, su familia griega, su papel como heredero mío?

–No es necesario que estemos casados para que conviertas a nuestro hijo en tu heredero ni para que seas parte de su vida. Puedes tener derechos de visita.

–¿De qué serviría? Vives al otro lado del océano. ¿Cómo podré ser su padre con dos continentes y un mar separándonos?

–No lo sé –dijo ella, poniéndose de pie con cuidado. Tenía un trabajo dentro de dos horas y tenía que atravesar la ciudad para llegar–. Siento no tener todas las respuestas en este momento. Me dejaste plantada hace tres meses, seguro de que el bebé no era tuyo. Lo de compartir al niño contigo es nuevo para mí.

–¿Dónde vas? –preguntó él, poniéndose de pie también.

–Tengo que trabajar dentro de dos horas. He de arreglarme.

–Te dije que no te quitaría los ojos de encima.

–Entonces, ven –le ofreció ella con sarcasmo–, pero yo voy a trabajar.

Lamentó haber hablado a la ligera. Dimitri insistió en hacer, precisamente, aquello. Se negó a tomar un taxi e hizo llamar a su coche para ir en él con la protección de sus dos guardaespaldas. Luego, no quiso quedarse en él mientras ella hacía el breve trabajo de interpretación para el grupo de turistas franceses. Alexandra iba delante con la guía turística, traduciendo el rápido monólogo de esta sobre el Empire State Building al francés, detrás seguían los turistas y Dimitri cerraba la retaguardia flanqueado por su escolta.

Habría resultado cómico si ella hubiese estado menos cansada y estresada. Cuando finalmente se sentó en el coche para que la llevase al hotel, se alegró de no tener que esperar un taxi. No le quedaban energías ni para mirar por la ventanilla de la limusina las luces de la ciudad decoradas para Navidad.

Al verla tan exhausta, él insistió en parar a comer en uno de los muchos restaurantes italianos de categoría de Manhattan.

Alexandra accedió desde su dormitorio a la sala principal de la suite cuando Dimitri se apartaba del fax con varias hojas de papel en la mano. Lo había evitado desde que volvieron de comer con el sencillo recurso de echarse una siesta y había dormido como hacía tiempo que no lograba hacerlo.

—La prueba —dijo Dimitri, mostrándole los papeles.

—¿La prueba? —dijo ella, que todavía estaba un poco dormida. No se dio cuenta de lo que él hablaba hasta ver lo que ponía en la primera página—. Oh.

Era una licencia matrimonial en griego. Ella sabía leerlo perfectamente y el nombre que ponía era sin ninguna duda el de Spiros Petronides, no Dimitri. La segunda era una foto de Spiros y Phoebe con sus galas de boda. Phoebe parecía un poco aturdida; Spiros satisfecho y orgulloso. Otro típico Petronides.

La tercera era una carta de Spiros confirmando en inglés lo que Dimitri le había dicho. Suspiró aliviada. Intentó convencerse de que ello se debía a que no tendría que preocuparse de las complicaciones de lidiar con la madrastra de su bebé, pero su corazón se rio de ella, lo cual le dio un miedo terrible.

—¿Por qué estaba Phoebe en nuestro piso? —dijo, sin darse cuenta del lapsus linguae hasta verle la expresión de aprobación en el rostro—. Quiero decir, «tu piso» —se corrigió.

—Yo he tenido que quedarme en Grecia desde el primer paro cardíaco del abuelo. Spiros y Phoebe se mudaron a París para que él pudiese ocuparse de nuestra filial francesa. Les di el apartamento de regalo de boda.

—¿Sentías la conciencia sucia por avergonzarla en público y entonces le regalaste el piso del que me habías desalojado?

Dimitri le lanzó una mirada de enfado y se acercó a ella con paso amenazador. Alexandra retrocedió hasta encontrar que la pared le impedía seguir.

—Era broma —dijo débilmente.

—Esto no lo es.

Luego la boca de él se cerró sobre la de ella y Alexandra se olvidó de que él lo hacía para castigarla. En lo único en que podía pensar era en lo increíble que era sentir su sabor, su aroma, su calor, su deseo.

Le metió las manos por debajo de la chaqueta y sintió los fornidos músculos bajo sus dedos. Él se estremeció y el júbilo la invadió al sentir el poder que tenía sobre aquel hombre. Dimitri la abrazó, apretándola con su cuerpo, pero aquello no era lo suficientemente cerca.

Ella comenzó a desabrocharle los botones de la camisa y él a levantarle el jersey. El abultado vientre femenino quedó expuesto y él se lo acarició, recorriendo cada centímetro cuadrado de su piel. El bebé se movió y Dimitri dejó de besarla para mirar con reverencia el distendido abdomen. El bebé le dio un puntapié justo en la palma de la mano y Dimitri cerró los ojos, conteniendo el aliento.

—Mi hijo —dijo, lanzando un suspiro y mirándola a los ojos.

—Sí —susurró ella, incapaz de negar aquella conmovedora reivindicación.

Los ojos azules brillaron de triunfo antes de que su boca cubriese la de ella nuevamente con tanta ternura que ella sintió que las lágrimas le resbalaban por las mejillas. La besó como si fuese la primera vez mientras sus manos continuaban explorando el nuevo contorno de su cuerpo. La posesiva caricia, sumada a la ternura de aquel beso, minaron totalmente cualquier resistencia que Alexandra pudiese tener, permitiéndola entregarse a él sin un murmullo.

Le había desabrochado los botones y sus yemas acariciaban los endurecidos pezones masculinos cuando un estridente campanilleo se filtró entre la pasión que le empañaba la mente.

–El teléfono –dijo, arrancando los labios de los de él.

Con los ojos vidriosos de deseo, intentó seguir, pero ella apartó el rostro.

–El teléfono –repitió ella, dando un respingo cuando lo volvió a oír.

Dimitri le cubrió el abdomen con los suaves pantalones elásticos y le bajó el jersey de crochet.

–Esto todavía no ha acabado –dijo y luego se volvió a atender el teléfono.

Ella se dirigió al otro extremo de la suite en su afán por poner distancia entre los dos. Creyó haber superado la atracción que sentía por Dimitri, segura de que sus sentimientos habían muerto, pero estaba claro que, si bien no lo amaba más, lo seguía deseando. Su trémulo cuerpo así lo confirmaba.

–Sí, abuelo –dijo Dimitri y se quedó escuchando–. Lo recuerdo –le lanzó a Alexandra una mirada–. Ya me estoy ocupando de ello.

¿Por qué tenía ella la sospecha de que «ello» era algo relacionado con ella?

Dimitri hizo algunos comentarios más en griego, le preguntó a su abuelo por su salud, escuchó atentamente, se despidió y colgó. Se giró hacia ella y Alexandra no pudo contener un estremecimiento al ver el brillo de deseo en sus ojos.

–Eso fue un error –dijo, retrocediendo, a pesar de que él no se había movido.

–A mí no me parece que lo haya sido, *pethi mou*.

–No estoy dispuesta a volver a acostarme contigo, Dimitri.

–¿De veras? Ya lo veremos –dijo él suavemente.

–Me parece que llamaré al servicio de habitaciones. Tengo hambre.

Su apetito había aumentado en los últimos dos días. Ojalá se acabasen las horribles náuseas matinales de una vez por todas.

–Tengo una idea mejor. Salgamos.

–No lo sé... –dijo, porque existía el riesgo de que los viese un fotógrafo.

–Nos podemos quedar aquí, si lo prefieres –dijo él con expresión sensual.

–Iré por mi chaqueta.

La cálida luz de las velas iluminaba de una forma demasiado íntima la mesa de Alexandra y Dimitri. La había vuelto a sorprender al llevarla a un restaurante donde se reunía la sociedad más sofisticada de Nueva York. La poca iluminación no impidió que la gente los reconociese y les lanzase miradas subrepticias.

Alexandra intentó concentrarse en la comida y no prestar atención a su seductor acompañante. Dimitri le había pedido una cena mucho más abundante que lo habitual y ella se sorprendió al consumir casi todo. Lo mismo le había sucedido al mediodía. Al menos, aquello le despertaba el apetito.

–Xandra...

—Mi nombre es Alexandra –lo interrumpió ella–. Xandra Fortune ha muerto.

—¿No pensabas volver a la pasarela después de que naciese el bebé? –preguntó él, indicando al hablar en pasado que ella tenía ahora otros planes.

—No.

—¿Por qué? –preguntó él, sonriendo y el pulso de ella se desbocó.

—Ese tipo de carrera no me permitiría estar todo el tiempo que quisiera con mi bebé. Además, sería demasiado difícil mantener dos vidas separadas teniendo que criar a un niño. Bastante difícil es ya la vida de una modelo sin hijos.

Él se quedó un largo rato pensativo.

—Explícame nuevamente el motivo de la imagen de Xandra Fortune.

—Mi madre no aprobaba que me pusiese a trabajar. «Las mujeres de la familia Dupree no trabajan» –dijo, imitando el suave acento sureño de su madre–. Pero lo que realmente le molestó fue que eligiese ser modelo. La idea de que su hija recorriese la pasarela en traje de baño o en ropa interior, la ponía histérica.

—¿Preferiste crear una nueva personalidad para poder ser modelo?

—No tuve más remedio. Era eso o ver que mi madre lo perdía todo y que echaban a mi hermana del internado por no pagar la matrícula.

—Pero... ¿y tu padre, dónde estaba?

—Muerto.

—Qué pena. Recibe mi pésame retrasado.

—Gracias. Era un hombre encantador, un coleccionista de fósiles. Le interesaban los huesos, no los negocios. Sin que lo supiésemos, llevaba dos años viviendo de créditos cuando murió.

—¿Cuándo sucedió?

—Hace seis años. Yo acababa de terminar mi último curso en Notre Dame de Verger y gracias a Dios el primo de una compañera de colegio me había propuesto que le sirviese de modelo para su revista —tomó otro bocado de sus fettuchini con langosta, que estaban deliciosos.

—Notre Dame de Verger parece el nombre de un colegio de monjas francés.

—Efectivamente. Hace seis generaciones que las niñas de la familia Dupree vamos a ese colegio.

—¡Con razón te resultó fácil simular que eras francesa! Tu acento es impecable, tus gestos a veces resultan franceses y tu aspecto es europeo.

—Sí —dijo ella, que había elegido Francia para el debut de Xandra Fortune precisamente por esos motivos—. No hay mucho más que contar —hizo una mueca—. Mi madre desoyó las citaciones que se le hicieron hasta que el sheriff se presentó para desalojarnos de nuestra casa. A Madeleine todavía le quedaban dos años de colegio...

—Y te pusiste a trabajar.

—Con un seudónimo, para evitar que mi madre se molestase.

—¿Pero no funcionó? ¿No aceptaba que trabajases?

—No —sonrió tristemente—. Siempre me he sentido culpable de haberle fallado, pero no se me ocurría otra solución: no tenía estudios universitarios, era jovencita, y parecía que la carrera de modelo era mi única opción. El primo de mi amiga me ayudó asegurándose de que los únicos que supiesen la conexión entre Alexandra Dupree y Xandra Fortune fuésemos él y mi familia y yo.

—Así que este hombre sabía que eras Alexandra Dupree, pero yo, tu pareja durante un año, no lo sabía —dijo él, mortalmente ofendido.

—Estamos empatados: yo tampoco sabía nada de Phoebe –dijo ella y tomó un trago de agua fresca. Tanto hablar le había secado la garganta.

—No aceptaste nunca trabajos en Nueva York para no herir las susceptibilidades de tu madre –dijo él, sorprendiéndola al no enfadarse–. Sin embargo, eras bien conocida en Europa.

—Sí, pero solo como una modelo francesa, no una supermodelo. Lo más cercano a la fama fue convertirme en tu amante, pero tú lo mantuviste en secreto.

—Del todo, no –dijo él enigmáticamente–. Tu madre tendría que estar orgullosa.

—¿Orgullosa? –exclamó ella con una carcajada de regocijo–. ¿Su escandalosa hija, que además de trabajar se quedó embarazada sin casarse? Todavía no me había perdonado que no hubiese salvado la casa familiar. A este paso, seré la oveja negra de la familia para toda la vida –intentó esconder el dolor que aquello le causaba. No quería que él viese sus debilidades.

—¿Tu madre perdió su casa?

—Mis ingresos como modelo permitieron que mi madre siguiese vistiendo sus trajes de Chanel y mi hermana acabase su educación. Se licenció en Smith un mes antes de casarse con Hunter el año pasado –dijo, orgullosa con los logros de Madeleine. Suspiró–: Pero el dinero no alcanzó para cancelar las hipotecas que pendían sobre la mansión ni para los salarios del personal. Mi madre se vio obligada a venderla y mudarse a un piso con una asistenta. Aunque está en un barrio elegante de Nueva Orleans, no es la Mansión Dupree.

—¿Y te culpa a ti por ello en vez de a tu padre, que os dejó llenas de deudas?

—Mamá no me culpa, pero se enfadó cuando no abandoné el trabajo después de la venta. Hubiese preferido que me consiguiese un marido rico en vez de trabajar para mantenerlas. Pero yo quería casarme por amor, no por dinero.

—Entonces, tendrías que estar contenta de casarte conmigo. Si lo que dijiste en Chez Renée era verdad, puedo darte ambas cosas.

—Era verdad entonces —tanto que su corazón todavía sangraba después de la ruptura—, pero ya no te quiero.

—No puedo creer que una mujer con un carácter como el tuyo pueda dejar de amar al primer signo de adversidad.

Ella comenzaba a tener la horrible sospecha de que él tenía razón, pero no estaba dispuesta a darle el gusto de reconocerlo.

—Yo no llamaría «primer signo de adversidad» a que me eches con viento fresco para poder casarte con otra. Esperé una semana entera que cambiases de opinión, Dimitri. Ni siquiera me llamaste. No estabas dispuesto a cancelar la boda por el bebé. Yo no te importé en aquel momento y tampoco te importo ahora. Lo que quieres es el niño y no soy tan tonta como para olvidarlo.

La mano masculina apretó la copa con fuerza. Todavía la tenía vendada.

—¿Cómo te heriste? —le preguntó ella al vérsela—. No te lo he preguntado.

Él dejó la copa con cuidado y luego la miró con expresión atormentada.

—Cuando Madeleine me dijo que estabas muerta, la apreté tanto que se rompió.

Capítulo 6

La afirmación de Dimitri quedó suspendida en el aire entre los dos como una bomba sin explotar, pero que podría hacerlo en cualquier momento.

—¿Tanto te alteró la posibilidad de perder a tu hijo?

—Si eso es lo que quieres creer, sí —dijo él, con la mandíbula tensa.

—Lo siento.

—Tú que procedes de una familia de rancia estirpe, comprenderás la importancia de que nuestro niño crezca en Grecia como un Petronides.

—Lo que yo comprendo es la importancia de querer a mi bebé, no porque pertenezca a una familia u a otra. Lo querré igual tanto si es un Dupree como un Petronides. ¿Puedes tú afirmar lo mismo?

—Parece que me consideras incapaz de sentir ninguna emoción —dijo él con las facciones rígidas—. ¿Para qué molestarme en responder? ¿Quieres postre?

—No —después de haberlo mortificado así, no podría comer nada.

—Entonces, volvamos al hotel. Si vamos a seguir discutiendo, será mejor que lo hagamos en privado.

Volvieron al hotel en silencio. Ella se sentía culpable. El hecho de que Dimitri no la quisiera no indicaba que fuese incapaz de sentir amor por su hijo. Ella no había tenido derecho de insinuar lo contrario.

Cuando finalmente llegaron a la suite, seguía pensando en cómo disculparse.
—Dimitri...
—Déjalo, ¿quieres? —se frotó la frente—. Estoy cansado.
Se quedó atónita al oírlo reconocer su debilidad.
—¿Crees que yo no me puedo cansar como cualquier hombre? —preguntó él con una mueca irónica—. Todos tenemos nuestros límites, *pethi mou*.
En los doce meses que ella había vivido con él, nunca lo había hecho.
—Llevo tres meses durmiendo mal, desde que comencé a buscarte —admitió él, sorprendiéndola más todavía—. Creía que una vez que te encontrase, todo se solucionaría. Que aceptarías casarte conmigo. Y que tomaríamos el siguiente avión hacia Grecia para que pudieses conocer a mi abuelo. Creía que tendría que aplacar tu enfado, no que me odiarías así.
—Ya te he dicho que no te odio —lo corrigió ella.
—Pero no te quieres casar conmigo. No sé qué hacer. Del mismo modo que tú encontraste que ser modelo era la única solución a las dificultades económicas de tu familia, yo veo que el matrimonio lo es para nuestra situación.
—Ya lo sé —suspiró ella.
—Y me siento sexualmente frustrado —dijo él con una amarga carcajada—. No me gusta privarme del sexo. No he hecho el amor con nadie desde que te dije que me casaba con Phoebe.
Para Dimitri, que disfrutaba mucho con el sexo, aquello le resultaría largo como un día sin pan. Con razón estaba raro. Alexandra no sabía por qué él se había abstenido, pero algo dentro de sí se alegró tremendamente de ello.

–Ya veo, ya.

–Lo dudo, pero quizá lo hagas algún día –una expresión de sensualidad reemplazó la de cansancio–. Me podrías ayudar, ¿no?

–Cre… creo que me iré a la cama temprano –dijo ella, retrocediendo hacia su dormitorio–. To… tomar una ducha, qui… quizá leer un libro.

Recordó la imagen de la primitiva sonrisa de él al cerrar la puerta que daba a su dormitorio. Echó el cerrojo por si acaso. No podía acostarse con él nuevamente. Se sentía demasiado vulnerable y necesitaba pensar. No podría hacerlo con claridad si él la influía con su naturaleza apasionada.

Con los ojos cerrados, Alexandra se aclaró el champú del cabello, disfrutando de la sensación del agua caliente. La ducha, con sus chorros de diferentes presiones, era una gozada. Hizo un esfuerzo por pensar en Dimitri. Él tenía el mismo derecho que ella a querer a su hijo y, además, el niño merecía recibir el amor de los dos. Dimitri le había dejado claro que aquello era posible, pero él no la amaba. ¿Era correcto hacer que el niño pagase el precio de sus sueños destruidos? Su hijo sufriría las consecuencias si ella no se casaba con Dimitri; nacería fuera de los lazos del matrimonio. Para muchos, eso no sería importante, pero sí lo sería para la familia griega y sus futuras relaciones de negocios. Su propia madre quizá no lo aceptase nunca. Y ella no quería destruir a su madre, que ya era demasiado mayor para cambiar. A pesar de la cabezonería de su progenitora, Alexandra la quería y deseaba que fuese feliz.

Se aclaró el champú de los ojos y, cuando los abrió, se dio cuenta de que estaba a oscuras. ¿Un corte de luz? ¿No tenían generadores los hoteles? El chorro superior de la ducha se interrumpió. Extrañada, alargó la mano hacia la pared, pero en vez de los grifos, tocó piel desnuda. ¿Qué...?

–¿Dimitri?

–Sí, soy yo –dijo él y su voz la envolvió, cálida como el agua que los rociaba.

–No deberías estar aquí.

–¿No?

–No. El sexo no resolverá nuestros problemas. Es lo que los empezó –dijo, pero su cuerpo temblaba de deseo de unirse al de él–. Tenemos que hablar.

–No, no fue el sexo. Cuando hacemos el amor es como un poema de extraña belleza. Las palabras son las que nos han separado. Mis palabras. Tus palabras. No quiero que ello continúe, no puedo permitir que continúe así.

La urgencia de la voz masculina la afectó tan profundamente como las emotivas palabras y sintió que las lágrimas le hacían un nudo en la garganta. Tenía razón. El amor siempre había sido hermoso entre ellos dos. Aceptó la verdad: seguía enamorada de Dimitri Petronides. Siempre lo estaría. El amor que sentía por él había calado demasiado hondo en ella.

Emitió un gemido de ansia y los brazos masculinos se cerraron en torno a ella, estrechándola. Los labios conocidos sellaron los suyos con pasión y abrió la boca, entregándose al vínculo que ni el rechazo, ni la distancia y el tiempo habían logrado cercenar. Sedienta de su contacto, deslizó sus manos por el sólido pecho y él echó la cabeza hacia atrás, estremeciéndose.

–Sí, *moro mou*, tócame. Necesito que me toques –susurró Dimitri.

No titubeó en complacerlo. Había intentado huir de aquello, pero lo había echado de menos desesperadamente. Lo acarició y él rozó una y otra vez su vientre con su carne palpitante y rígida.

El recuerdo de la sensación de aquella carne dentro de sí la hizo desfallecer, pero él la sujetaba con fuerza por la cintura. Lo acarició, recorriendo el torso con las manos, ebria de pasión e, inclinándose, le mordisqueó la tetilla, rozándolo con rápidos movimientos de su lengua. Él se movía contra ella con un deseo casi incontrolado. Al menos en aquel aspecto era de ella, completamente. Dimitri gimió roncamente.

–Quiero que salga tan bien, que nunca volverás a dejarme –dijo, con un fervor que daba miedo. La empujó por los hombros hasta que ella se apoyó contra la pared de azulejos–. Apoya tus manos contra la pared y no te muevas.

–De acuerdo –dijo ella, porque sabía que él nunca le haría daño.

Los dedos masculinos le recorrieron las mejillas hasta que le rozó los labios con uno y se lo metió en la boca. Ella sintió que se le humedecía la entrepierna y chupó aquel cálido dedo que entraba y salía de su boca. Él continuó la lenta caricia con la otra mano, rozándole el cuello hasta llegar al pecho izquierdo. Se detuvo allí, explorando los cambios que le había causado el embarazo.

Estaba más grande y más sensible. Pareció darse cuenta de ello, porque su contacto fue leve como una pluma al tomarle el pecho con los cinco dedos y deslizarlos hacia el pezón, cerrándose sobre este y dándole un ligero apretoncito. Volvió a hacer lo mismo una y otra vez hasta que ella creyó que se moría de deseos de sentir sus labios repitiendo la caricia.

–Dimitri, por favor... con la boca...

–Todavía no, ¿vale? –rio él roncamente y luego le quitó la otra mano de la boca para acariciarle el otro pecho de la misma manera hasta que ella comenzó a sacudirse contra la pared en una agonía de deseo.

–Por favor... –repitió.

Dimitri se arrodilló frente a ella y tomó una tensa punta entre sus labios. Comenzó chupándola suavemente, pero luego aumentó la presión hasta que el placer fue casi insoportable y ella lanzó un alarido.

–Más, por favor... Oh, Dios santo... ¡Basta! No puedo soportarlo más. No... ¡no pares! Más. ¡Ahora, Dimitri! Ahora... –el orgasmo le sobrevino con una explosión de color en la negra oscuridad de la ducha.

Se tambaleó contra la pared, pero él no había acabado. Le recorrió con los labios el vientre. La exploración anterior no había sido nada en comparación con la forma en que él acarició con veneración cada nueva curva, cada centímetro de la tensa piel de su abdomen.

–*Moro mou* –decía, besándola–. *Yineka mou* –le recorrió la piel. Eran su bebé, su mujer–. Nunca más te dejaré ir.

Ella no pudo responder. ¿Qué podría decirle? Él actuaba como si ella lo hubiese abandonado a él, causándole daño. No sabía si podría creerlo, pero en aquel momento no tenía tiempo para darle vueltas a aquello. Los labios masculinos llegaron a su sitio más secreto. La besó allí, un suave saludo y luego le apretó los muslos con ambas manos para cerrárselos.

Ella no estaba preparada para que la penetrase con la lengua, pero él no le volvió a separar las piernas, sino que le acarició el sitio más íntimo con la puntita. Era increíble la sensación de tener los muslos tocándose y la henchida feminidad apretada y rodeando el húmedo estímulo de su lengua.

Sintió que el placer comenzaba a convertirse en éxtasis nuevamente. Las lágrimas le corrieron por las mejillas y se mezclaron con el agua que le bañaba la piel mientras decía su nombre una y otra vez. Las manos masculinas se movieron para tomarla del trasero y ella se apretó contra la exploración de su boca, moviéndose en una entrega incontrolable.

Luego él le metió uno de los dedos donde hacía más de

cuatro meses que nadie la tocaba y ella se desmoronó, sollozando de placer y repitiendo su nombre. Él no se detuvo y ella se apoyó contra él, sacudiéndose de forma convulsiva una y otra vez hasta que se quedó sin fuerzas, perdiendo el sentido.

Lo recobró en la gran cama de Dimitri. Él la secaba con suaves movimientos. La dorada luz de la mesilla iluminaba sus morenas facciones.

–Así que has decidido despertarte –le sonrió él.

–Me desmayé –dijo ella, incrédula.

–Cuando los sentimientos son muy intensos, he oído que a veces sucede, pero solo me ha pasado contigo, *yineka mou*.

–Gracias –dijo ella, porque le había dado un placer que nunca había imaginado, ni siquiera en sus brazos.

–Soy yo quien debe agradecértelo –dijo él, clavando sus ojos del color del cielo a la medianoche en los de ella–. Nunca he experimentado nada como el fuego que me produces cuando te toco –la tapó con la toalla y se puso de pie–. Te dejaré dormir en privado, si lo deseas.

La emocionó que él le diese la oportunidad de elegir en vez de aprovecharse de su debilidad. Lo deseaba muchísimo. El placer que él le había proporcionado en la ducha había sido hermoso, pero necesitaba sentir la conexión de sus cuerpos para que fuese completo.

–¿No me deseas? –preguntó, con el corazón desbocado. Tiró la toalla al suelo–. Yo sí –afirmó, alargando los brazos.

Él se apresuró a cubrirla con su cuerpo con viril posesión, penetrándola con un increíble movimiento para luego quedarse quieto.

–Esto es tocar el cielo con las manos –dijo.

Alexandra luchó por respirar, al sentir que se acercaba un placer que creyó no volver a sentir nunca. Él era tan grande que la llenaba totalmente, pero estaba dispuesta y la rápida penetración había sido suave y fácil. Ella también sintió la necesidad de quedarse quieta, saborear aquello que creyó perdido. Al no llevar preservativo, el contacto era más íntimo, piel contra piel. Lo miró a los ojos.

—Estamos de acuerdo —sonrió él.

—Sí —dijo, sin poder evitar devolverle la sonrisa.

Luego él comenzó a moverse, deslizándose casi completamente fuera antes de volverla a penetrar con increíble lentitud.

—¿No le haremos daño a nuestro hijo?

Ella negó vehementemente con la cabeza. El obstetra le había dicho que podía continuar las relaciones conyugales hasta el nacimiento de su niño, siempre que se sintiese cómoda. En aquel momento no había apreciado la información. Gimió cuando él volvió a deslizarse dentro.

—¿Estás segura?

Con un esfuerzo, ella se concentró lo bastante como para repetirle lo que le había dicho el doctor.

—A que no sabías que tienes una sustancia química en el semen que ayuda a ponerse de parto cuando llega el momento —añadió riendo, porque cuando el médico se lo había dicho, pensaba que se pasaría el resto del embarazo sola.

—Un Petronides sabe cumplir con su deber —dijo él, cambiando la expresión de sorpresa de su rostro por una de maliciosa sensualidad—. Me ocuparé de que tengas todas las sustancias que necesites cuando llegue el momento.

Ella rio y no le dijo que todavía se encontraba insegura de su futuro. Pero su risa y sus turbadores pensamientos se disolvieron cuando él comenzó a moverse con mayor fuerza, meciéndole el cuerpo con las manos mientras la penetraba una y otra vez con apasionado fervor.

Asombrada, Alexandra sintió que su cuerpo se preparaba para otra explosión de placer. Se agarró de los hombros de él y, justo cuando sus músculos se cerraban apretando el duro miembro, él se puso rígido y llegó al clímax con un grito de liberación. Por primera vez en su relación, ella sintió cada pulsación de su calor inundándola, una sensación más íntima de lo que nunca había experimentado. Antes, era como si él siempre hubiese conservado una parte de sí, pero ahora le daba lo que había creado involuntariamente la nueva vida en su vientre. Pasase lo que pasase, siempre conservaría aquel momento.

Capítulo 7

Dimitri se retiró de encima de ella y se acostó boca arriba, apretándola contra su costado, como si temiese perderla.

Pero ella estaba agotada y no podría haberse ido a ningún lado.

–¿Cómo entraste al cuarto de baño? –murmuró con un bostezo contra el cálido pecho–. Había echado la llave.

–¿Crees que lo único que sé es hacer dinero? El jefe de seguridad de mi abuelo me enseñó a forzar una cerradura con una ganzúa cuando tenía dieciséis años.

–¿Lo sabía tu abuelo? –rio ella suavemente, imaginándoselo aprendiendo aquella habilidad de dudosa moral.

–Fue idea suya. Cree que uno tiene que saber hacer de todo, aunque posea el dinero para pagarle a alguien para que lo haga.

–Ahora entiendo que no te negaras a ayudarme en la cena. Siempre me pareció que eras muy moderno para ser un griego rico.

–Me gustaba la sencillez de nuestra vida en París.

–Sí, sí –se burló ella–. Casi te dio un síncope cuando te dije que no quería una empleada viviendo en casa.

–Me sorprendió –se defendió él–. La mayoría de las mujeres que trabajaban tanto como tú habrían estado felices de que alguien les hiciese las tareas.

—Era mi forma de mantener los pies sobre la tierra —suspiró ella y le besó el pecho—. Supongo que no quería acabar como mi madre, con mi visión del mundo y de la vida limitada por la sociedad que me rodeaba.

Pero, como su madre, había estado ciega en un aspecto de su vida: se había negado a aceptar que su relación con Dimitri era algo transitoria. De modo que cuando él la acabó, se sintió destruida. Pero no quería pensar en ello en aquel momento, no quería pensarlo nunca más.

Se quedaron en silencio un largo rato.

—¿Dijiste que tu abuelo había tenido otro ataque al corazón? Nunca mencionaste el primero. ¿Por qué no me lo habías dicho?

—¿Por qué no me dijiste tú quién eras? —replicó él.

—En Francia sí que era Xandra Fortune.

—Pero con frecuencia hacías viajes que no eran de trabajo y no me decías dónde. Supongo que eran para volver a tu vida como Alexandra Dupree.

—Sí —confesó ella.

—Creí que tenías a alguien más.

—¿Pensabas que te engañaba con otro? —preguntó ella, sentándose de golpe en la cama. El gesto de culpabilidad de él la tomó por sorpresa—. ¡Lo creíste! —sin pensárselo dos veces, apretó el puño y le dio un golpe en el pecho. Fuerte.

Dimitri lanzó un gruñido y le agarró la mano.

—No lo creí. De lo contrario, habría roto contigo —dijo, más en su estilo.

—Pero pensaste que el bebé era de otro hombre.

—Sí. Esa creencia me atormentó durante una semana entera. No tengo excusa.

—No —dijo ella, lanzándole una mirada furiosa—. No la tienes.

Pero en su fuero interno tuvo que reconocer que los viajes que ella hacía a su casa podrían haber resultado sospechosos para un amante tan posesivo como Dimitri. A él no le gustaba en absoluto que ella no quisiese hablar de una parte de su vida. Pero lo había hecho así para evitar entregarse a él totalmente. Tarde se dio cuenta de que aquel mecanismo de defensa no había funcionado

—Mi abuelo se negaba a someterse a la operación de by-pass hasta que le prometiese poner fecha para mi boda con Phoebe. No estaba dispuesto a dejarte, pero tampoco lo estaba para dejar que él muriese.

—¿De veras? —dijo ella, incrédula—. Siempre has dicho que tu abuelo era genial. ¿Cómo pudo hacerte chantaje para que me dejases?

—No sabía de tu existencia. Quería asegurarse de que yo cumpliría con el deber que tengo hacia el apellido Petronides.

—Y, en vez de ello, dejaste a tu amante embarazada y apareciste en una foto peleándote con ella. Se pondrá furioso si te casas conmigo.

—Estará contentísimo de ser bisabuelo y tener una nieta atractiva.

—Ya no soy hermosa, tú me lo dijiste.

—Dije que tenías aspecto de no estar bien, no que fueses fea, tonta —dijo él, tirando de la mano para acercarla a su pecho.

—Pero ya no tengo los ardientes ojos verdes —dijo ella.

—No, tienes ojos que cambian de color con tus emociones. Es fascinante.

Tengo el cabello corto y castaño.

Él le apartó las piernas con una rodilla y su viril miembro se apoyó contra ella.

—¿Te parece esto que creo que eres fea?

Alexandra olvidó su pregunta al derretirse de deseo sobre él mientras la acariciaba como ella había olvidado y la llevaba a la cima del placer una y otra vez. No le quedaron fuerzas para volver a discutir con él cuando acabaron y se durmió acurrucada a su lado, sintiendo una paz que no experimentaba desde que descubrió que estaba embarazada.

Alexandra se sentía protegida y segura y no deseaba despertarse del todo. ¿Cuántas veces desde abandonar París había soñado que estaba en la cama de Dimitri, rodeada por sus brazos protectores, las piernas entrelazadas para convertirse en uno solo? Sabía que si llegaba a la completa lucidez, la fantasía desaparecería dejando solo la fría realidad.

Una pierna peluda le rozó las suaves extremidades, despertándola violentamente. Abrió los ojos y se encontró con un torso velludo y bronceado. Dimitri. Los recuerdos de la noche surgieron de golpe.

Habían hecho el amor muchas veces. La última vez, a la madrugada, él la había seducido con una sensibilidad que le había llegado al alma.

Era incomprensible que el hombre que la había tratado con tanta ternura la noche anterior pudiese haber sido el mismo que la había abandonado sin volver la vista atrás. Su unión había sido algo casi sagrado.

Saber sobre la presión del abuelo le daba una perspectiva nueva a los hechos de hacía cuatro meses, pero el anciano no era la razón por la cual Dimitri había negado la paternidad a su bebé. Por mucho que la molestase, Alexandra tenía que reconocer que ella tenía parte de culpa. Al no hablarle de ciertas partes de su vida, ella había abonado el campo para que él no le tuviese confianza.

En cierta forma, Dimitri había hecho lo mismo. No le había hablado del ataque al corazón de su abuelo y siempre cambiaba de conversación cuando surgía el tema de sus padres. Habían muerto cuando él tenía diez años, así que no sería porque no se acordase de ellos. Tampoco la había llevado a conocer a su familia ni invitado a su hermano al piso cuando el joven se encontraba en París.

Ahora quería que ella se casase con él. Se movió, inquieta, odiando y amando a la vez la sensación de seguridad que le causaba su calor. ¿Qué había cambiado? La respuesta era obvia: primero, ella estaba embarazada de un bebé cuya paternidad él había reconocido. Para un Petronides, aquello era un enorme cambio. ¿Acaso no lo había sabido ella cuando se lo había dicho? Segundo, su prometida se había casado con su hermano. Dimitri había actuado como si la traición no lo hubiese afectado, pero seguramente estaría herido en su orgullo. Podía recuperar su autoestima con una boda rápida con ella, que había admitido la noche anterior que lo seguía amando, aunque no lo adorase. ¿La convertía aquello en menos vulnerable?

—¿Ya lo has solucionado todo? —le preguntó Dimitri por encima de su cabeza.

—¿Solucionar qué? —preguntó ella, echándose hacia atrás para mirarlo.

—Tu vida. Mi vida. Nuestra vida juntos.

—¿Qué te hace pensar que estaba pensando en nosotros?

—Por más que quieras negarlo —dijo él, con una seca sonrisa—, te conozco, *pethi mou*. Muchas veces te quedas pensando cuando te despiertas. ¿Qué puede ser mas importante en este momento que el bebé que llevas en tu vientre?

—Y tú supones que ese futuro tiene que incluirte a ti.

—Sabes que sí. Casados o no, amantes o enemigos, sea cual fuere la relación que mantengamos, tendré participación en la vida de mi hijo.

Ella no se amilanó ante su tono implacable.

—No quise decir lo contrario en absoluto. Nunca impediría que lo vieses.

—¿Por mucho que me desprecies? —dijo él con voz inexpresiva.

—No te desprecio —dijo ella, mirándolo. ¿Cómo era posible que creyese que ella lo despreciaba después de la forma en que se había entregado a él?

—Pero ya no me amas.

Responderle hubiese requerido una mentira, así que evitó hacerlo.

—¿Tenías planes para hoy?

—Sí.

—Entonces, será mejor que nos levantemos.

—No necesariamente —dijo él con una pícara sonrisa—. Mis planes eran mimarte —indicó la cama—. Este es el sitio que se me da mejor.

En aquel momento sonó el teléfono y, lanzándole una última mirada sensual que la hizo reír a pesar de los pensamientos que la atormentaban, él se dio la vuelta para contestar el que había sobre la mesilla.

—Es para ti. Es tu hermana.

Alexandra se estiró para agarrar el auricular.

—¿Madeleine?

—Sí, soy yo —dijo Madeleine, nerviosa—. ¿Cómo van las cosas con ya-sabes-quién?

—Ni lo preguntes.

—¿Tan mal?

¿Mal? No, pero si acostarse con Dimitri la primera vez no había sido demasiado inteligente, resultaba una total estupidez volver a hacerlo cuando el futuro era incierto y todavía no había superado la traición de él.

—Tenemos mucho de lo que hablar, eso es todo —dijo.

—¿Te ha mostrado alguna prueba de que no se ha casado con la griega?

—Sí.

—Qué bien. Hunter dijo que lo haría. Quizá no sea un cerdo –dijo Madeleine.

—¿Hunter o Dimitri? –preguntó Alexandra jocosamente.

—¡Ha sido culpa de Hunter!

—¿Qué es culpa suya? –dijo Alexandra. Dudaba que el hombre que intentaba por todos los medios hacer feliz a su hermana le hiciese daño.

—Hizo que un cliente suyo invitase a Dimitri a la fiesta... ¡a propósito!

—¿Qué?

—No sabía que creías que Dimitri estaba casado y no se podía imaginar por qué no le dabas una oportunidad como padre de tu bebé.

—Entonces, ¿decidió tomar la decisión por su cuenta y riesgo? –preguntó Alexandra, sintiéndose ofendida y discriminada. Hunter tenía razón, Dimitri y ella tenían que resolver su futuro de alguna u otra forma, sin embargo...

—Dormí en el cuarto de invitados –dijo Madeleine con cierta satisfacción–. Pero Hunter tenía un poco de razón. Te estabas marchitando sin Dimitri. Se te oye fenomenal ahora, mejor que nunca.

Estaba claro que Hunter no sabía forzar una cerradura con una ganzúa

—¿Llamabas por eso? –preguntó Alexandra, porque no supo qué responder.

—En realidad... no –volvió Madeleine a ponerse nerviosa–. Mamá llegó en el vuelo de la mañana temprano y preguntó dónde estabas. Yo no quería decírselo, pero Hunter sí lo hizo. Mamá se desmayó, yo me enfadé con él y ahora él no me habla a mí –dijo Madeleine y se le quebró la voz.

—Oh, *chérie*, no quiero que mis problemas se conviertan en tuyos.

—Tú siempre igual –rio Madeleine a pesar de sus lágrimas–.

Te ocupaste de mamá y de mí cuando papá murió y toleraste la desaprobación de mamá. Pero cuando te toca apoyarte en alguien más a ti, te sientes culpable, ¡por Dios!

–Yo solita me metí en este embrollo. Nadie más tiene por qué sufrir las consecuencias de mi estupidez.

Dimitri se puso tenso a su lado.

–Pues, ¡mamá va de camino a sacarte del lío! Cuando recobró el conocimiento tuve que decirle en qué hotel estabas –confesó Madeleine llorando.

Repitió que lo sentía una y otra vez. La discusión con Hunter y la llegada de su madre por sorpresa habían sido demasiado para ella.

–Tranquila, Maddy, todo saldrá bien. Es mi madre y por supuesto que no me importa que le digas dónde estoy –mintió Alexandra.

–Pero los periódicos... no sé cómo te lo vas a tomar.

–¿A qué te refieres, Maddy?

–¿No lo sabes? –preguntó Madeleine, volviendo a echarse a llorar–. Es terrible después de lo que has pasado.

Alexandra, convencida de que no conseguiría nada coherente de su hermana, intentó calmarla un poco y luego cortó.

–Mi madre viene hacia aquí –dijo, volviéndose hacia Dimitri.

–Eso me pareció –dijo Dimitri, arqueando las cejas–. Es tu madre, es lógico que se preocupe por ti.

–La prioridad de mi madre –dijo Alexandra con una carcajada falsa y gesto preocupado–, es lo que conlleva ser una Dupree. Las apariencias lo son todo y el hecho de que yo me aloje en la suite contigo no está bien para ella.

Él se quedó silencioso varios minutos mirándola fijamente.

–¿Qué pasa? –le preguntó finalmente ella, enrojeciendo.

–No puedo creer lo ingenuo que he sido. Pensar que me tragué la imagen de Xandra Fortune, una huérfana, una mujer de mundo con una actitud sofisticada ante la vida, una mujer ajena a las responsabilidades familiares porque nunca había tenido una familia.

—Querías tener una relación sin complicaciones y viste lo que quisiste ver.

—Es verdad —dijo él, alargando la mano para acariciarle la mejilla con un gesto afectuoso—. Pero también es verdad que vi lo que tú querías que viese, ¿no? Hiciste todo lo posible para que no te conociese de verdad.

—Me conociste a mí, la mujer —dijo ella, porque aquello no era del todo cierto—. Solo escondí los detalles de mi vida como Alexandra Dupree. En cierto modo, eres como mi madre. Solo ves lo externo, solo te interesa la superficie.

La tomó en sus brazos y le rozó la curva del pecho con la mano. El pezón de ella, hipersensible tras las horas juntos, se endureció inmediatamente.

—Tienes razón, me gusta esta superficie —dijo con una sonrisa que era pura seducción. Se puso serio—. Pero no es solo eso. Te deseo toda y te tendré toda.

La posesiva determinación de sus palabras le causaron un estremecimiento y tuvo la horrible sensación de que él no solo se refería al matrimonio. Deseaba su mente y sus emociones, se le veía en los ojos.

—Madeleine dijo algo sobre un periódico, pero no quiso darme los detalles. Será mejor que averigües de qué va. Nos habrán visto juntos y estarán especulando sobre quién es la embarazada que acompaña al millonario.

—Después de la ducha haré una llamada —dijo él, sin alterarse.

—Mamá ya ha salido de casa de Madeleine —dijo ella, intentando soltarse de su abrazo—. Estará aquí en menos de treinta minutos a no ser que pille atasco. Tenemos que ducharnos y vestirnos.

–Las cosas han cambiado entre nosotros, ¿verdad? –le preguntó él, impidiéndole que se bajase de la cama.

–¿Porque nos hemos acostado juntos?

Él se inclinó y le dio un beso en la punta de la nariz.

–Porque hemos vuelto a establecer una parte de nuestra de relación que es completamente maravillosa.

–No permitiré que me seduzcas para hacer que me case contigo –dijo ella con vehemencia.

–¿Estás segura de ello? –preguntó él y sus caricias la dejaron sin aliento.

Ella no respondió y él se rio, tirando de ella para dirigirse a la ducha.

–Venga, nos bañaremos juntos para ahorrar tiempo.

Capítulo 8

Se ducharon y vistieron en tiempo récord y Dimitri se encontraba hablando por teléfono con su ayudante cuando llamaron suavemente a la puerta.

–Mamá –susurró Alexandra.

Dimitri le lanzó una penetrante mirada y cortó para dirigirse a abrir la puerta. Ante ella se encontraba Cecilia Dupree, con su aspecto frágil y encantador, vestida con un traje de Moschino rosa pálido.

–Usted debe de ser la madre de Xandra –dijo Dimitri al hacerla pasar.

Alexandra contuvo un gemido cuando lo oyó. Su madre hizo una mueca de disgusto y se enfrentó a ella, olvidando por una vez las formas.

–Así que esto es lo que haces cuando te das la gran vida como Xandra Fortune. ¿No tienes respeto por nada? Ahora estás en Nueva York, eres Alexandra Dupree. ¿Qué crees que creerá la sociedad de Nueva Orleans cuando descubra que has pasado la noche con un extranjero en su habitación? –exclamó indignada–. Piensa en tu hermana. El escándalo podría afectar los negocios de Hunter. ¡Eres una Dupree! –exclamó, agitando un periódico frente al rostro de Alexandra–. ¿Te has olvidado de ello? ¿Cómo pudiste permitir que este tipo de información se hiciese pública?

—¿Me dejas ver, mamá? –pidió Alexandra, alargando la mano–. El acusado tiene derecho a saber sus cargos.

Cecilia le tiró el periódico con una sorprendente falta de control. Cuando Alexandra vio los titulares, comprendió el motivo. Una de las fotos era de Dimitri y ella saliendo de donde habían almorzado el día anterior. La otra era de los dos peleándose en Chez Renée. Los titulares decían: *El magnate griego y su amante se reúnen: ¿Creerá Petronides ahora que el bebé es suyo?*

Con creciente horror, Alexandra leyó el artículo que desvelaba que la famosa modelo francesa Xandra Fortune era la discreta Alexandra Dupree. El autor especulaba sobre los motivos que la llevarían a llevar una doble vida y la influencia que su embarazo habría tenido en los frustrados planes de boda de Dimitri con Phoebe Leonides, añadía que parecía que ahora Dimitri aceptaba su papel de padre y acababa el artículo con un sucinto comentario con respecto a una posible boda entre los dos.

Alexandra sintió náuseas y salió corriendo al cuarto de baño. Cuando acabó de vomitar, Dimitri le alcanzó una toalla mojada para que se la pasase por el rostro y un vaso de agua. Una vez que terminó, la tomó en sus brazos, la llevó nuevamente al salón de la suite y la sentó con delicadeza en el sofá.

—Pediré un poco de comida, ¿de acuerdo, *moro mou*?

—Dimitri, lo saben... todos saben lo nuestro, lo del bebé y lo de Xandra Fortune.

—Shh –le dijo él, apoyándole el dedo sobre los labios–. Todo saldrá bien. Confía en mí. ¿Qué quieres comer?

—Pan tostado y quizá un poco de fruta.

—Eso no es suficiente para alimentaros a ti y al bebé. Pediré algo más.

—¿Para qué me lo preguntas si luego haces lo que quieres?

—Quizá porque me gusta oír tu voz –rio él.

Su madre lanzó un resoplido, recordándoles a ambos que se encontraba allí.

–Comprendo su preocupación y haré todo lo que esté en mi mano para solucionarlo, pero no permitiré que agobie a su hija. Su estado es demasiado frágil en este momento –dijo Dimitri.

–¿Cómo se atreve? –exclamó Cecilia.

–¿Desea tomar algo? –preguntó, sin darle importancia a su explosión.

Cecilia pareció darse cuenta de que se enfrentaba a una voluntad más fuerte que la de ella y cedió.

–Quizá una taza de té me calme los nervios –dijo, tomando asiento.

–Entonces le pediré un té sin demora –Dimitri hizo el pedido por teléfono y luego se sentó junto a Alexandra. Le dio un apretón en la mano para tranquilizarla.

–Señora Dupree, permítame que me presente. Soy Dimitri Petronides –dijo con una encantadora sonrisa capaz de derretir una piedra, y alargó la mano–. Es un honor conocer a la madre de la mujer con la que es mi intención casarme.

Alexandra se quedó sin aliento y, en una fracción de segundo, el rostro de su madre cambió su expresión agria por uno de calculador encanto. Sonrió.

–Por favor, llámeme Cecilia. Será lo idóneo para aplacar el escándalo. Me alegra que ya haya pensado en ello. Alexandra ha sido muy impetuosa estos seis años y los tres últimos meses han sido los peores.

–No he accedido a casarme con él –dijo ella, tensa por los ataques de su madre.

–Por supuesto que lo harás, querida –dijo Cecilia–. Ahora, comencemos a hacer planes. Tendrá que ser algo muy íntimo si queremos evitar mayor escándalo.

–No estamos en el medioevo, mamá. No puedes entregarle mi mano en matrimonio sin mi permiso –se dio la vuelta para mirarlo–. Y tú no puedes tomarla.

–¿Es verdad lo que dice ese periodista? ¿Es este hombre el padre de tu bebé?

–Sí –dijo Dimitri al ver que Alexandra no respondía.

–Entonces, tienes que casarte con él.

–Soy perfectamente capaz de tener a este bebé sola –dijo Alexandra. No le gustaba en absoluto que su madre y Dimitri se aliasen en contra de ella–. Si eso te molesta, lo siento –dijo, sintiéndose orgullosa de sus palabras.

–¿No te pareció bastante que me pasase seis años temiendo que alguien descubriese el estilo de vida de mi hija? –tenía los ojos llenos de lágrimas–. Ahora todo el mundo lo sabe y tú te niegas a solucionar el tema. Piensa en el bebé –fue el ruego emotivo de Cecilia, que se enjugó los ojos con un pañuelito de encaje blanco y meneó la cabeza.

–¿Qué haces en Nueva York, madre? –preguntó Alexandra, porque sabía que no llegarían a ninguna parte.

–Había venido a intentar razonar con Alexandra –dijo su madre, dirigiendo una mirada de ruego a Dimitri–, a hacer las paces antes de las Navidades. Una familia tendría que pasar junta las fiestas, ¿no cree? Pero ella ha sido muy obcecada sobre sus desafortunadas circunstancias, se ha negado a hacer nada para mitigar el escándalo. Y ahora, otra vez, se niega a casarse.

–No considero que la concepción de mi hijo sea una desafortunada circunstancia –dijo Dimitri con voz gélida–. Tampoco veo por qué el hecho de que su hija adoptase la personalidad de Xandra Fortune haya resultado una tragedia. Según lo que ella me ha dicho, las mantuvo a usted y a su hija pequeña durante varios años.

–Pero no solo trabajó como modelo, ¿verdad? Se convirtió en el juguete de un hombre poderoso –dijo Cecilia, citando al artículo–. Ahora ella está embarazada. Los Dupree nunca se han visto involucrados en un escándalo mayor. No creo que la madre superiora apruebe el desastre que ha sido Xandra Fortune.

La injusticia de su constante desaprobación hizo que Alexandra explotase.

–Mi vida como modelo no fue un desastre en absoluto. Dimitri tiene razón. Seguiste llevando tus trajes de marca y Madeleine acabó sus estudios. De no ser por Xandra Fortune, ¿cómo habríamos vivido? No te imagino trabajando.

Su madre lanzó una exclamación ahogada.

Golpearon a la puerta. Era el servicio de habitaciones y Dimitri insistió en que Alexandra comiese algo antes de que siguiesen hablando. Su madre tomó su té con expresión de mártir. Una vez que concluyeron y Dimitri llamó para que retirasen el servicio, se volvió a sentar junto a Alexandra.

–Permítame que deje una o dos cosas en claro –dijo, rodeando la cintura de esta con el brazo–. Primero, deseo casarme con su hija. Segundo, no será una ceremonia de mala muerte que no corresponda a la novia de un Petronides –sin hacer caso a las exclamaciones de sorpresa de ambas, se puso de pie–. Me alegra que se tomase la molestia de venir a vernos –dijo, tomando a Cecilia del brazo y haciéndola levantarse delicadamente para acompañarla hasta la puerta–, pero como estoy seguro de que se ha dado cuenta, Alexandra y yo tenemos muchísimas cosas que hacer antes de la boda. Quizá nos podamos reunir esta noche o mañana para hablar de los planes –prosiguió, como si tuviese la cooperación de ambas mientras guiaba a Cecilia fuera de la suite.

Dimitri llamó a su coche y lo esperó en el hall del hotel con Cecilia. Mientras, ella intentó convencerlo de que se decantara por una boda sencilla, arguyendo que sería cruel forzar a Alexandra cuando resultaba obvio que se había adelantado a sus votos matrimoniales. El coche llegó en aquel momento.

Dimitri se subió al ascensor y presionó el botón. ¿Se avergonzaría Alexandra de casarse con él en su avanzado estado de buena esperanza? Había ido a un colegio de monjas, ¡quizá le diese corte celebrar una boda por todo lo alto! Se había alterado al ver el artículo en el periódico.

No quería que ella se sintiese molesta y lo preocupaba no haberlo evitado, porque él había visto a un paparazzi en la puerta del restaurante donde habían almorzado y no había hecho nada al respecto. Estaba desesperado.

Ella tenía que casarse con él. Por ella misma, porque lo necesitaba. Por el bebé, porque este era un Petronides. Por Dimitri, porque él la necesitaba.

Y por la promesa que él le había hecho a su abuelo, una segunda promesa cuando la primera había perdido validez.

Echaba en falta la calidez de la mirada femenina al mirarlo y la sonrisa que ella tenía solo para él, íntima, especial. Había dado por sentado el cariño que existía entre ellos y no la había valorado. Le dio vergüenza reconocer lo poco que la conocía. Pensar que él había creído que ella quería hacer carrera como modelo. Desconocía totalmente sus circunstancias familiares, no tenía ni idea de que ella no deseaba convertirse en una top model hasta que le había contado la verdad. Aquella falta de información le había costado tres meses de angustia pensando en dónde estaría y cómo llevaría su embarazo.

Recordó cuando fue al apartamento de París y se encontró con que ella le había devuelto todo lo que él le había regalado, hasta lencería de seda y encaje. Le había bastado una mirada al test de embarazo encima de la ropa cuidadosamente doblada para darse cuenta de que ella había sido sincera.

Había llamado a su agencia de detectives aquella misma

noche, pero había resultado demasiado tarde. Ojalá la hubiese creído desde el primer día y se lo hubiese dicho a su abuelo. La expresión del rostro de Alexandra cuando la había rechazado lo atormentaba. Se merecía que ella lo odiase, pero tenía que convencerla de que se casase con él.

¿Volvería alguna vez a mirarlo con los hermosos ojos llenos de amor?

Alexandra levantó la mirada del periódico que leía cuando él volvió a entrar.

—¿Cómo habrán hecho la conexión? —se preguntó en voz alta.

—Desgraciadamente, me siguen bastantes paparazzi a todos lados. En cuanto nos vieron juntos, fue cuestión de tiempo que alguno de ellos te reconociese.

—Pero nadie lo había hecho antes —dijo ella.

—Lo encuentro inexplicable —dijo él—. Probablemente porque nadie pensaba que fueses americana. La historia tenía menos interés que en Europa.

—¿Y tú? ¿Cómo estabas tan segura de que era yo, con lo distinta que estaba?

—Tú eres mi mujer. Te reconocería con los ojos cerrados.

—Lo hiciste —dijo ella, sin poder evitar recordar la pasión que habían compartido.

—Sí —dijo él, con expresión sensual.

—Pero el sexo no lo es todo —le recordó.

—Al menos es el principio, ¿no es así, *yineka mou*? —dijo, volviéndose a sentar junto a ella y apoyándole la mano en el distendido vientre—. Y también tenemos este precioso niño que compartimos.

Ojalá pudiese creerlo, pero no confiaba en él.

—Temes que te niegue el derecho de visita, ¿verdad? Crees

que participarás más en la vida de nuestro bebé si estamos casados –le dijo.

–Desde luego, pero ese no es el motivo por el que quiero casarme contigo. Una vez dijiste que compartíamos algo especial. Quizá desee recobrarlo.

–Imposible.

–Nada es imposible, Alexandra.

Creer que él pudiese llegar a amarla lo era.

–No lo sé –dijo, consciente de que sus deseos iban en contra de su mente. Quería casarse con él, pero temía volver a sufrir.

–Tu madre se sentirá destrozada si no nos casamos.

Alexandra lo sabía perfectamente.

–Los sentimientos de mi madre no rigen mi vida.

–¿Y dices eso después de llevar una doble vida para no hacerla sufrir?

–Vivir como Xandra Fortune fue infinitamente preferible a la idea de vivir como Alexandra Petronides –replicó, pero se arrepintió enseguida de sus palabras. ¿Por qué lo hacía, en venganza por la forma en que él la había hecho sufrir?

–La vida de nuestro hijo como un Petronides legítimo será infinitamente preferible a una vida como el bastardo de la oveja negra de los Dupree –respondió él, con el rostro tenso y los ojos relampagueantes.

–¡No uses esa palabra! –exclamó ella, dando un respingo al oírlo.

–Nunca la volveré a usar con respecto a mi hijo –su rostro reflejó pena y determinación–, pero no puedo decir que los demás vayan a hacer lo mismo.

–Lo sé –dijo ella y se le llenaron los ojos de lágrimas.

Dimitri lanzó un improperio en griego y la estrechó contra su pecho.

–No llores, *pethi mou*. No puedo soportarlo.

—Entonces, es una suerte que no estuvieses conmigo el primer mes tras marcharme de París —rio entre lágrimas—. Lo único que hacía era llorar.

—No quise hacerte daño —dijo, y ella no supo si se refería a ahora o a hacía tres meses.

—Háblame de tus padres, Dimitri, nunca lo has hecho —al ver que una sombra cruzaba el rostro masculino y los labios se le ponían tensos, insistió—: ¿Cómo pretendes que me case contigo cuando no quieres compartir a tu familia? Ni siquiera me has presentado a tu hermano o a tu abuelo.

—Invitaré a mi hermano a la boda, pero, desgraciadamente, mi abuelo no puede viajar todavía. Lo conocerás cuando vayamos a Grecia.

—¿Qué quieres decir con ir a Grecia?

—Allí viviremos.

—¿Y si quisiera vivir en Nueva York?

—¿Es eso lo que quieres? —le preguntó, con más paciencia de la que esperaba.

Lo miró a los ojos y apartó la mirada.

—No quiero criar a nuestro hijo en una gran ciudad —reconoció.

—Qué bien —dijo él, girándole el rostro para que mirase sus persuasivos ojos azules—. La casa de la familia se encuentra en una pequeña isla en la costa, cerca de Atenas. Lo único que hay allí es un pueblo de pescadores y nuestra casa. Será un sitio maravilloso para que crezca nuestro hijo. Lo sé, yo crecí allí.

Todo aquello resultaba demasiado tentador.

Capítulo 9

–Si me caso contigo y luego nos divorciamos, podrías quedarte con mi bebé –dijo ella, con una expresión de profundo miedo.

–¿De veras crees que te haría algo así? –dijo él, lanzando un juramento–. El matrimonio es para siempre. Este bebé y los que le sigan tendrán a su madre y a su padre para que los críen.

–¿Quieres tener más hijos? –preguntó, porque nunca había pensado en ello.

–Sí. ¿No querrás tener uno solo, no? –preguntó, horrorizado.

–No. Quiero al menos dos, pero me encantaría tener cuatro.

–¿No crees que será mejor que te cases conmigo antes?

–¿Por el bebé? –le preguntó, deseando que fuese diferente.

–Sí, pero también por ti.

–¿Porque no tendría que trabajar para mantenernos si me casase contigo?

–No tendrás que trabajar hagas lo que hagas. De ahora en adelante, el bebé y tú seréis mi responsabilidad, pero serías más feliz casada conmigo que siendo una madre soltera –afirmó con arrogancia innata.

–¿Cómo puedes estar tan seguro?

–Porque te daré todo lo que necesites para ser feliz.

Todo menos su amor, pensó ella con tristeza. Pero tendría

su pasión, se lo había demostrado la noche anterior. Y también su apoyo. Ya lo había hecho con la visita de su madre. Tendría su respeto. Si no la respetase, no le estaría pidiendo que se casase con él, de ello estaba segura.

–Desde luego que tranquilizaría a mi madre.

–Si te casas conmigo –dijo él con una expresión calculadora en el rostro–, volveré a comprar la Mansión Dupree y me ocuparé de mantener el personal mientras viva tu madre.

La generosidad de su oferta la asombró. Comprendía su deseo de ocuparse del bebé y de ella, pero asumir además la responsabilidad de su madre era excesivo y muy entrañable.

–Te ganarás a mamá para toda la vida.

–Sí, lo sé –frunció el ceño–. Me ha dicho que no quiere una boda por todo lo alto, que tú te avergonzarías. ¿Es eso verdad?

–¿Avergonzarme yo de casarme contigo? –le preguntó ella con incredulidad.

–De hacerlo en público con un embarazo avanzado.

–No me avergüenza mi bebé.

–Me siento muy orgulloso de que lleves a mi niño, *yineka mou*.

Alexandra se imaginó una boda tradicional con traje de novia y velo largo.

–¿En qué piensas, pequeña? Los ojos se te han puesto dulces y dorados.

–Pensarás que soy una sentimental –confesó, ruborizada–, pero siempre quise casarme de blanco con un velo larguísimo de encaje –suspiró y se tocó la tripa–. Pero supongo que resultaré un poco ridícula en mi estado.

Él volvió al sofá y la tomó de la mano.

–El blanco es símbolo de un corazón puro. A mí no me parecerías ridícula.

–¿De veras? –dijo ella, sintiendo una opresión en el pecho.

Se inclinó y le besó suavemente los ojos, las mejillas y, finalmente, los labios.

—¿En serio crees que debería ir de blanco? —sonrió ella—. Me gustaría eso.

—¿Quieres decir con ello que te casarás conmigo?

¿Había habido alguna duda?

—Es lo mejor para el bebé —dijo, por orgullo.

La expresión masculina se endureció y él se puso de pie.

—Hay que hacer planes. Quiero que nos casemos dentro de una semana.

—¿Tan rápido? ¿Y mi vestido y la iglesia...?

—Yo me ocuparé de ello.

Ella no discutió con él. Seguramente un millonario podría organizar una boda en el último momento. Poderoso caballero, don dinero.

— Yo quiero elegir mi vestido.

—Como desees —se encogió él de hombros y se dirigió al teléfono.

—Dimitri, ¿es esto lo que quieres?

—Estoy recibiendo lo que me merezco —le dijo él con una seca carcajada—. No espero nada más.

—Pero, pensaba que querías casarte —dijo ella, perpleja. ¿Lo habría malinterpretado? La única esperanza que le quedaba era que él la desease. ¿Le habría bastado con una noche de pasión para satisfacer su ansia?

—Sí que quiero —dijo él, el ardor de sus ojos confirmando sus palabras.

—Pero ahora que he aceptado, no pareces feliz.

Él volvió hasta ella y la tomó en sus brazos.

—No estoy infeliz, *pethi mou*, solamente preocupado con los detalles de la boda ahora que has accedido.

Era lógico y ella perdió el miedo cuando sus brazos la rodearon.

—De acuerdo —dijo, y bostezó.

—Vete a dormir un rato —dijo él, haciéndola girar hacia la puerta del dormitorio y dándole una palmadita en el trasero—. Las embarazadas necesitan descansar.

Obedeció, reconfortada. Solamente más tarde, cuando se estaba durmiendo, se dio cuenta de que nuevamente él había evitado el tema de sus padres.

Dimitri la vio irse y suspiró. Había accedido, por fin. Ya lograría que volviese a confiar en él. Le demostraría que podían recobrar lo que habían compartido en París. El afecto. La diversión. La complicidad. Cuando viese que él nunca más la rechazaría de aquella forma cruel, recuperaría su radiante felicidad.

Al menos había cumplido con la promesa a su abuelo.

—¿Por qué estás nerviosa? Has pasado lencería frente a mucha más gente.

Alexandra arregló la falda de su vestido en el asiento de la limusina. Era verdad, pero nunca frente a la exnovia de Dimitri y de su hermano.

—¿Creerá Spiros que soy una golfa? Estoy segura de que me culpa de la humillación de Phoebe.

Dimitri se dio vuelta hacia ella de golpe, los ojos relampagueantes.

—¿Por qué dices eso? Mi hermano no te culpa.

—No seas ridículo. ¿A quién más iba a culpar? Estoy segura de que me odia.

Dimitri se la sentó sobre el regazo sin importarle los metros y metros de satén. Le tomó la barbilla, forzándola a mirarlo.

—Mi hermano no te culpa. Es consciente de que desconocías la existencia de Phoebe. Sabe quién es el verdadero culpable: yo.

–Pero es tu hermano. Seguro que te perdonará –como ella había perdonado montones de veces a su madre–. Pero tu familia pensará que te has casado con una oportunista, embarazada de cinco meses. No me conocen.

–Mi abuelo y Spiros saben que eso también es culpa mía. No te preocupes, Alexandra. Spiros está contento con esta boda e ilusionado con la perspectiva de ser tío. Tú has hecho posibles ambas cosas. Te adorará.

La limusina se detuvo y la puerta se abrió. Dimitri la tomó en sus brazos.

–¡Me tienes que llevar en brazos al entrar en la casa, no en la recepción! –exclamó ella, con un chillido.

Él rio, una risa que ella no oía desde que se separaron en París.

–Puedo hacer las dos cosas.

La llevó hasta el salón del hotel donde se oficiaba la recepción. Se oyó una fuerte ovación cuando entraron. La siguiente hora transcurrió mientras recibían las felicitaciones de sus invitados. Alexandra se sentó luego a descansar en una de las sillas colocadas en grupitos junto a la pista de baile.

–Parece que no era un cerdo, después de todo –dijo Madeleine, sentándose a su lado.

–Hola, Maddy –sonrió a su hermana–. ¿No es fabuloso todo? ¡Increíble! –era ridículo lo feliz que se sentía, considerando que se había casado por conveniencia.

–Los coches de caballos fueron un detalle precioso, las flores de pascua rojas y blancas, el acebo... Casi no se veían los bancos de la iglesia.

–Hizo todo lo posible porque resultase especial. Se pasó la semana preguntándome si no quería nada más, asegurándose de que se cumpliese todo lo que había soñado para mi boda.

–¿Y por qué no iba a ser así? –preguntó Dimitri tras ellas. Se acercó y le apoyó la mano en el hombro que dejaba al descubierto el escote barco de su vestido–. Solamente te casarás una vez. Tenía que ser la boda de tus sueños.

–Lo ha sido –dijo ella, girando la cabeza para mirarlo.

–Me alegro, pequeña –dijo él, besándola en los labios–, ese era mi único deseo.

Si ella no hubiese sabido lo contrario, habría pensado que él parecía enamorado. Aunque no lo estuviese, tendría que tenerle cariño para tomarse todas las molestias que se había tomado para verla feliz.

–¿Otra vez mirándola con ojos de cordero? –un hombre que podría haber sido el hermano gemelo de Dimitri de no ser por su juventud, le dio una palmada a este en la espalda–. Ya tendréis tiempo más tarde.

Dimitri apretó ligeramente el hombro de Alexandra para tranquilizarla.

–No le tomes el pelo a tu hermano –dijo riendo Phoebe, una hermosa mujer con clásicas facciones griegas y aire de juvenil inocencia–. Tiene derecho a estar feliz con su novia el día de su boda.

Al recordar la foto que había visto del día en que Phoebe y Spiros se habían casado, Alexandra pensó que Phoebe se habría sentido así y se lo dijo.

–Es verdad –dio Spiros, rodeándole los hombros con el brazo en un gesto posesivo mientras ella se ruborizaba.

Alexandra sonrió, aliviada. Se veía que eran felices.

–No solo en el día de la boda, ¿sabéis? –comentó Hunter, uniéndose al grupo para sentarse junto a Madeleine–. Yo también lo siento ahora.

–Entonces, ¿me esperan años de miradas de cordero? –bromeó Alexandra.

–¡No soy un cordero! –dijo él, ofendido.

–Desde luego que no –replicó, pícara–. De comparar, habría que compararte con un toro –se tocó el vientre–. Yo diría que esto es la prueba positiva de que eres un macho capaz de procrear.

Se hizo un instante de silencio escandalizado mientras el grupo asimilaba su comentario, un poco subido de tono, luego todos explotaron en carcajadas, incluido Dimitri. Siguieron bromeando un poco más.

Luego Madeleine le dio la bienvenida a Dimitri a la familia, lo cual él le agradeció con seriedad en vez de su usual arrogancia.

–¿Estás lista para irnos? –le preguntó luego a Alexandra.

–Todavía no hemos bailado –dijo, deseando hacerlo.

–Y debemos hacerlo –sonrió–, para seguir la tradición, ¿verdad?

Ella asintió, feliz al ver su expresión indulgente. Se sentía mimada.

Él alargó la mano y la llevó al centro de la pista de baile, donde unos pocos invitados conversaban en pequeños grupos. La orquesta comenzó a tocar un lento vals. Dimitri bailaba divinamente y Alexandra se dejó llevar, disfrutando del placer del baile. Otras parejas siguieron su ejemplo.

–Gracias –dijo, elevando la mirada a los ojos de él–. Por todo: la boda, conseguir que mamá no perdiese la calma la semana pasada, lograr que Madeleine no creyese que me casaba con un ogro, comprar la Mansión Dupree para mamá... Supongo que no creía que lo decías en serio y, sin embargo, lograste hacerlo en menos de una semana. Estoy anonadada.

–Quiero que seas feliz, ya te lo he dicho.

–¿Todos los Petronides están dispuestos a sacrificarse por sus esposas?

Una sombra pasó por las facciones masculinas, desapareciendo rápidamente.

—Todos los hombres Petronides de mi familia, sí.

—Eso me da mucha esperanza para el futuro, *mon cher*.

Él se quedó quieto en medio de un giro.

—¿Qué pasa? —preguntó ella, asustada, pensando que lo había pisado.

—Dilo otra vez.

—¿Qué? —preguntó. Luego se dio cuenta. Desde su reencuentro en casa de Madeleine, no había utilizado ningún término cariñoso para dirigirse a él.

—*Mon cher* —repitió y tiró de él además de ponerse de puntillas para besarlo.

Fue un beso carente de pasión, el restablecimiento de un vínculo que había sido cruelmente cercenado, dejándola sangrante e hiriendo también a Dimitri. Sus labios se unieron en el cariño, el recuerdo y la renovación.

Tres horas más tarde, se encontraban en el jet privado de Dimitri. Alexandra se había puesto un elegante y cómodo jersey de crochet de color miel y pantalones elásticos a tono. Sentada en el pequeño sofá de la cabina principal del avión, bebía el zumo de frutas que le había servido la azafata.

—Saldremos en menos de media hora —le dijo Dimitri, tras hablar con el piloto.

Él también se había cambiado y llevaba pantalones de vestir negros y un jersey de Armani gris sobre un polo negro. Se sentó a su lado y el roce de su muslo contra el de ella le causó un estremecimiento de anticipación.

—¿Cuánto tardará el viaje a Atenas? —preguntó, intentando contener el deseo de acariciarle el torso bajo el jersey.

—Depende —se encogió él de hombros—. Unas ocho horas aproximadamente.

—Me alegro de no tener que hacer el viaje en una aerolínea

comercial, no creo que pudiese soportar estar apretujada en un asiento con esta tripa.

–Nunca hubiese pretendido que lo hicieses –dijo él, rozándole la mejilla con un dedo–. No te he preguntado si te molestaba cambiar de médico.

–Resultaría un poco difícil que me atendiese mi médico en Grecia –sonrió.

–He arreglado todo para que te vea un eminente obstetra en Atenas. Quiere que te mudes al piso de Atenas durante el último mes.

–¿Ya has hablado con él? –dijo, aunque sin sorprenderse demasiado. Después de todo, se trataba de su heredero.

–Me lo han recomendado mucho, pero si no te gusta, podemos buscar otro.

De repente, se dio cuenta de que Dimitri estaba preocupado.

–Todo irá bien –le dijo, apoyando su mano sobre la de él–. ¿Has hablado para que le pasen mi historia clínica?

–La mandaron por fax hace tres días.

–¿Firmé los papeles para eso? –preguntó. Había firmado muchos documentos la última semana y no se acordaba.

–Sí.

–¿Piensas estar conmigo durante el parto?

–Me gustaría mucho, pero la decisión final tiene que ser tuya.

La sorprendió que él quisiera estar y que dejase la decisión en sus manos.

–Quiero que estés.

–Entonces, lo haré. Creo que hay clases de preparación al parto, ¿no? ¿Qué pasa? –preguntó, al ver que ella lo miraba, muda de sorpresa–. ¿No quieres que te acompañe? Alguien tiene que ayudarte y, como esposo tuyo, me corresponde hacerlo –se enfadó, como si ella se lo hubiese negado.

—Quiero que seas tú quien me acompañe —dijo ella. Había soñado mil veces con compartir su embarazo con él, creyendo siempre que aquello era una fantasía, pero la cruda realidad había sido que estaba sola y daría a luz sola—. Es lo que más quiero en el mundo —dijo y rompió a llorar.

—Alexandra, *yineka mou*, ¿qué pasa? —le preguntó, asustado—. No te angusties de esa forma. Ven —le quitó la copa de la mano y, dejándola a un lado, la sentó en su regazo igual que en la limusina—. Dime por qué lloras.

—Deseé muchas veces que estuvieses allí —dijo ella entre sollozos—. Me despertaba y alargaba la mano, pero solo encontraba la cama vacía. La primera vez que sentí que el bebé se movía, deseé llamarte, pero creía que estabas casado. Te e… e… eché mucho de menos…

Sus sollozos se fueron calmando poco a poco y él le secó el rostro como si ella hubiese sido una niña.

—Serás un buen padre —dijo ella, sonriendo entre lágrimas.

—Nunca más te faltaré —dijo él, sin reír por la broma. Sus ojos se habían oscurecido, dos pozos insondables de emoción.

Ella sonrió, aceptando aquel voto que acompañaba la promesa de sus ojos.

Capítulo 10

La estrechó entre sus brazos y ella los llenó perfectamente, con el bebé protegido entre los dos. Las lágrimas de ella se habían calmado, pero no completamente. Dimitri conocía la forma de hacerla superar aquella emoción.

Sintió un placer posesivo al levantarle el rostro para cubrir los labios húmedos de lágrimas con los suyos. Ella le pertenecía ahora legalmente y estaba ligada a él por la emoción de compartir aquel bebé. Su respuesta fue dulce; su boca se abrió bajo la de él con una leve exclamación de sorpresa y él profundizó el beso. Deseó borrar aquella pena y reemplazarla con la pasión de sus brazos.

Al hundirse en su boca, su deseo surgió en oleadas irrefrenables. Ella respondió con todo el erotismo de su naturaleza generosa y le apoyó las manos en los hombros, moviendo los labios bajo los de él con tentador deseo. Quiso estar dentro de ella, sentirla ceder bajo la dureza que lo hacía hombre.

Necesitaba tocarla. Le metió las manos por debajo del jersey, pero un ruido en la antecabina le recordó que se encontraban a punto de despegar. La azafata aparecería en cualquier momento para avisarles que se ajustaran los cinturones. Se apartó con un esfuerzo y depositó a Alexandra a su lado.

Ella no comprendió al principio y casi le hizo perder el control al intentar volver a sus brazos, pero, de repente, pareció darse cuenta de dónde estaban y lo que estaban haciendo. Sus ojos, dorados por el deseo, se abrieron y la pálida perfección de su rostro se tiñó de un suave color rosado. Se acomodó pudorosamente el jersey.

–Olvidé dónde estábamos –dijo, lanzando una mirada a la azafata, que simulaba trabajar en la pequeña cocina.

–Cuando hayamos despegado, podremos retirarnos a la relativa intimidad del dormitorio –le dijo, rozándole la delicada piel del cuello con el dedo.

–¿Para que pueda dormir la siesta? Las embarazadas necesitan descansar mucho, según me ha estado diciendo un futuro padre mandón que conozco.

–Te aseguro que podrás descansar –sonrió él.

–¿Antes o después? –preguntó ella.

Él creyó que nunca más vería aquel brillo en sus ojos.

–Después, decididamente después –todo saldría bien, ya se ocuparía él de ello.

–No puedo esperar más –dijo ella, lanzando un suspiro y batiendo las pestañas como una actriz de los años veinte.

–Ya verás que vale la pena –dijo él, con los ojos llenos de promesas.

Alexandra se encontraba frente a Dimitri, sin su ropa de viaje, el cuerpo trémulo de deseo que él le había alimentado hasta hacerla casi gritar. Él también se encontraba desnudo y su deseo era evidente en su poderosa erección.

–Eres hermosa –le dijo, y sus penetrantes ojos estaban casi negros en la penumbra del dormitorio del avión.

–Me siento hermosa cuando me miras de ese modo en vez de la mujer deforme que soy, con esta pelota de fútbol por cintura.

–¿Deforme? –exclamó él, hecho una fiera–. Es mi hijo el

que llevas. Tu forma es lo que más me excita cada vez que te veo de perfil.

Ella se puso de costado, provocándolo.

Él aceptó la invitación con la velocidad de un jaguar lanzándose sobre su presa. A pesar de creer que se encontraba preparada, ella lanzó un chillido cuando él se le abalanzó para tirarla sobre la cama. Se puso de espaldas y la subió encima de él, abriéndole las piernas para ponerla sobre su miembro viril.

–Tú controla la profundidad –le dijo.

Y ella lo hizo. Se apoyó en las manos y se deslizó sobre él poco a poco. La sensación de que él la llenaba totalmente era increíble. Ya no podría recibirlo completamente dentro de sí con comodidad, pero él no la presionó, no se quejó. Por el contrario, la expresión de éxtasis de su rostro demostraba su placer. Mientras ella controlaba su penetración, él la sujetó por las caderas y la movió suave y rítmicamente. Ella cerró los ojos mientras la recorrían las sensaciones. ¿Cómo había podido sobrevivir durante meses sin aquello?

La respuesta era simple: no lo había hecho. Había pasado aquel tiempo viviendo como media persona, odiándolo, echándolo de menos y deseando con todo su corazón que las cosas fuesen distintas. Ahora estaba unida nuevamente a su otra mitad y celebraba el gozo que ello le causaba. Abrió los ojos con esfuerzo. Quería verlo, ver el efecto que aquella unión tenía en él.

Los ojos de él eran dos líneas, su rostro estaba rígido de deseo. La apretaba de las caderas con fuerza, pero ella no se quejó. Quería ver si le podía hacer perder el control. Le causaba esperanza que lo que él sentía por ella fueran algo más que culpabilidad y responsabilidad, más que un sencillo deseo carnal. No había nada de sencillo en los sentimientos que despertaban en el otro.

Él aceleró el ritmo y ella lanzó una exclamación ahogada

cuando el placer hizo que su interior comenzara a prepararse para la máxima satisfacción, que solo él sabía proporcionarle. Se le habían cansado los brazos y gimió.

Él pareció comprender su necesidad porque se puso de costado, manteniendo los cuerpos unidos íntimamente y pasando el muslo de ella por encima del suyo. La sujetó contra sí con una mano abarcándole posesivamente el trasero mientras asumía el control del movimiento. Ahora que tenía las manos libres, ella pudo tocarlo. Le acarició el vello del pecho y él se estremeció.

Ella sonrió, recordando lo que lo hacía estremecerse todavía más y comenzó a acariciarle las tetillas en círculos. Cuando se le endurecieron, se las apretó y el cuerpo de él se arqueó en un placer animal. Ella gritó cuando él le rozó el cuerpo con entregado deseo. Las contracciones internas comenzaron y perdió la noción del tiempo cuando su cuerpo se estremeció convulsivamente con una oleada tras otra de placer sin fin.

Cuando le llegó a él el clímax, lanzó un feroz rugido, que la ensordeció. El éxtasis de su unión se repitió una y otra vez hasta que quedaron rendidos y sudorosos. La acercó hasta apoyársela contra el pecho mientras le acariciaba la espalda y ella seguía estremeciéndose con espasmos cada vez más suaves.

–Shh. Tranquila.

–Es demasiado –dijo ella, y sollozó.

–No, *agapi mou* –dijo él, calmándola con su caricia–. Es tan maravilloso que tu cuerpo casi no lo puede soportar, pero no es demasiado.

–Si la tripulación no te oyó gritar, es que son sordos –dijo ella, apretándose contra él. La había llamado «amor mío», pensó ilusionada, pero luego se dio cuenta de que cualquiera lo hubiese hecho en aquellas circunstancias.

–No fui el único que hizo ruido, me parece –rio él–. Yo tampoco soy sordo.

Ella no respondió y se quedaron silenciosos varios minutos antes de que él se apartase. Alexandra murmuró, pero él la llevó a la pequeña ducha del avión. Allí la lavó tan concienzudamente que ella hizo mucho más ruido y no se pudo mantener de pie sin su ayuda cuando él acabó. La llevó en brazos de nuevo a la cama y ella se durmió acurrucada en sus brazos.

No supo cuánto durmió, pero cuando se despertó, ya no estaba en penumbra y Dimitri se hallaba a su lado mirándola con una expresión indescifrable.

–Estás hermosa cuando duermes.

–Tendré el pelo hecho un desastre y no llevo ni una gota de maquillaje.

–No lo necesitas –dijo él, acariciándola.

–Tengo hambre –dijo ella, incorporándose.

–Iré a pedir algo de comer –dijo él, saliendo de la cama para ponerse una bata que colgaba en el minúsculo armario. Ella se hubiese muerto de vergüenza presentándose frente a la asistente de vuelo en bata.

Dimitri volvió a los quince minutos con una bandeja cargada de comida. Se la puso sobre las piernas, se quitó la bata y se volvió a meter en la cama. Ella tomó un cuenco de sopa de arroz salvaje con champiñones, un panecillo crujiente y una porción de tarta antes de echarse hacia atrás, repleta.

Él le retiró la bandeja y la depositó en el suelo. Volviéndose a sentar, le apoyó la mano en la tripa. El bebé pateaba y se movía. Ambos rieron.

–Está muy activo allí dentro. Será campeón de fútbol algún día.

–Lo más seguro es que nosotros tengamos que correr tras él.

–Si se parece a su madre, me sacará canas verdes.

–¿Sabes? –sonrió ella–, nunca me dijiste cómo llegaste a la conclusión de que el bebé era hijo tuyo. Saber que fuese posible no quiere decir que lo creyeses.

—Lo supe mucho antes de preguntárselo a mi amigo —dijo él con un suspiro.

—¿Por qué?

Él se puso tenso y ella levantó la cabeza de su pecho para mirarlo a los ojos, pero la expresión de ellos era enigmática.

—Mis padres murieron en una avalancha cuando yo tenía diez años.

—Lo sé —era una de las pocas cosas que sabía de su familia.

—Mi padre la había ido a buscar al albergue de esquiadores donde ella se había ido con el amante que tenía.

—¿Un amante?

—Ella se enamoraba con una desalentadora regularidad —asintió él con la cabeza—. Una de esas veces fue con mi padre.

—Oh, Dimitri... —le acarició el pecho.

—Ella se había marchado otras veces. Hasta se corrió el rumor de que Spiros no era hijo de mi padre y él insistió en hacer los tests para acallarlos.

—Pero ¿por qué seguían casados?

—Estaba obsesionado con ella. Fue la obsesión de él y el concepto que ella tenía del amor lo que acabó matándolos.

Con razón Dimitri dudaba del verdadero amor. Una deprimente sensación de impotencia la invadió. ¿Podría él enamorarse, tras el ejemplo de sus padres?

—No es una historia agradable.

Pero explicaba por qué él no había confiado en ella.

—Todos tenemos recuerdos que preferiríamos olvidar. Todas las familias tienen sus secretos, pero no todas las mujeres son como tu madre.

—El adulterio no es algo demasiado inusual.

—¿Por eso estabas tan seguro de que tenía un amante?

Había supuesto que ella lo traicionaría como su madre, porque el daño que esta había causado había abarcado también a sus hijos. Sin embargo...

—El comportamiento de tu madre explica por qué no confiaste en mí, pero no por qué cambiaste de opinión luego.

—Me di cuenta de que no eras como ella cuando volví al apartamento y vi el tubito del test de embarazo encima de la ropa.

—Oh —entonces aquellos frenéticos momentos no habían sido en vano.

—Era un mensaje para mí, ¿verdad? —le apretó el hombro con la mano.

—Sí ¿Te hizo recordar la relación que habíamos tenido? —era su intención.

—Sí. Seguía sin entender por qué hacías esos viajes sin decirme nada, pero supe que no eran para reunirte con otro hombre —le acarició la nuca.

—Ahora lo sabes.

La expresión de él se aclaró y la mano bajó un poco.

—También sé que hay cosas que prefiero hacer contigo en vez de hablar.

—No me sorprende —dijo ella, intentando bromear, pero la mano había encontrado un anhelante seno y su voz sonó ronca de deseo.

Permanecieron una semana en Atenas porque Dimitri insistió en que tenían que pasar una luna de miel antes de ir a la casa familiar a conocer a su abuelo. Fueron siete días dichosos en los que hicieron el amor y recorrieron la ciudad.

También Dimitri la llevó al médico y Alexandra casi se murió de vergüenza cuando él insistió en verificar lo que le habían dicho sobre las relaciones. No se quedó satisfecho hasta que el médico la hubo revisado y hecho una ecografía.

Ella pudo ver perfectamente la cabeza y los pies del bebé, y también su sexo con claridad. Señaló al niño que chupaba su dedo y se dio la vuelta para compartir su alegría con Dimitri. Él estaba pálido y sus ojos tenían la mirada perdida, como si estuviese en estado de shock.

—Señor Petronides, ¿se encuentra bien? —le peguntó el doctor.

—¿Dimitri? —dijo ella, al ver que él no respondía.

—Ese es mi hijo —dijo él, con los ojos brillantes de lágrimas—. Tú lo proteges y nutres con tu cuerpo. ¿Cómo podré agradecerte nunca este regalo?

Ella se lo quedó mirando, perpleja. Sabía que la paternidad lo había afectado mucho, pero aquello era una exageración... ¡y le encantaba!

—No necesitas agradecerme nada. Para mí también es un regalo, *mon cher*.

Dimitri se inclinó y le besó los labios tiernamente.

—Me temo que será un padre indulgente —dijo el médico, comprensivo.

Alexandra se sentía rebosante de felicidad, pero esta duró hasta que Dimitri le dijo que había llegado el momento de que conociese a su abuelo.

—Pero ¿y si me odia? Tiene motivos sobrados para ello.

—No te preocupes. No tiene motivos para hacerlo. No podrá evitar adorarte.

Probablemente se habría sentido más confiada si hubiese estado más segura del cariño de Dimitri. Pero a pesar de que él se comportaba con afecto, era encantador y considerado como antes, nunca le decía palabras de cariño. No la había llamado «amor mío» nuevamente, ni en griego, ni en inglés, ni en francés, idioma en el que hablaban de vez en cuando porque había sido el que inicialmente habían usado para comunicarse.

Las palabras de amor nunca llegaban a sus labios, ni siquiera en los momentos de mayor pasión.

Capítulo 11

Theopolis Petronides no parecía un anciano de setenta y un años que se había sometido a una operación de corazón unos meses atrás. Aunque se apoyaba en un bastón, su alta figura se erguía imperiosa en el centro de la espaciosa estancia de estilo Mediterráneo. Sus penetrantes ojos oscuros se clavaron en Alexandra, brillantes bajo las pobladas cejas, tan canosas como su cabellera.

–Con que esta es mi nueva nieta, ¿eh? –alargó la mano–. Ven a saludar a tu familia, niña.

Alexandra se le acercó con aspecto confiado. Sabía que perdería su respeto si mostraba temor. Apoyándole las manos en los hombros, se estiró para besarlo en la mejilla. Él se lo devolvió con una sonrisa de aprobación antes de que ella se apartase nuevamente.

–No se parece a las fotos –le dijo a Dimitri. Luego se volvió a Alexandra–. Me gustas más así, natural, con el cabello sin peinados raros ni tintes. Mi Sophia nunca se tiñó el pelo. Tus ojos son de un bonito color avellana, no un verde absurdo. Te favorecen.

–Gracias –contuvo ella una sonrisa ante su franqueza–. Dimitri pensaba que estaba demasiado fea como para seguir mi profesión de modelo.

Ambos hombres hablaron a la vez.

—Yo no dije...

—¿Qué le pasa a mi nieto?

—A decir verdad —sonrió ella—, entre la falta de sueño y las náuseas matinales, estaba hecha un horror en aquel momento.

—Nunca le digas a una mujer embarazada que está hecha un horror. Ella se echará a llorar y acabarás durmiendo en el cuarto de los invitados.

—¿Lo aprendiste con la abuela? —preguntó Dimitri.

—Cuando estaba esperando a tu padre, estaba como un tonel, y cometí la torpeza de decírselo —rio—. ¡Me tiró la cena a la cabeza y luego siguió con los demás platos de la mesa! Le dije que lo sentía y acabé con moussaka en el pelo. Tuve que salir huyendo.

—¿Y te hizo dormir en la habitación de invitados? —preguntó Dimitri con una sonrisa que le llegó al corazón a Alexandra, que reía de la anécdota.

—Se encerró con llave —sonrió el anciano haciendo un guiño—. Tú eres como yo, ¿qué harías tú si esta adorable criatura que lleva a mi primer bisnieto en su vientre se encerrase con llave?

Al recordar una puerta con el cerrojo echado y una ducha muy erótica, Alexandra sonrió. Con razón el señor Petronides había hecho que le enseñasen a Dimitri a abrir una cerradura. Por algún motivo, encontró aquel pensamiento increíblemente gracioso y le dio un acceso de incontenible risa.

—Así que ya ha sucedido, ¿eh?

Dimitri no respondió y, tomándola de la mano, la llevó hasta un sillón color rojo brillante y la hizo sentarse casi a la fuerza.

—Le va a faltar oxígeno al bebé si te ríes así —la regañó con una sonrisa.

Ella hizo una profunda inspiración, luego otra y, finalmente, logró controlarse.

—Yo no tenía un abuelo listo que me educara —dijo el anciano, sentándose frente a ella—, no sabía usar una ganzúa, tuve que meterme en la habitación por la ventana. La tomé por sorpresa y fue un reencuentro muy satisfactorio —sonrió.

Alexandra sintió que se ruborizaba al pensar en lo que su marido había hecho en las mismas circunstancias. Dimitri se sentó en el brazo del sillón de ella.

—¿Spiros y Phoebe ya se han vuelto a París? —preguntó él al abuelo.

—Sí. Pero primero pasaron por aquí. Querían hablarme de la maravillosa nieta nueva que tengo —dijo, haciendo que Alexandra volviese a ruborizarse.

—Me alegro de que así lo crean —sonrió ella—. Temía que me rechazaran, pero han sido tan cariñosos como usted.

—Todo ha salido bien —dijo el señor Petronides con un gesto—. Mis dos nietos están casados, hay un bisnieto en camino y todos estáis felices como unas pascuas. Sophia no podría haberlo hecho mejor —añadió con clara satisfacción—. Doy gracias al Altísimo por concederme tantos dones para mi familia.

Su abierta sinceridad la emocionó profundamente.

—Gracias. Es usted muy bueno —se puso de pie y fue a darle otro beso.

Él le restó importancia, pero sus ojos revelaron el placer que sentía.

—Llévala arriba, Dimitrius. Las embarazadas necesitan descansar, ¿verdad?

—Ven, *pethi mou*, creo que necesitas tu siesta —dijo él, levantándola en brazos.

Alexandra volvió a partirse de la risa al oírlo, pero se contuvo para protestar:

—No puedes llevarme en brazos arriba, estoy demasiado pesada.

—Me niego a que me acuses de que he insinuado que estás gorda –dijo él, echando a andar, divertido–. Ya he aprendido la lección del cuento del abuelo.

—Dejar que camine no es insinuar nada –sostuvo ella.

Él ya había recorrido la mitad de las escaleras.

—Como dijiste que estás demasiado pesada... quieres decir que estás gorda o bien que yo soy un alfeñique, y me niego a acepar ninguna de las dos cosas.

La llevó al dormitorio, que ni la enorme cama con dosel lograba empequeñecer. Puertas corredizas de cristal abrían a una terraza y, más allá, al azul del mar.

—Es bellísimo, *mon cher* –dijo ella, ante aquella maravillosa vista.

Él la bajó, deslizándola por su cuerpo de una manera muy sugestiva.

—¿No has dicho «una siesta»? –le preguntó, apartando la mirada del amplísimo ventanal para clavarla en las pupilas azules.

—Tenemos que asegurarnos de que estés bien cansada –dijo, comenzando a quitarle la ropa.

La mirada de ella quedó prendada en una figurita de Lladró sobre una cómoda antigua. Era de una niña en un jardín. Al compararla, él le había dicho que le recordaba a ella. La última vez que la había visto estaba rodeada de papel de envolver en el suelo del apartamento de París.

Alexandra abrió otro cajón más de la cómoda buscando su ropa. Lo único que había encontrado era calcetines en uno, calzoncillos de seda en otro y en un tercero los polos lisos que a él le gustaba llevar bajo los jerseys o con vaqueros cuando estaba en casa. Lo había abierto unos centímetros cuando unas fuertes manos la tomaron de los brazos, poniéndola de pie.

–*Pheti mou,* ¿qué haces? No deberías agacharte así abriendo pesados cajones.

–Buscaba mi ropa, pero solo he encontrado tuya –dijo ella, mirando con disgusto el último cajón. Más cosas de Dimitri.

Algo blanco le llamó la atención y se inclinó nuevamente para ver lo que era. Alargando la mano, sacó el tubo del plástico del cajón y se lo quedó mirando.

–¿Por qué has guardado el test de embarazo? –pregunto, intrigada.

–Era la única prueba que tenía de que existía mi bebé. No te podía encontrar, no sabía dónde buscar, pero sabía que en algún lado mi bebé crecía dentro de ti –los masculinos pómulos se tiñeron de rojo–. Me daba esperanzas.

–Oh, Dimitri –dijo ella, poniéndose de pie de un salto para abrazarlo, rebosante de amor, sintiendo como nunca desde dejar París que estaban hechos el uno para el otro–. Y entonces, ¿dónde está mi ropa? –preguntó contra su pecho.

Él la soltó y la hizo girar hacia una puerta junto a la del cuarto del baño.

–Allí.

Ella se acercó y abrió la puerta. Daba a un gran vestidor con tres paredes para colgar ropa y una cuarta con estantes, cajones y zapateros. Ver los trajes de Dimitri junto a sus vestidos de embarazada la hizo sonreír. De repente, se dio cuenta de que varias de las prendas eran las que ella había dejado en París.

–Guardaste mi ropa –dijo, aturdida.

–Sabía que volverías y que la necesitarías –dijo él desde la puerta–. Aunque, por ahora, no. Debí comprarte más vestidos de embarazada.

Después de la experiencia que había tenido cuando niño, a él le costaba manifestar sus sentimientos, pero Alexandra comenzaba a creer que él la necesitaba porque era ella, no solamente la madre de su hijo.

–Si me quedo aquí, llegaremos tarde a la cena con el abuelo.
–Entonces, vete –dijo ella, echándolo–. Tengo que vestirme.

Se puso ropa interior color melocotón y encima un vestido veraniego color albaricoque con una coqueta falda que le encantaba, porque se sentía femenina a pesar de haber perdido su silueta.

–Siento deseos de pedir que nos sirvan la cena en la habitación –dijo él, al verla. Estaba guapísimo con esmoquin, camisa de seda y elegante corbata.

–Ni lo sueñes. Quiero causarle buena impresión a tu abuelo.

–¿No te has dado cuenta de que ya lo has hecho, que eres de la familia?

Ella sonrió, sintiendo un calorcillo dentro. Que la aceptasen porque era de la familia y no porque se comportase correctamente, era una experiencia nueva.

Durante la cena, Dimitri tuvo que retirarse a atender una llamada internacional.

–Ah, los negocios –interrumpió el señor Petronides–. Interrumpen, ¿verdad?

–Tendrá que ponerse al día después de todo el tiempo que ha pasado en Nueva York y la luna de miel –dijo ella, quitándole importancia.

–Tienes razón –dijo él, arqueando las cejas en un movimiento que ya le comenzaba a resultar familiar–. Háblame de tu familia.

Así que ella lo hizo, hablándole de Madeleine y Hunter, de su madre y de la generosidad de Dimitri al volver al comprar la Mansión Dupree.

–Es lo que correspondía que hicieses –dijo el anciano, restándole importancia–. Ahora tu madre es su familia y es su responsabilidad cuidarla.

—No me casé con su nieto para que mantuviese a mi madre —dijo, nerviosa.

—Por supuesto que no, tontina —exclamó él con una profunda carcajada—. Si hubieses querido el dinero de mi hijo, nunca te habrías marchado de París.

—Es verdad —sonrió ella aliviada—. Lo único que quería era estar con él. No sabía de la existencia de Phoebe —confesó con sinceridad.

—*Ne*. Sí, lo sé.

—Lamento haber hecho que Dimitri no cumpliese su promesa.

—Sientes el peso de esas cosas —dijo el señor Petronides, asintiendo con la cabeza—. Me gusta eso. Pero no quiero que te sientas culpable por una promesa que hizo bajo la amenaza de mi salud —lanzó un suspiro—. No debí someterlo a semejante presión.

—Dimitri mencionó en París que hacía tiempo que usted esperaba su boda con Phoebe —dijo ella, con cierto dolor. Frunció el ceño—. Habrá sido una desilusión.

—¿Desilusión? —preguntó, sorprendido—. Deseaba la certeza de bisnietos y eso es lo que tengo, ¿no? —dijo, lanzándole una mirada al vientre. Rio—. Además, Phoebe está más feliz con Spiros. Ella le tiene un poco de miedo a Dimitri. No me di cuenta de ello hasta después del compromiso, cuando vinieron aquí —tomó un sorbo de vino—. Y además, mi nieto ha cumplido su segunda promesa.

—¿Segunda promesa?

—Se casó contigo, tal como me lo prometió —los ojos oscuros brillaron de determinación—. Le ha dado a mi bisnieto el apellido Petronides. Estoy feliz.

—¿Le prometió que se casaría conmigo? —la impresión le borró la sonrisa.

—Es un hombre de palabra —asintió con la cabeza—. Su segunda promesa invalidó con creces la primera –dijo con orgullo–. Puedo morirme en paz.

–No diga eso –recriminó ella, aunque se le rompiese el corazón por dentro.

¿Dimitri le había prometido a su abuelo que se casaría con ella? ¿Que le daría el apellido Petronides a su hijo?

Con razón Dimitri había soportado todos los obstáculos que ella le puso. Cuando ella se negó a hablar de boda, él la había seducido. Había conquistado a su madre y le había comprado la Mansión Dupree. ¡Qué idiota había sido creyendo que lo hacía por amor a ella! Todo había sido por su abuelo. Por primera vez desde acceder a casarse con él, sintió náuseas. Tomó un trago de zumo y rogó que se le pasase.

–¿Te encuentras bien, pequeña? Te has puesto pálida. ¿Quieres ir a acostarte?

–Prefiero estar con usted aquí –dijo, porque no quería rumiar su tristeza sola.

–Ah, amabilidad con un anciano.

–No, en absoluto. Me agrada estar con usted –dijo con sinceridad.

–Entonces, háblame del trabajo que tenías. Nunca he conocido a una modelo.

Le habló de su vida como Xandra Fortune y acabó contándole cómo había conocido a Dimitri y riéndose de antiguos recuerdos de su vida con él.

Se hallaban en el salón tomando el café cuando Dimitri se unió a ellos. Ella le estaba relatando al abuelo su primera pelea.

–Hacía una portada en bañador y Dimitri se presentó en la sesión de fotos.

–Volví un día antes y la sorprendí –terció Dimitri, entrando y sentándose junto a ella en el sofá.

Alexandra no supo cómo logró contenerse para no gritarle

en aquel momento como una verdulera por haberla vuelto a engañar, por dejarla creer que quizá la amase. Ojalá le resultase a ella tan fácil olvidar su amor por Dimitri como a él olvidar mencionarle su segunda promesa.

–No le gustaba el bañador que llevaba –prosiguió, concentrando su atención en el señor Petronides, que sonreía con benevolencia–, y exigió que me lo quitase.

–Así que como eres una mujer razonable y comprendes que los griegos tradicionales somos muy posesivos, te cambiaste inmediatamente, ¿no? –dijo el señor Petronides, el humor brillando en sus ojos oscuros.

–Amenazó con quitárselo allí mismo –dijo Dimitri con un bufido–, frente a todos, si no me callaba y salía de allí –todavía parecía disgustado.

Ella le lanzó una mirada, pero estaba demasiado dolida y volvió al abuelo.

–Funcionó.

El anciano rio de buena gana y dijo algo rápido a Dimitri en griego que ella no comprendió. Dimitri frunció el ceño. Ella sonrió. Que se enfadase, se lo merecía, se dijo.

–Te costó conquistarla, ¿verdad, Dimitrius?

–Sí, pero ahora que la tengo no la dejaré ir –le rodeó los hombros con el brazo.

Ella deseó apoyarse contra él y darle un puntapié en la espinilla a la vez. Se estaba volviendo loca.

–Creo que me iré a la cama –dijo, poniéndose de pie de un salto–. No es necesario que vengas. Estoy segura de que tu abuelo y tú tendréis mucho de que hablar –añadió. Sus palabras resultaron forzadas.

–Te acompaño –dijo Dimitri, lanzándole una penetrante mirada.

Su abuelo se levantó lentamente, mostrando cansancio por primera vez.

–No vuelvas a bajar por mí, Dimitrius, yo también necesito descansar.

Ella le dio un rápido beso en la mejilla antes de marcharse.

Dimitri se retrasó un momento saludando a su abuelo y la alcanzó en las escaleras. Ella dejó que le tomase la mano, pero cuando se le acercó luego en la cama, le dijo que se encontraba demasiado cansada para hacer el amor.

Por primera vez sintió una opresión en el pecho debido a su embarazo. Si no hubiese estado embarazada, Dimitri nunca habría vuelto a buscarla, porque su abuelo no le hubiese sacado aquella segunda promesa.

Capítulo 12

A la mañana siguiente, Alexandra se despertó sola en la cama. Se abrazó a la almohada de Dimitri, inhalando su aroma, deseando que su ausencia no le causase dolor. Él se había marchado a Atenas hacía dos horas, no sin antes despertarla con suaves y tiernas caricias que habían acabado en un clímax tan exquisito que la había hecho llorar. Pensar que se había ido a la cama decidida a no hacer el amor con él. Aquella determinación no había sobrevivido el primer beso de él por la madrugada.

Llamaron a la puerta y una empleada entró con una bandeja con el desayuno que Dimitri le había pedido. Se sentó en la cama y la mujer le puso la bandeja sobre las piernas. Luego se dirigió a abrir las cortinas, dejando entrar el brillante sol griego antes de marcharse para que ella desayunase sola.

Alexandra comió mecánicamente la fruta, las tostadas y la loncha de beicon, frustrada por la forma en que su cuerpo la había traicionado. Ahora mismo le latía al recordar el placer compartido.

Al acabar de comer, se duchó y vistió, considerando mientras su situación de forma pragmática. ¿Qué había cambiado, al fin y al cabo? Ella había sabido que él no la amaba cuando accedió a casarse con él.

Se dirigió a la cómoda y levantó la delicada figurita de porcelana. Recordó con absoluta claridad la alegría que había tenido cuando él se la había comprado.

Dimitri había guardado aquel recuerdo de tiempos felices, había guardado su ropa y había llevado todo allí, a la casa de su familia, suponiendo obviamente que ella viviría allí alguna vez. Por más que le hubiese hecho una promesa a su abuelo, aquello no era motivo para guardar todas sus cosas, las cosas que ella había dejado en una ofensiva pila en el suelo.

Tenía dos opciones: buscar la verdad y hacerlos infelices a los dos o aceptar la realidad. Tener un matrimonio de conveniencia. Después de todo, ya no era Xandra Fortune, sino Alexandra Petronides, su esposa y una mujer con una familia de la cual él podía sentirse orgulloso.

Pensó en los años vacíos que se avecinaban, convertida en un apéndice de la vida de Dimitri y en aquel momento decidió que no aceptaría pasivamente aquel papel.

Porque lo amaba, no lo dejaría nunca, pero no se dejaría pisotear. Él había dicho que haría lo que fuese para que ella estuviese feliz, ¿qué diría si ella le dijese que quería volver a trabajar como modelo después de que naciese su bebé? ¿Qué diría si ella le dijese que aquello la haría feliz?

No dijo nada.

Se la quedó mirando del otro lado de la cama, con una expresión indescifrable en los ojos azules, el desnudo cuerpo derecho y por una vez sin ninguna señal de deseo. Alexandra se estremeció al sentir su fiereza, que le llegaba en oleadas.

–¿Tienes algún inconveniente en que retome mi carrera después de que nazca el bebé?

–¿Y dejar a tu hijo en manos de una niñera? –preguntó él, los puños apretados.

No, maldita sea, no era lo que ella quería. Quería darle de

mamar, estar allí cuando dijese su primera palabra, cuando diese su primer paso.

¿A dónde la habían llevado sus confusos pensamientos de la mañana?

–No tengo por qué aceptar todos los trabajos. Puedo dejar las pasarelas y los anuncios y dedicarme solo a las fotografías.

–Puedes abandonar tu profesión del todo –le lanzó una mirada de enfado–. Eres mi esposa, no tienes necesidad de trabajar.

Ella se aferró a la sábana que la cubría.

–¿Quieres decir que te niegas a dejarme hacerlo?

Él se frotó los ojos con el mismo aspecto de cansado que en Nueva York.

–¿Me harías caso si lo hiciera?

–Viviré mi propia vida, si te refieres a eso.

–¿Cuándo no lo has hecho? –dijo, metiéndose en la cama y apagando la luz antes de echarse de su lado dándole la espalda.

Evidentemente, era el fin de la discusión.

Ella también se acostó de lado, intentando tomar una postura cómoda. Se había acostumbrado a la seguridad de los brazos de él mientras dormía. Ahora, los separaba el ancho de la cama. Sintió que los ojos se le llenaban de ardientes lágrimas.

No quería retomar su carrera de modelo. Era algo que había hecho porque no contaba con otros recursos para ayudar a su familia. Había amenazado con hacerlo para enfadar a Dimitri porque él no la quería. Además, tenía la esperanza de que él la aceptara como era, pero había fallado.

Había buscado la forma de aplacar el rechazo que había sentido como Xandra Fortune, la amante. Qué estúpida. Había logrado más de lo mismo. Las ardientes lágrimas se filtraron entre sus párpados apretados y las sorbió.

Un súbito calor la envolvió y se sintió rodeada por sólidos músculos masculinos.

—No llores. Soy un imbécil. Si quieres retomar tu carrera, no te lo impediré.

—¿Dimitri?

—¿Quién más iba a ser? —rio él, arrebujándola contra la curva de su cuerpo.

—Ya sé que eras tú... me sorprende lo que dices —deseó que la luz estuviese encendida para poder verle la expresión. ¿Sería en serio?

—Estoy acostumbrado a salirme con la mía.

—Lo sé —dijo ella con una sonrisa que él no pudo ver.

—A veces soy arrogante. Odiaba cuando tu trabajo te alejaba de mí, pero no debo ser egoísta. No te lo impediré si eso es lo que necesitas para ser feliz.

—¿No te avergonzarás de que tu mujer sea modelo? —tanteó. ¿De veras había odiado estar separado de ella?

—¿Por qué iba a estarlo? No me avergonzaba de ello cuando eras mi amante.

—Era diferente. Tú mismo lo has dicho.

—Dije muchas cosas de las que me arrepiento —dijo él, apesadumbrado.

—Mamá tendrá un patatús.

—Yo me ocuparé de ella. Cree que soy Dios después de que le devolví la casa.

—¿De veras? —dijo Alexandra y el resto de sus lágrimas se trocó en risa.

—Claro.

—Enciende la lámpara, quiero verte —esperó a que la suave luz de la mesilla iluminase la sinceridad de sus ojos azules para preguntarle—: ¿De veras me apoyarás si vuelvo a mi carrera de Xandra Fortune?

—No —dijo él, con el rostro serio—. Puedes volver a tu carrera, pero solo como Alexandra Petronides. No me negarás acceso a ningún ámbito de tu vida.

La altanera afirmación debió enfadarla, pero en vez de ello, la llenó de alegría. No la amaba, pero la respetaba.

–No quiero ser modelo –reconoció.

–Entonces, ¿por qué me has dicho que querías ser modelo?

–Necesitaba saber si aceptabas a aquella mujer, la que se quedó embarazada. Cuando me pediste que me casase conmigo, era Alexandra Dupree

–¿Creías que si volvías a tu carrera con tu otro nombre te volvería a rechazar?

–No, por supuesto que no –pero estaba confusa, hecha un lío desde descubrir lo de la segunda promesa–. No lo sé.

–Nunca lo olvidarás, ¿no? –se dejó caer en la almohada, cubriéndose los ojos con el brazo–. Nunca olvidarás mi estupidez. No confiarás nunca lo bastante en mí como para volverme a amar.

–Tú no crees en el amor –le recordó ella–. ¿Por qué no me dijiste que le habías hecho una segunda promesa a tu abuelo? –susurró, sin poder contenerse.

Dimitri se sentó de golpe, los ojos llameantes.

–¿Por eso me has hecho pasar el infierno de creer que querías volver a una carrera que fue más importante que yo?

–¡Eso no es verdad, yo te quería!

–Pues no confiaste en mí –se bajó de la cama de golpe–. Me mentiste cada día que estuvimos juntos.

–¡Y tú me diste la patada como si hubiese sido un montón de basura! –le gritó ella, sorprendiéndose ante su falta de control.

–Siempre volveremos a lo mismo, ¿verdad? –respondió él, el rostro demudado, los hombros hundidos. Se dio la vuelta.

De repente, ella saltó de la cama, vibrando con la rabia reprimida durante meses de angustia y desesperación.

—¡No me des la espalda, bastardo!

—¿Qué has dicho? —preguntó él, volviéndose hacia ella.

—Nada peor de lo que tú me dijiste aquel día en Chez René —lo acusó ella.

—No te dije nada aquel día.

—Con palabras no, pero me llamaste prostituta con la maldita joya esa que querías darme de despedida.

—Había comprado la pulsera antes del ataque al corazón de mi abuelo. Pensaba dártela para demostrarte mi afecto. Luego, debido a mis estúpidos celos, se convirtió en otra cosa. Pero si no confiabas en mí antes de que yo traicionara nuestro amor, ¿cómo puedes traicionarlo ahora? ¿Quieres decir algo más?

Ella negó con la cabeza. Ya había dicho suficiente.

Él asintió con la cabeza.

—No puedo dormir aquí esta noche, junto a una mujer que me odia. Iré a la habitación de invitados. No puedo estrecharte en mis brazos sabiendo que soportas mi contacto por nuestro hijo.

—No te odio —dijo ella sintiendo que el corazón se le contraía. ¿Cómo podía pensar que rechazaba su contacto? Deseó rogarle que no se fuese, pero las palabras se le resistieron—. ¿Por qué no me mencionaste la segunda promesa?

—Sabía que pensarías que por eso había ido a buscarte. Quería que te dieses cuenta de que era yo quien te necesitaba —abrió la puerta y se marchó.

Las palabras de Dimitri se repitieron una y otra vez en su mente. «Me mentiste»; «Nunca confiaste en mí»; «Me odias»; «No necesito ese amor».

Amor. Había dicho que ella había traicionado el amor de los dos. Lo sabía. Mientras ella gritaba como una verdulera, él había reconocido que la amaba. ¿La amaría todavía, después de la forma en que ella lo había rechazado una y otra vez desde su reencuentro en Nueva York?

Ella sí que lo amaba.

Lo amaba, pero no había actuado como si lo hiciese. Ni cuando estaban juntos en París, ni cuando él había reaparecido en su vida. No había sido sincera con él, no había confiado en él. ¿Qué tipo de amor era aquel?

El único amor que ella conocía, el amor condicionado y con límites. Sus límites habían surgido del temor, pero le habían hecho a Dimitri tanto daño como los que su madre le había impuesto a ella. Ella había querido recibir amor incondicional, pero no estaba dispuesta a darlo. ¿Sería demasiado tarde?

Entró al vestidor y encendió la luz con un propósito en mente: tenía que haber algo entre su lencería... de repente recordó el camisón que Dimitri le había comprado cuando llevaban dos semanas juntos. Con su corte imperio y sus metros y metros de delicada gasa fruncida bajo el busto, era el único que le valdría en su estado. Se lo puso y luego se cubrió con una bata, no fuera a ser que se cruzase con alguien o la grabasen las cámaras de seguridad.

Dimitri le había dicho que estaría en la habitación de invitados. Saliendo al pasillo, se dirigió a la puerta y probó el pomo, que cedió al girarlo. La cama estaba vacía, pero sintió la presencia de él como si lo viese en la oscuridad.

Se hallaba junto a la ventana, sujetando con la mano la cortina. Se había quitado la bata y sus torneados músculos la tentaron con su magnetismo animal. No podía dejarlo ir nuevamente de su vida.

Él se puso tenso, pero no se dio la vuelta.

–No quiero seguir discutiendo. Ahórranos mayores disgustos y vete. Por favor.

Capítulo 13

No pudo soportar oír a su altanero esposo griego rogándole de aquella forma.

Atravesó la habitación corriendo y lo abrazó por la espalda, aferrándose a él con los brazos como garfios. El bebé se movió y dio unas patadas. Seguramente él también lo sintió, porque un estremecimiento lo recorrió de arriba abajo.

–No te odio –lo besó con fervor–, te amo –susurró fieramente contra su piel–. Siento haber expresado mi amor tan mal que no me crees. Se supone que el amor tiene que ser generoso, pero he estado demasiado ocupada protegiéndome.

–No, *yineka mou* –dijo él, liberándose de sus brazos para darse la vuelta–. Soy yo quien te ha hecho daño. Yo quien, como un estúpido, rechacé el regalo de un niño, el regalo de tu persona. No tienes nada que reprocharte.

–¿No? –negó con la cabeza y le puso la mano sobre la boca cuando él la abrió para hablar–. Por favor. Déjame hablar.

Él le besó la palma de la mano con una suave caricia y asintió. Ella bajó la mano y se alejó unos pasos, su mirada clavada en las pupilas azules.

–Quiero a mi madre, pero ella siempre dio su cariño basándose en mi conducta como hija –hizo una inspiración y lanzó el aire lentamente–. Aprendí de pequeña que el amor era condicionado, que tenía límites y que hacía sufrir.

Él asintió como si comprendiese y, teniendo en cuenta su infancia, ella no dudó que así fuese.

–Así que, cuando me enamoré de ti, le puse límites a aquel amor, condiciones que no tenías posibilidad de cumplir. No te dije la verdad porque tenía miedo. Jamás había imaginado que tendría a un hombre como tú –volvió a inspirar, intentando controlar sus emociones–. Me sorprendió que quisieses a Xandra Fortune. Estaba segura de que no querrías a Alexandra Dupree, educada en un colegio de monjas, de una familia conservadora que había perdido su fortuna. Lo oculté. Tengo que confesar que pensé que, si no me entregaba totalmente a ti, me quedaría aquella parte de mí cuando te hubieses ido.

Al ver que él comenzaba a comprender, ella asintió con la cabeza.

–Tenías razón en París –prosiguió–. Sabía que nuestra relación acabaría, aunque no me diese cuenta de ello en aquel momento. Al mantener una parte de mi vida para mí solamente, me estaba preparando para poder seguir con ella cuando la otra acabase. Pero no funcionó, porque, como tú has dicho muchas veces, Xandra Fortune y Alexandra Dupree eran una misma persona y ambas sufrieron tu pérdida. No me bastó con dejar París.

–Ojalá te hubieses quedado. Te habría encontrado antes.

–No sabía que me buscabas –dijo ella con una mueca.

–Lo sé –dijo él, y sus ojos reflejaron una pena devastadora–. Fue culpa mía.

Ella no lo negó. Ambos compartían la culpa de la desastrosa ruptura en París.

–Debí decirte dónde iba en mis viajes. Fue más fácil para ti desconfiar de mí cuando te dije lo del bebé, era comprensible que al principio pensases que podría haber tenido un amante.

–¡No, no lo era! –exclamó él–. Permití que el comportamiento de mi madre influyera en ello. No tenía motivos para dudar de ti, que eras generosa conmigo cuando hacíamos el amor, entregada. Lo sabía, pero temía obsesionarme tanto como mi padre. El sentimiento que sentía por ti me hacía vulnerable, algo que no podía aceptar. Por eso me comporté como un bastardo, tal como dijiste.

–No –dijo ella, ahogada por las lágrimas.

–Sí. Mi única justificación es que estaba obnubilado, confuso. La preocupación por mi abuelo y la frustración por la promesa que le había hecho me impedían pensar. Lo peor era la desesperación que sentía al pensar en que te perdería. Me horrorizaba y el miedo me hace actuar. La arremetí contra ti y te perdí.

–Te esperé una semana –dijo ella para que él supiese que lo amaba lo bastante como para quedarse, aunque él la hubiese echado–. No quería marcharme hasta ver el anuncio de tu compromiso con Phoebe.

–¡Lo sabía! –dijo él, cerrando los ojos y echando la cabeza hacia atrás, la mandíbula tensa–. Cuando dejé que mi abuelo publicase el anuncio, me di cuenta de que todo estaba mal, que necesitaba recuperarte.

–Lo siento –susurró ella.

–No te pude encontrar. Soñaba que te perdía para siempre –dijo él y su frente se cubrió de sudor al recordarlo–. Pensé que me moría –la estrechó contra su pecho–. Lo siento, lo siento –la besó con pasión.

Sus palabras, dichas con tanta sinceridad, curaron las profundas heridas del corazón de ella.

–Alexandra Petronides, eres mi tesoro, y te amaré toda la vida.

–Dilo otra vez –dijo ella, tragando las lágrimas.

–Te amo –dijo él, enmarcándole el rostro con las manos–. Tanto si eres Xandra Fortune, la profesional independiente, la gatita Alexandra Dupree o quienquiera que desees ser. Eres la esposa de mi corazón.

–Demuéstramelo, Dimitri.

Y él se lo demostró allí mismo, con todo el erotismo, la belleza y la profundidad de su amor. Luego la llevó en brazos a su cama y se lo volvió a demostrar hasta que ella se durmió en sus brazos.

Dimitri había convencido a Alexandra de que se volviese a poner el delicado camisón de la noche anterior. Se hallaba hecha un ovillo en el regazo de él. El sol naciente iluminaba la terraza privada donde se sentaban ambos.

–Espera un momento, que quiero mostrarte algo –dijo ella, saltando de su regazo para entrar corriendo al dormitorio.

Revolvió el cajón de Dimitri hasta encontrar el tubito blanco del test de embarazo y volvió a salir. No pudo evitar sonreír al ver la imagen de él vestido solamente con unos calzoncillos de seda negra. Ella estaba más cubierta que él, pero su atuendo transparente era mucho menos modesto y los ojos de él brillaron apreciativos al verla acercarse.

Alexandra se arrodilló a su lado.

–Estoy embarazada, Dimitri –le dijo, mostrándole la prueba de sus palabras.

–Me estás dando una nueva oportunidad –dijo él, comprendiendo.

–El amor puede borrar los errores del pasado. Te quiero, *mon cher*.

–Yo también, Alexandra, no me abandones nunca.

–Nunca –prometió ella con fervor.

Él se inclinó y la besó con dulzura antes de volver a sentársela en el regazo.

–Sigo teniendo pena por tu abuelo, ¡qué terrible, tener otro ataque después de leer todas aquellas barbaridades en la prensa amarilla...!

–No fueron aquellos artículos los que le provocaron el segundo ataque –dijo él, mirándola a los ojos. En los suyos se reflejó un instante la culpabilidad–. Fui yo. Le dije a mi abuelo que no podía casarme con Phoebe.

–Porque yo estaba embarazada.

Dimitri negó con la cabeza.

–Porque te amo. Tuvo el ataque al comenzar a gritarme que era un imbécil cuando reconocí que te había echado del piso y que no te podía encontrar.

–¿Ya sabías que no te casarías con Phoebe antes de que saliesen las fotos en los periódicos? –preguntó, sorprendida.

–Lo supe el día que me dijiste que estabas embarazada, pero estaba tan ofuscado por los celos, la responsabilidad hacia mi abuelo y el odio a mí mismo por hacerte aquello, que perdí el control. Creo que no me recuperé hasta reencontrarte en casa de tu hermana.

–No sé, aquel día estabas bastante alterado.

–¡Me dijo que habías muerto! ¿Te imaginas cómo me sentía?

Comenzó a comprender. Si la quería, y ahora sabía que sí, aquella noticia habría sido terrible para él.

–Lo siento, Dimitri –le dijo, dándole un beso, deseando mitigar su dolor.

–No sé si alguna vez me podré perdonar lo que te hice –dijo él, tras besarla con una pasión que la dejó sin aliento.

–Por favor –dijo ella, sonriente, con los ojos arrasados por las lágrimas–, tienes que hacerlo. No quiero pasar el resto de mi vida mirando hacia atrás. ¡Mi presente es maravilloso ahora que sé que me quieres!

–Vi al paparazzi en la puerta del restaurante de Nueva York y no hice nada –dijo, con el aire de alguien que tiene que confesar todo–. Sé que estuve mal, pero estaba desesperado. ¿Estás enfadada? –le preguntó.

–No. Me siento halagada de que recurrieses a cualquier medio para conquistarme –le dijo, con desfachatez. El bebé se movió y ambos rieron. Frotó el pie que sobresalía de su tensa piel–. Está de acuerdo –dijo, feliz.

Dimitri se movió bajo ella y Alexandra sintió otro miembro que sobresalía, pero este no era infantil en absoluto.

–Estás muy sexy con ese camisón. Más hermosa que cuando te lo compré, porque ahora eres mía y sé que lo eres.

–Para el resto de mi vida –afirmó ella.

Y luego se dispuso a demostrarle el tipo de amor que pensaba darle para siempre: un amor apasionado, incondicional, ilimitado.

Dimitri se hallaba en la puerta del cuarto de los niños de la Mansión Dupree viendo cómo su mujer ponía a dormir al bebé. El pequeño Theo, de nueve meses, había disfrutado de las emociones de la Navidad y a Alexandra le había costado trabajo desprenderlo de los cariñosos brazos de su abuela.

Cecilia estaba en su elemento: había organizado la celebración de las Navidades para su familia y la de Dimitri en su casa de Nueva Orleans. Alexandra se lo había pedido a Dimitri y él le había concedido el deseo, feliz de que ella estuviese feliz, porque ya se había dado cuenta de la diferencia entre su amor y la obsesión de su padre por su madre. Alexandra solo quería lo mejor para él y aquello era una sensación embriagadora.

Cuando ella vio que todo estaba bien, se dio la vuelta para marcharse. Le sonrió con el rostro lleno de amor. Era una expresión que él nunca volvería a dar por sentada.

–Se ha quedado dormido, por fin.

Dimitri le pasó el brazo por los hombros y la llevó hacia el dormitorio contiguo.

–Tengo algo para ti.

–¡Pero ya me has dado una montaña de regalos!

–Feliz Navidad, *agapi mou* –dijo él, sacando un pequeño paquete rojo con un lazo dorado del bolsillo.

Con una sonrisa, ella abrió con cuidado el papel que envolvía la caja de la joya. Sus dedos temblaron un instante cuando la abrió.

Él sacó la pulsera de la caja y se la puso.

–¿Te encuentras bien? –le preguntó, al ver que ella lloraba.

–¿Es la misma pulsera?

–Sí.

–Si hubiese abierto esta caja, nunca me habría marchado de París. Habrías tenido que sacarme con una grúa del apartamento.

Dimitri lanzó un suspiro de alivio. Ella comprendía. Por fin habían aclarado la última cuestión que les quedaba por resolver.

El brazalete refulgía en la muñeca de ella, los corazones entrelazados engastados en diamantes reflejando la luz. Aquel no era un regalo de despedida de un hombre a su amante, ni siquiera un regalo que un amante le haría a otro para demostrarle cariño, no. La pulsera hablaba de una emoción más profunda, imposible para él de expresar con palabras en aquel momento, pero ella comprendió.

–Me amabas entonces.

–Te amé desde el momento en que fuiste mía. Sonreías dulcemente, sin recriminarme por robarte tu inocencia.

–Me costó trabajo darme cuenta de que amabas, ¿verdad?

–A mí también, pero nunca lo olvidaré –prometió.

–Y tú siempre cumples tus promesas –dijo ella, bromeando–, pregúntale a tu abuelo.

–Te amo, *agapi mou.*
Ella aceptó sus palabras sin reproches.
–Te amo, *mon cher.*
–Siempre –dijo él, tomándola en sus brazos.
–Siempre –dijo ella, abrazándolo como si nunca lo volviese a soltar, y él supo que no lo haría.

PASIÓN SICILIANA

LUCY MONROE

Capítulo 1

Salvatore permaneció fuera de la pequeña joyería con una extraña sensación de nerviosismo en su interior.

No era habitual en él vacilar ante un enfrentamiento. No tenía ningún problema a la hora de hacerlo en el mundo de los grandes negocios en el que se movía, pero aquello era algo totalmente diferente. Se trataba de un enfrentamiento, sí, pero no tenía nada que ver con los negocios.

No tenía sentido creer que Elisa iba a estarle agradecida por interferir en su vida, ni siquiera a petición de su preocupado padre. Elisa se había pasado el año entero evitándolo como si este sufriera una enfermedad contagiosa. Lo odiaba con la misma pasión con la que una vez se había entregado a él.

Y no podía culparla.

Tenía más motivos que nadie para despreciar a su examante, pero eso no significaba que él tuviera que aceptar que lo apartara por completo de su vida. No podía. Su alma siciliana no dejaría que una deuda así quedara pendiente. Aunque Elisa no pudiera creerlo, la familia Di Vitale era una familia honrada y él no los avergonzaría.

Abrió la puerta de la joyería Adamo y frunció el ceño al no oír la campana que solía acompañarlo cuando entraba en el establecimiento. Era una pequeña medida de seguridad para avisar a los empleados de la presencia de un cliente.

Avanzó dos pasos y se detuvo.

Ella estaba inclinada sobre uno de los mostradores de cristal con una joven pareja. Oía el suave tono de su voz aunque no era capaz de distinguir las palabras. Llevaba el cabello recogido. Salvatore recordó la reluciente mata de cabello oscuro suelta sobre sábanas de raso blanco. El formal peinado dejaba a la vista la delicada línea del cuello y el leve pulso allí donde se hacía claramente visible cuando estaba muy excitada.

Llevaba puesta una blusa sin mangas a juego con sus ojos verdes. La falda recta de un tono más oscuro que silueteaba sus esbeltas caderas y su pequeña cintura dejaba a la vista solo unos centímetros por encima del tobillo. Sin embargo, si se movía un poco, la abertura trasera dejaba una vista deliciosa de las piernas que él deseaba tener alrededor de su cuerpo en un abrazo de amor una vez más.

Apretó los dientes ante la reacción de su cuerpo a tales pensamientos. La deseaba. Todavía. Dudaba mucho que alguna vez dejara de sentir el deseo de fundirse con ella. No había sucedido en un año de ausencia. Un año en el que ni siquiera se había sentido tentado de tocar a otra mujer. Un deseo como el que sentía compensaría cualquier cosa... incluso el matrimonio.

Era la única salida posible. Solo así podría reparar todos sus pecados.

En ese momento, Elisa dijo algo a la pareja a la que estaba atendiendo y se metió tras el mostrador que les había estado enseñando para sacar la bandeja con los anillos de diamantes.

Y entonces lo vio.

Su rostro se tornó lívido como la cera y sus ojos grises sin vida. Todo lo contrario a lo que había sentido antaño ante su presencia, cuando sus ojos se iluminaban de amor por él. No había amor en ese momento.

La mano que sostenía la bandeja tembló ligeramente antes de caer sobre el mostrador de cristal.

−¿Se encuentra bien?

Elisa se obligó a mirar al hombre que le había hablado en lugar del fantasma que permanecía de pie en la puerta de la joyería. Consiguió mantener la sonrisa.

−Sí, estoy bien −dijo colocando la bandeja para que la pudieran examinar mejor−. ¿Querían ver el solitario?

Los ojos de la joven se iluminaron mientras asentía con la cabeza y miraba a su prometido con una mirada tan llena de amor que Elisa sintió un terrible dolor interno. Ella también se había sentido así una vez. Pero Salvatore había destruido ese amor igual que la mala fortuna se había llevado a su bebé.

Elisa sacó el anillo de la bandeja y sonrió a la pareja. Era maravilloso amar y ser amado. El hecho de que no esperara algo así para ella no era razón para no alegrarse por aquellos que lo sentían.

−¿Por qué no se lo prueba?

El joven tomó el anillo y lo puso en el dedo de su prometida con expresión de ternura.

−Me queda perfecto −dijo la joven en un susurro.

Elisa no tuvo que fingir una sonrisa. Aquello significaba una venta y lo necesitaban. Desesperadamente.

−Le queda muy bien.

Elisa casi se había convencido de que él no estaba allí, que solo había sido una mala pasada de su imaginación. La joven levantó la cabeza y miró a Salvatore como si fuera un benevolente benefactor cuando Elisa sabía que no era nada de eso.

−Gracias, *signor*.

−A juzgar por el tipo de anillo, están ustedes de enhorabuena, ¿no es así?

—Oh, sí. Nos casaremos tan pronto regresemos a casa –dijo el joven con una sonrisa.

—¿No es romántico? –dijo la chica mirando con ternura a su futuro marido–. Nos conocimos en un viaje por Europa, y nos gustó tanto Italia que decidimos quedarnos un par de semanas más.

—Y entonces decidimos casarnos –dijo el joven lleno de seguridad en sí mismo.

—Enhorabuena. Estoy seguro de que serán muy felices –dijo el hombre para quien la palabra «compromiso» era lo peor que podía ocurrirle.

Elisa ignoró su comentario mientras la joven pareja le daba las gracias por sus deseos de felicidad y pagaban el anillo. Cuando se marcharon, se dispuso a cambiar la distribución de los anillos en la bandeja para disimular el hueco dejado por la mercancía vendida. No tenía ningún otro anillo para sustituir al que había vendido y no lo tendría hasta después de la subasta. No había dinero para comprar más piedras ni tampoco para comprar el oro en el que engarzarlas.

—Fingir que no estoy aquí no hará que me vaya.

Elisa se giró y lo miró, despreciando el impacto que su presencia seguía teniendo en su cuerpo. Los pezones se le endurecieron y sintió una reacción en su interior que no había sentido en doce largos meses. Era la reacción de su cuerpo hacia el hombre para el que estaba destinada. Por mucho que su cabeza y su corazón lo detestaran, su cuerpo seguía comportándose como si hubieran sido creados el uno para el otro.

—¿A qué has venido? –preguntó Elisa, como si no lo hubiera adivinado.

Había vivido en Italia durante la mayor parte de su vida adulta, su padre era siciliano, y si había algo que había aprendido era que la culpa para un italiano era una pesada carga, pero para un siciliano lo era todavía más. Y Salvatore tenía mucho por lo que sentirse culpable. Más de lo que imaginaba, más de lo que ella estaba dispuesta a contarle.

¿Estaba buscando perdón?

Salvatore apoyó su metro ochenta de estatura contra uno de los mostradores.

—Me envía tu padre.

—¿Mi padre? —dijo ella y el corazón se le encogió en el pecho—. ¿Ha ocurrido algo malo?

Los ojos oscuros de Salvatore penetraron en los de ella y Elisa quiso cerrar los párpados para proteger su interior de un hombre que veía demasiado y nada a la vez. Había visto una vez el deseo de ella hacia él, pero no había sabido reconocer el amor que se ocultaba tras él. Al final, había visto el embarazo, pero no lo que significaba ser el padre de la criatura.

Salvatore suspiró como si lo molestara lo que veía en los ojos de Elisa.

—¿Aparte del hecho de que no has ido a casa en todo el año?

—Sicilia no es mi casa.

—Tu casa está donde vive tu padre.

—Y su mujer.

—Y tu hermana también.

Sí, Ana María vivía aún con sus padres. Tres años menor que Elisa, que tenía veinticinco, Ana María no mostraba deseo de independizarse. Shawna, la madre de Elisa, se habría mostrado disgustada si su hija hubiera demostrado tan poca independencia.

Elisa había sido criada para ser totalmente independiente. Su hermana había sido mimada siguiendo la tradición siciliana.

—Ana María vivirá en casa hasta que se case.

—Eso no es malo.

—Cada una es como es —dijo Elisa encogiéndose de hombros. Ella estaba contenta con la vida que llevaba en la pequeña ciudad cerca de Roma. Su trabajo le permitía viajar, al menos cuando había dinero para ello, y no tenía a nadie que le dijera lo que tenía que hacer. Nadie en absoluto.

–La campana no ha sonado cuando he entrado en la tienda.

–Está rota.

–Deberías arreglarla.

–Lo haré –dijo ella. Después de la subasta.

–No me has preguntado por qué me ha pedido tu padre que venga.

–Supuse que me lo dirías cuando te pareciera adecuado. Por tus palabras, entiendo que no ha pasado nada malo.

–Así es, si no contamos el miedo que tiene de que te pase algo.

¿Le habría dicho su padre a Salvatore lo de las joyas de la corona? Ella no se lo habría dicho. Francesco Guiliano era un hombre tradicional. Elisa había sido el resultado de un desliz con la actriz Shawna Tyler. Él había querido casarse cuando supo que ella estaba embarazada. Su madre se había negado. No quería un marido que la atara y tampoco había permitido que ser madre la atara.

–¿Por qué tiene miedo? –preguntó Elisa. Llevaba siete años viviendo sola.

–No creer que el señor Di Adamo tenga la seguridad suficiente en su tienda como para hacerse cargo de algo tan valioso como las joyas de la corona de Mukar.

–Eso es ridículo. Esto es una joyería. Claro que podemos hacernos cargo de las joyas.

Salvatore sacudió la mano en un gesto de impaciencia.

–Valen diez veces más que todo lo que hay en esta tienda. Más de una facción en Mukar no está de acuerdo con la disolución de la monarquía y la venta de las joyas.

–Mukar necesita el dinero. El anterior príncipe lo entiende así y pensó que tendría que hacer todos los sacrificios que fueran necesarios para la supervivencia de su país.

–Sea como sea, corres riesgo –dijo él con tono serio, como si realmente le importara.

Elisa rio con desprecio. Era muy posible que Salvatore se sintiera culpable por la forma en que la había tratado, pero no le importaba lo que le ocurriera; sería una estúpida si se permitiera fantasear con algo así.

–Estoy perfectamente.

–¿Con la alarma de seguridad rota? –dijo él echando un vistazo despectivo al establecimiento–. Las demás medidas de seguridad son antiguas. Hasta un ladronzuelo de segunda podría robar aquí.

–Eso no va a ocurrir. No ha habido ningún robo desde que el señor Di Adamo se hizo cargo de la tienda, y tiene ahora sesenta años.

–Así es. Es un hombre viejo. Demasiado débil para protegerte. Y los tiempos cambian. No puedes ignorar esos cambios, ni siquiera aquí –dijo Salvatore describiendo un arco con el brazo para referirse a la tienda incluso a la pequeña ciudad en la que vivía.

–¡No vivo en la ignorancia!

–No, pero eres peligrosamente ingenua si crees que hacerse cargo de algo como las joyas de la corona de Mukar no supone un riesgo para ti.

–Tendré más cuidado. Además, las tenemos en la cámara de seguridad.

–No es suficiente –dijo él sacudiendo la cabeza.

–Tanto si lo es como si no, no es asunto tuyo.

–Tu padre ha hecho que lo sea.

–No tenía derecho a hacerlo. Él no dirige mi vida.

Habría seguido hablando, pero el señor Di Adamo entró en la tienda en ese momento. Llevaba con él a su nieto Nico.

–Señor Di Vitale. Es un placer volver a verlo por aquí. Y esta vez viene cuando mi ayudante está en la ciudad.

–Señor Di Adamo –Salvatore se giró y extendió la mano para saludarlo. A continuación hizo lo mismo con Nico–. Te estás haciendo muy mayor, Nico. Pronto podrás trabajar con tu abuelo en la joyería.

Nico lo miró con los ojos relucientes de alegría y Elisa no pudo dejar de preguntarse cómo podía haberse desarrollado una amistad tan profunda entre su jefe y su examante durante el año que ella lo había estado evitando.

–Si es que sigo teniendo la joyería –dijo el hombre con una voz débil por el sentimiento de derrota–. Esta jovencita me ha dado nuevas esperanzas. ¿Le ha contado lo de las joyas de la corona?

–Su padre lo hizo.

–Es un milagro que pudiera convencer al anterior príncipe de la corona para que nos encarguemos nosotros de la subasta, pero es muy inteligente y capaz de convencer a cualquier hombre con sangre en las venas para que cumpla sus deseos –el hombre le guiñó un ojo a Salvatore–. ¿No es así?

Elisa podría haberle dicho a su jefe que no había sido lo suficientemente deseable para convencer a Salvatore de que la amara, pero no lo hizo, porque ya no le importaba. No quería su amor. No quería pensar más en ello tampoco. Solo quería que la dejaran en paz.

Pero no pudo ser. Salvatore se quedó allí, discutiendo con el señor Di Adamo los defectos del sistema de seguridad de la tienda. Insistió en hacerlo en el interior, aprovechando toda oportunidad de pasar cerca de ella. Y cada vez que esto ocurría, su cuerpo la traicionaba.

No importaba lo que hiciera para evitarlo. Si ella se movía él la seguía. En menos de treinta minutos, había perdido los nervios. Incapaz de soportar ni un minuto más la presión de estar cerca del hombre al que una vez había amado sin recibir amor a cambio, y al que en ese momento despreciaba, huyó hacia su despacho en la parte trasera del establecimiento. Pensó que podía trabajar en la subasta. El señor Di Adamo podía ocuparse de la tienda.

–Llevas un año huyendo, Elisa. Se ha terminado.

«Estúpida». No había sido muy acertado buscar refugio en una habitación pequeña con una sola salida. Tuvo que enfrentarse a él deseando no sentir nada en su interior, igual que cuando perdió a su bebé y sus sueños quedaron rotos.

Allí estaba bloqueando la puerta, literalmente. Elisa se negó a permitir que las emociones internas que la recorrían salieran al exterior.

–No estoy huyendo. Tengo que trabajar.

–¿Pretendes decirme que no huías cada vez que te las arreglabas para no estar aquí cuando yo venía?

–No siempre estaba fuera.

–Eso es cierto. La primera vez que vine, te quedaste en casa y te negaste a abrirme la puerta.

Elisa había amenazado con llamar a la policía si no se alejaba de su casa, y hablaba en serio. Ella sabía que no serviría de nada con él, pero aun así lo amenazó. Un hombre de riqueza y posición tan elevada como la suya podría haber hablado con la policía y convencerlos de que no pasaba nada, pero ni siquiera lo intentó. A pesar del alivio, Elisa no lograba comprender por qué había reaccionado como lo hizo.

–Pero regresaste.

–Y tú te marchaste.

–Tenía un viaje de negocios.

Salvatore había cometido el error de llamarla para decirle que estaba en Roma y se dirigía a verla. Elisa decidió adelantar su viaje de negocios tres días.

–Estabas huyendo, igual que la última vez que intenté verte.

—Tuve que ir a ver a mi madre.

—Tu padre te dijo que yo venía hacia Roma. Tú sabías que trataría de volver a verte y decidiste tomar un vuelo a América una hora antes de mi llegada.

—Mi padre pensó que me gustaría verte —Elisa soltó una risa llena de sarcasmo.

—Huiste, Elisa, y yo te dejé, pero no puedo permitir que lo sigas haciendo.

—No quiero verte nunca más. Eso no significa que esté huyendo. Esa es la realidad.

Salvatore se estremeció, o tal vez fuera un efecto óptico provocado por la luz. La luz temblaba a veces con las instalaciones antiguas.

—También es una realidad que tu padre me ha pedido que te proteja. Y es lo que voy a hacer.

—No necesito que me protejan.

—¿Cómo puedes asegurarlo? —Salvatore parecía furioso—. El sistema de seguridad de la tienda es peor de lo que imaginaba. Ha sido un milagro que no hayan robado. Esta tienda es el sueño de cualquier ladrón principiante —el ímpetu en la palabra «principiante» rebajó un tanto el desprecio hacia el sistema de seguridad.

—No ha habido dinero para hacer mejoras en ese aspecto.

—Eso no es excusa. Según el señor Di Adamo y tu padre, pasas muchos días aquí sola. ¿Es eso cierto?

—No es asunto tuyo.

—En eso te equivocas.

Aquella afirmación despertó algo en su interior. El dolor que había ido creciendo durante meses mientras intentaba convencerse de que ya lo había superado estalló en su pecho. No había habido enfrentamiento que hubiera puesto punto final a su relación. Ella había salido del hospital en contra de los consejos del médico y se había negado a volver a ver a Salvatore.

Elisa se puso de pie de un salto y, sin pensarlo, se acercó a él hasta quedar a meros centímetros. Se aseguró de estar cerca y habló golpeando con su dedo el pecho de roca de Salvatore para enfatizar el significado de sus palabras.

—No soy nada para ti —dijo apenas logrando contener el tono de su voz—. No era nada para ti mientras me poseías y ahora que ni siquiera somos amantes, mucho menos. Y tú no eres nada para mí.

—Dijiste que yo era el padre del hijo que perdiste.

El impacto de las palabras la golpeó con tanta fuerza que perdió el equilibrio como si hubieran sido golpes físicos, el dolor tan intenso que no sabía si podría contenerlo. Con la rapidez de un rayo, Salvatore la tomó por la muñeca y la acercó hacia sí mientras sus labios articulaban palabras que ella no pudo comprender. El cuerpo de ella se amoldaba al de él de una forma que una vez había sido placentera, pero que en ese momento solo le provocaba odio y miedo. Odio por su propia reacción y miedo de que él pudiera darse cuenta.

—No hables así. Lo que fueras en aquel tiempo, cuando estábamos juntos, me lo ofreciste. No fue algo repugnante, como quieres dar a entender con tus palabras.

¿Lo que fuera? Una virgen. Eso era lo que había sido para él, pero debido a que su himen no había resistido los embates de sus tiempos como gimnasta, él había creído lo contrario. De hecho había supuesto que era el mismo tipo de mujer que su madre.

—Pues ya no te ofreceré nada más. He aprendido la lección —le espetó.

Salvatore la miraba con pura furia, la mandíbula marmórea tensa. Y ella se alegró. Quería enfurecerlo, tanto como para que la dejara en paz de una vez por todas.

—No tenemos que discutir ese tema ahora. Estoy aquí por tu seguridad. Nuestra relación puede esperar.

–No... –Elisa se alejó de él de un brinco y se acercó a la mesa–. No tenemos ninguna relación. Ninguna. ¿Me oyes? Déjame en paz, Salvatore. No hay lugar para ti en mi vida y nunca lo habrá.

Él no contestó, solo la miró, fijamente. A continuación, bajó la vista hacia su pecho y Elisa deseó gritar. Mientras le había estado diciendo que se marchara, su cuerpo no había dejado de reaccionar a su aroma, a la sensación de estar junto a él de nuevo.

–Te engañas a ti misma si crees que eso es cierto.

–Preferiría irme a la cama con una rata que contigo, señor Salvatore Rafael di Vitale –dijo ella cruzando los brazos sobre sus traicioneros y duros pezones.

Él ladeó la cabeza como si lo hubiera golpeado. Lo que dijo a continuación asombró a Elisa por la calma con que lo hizo.

–El señor Di Adamo necesita hacer mejoras en el sistema de seguridad para que pueda decirse que la tienda es segura. Y aun así, ninguno de los dos debería estar solo en ella.

Elisa se apoyó en el respaldo de la silla. El peso de sus responsabilidades le parecía tan grande que no podía seguir soportándolo.

–Estoy segura de que tienes razón, pero no se puede hacer nada de eso.

–Debe hacerse.

–No hay dinero.

–Aun así, tiene que hacerse –contestó él sin hacer caso a la afirmación.

Elisa se preguntó si no la habría oído. Tal vez, para un hombre como Salvatore, poseedor de una de las más prestigiosas empresas de seguridad del mundo, el concepto de carecer de dinero no significaba nada.

–No podemos –suspiró Elisa frotándose los ojos con los dedos, sin importarle que, por un momento, su enemigo viera un signo de flaqueza en ella. Estaba tremendamente cansada–. El señor Di Adamo está intentando mantener la tienda por todos los medios para su nieto, pero cada año es más difícil.

–La subasta de las joyas de la corona será una fuente de ingresos.

–Sí. Un buen montón de dinero que necesita desesperadamente, pero no sé si será suficiente. El sistema de seguridad no es lo único que necesita mejoras.

–Yo me encargaré de ello.

–No te dejará –dijo ella pensando en el orgullo del hombre.

Salvatore se limitó a sonreír vagamente. En realidad solo levantó los labios ligeramente, recordándole a Elisa momentos que sería mejor olvidar.

–Sé cómo convencerlo.

–No lo dudo. Se te da muy bien manipular a la gente.

–No voy a discutir otra vez, *cara*.

–Yo no quiero discutir contigo –y era cierto. Solo deseaba que se marchara.

–Bien.

Por un momento no comprendió lo que Salvatore había querido decir hasta que se dio cuenta de que solo había dicho en voz alta que no quería discutir, pero no que deseaba que se marchara.

–No quiero verte.

–No se puede tener todo, *dolcezza*.

Dolcezza. Dulzura. Así era como solía llamarla porque decía que era muy dulce. Aquello levantó heridas de nuevo, heridas que ya no sangraban pero que tampoco estaban curadas por completo.

–No me llames así.

–¿Dónde están las joyas de la corona ahora? –preguntó como si no la hubiera oído.

–Ya te lo he dicho. En la cámara de seguridad.
–¿Ya están en tu poder? –dijo él, su cuerpo tenso y alerta.
–Sí.
–Tu padre pensaba que todavía faltaba una semana o más para que las trajeran desde Mukar.
–Eso era lo que quería el anterior príncipe. Les dijo a todos que las transportarían justo antes de la subasta. Esperaba poder hacerlo en secreto. Y funcionó.
–Solo porque yo no supiera que las tenías ya en tu poder no significa que nadie más lo desconozca.
–Están seguras en la cámara de seguridad –repitió ella con tozudez.
–Tal vez, pero tú no estás segura.

Seguía insistiendo en lo mismo y ella sabía que tenía razón, pero no sabía qué hacer. Lo cierto era que cuando estuvo negociando la subasta no había tenido en cuenta su seguridad. Tras haber perdido a su hijo y a Salvatore, tenía la sensación de que nunca alcanzaría la felicidad y por tanto podía arriesgarlo todo para asegurar un futuro al negocio de un hombre que había sido tan bueno con ella. El señor Di Adamo.

Mientras pensaba en lo único que lo preocupaba, Salvatore se acercó subrepticiamente hacia ella. Le acarició la mejilla con suavidad y Elisa sintió como si la marca quedara grabada a fuego sobre su piel.

–Nunca te dejaré sola –y diciendo esto giró sobre sus talones y salió del despacho.

Capítulo 2

Salvatore esperó a que Elisa saliera del despacho. Había pasado la tarde trabajando en la subasta mientras él y el señor Di Adamo discutían los detalles del nuevo sistema de seguridad. El señor Di Adamo se ocupó de los clientes mostrando a su nieto los entresijos del negocio mientras Salvatore hacía unas llamadas y pedía que el equipo se instalara de inmediato.

Había sido una tarde muy agradable, pero aún le quedaba por hacer lo más difícil. Tenía que decirle a Elisa que la llevaría a casa y se quedaría con ella. No tenía otra opción, pero dudaba mucho que Elisa quedara satisfecha.

Y así fue.

Cinco minutos después lo miraba como si acabara de sugerirle la mayor de las obscenidades.

–De ninguna manera –dijo sacudiendo la cabeza con tanta fuerza que algunos mechones escaparon del recogido y cayeron sobre sus verdes ojos. Elisa hizo un gesto impaciente para retirarlos–. No vendrás a casa conmigo.

–Si alguien se entera del paradero de las joyas, ni tu jefe ni tú estaréis a salvo. Él se quedará con su hija y su yerno. Tú no tienes a nadie.

La expresión de Elisa al oír sus palabras fue de un vacío espiritual tan grande que Salvatore no podía creer que perteneciera a la apasionada mujer que había sido su amante una vez.

—Tampoco te tengo a ti. No lo haría. Ni siquiera por orden de mi padre. No vendrás conmigo. Punto —dijo Elisa saliendo de la tienda y dejando que el señor Di Adamo cerrara. Salvatore maldijo la situación y salió tras ella.

—Al menos deja que te lleve a casa —ya se ocuparía él de llegar hasta la puerta del apartamento.

—Tomaré el autobús —dijo ella echando a correr para tomar el que se acercaba y Salvatore quedó sorprendido de la forma tan hábil en que lo había burlado.

Furioso, dio instrucciones a uno de los hombres que había llevado consigo de que acompañara al señor Di Adamo y a su nieto a casa. Por su parte, se acomodó en su todoterreno negro dispuesto a seguir al autobús en el que iba Elisa. No estaba de muy buen humor cuando llegó.

Elisa bajó del autobús y dijo algo desagradable al verlo allí.

Salvatore la estaba esperando delante de su edificio. En sus ojos había una mirada violenta aunque ella sabía que aquel hombre nunca le haría daño físico. Ella no podía evitar el escalofrío de aprensión que le subió por la columna vertebral.

Se acercó a la entrada con cautela, los ojos fijos en la puerta a la izquierda del hombre. Se detuvo a poca distancia porque él no se había movido, ni siquiera había hablado, aunque su lenguaje corporal hablaba a gritos, y no tenía nada bueno.

—No vuelvas a huir de mí.

Elisa tuvo el coraje de mirarlo a los ojos fingiendo no sentir dolor.

—Déjame en paz. No puedes darme órdenes.

—Alguien tiene que hacerlo. No te preocupa tu propia seguridad.

—¿Qué crees que podría pasarme en un autobús público? —dijo ella abriendo desmesuradamente los ojos.

–Si no lo sabes, eres más ingenua de lo que deberías ser para tu edad –contestó él procediendo a enumerar los peligros a los que podría haber tenido que enfrentarse. Cuando terminó, Elisa sentía una mezcla de náuseas e irritación.

–Y si piensas que tu apartamento será más seguro, eres una estúpida –añadió al ver que ella se quedaba en silencio.

–Supones que hay más gente que sabe que las joyas están en la tienda, pero no tienes pruebas que lo demuestren.

–Hay que ponerse en lo peor y actuar de acuerdo –dijo él sin pedir disculpas por el cinismo que ocultaban sus palabras, disculpas que ella tampoco habría esperado de él. Cuando aún lo amaba, se había dado cuenta de la visión pesimista que tenía del mundo.

–Aunque alguien supiera y quisiera robar las joyas, la cámara de seguridad tiene un temporizador que controla su mecanismo de apertura –dijo ella, no sin satisfacción–. El señor Di Adamo no puede abrirla antes de las nueve de la mañana por mucho que quisiera hacerlo antes.

–Eso no evitará que puedan utilizarte para llegar hasta ellas.

Elisa suspiró consciente de que podía tener razón, pero se negaba a creer que su vida pudiera correr un riesgo tan alto.

–Por favor, quítate de en medio –dijo mientras buscaba la llave–. Quiero entrar.

–¿Has escuchado algo de lo que te he dicho?

–Lo he escuchado. Simplemente no creo que sea así –dijo sacando por fin la llave.

–Cabezota –dijo él y en un rápido movimiento le quitó la llave. Fue como la primera vez que la besó: inesperada.

Intentó recuperar la llave, pero él ya estaba abriendo la puerta. Retrocedió un paso para hacerla entrar, pero sin soltar en ningún momento la llave.

–El edificio cuenta con un sistema de seguridad, por todos los santos.

–Un pequeño cerrojo no es suficiente seguridad. Sobre todo cuando el cerrojo es tan viejo como este.

El edificio entero era antiguo y a ella le gustaba. Su apartamento tenía carácter y el alquiler era barato. Se negaba a vivir de sus padres y el señor Di Adamo no podía pagarle más dinero aunque lo mereciera.

–Deja de exhibir tus conocimientos sobre medidas de guardia de seguridad y devuélveme la llave. Tengo hambre y estoy cansada. Quiero llegar a mi casa, hacerme la cena y meterme en la cama.

–Soy un especialista en medidas de seguridad, no un guardia.

–Lo que sea.

Elisa no tuvo que volver a pedirle la llave. Salvatore cubrió con grandes zancadas la distancia hasta su apartamento. Cuando se detuvo delante de la puerta, ella lo miró inquisitivamente.

–¿Cómo sabías cuál era mi piso?

Elisa se había mudado tras la ruptura, incapaz de soportar los recuerdos que su otro piso despertaba en ella.

–No ha sido tan difícil averiguar tu dirección. De hecho, quince segundos y un ordenador bastan. Sin embargo, en este caso, simplemente tuve que preguntar a tu padre.

–Oh –Elisa no supo qué decir. No le había dicho a su padre nada de su breve aventura con Salvatore ni el desastroso final.

–No le contaste lo nuestro –dijo él poniendo voz a los pensamientos de ella.

Elisa se encogió de hombros mientras él abría la puerta del piso.

–Tampoco le dije lo del bebé –dijo Elisa sin saber muy bien por qué.

–Yo tampoco.

–Lo sé.

Su padre ignoraba el embarazo y el aborto involuntario que había tenido, al igual que también ignoraba el tipo de rata que era el hijo de su mejor amigo. Elisa tampoco se lo había contado a su madre. De hecho, la única persona que lo sabía era ese hombre y no podía esperar comprensión de su peor enemigo.

Entró en el piso y ella no tuvo más remedio que seguirlo.

−Es bonito.

Elisa echó un vistazo a su pequeño apartamento. Tenía cuarto de baño, pero la estancia principal hacía las veces de salón y dormitorio cuando abría el mueble-cama.

−Alegre, como tú −añadió Salvatore.

Como solía ser, tal vez. Había tratado de hacer de su hogar un lugar alegre, pero la decoración no había conseguido que superara la sensación de pérdida y soledad. Ni siquiera el sol que se colaba por la ventana lograba subirle el ánimo.

−Gracias −contestó ella con gravedad.

−Cámbiate y te llevo a cenar −dijo él con tono impaciente.

−¿Qué le pasa a mi ropa? −preguntó ella poniéndose de inmediato a la defensiva.

−Nada. Vamos −dijo él tomándola del brazo. Elisa sintió que el contacto la abrasaba.

−No he dicho que vaya a ir contigo −dijo ella tratando de soltarse.

−¿Prefieres preparar tú la cena? −preguntó él con la misma sonrisa que solía emplear antaño. Elisa sintió un pinchazo en el corazón−. Hace mucho que no cocinas para mí, pero recuerdo que eras una estupenda cocinera. Me gustaría repetir la experiencia.

−Pues yo preferiría que te fueras −espetó ella explotando al escuchar el arrogante comentario−. Ya me has acompañado hasta casa, estoy sana y salva, no hay razón para que prolonguemos esto.

−Parece que no lo entiendes.

—¿Qué quieres decir? —preguntó ella dejando de hacer fuerza para recuperar el brazo. No iba a dejarla ir y cada movimiento la hacía más consciente de la cercanía de su cuerpo.

—No voy a dejarte sola.

—¿Qué es exactamente lo que pretendes? —dijo ella aterrada por lo que se esperaba.

—Hasta que pase la subasta seré tu fiel compañero.

—¿Fiel tú? —dijo ella con desdén, tratando de asimilar sus palabras.

—Nunca te fui infiel —afirmó él apretándole el brazo con más fuerza.

Lo creía a pesar de no querer hacerlo. No quería creer en él igual que él no había querido creerla a ella cuando le dijo que estaba embarazada. No quería darle la satisfacción de decírselo, al menos.

—No.

—¿No, qué, *dolcezza*?

—No te quedarás aquí conmigo —dijo ella y su voz se rompió cuando Salvatore posó la mano sobre su clavícula. Se sentía como un pajarillo obnubilado ante una serpiente. No podía moverse, pero sabía que dejar que la tocara sería desastroso para ella.

—Hice una promesa a tu padre y voy a cumplirla.

—No necesito un guardaespaldas.

—Él no piensa igual.

—Mi padre no me dice lo que tengo que hacer.

—Eso es cierto. Al contrario que tu hermana, tú tienes la desconcertante tendencia de ir a tu aire, pero pensé que aunque solo fuera por amor a tu padre dejarías de hacerlo para evitarle la preocupación constante por tu seguridad.

—Eso es lo que él dice —dijo ella, que no pensaba dejarse manipular tan fácilmente.

—Tuvo un ataque al corazón el mes pasado. ¿Te lo ha dicho?

—No —dijo ella con apenas un susurro. No podía respirar—. No me ha dicho nada.

—No sé. Tal vez no quisiera preocuparte.

—¡Debería haberlo sabido! —la angustia que sentía le recordó que no era más que una extraña. No pertenecía a nadie ni a ningún lugar.

Salvatore la estudió de una manera que la hacía sentirse vulnerable.

—Ahora lo sabes. ¿Quieres que sufra otro ataque?

Elisa se sentía impotente. A pesar de no tener una relación muy cercana con su padre lo quería mucho. Era cierto que no tenía muy buen aspecto la última vez que lo había visitado.

—No.

—Entonces me quedo.

Haciendo un tremendo esfuerzo de voluntad, Elisa retrocedió en un intento por alejarse del insidioso contacto.

—No. Si papá está tan preocupado, admitiré que me ponga un guardaespaldas, pero no tú.

—Es un encargo demasiado importante para dejarlo en manos de otro.

—¿Yo, importante? —no podía evitar reírse del comentario.

Salvatore tensó la mandíbula y sus ojos marrón chocolate se convirtieron en lanzallamas.

—Deja de presionar, Elisa.

El tono que empleó le decía que era lo más aconsejable, pero Elisa no podía contenerse. Tenía demasiado dolor acumulado. Aquel hombre le había hecho mucho daño y una parte de ella quería devolverle el golpe, aunque solo fuera a través de comentarios hirientes para su orgullo masculino.

—Consígueme otro guardaespaldas.

—Eso no va a pasar.

—Llamaré a papá y le diré que no quiero que estés cerca de mí.

—¿Y vas a decirle por qué?

—No tengo que darle explicaciones —contestó ella deteniéndose de camino al teléfono.

—Quiere que tengas lo mejor y yo soy el mejor. Tendrás que darle una explicación.

Lo cierto era que sabía que Salvatore tenía razón. Aunque algunos de los hombres disponibles en la empresa eran exmilitares, ninguno había sido entrenado tan a fondo como Salvatore. Su padre y su abuelo se habían encargado de ello enviándolo a formarse en una academia de élite en la que le habían enseñado una forma de combate cuerpo a cuerpo sin igual en todo el mundo.

A la formación técnica había seguido la universidad con resultados que lo dejaban a la par con el servicio secreto del gobierno.

—Entonces se lo diré.

—¿Y te arriesgarás a provocar otro ataque? ¿Tan poco significa para ti?

—¿Por qué me haces esto? —dijo ella apretando los puños mientras su cuerpo se estremecía por las emociones que ya no podía controlar—. ¿No me has hecho ya bastante daño?

Ya lo había dicho. La verdad quedó al descubierto. Él tenía el poder para hacerle daño y lo había llevado a la práctica.

—No hago esto para hacerte daño. Necesitas mi protección —dijo él, su rostro parecía de piedra.

—¡Estar cerca de ti me hace daño! —gritó incapaz de seguir ocultándolo. Tal vez diciéndole la verdad dejaría de insistir en ser él quien la protegiera y asignaría a otra persona. Podría aprovecharse del sentimiento de culpa de los sicilianos—. No puedo soportar los recuerdos, Salvatore. ¿No lo ves? No verte es la única forma de empezar a vivir con ello.

Un gesto de dolor cruzó el rostro de Salvatore, pero fue solo un segundo.

—Fingir que no sucedió no es vivir.

De pronto, Elisa se dio cuenta de lo que estaba ocurriendo. Salvatore quería hablar de lo sucedido. No podría soportarlo. Hablar del pasado abriría sus heridas en vez de curarlas. Pero él no se daba cuenta, claro, porque él no sentía el punzante dolor de haber sido rechazado. De hecho, nunca había sentido por ella más que deseo sexual.

Desesperada por evitar la confrontación que se avecinaba, Elisa se decidió por el menor de los inconvenientes.

—¿Dijiste algo de una invitación a cenar?

—Tenemos que hablar, Elisa.

—Estoy realmente cansada. Preferiría no cocinar esta noche.

A juzgar por la forma en que frunció el ceño, era evidente que Salvatore se sintió irritado ante la negativa de Elisa pero, al final, y para sorpresa de esta, accedió.

—Está bien. Si no tienes que cambiarte de ropa, vámonos.

—Deja que me peine un poco y me pinte los labios.

Salvatore accedió de nuevo y Elisa sintió un gran alivio cuando se encerró en el pequeño cubículo que hacía las veces de cuarto de baño.

Salvatore empezó a maldecir. Había pensado que iba a ser difícil vencer la aversión que Elisa sentía hacia él, pero estaba resultando prácticamente imposible.

Elisa no estaba enfadada con él. Simplemente, lo odiaba. Había perdido a su bebé por su culpa. Ella nunca lo había dicho con esas palabras, pero la última pelea que tuvieron había sido tan fuerte que el enfrentamiento provocó sin duda el aborto. Él había aprendido a vivir con la culpa por lo sucedido, pero no seguiría viviendo con la idea de no haber hecho nada para solucionarlo. Sin embargo, era evidente que no estaba preparada para hablar de matrimonio aún.

Tendría que cortejarla. Torció los labios en una expresión llena de cinismo. Sabía cómo lo haría. En la cama. Seducirla sería más fácil que tratar de convencerla con palabras. Y más agradable, también.

Puede que a ella no le gustara, pero su cuerpo seguía reaccionando a su presencia sin que ella pudiera evitarlo. El pulso se le aceleraba al más mínimo contacto con él. Un poco más de tiempo y la suficiente proximidad bastarían para verse cada uno en los brazos del otro.

No importaba lo que hubiera pasado antes. Definitivamente, quería volver a meterse en la cama de Elisa. Ni siquiera el matrimonio le parecía un alto precio para recuperar la pasión y el fuego que una vez habían sido suyos.

Cuando Elisa salió del cuarto de baño su aspecto era frágil, pero adorable. Se había dejado el pelo suelto y retirado de la cara con una horquilla. Su rostro tenía más color que antes, pero probablemente fuera por el maquillaje más que por una mejoría en sus sentimientos. Sus ojos verdes, antes siempre animados, estaban ahora desprovistos de toda emoción.

–¿Listo? –preguntó con voz absolutamente inexpresiva.

Salvatore odiaba aquella actitud. Quería disfrutar de la Elisa de un año antes, no de aquella extraña. Era cierto que se había comportado como un estúpido. Aunque el padre de Elisa dijera que la hija era como la madre, Elisa era distinta en una cosa. Ella sí quería casarse con él cuando descubrió que estaba embarazada.

Seguía sin saber si él era el padre de aquel bebé. Llevaban juntos un mes tan solo cuando ella le dijo que estaba embarazada... ¿Qué posibilidades había? Pero él estaba decidido a arriesgarse porque quería tenerla en su cama y en su vida. Lo había decidido demasiado tarde y tenía que vivir con el arrepentimiento.

–Vamos –dijo tomándola de la mano.

Ella trató de soltarse, pero él no la dejó ir. Tendría que acostumbrarse a su contacto de nuevo. La idea de que no quisiera volver a hacerlo era algo en lo que no quería ni pensar.

–¿Adónde vamos?

–¿Importa acaso?

–No.

–Eso pensaba yo.

Regresaron al piso dos horas más tarde. La cena había sido un desastre. Elisa había evitado mirarlo, tocarlo e incluso hablar con él en todo lo posible. La huella del cansancio era visible en los dos. Elisa bostezó.

–Vete a la cama.

Ella asintió. Salvatore echó un vistazo al apartamento. El confortable pero pequeño sofá no lo parecía tanto como posible cama. Estaba seguro de que el mueble-cama sería mejor, pero dudaba mucho que Elisa estuviera dispuesta a compartirla con él. Miró al suelo y aquello le pareció aún peor.

–Supongo que esperarás que duerma en la alfombra.

Elisa lo miró con los ojos muy abiertos y una ola de rubor subió a sus mejillas.

–No espero que vayas a dormir aquí.

–Creía que ya habíamos aclarado ese asunto.

–No vas a dormir en mi apartamento –dijo ella rígida.

–Me quedaré hasta que se celebre la subasta –respondió él. Su tono era tan sombrío como su humor después de la cena. Se sentía como un paria indeseable y eso era algo a lo que no estaba acostumbrado. Normalmente las mujeres se tiraban a sus pies, incluso sus exnovias. Todas menos Elisa.

Y la mirada de horror de Elisa no mejoró en nada su deteriorado humor.

–No voy a atacarte –continuó–. Estoy aquí para protegerte.

–Imposible.

−¿Se te ocurre algo mejor? No voy a dejarte sola.

Elisa se mordió el labio inferior en un gesto que le resultaba familiar. Indicaba que estaba tratando de tomar una decisión. A continuación, la mirada de horror se tornó de disgusto.

−Si insistes en ser mi guardaespaldas puedes reservar una suite con dos dormitorios en un hotel o dormir en el rellano. Tú eliges.

−Un hotel −dijo él mirándola con fijeza. No podía creer que fuera tan fácil.

−De acuerdo. Dame un minuto para hacer la maleta.

Elisa metió ropa en una maleta sin orden ni concierto. Salvatore había parecido muy sorprendido con la sugerencia del hotel, pero ella sabía lo intratable que podía ser. Se quedaría con ella por mucho que protestara, y Elisa no quería que fuera en su apartamento. La sola idea de compartir con él un lugar tan pequeño la ponía nerviosa. Necesitaba una habitación propia y una cama que no le trajera recuerdos.

Y no era que hubieran compartido la cama de su apartamento, pero, por alguna razón, si se quedaba con ella, sabía que quedaría impregnada de su presencia y tendría que volver a mudarse.

No quería pararse a pensar por qué aquel hombre tenía un impacto tan brutal sobre sus emociones después de tanto tiempo.

Capítulo 3

Tumbada en la cama del lujoso hotel, los recuerdos la invadieron y estaba demasiado agotada para luchar contra ellos.

Verlo había hecho que volviera a sentir de nuevo el dolor que ya había empezado a debilitarse; el sentimiento de traición; la tristeza por la pérdida; y con todo ello, el gozo de la posesión.

Y es que aquel había sido el período más gozoso de su vida. Había pertenecido a alguien, había encontrado un lugar en la vida de otra persona sin tener la sensación de estar de más, como le había ocurrido con su madre; ni de ser un inconveniente como había sido con su padre.

Salvatore la había aceptado y deseado tal y como era. O eso había creído. Si fuera posible retroceder en el tiempo lo haría, hasta el breve lapso de tiempo en el que se había sentido amada y se quedaría allí para siempre.

No conocería nunca el dolor de ser abandonada, ni la humillación por no ser querida, ni la desolación por la falta de compromiso por parte del hombre que amaba. Todo eso formaría parte de un futuro que nunca viviría… Pero no podía ser. Igual que tampoco podía borrar el terrible dolor de perder al único ser al que habría estado unida para siempre, un ser a quien habría dedicado toda su vida para proporcionarle todo el amor del que ella había carecido.

Entonces sus recuerdos viraron hacia el momento en que se dio cuenta de que Salvatore se había fijado en ella.

Había ido a Milán a una subasta de joyas. Recordaba que la habitación de su hotel parecía un horno porque el aire acondicionado no funcionaba. El teléfono sonó justo cuando ella salía de la ducha.

–¿Sí?

–Elisa, soy Salvatore.

–¿El amigo de mi padre? –había dicho ella, incapaz de creer que la estuviera llamando a Milán.

–Espero ser también tu amigo, *cara*.

–Sí, claro. ¿Pasa algo con mi padre? –preguntó ella sin poder dejar de pensar en lo amable que era aquel hombre.

–¿Por qué lo preguntas? –su voz sonó acariciadora a través del hilo telefónico.

–Porque me estás llamando.

–¿Acaso un hombre no puede llamar a una hermosa mujer soltera nada más que para hablar de su padre?

Elisa recordó cómo había sentido que las rodillas le flaquearon con la broma hasta el punto de tener que sentarse en el borde de la cama.

–Sí, claro, yo solo…

–Vamos, *cara*. Seguro que ya te habías dado cuenta de que me había fijado en ti.

Por muy raro que pudiera parecerle no se había dado cuenta.

–¿Lo dices por la forma en que flirteaste conmigo? Pensé simplemente que lo hacías con todas las mujeres.

–¿Y lo hago?

–No lo sé –contestó ella. Prácticamente no lo conocía de nada. Ella se había criado con su madre en América y, por muy amigos que fueran su padre y el de Salvatore, ella solo había coincidido con este durante las ocasionales visitas que le hacía a su padre en Sicilia durante las vacaciones.

Por supuesto que había flirteado con ella el mismo día que la vio tomando el sol junto a la piscina en casa de su padre, en verano. Todavía podía recordar cómo relucían sus ojos al bromear con ella sobre algo que tenía que ver con las sirenas. Los hombres italianos tienen una forma muy especial de halagar a una mujer, pero los sicilianos son una clase aparte. Y Salvatore era el ejemplar más impresionante de sus compatriotas.

Había iniciado una especie de ritual de flirteo que duró las dos semanas que estuvo de visita en Sicilia.

Elisa no había podido hacer nada para evitar caer en sus redes, pero jamás se le ocurrió que el sentimiento pudiera ser mutuo.

—Pues tendrás que conocerme un poco mejor —continuó él—, para comprobar que mis intenciones están lejos de ser un flirteo, *cara*.

—¿De veras? —dijo ella. Le gustaba la idea.

—Sí.

—Como quieras.

—Te recogeré en cuarenta minutos.

—¿Qué? ¿Ahora? —no podía creer que se refiriera a empezar a conocerse tan pronto.

—Para cenar.

—¿Quieres salir a cenar conmigo?

—Pues claro. ¿Qué crees que estoy intentando hacer? —dijo él haciendo un ruido de impaciencia y diversión al tiempo.

—¿Que quieres cenar conmigo?

Puede que fuera hija de una estrella de Hollywood, pero llevaba una vida tranquila en la que no estaba acostumbrada a ese tipo de juegos. Había visto demasiadas cosas desde temprana edad y estaba segura de que no quería ser como su madre. Ella nunca devaluaría su intimidad como había visto hacer a su madre.

–Sí. Quiero cenar contigo y ahora solo te quedan treinta y cinco minutos para prepararte.

Salvatore llegó treinta minutos antes. Ella ya estaba preparada. La llevó a un elegante restaurante. Tras la cena, bailaron. La tomó entre sus brazos de una forma muy íntima y ella no se quejó. Era demasiado placentero. Sensaciones que nunca antes había experimentado la invadieron mientras se mecían al son de la música. Era un deseo sexual como nunca había creído posible. Instantáneo. Ardiente. Imparable.

–Es un placer estar junto a ti, *dolcezza*.

–Lo mismo digo –respondió ella en un susurro lleno de sensualidad. Nunca en su vida había empleado un tono así.

–Me alegro.

Elisa echó la cabeza hacia atrás y se encontró con la intensa mirada de él, quemándola en su camino hacia el mismo interior de su sexualidad.

–Dulce –continuó él mientras inclinaba la cabeza hacia ella–. Seguro que eres muy dulce.

El beso le hizo olvidar por completo quién era. Empezó a arder como la llama de una vela, de una forma que nunca había experimentado.

Indiferente a todo lo que la rodeaba, clavó las caderas contra las de él en busca de algo que pudiera sofocar el fuego que hacía arder sus sentidos. La caricia no hizo sino empeorar las cosas y Salvatore no hizo nada por evitar el gemido, al tiempo que el beso se hacía más profundo en un juego de sensualidad sin cuartel. Ella respondía con toda la sensualidad de su ser.

–Salgamos de aquí o te haré el amor aquí mismo y nos arrestarán por exhibicionismo.

–Me han dicho que la policía es bastante comprensiva –dijo ella bromeando.

–No bromees. Esto es angustioso. Quiero una cama y a ti en ella. Ahora.

De pronto se dio cuenta de la dirección que estaba tomando aquel ataque de pasión y se detuvo de golpe camino de la mesa. Salvatore se volvió hacia ella y la miró con sus negros ojos llenos de deseo, los labios ligeramente arqueados formando una expresión risueña que se le antojó aterradora.

–¿Qué pasa?

–¿Esperas que nos vayamos a la cama? ¿Ahora mismo?

–¿A qué estás jugando? Si el beso de antes no te ha parecido el preludio de una noche de sexo, ¿qué demonios era?

Ella no era muy dada a los juegos, pero él no lo sabía, aunque la acusación que acababa de hacerle la hizo pararse a pensar. No podía decirle que nunca antes había besado de ese modo a nadie, así que no podía tener experiencia en lo que podía preludiar. El instinto le decía que si le confesaba a Salvatore su falta de experiencia este perdería todo interés en ella.

–Es nuestra primera cita.

–Pero ya hicimos la danza de cortejo durante dos semanas en Sicilia. Te habría llevado a la cama entonces, pero hacer algo así estando en casa de tu padre habría sido una falta de respeto hacia tu familia.

–¿Tan seguro estás de que me habría ido contigo a la cama? –la pasión estaba cediendo paso a la rabia. ¿Cómo se atrevía a asumir que caería en sus brazos tan fácilmente?

–Te deseaba, *cara*. Sigo deseándote. Desesperadamente. Pero si no estás preparada, dímelo ahora. Iremos a tu ritmo –la sinceridad se reflejaba en su tono de voz y en la profundidad de sus ojos, y el hechizo surtió efecto sobre ella.

–Yo también te deseo.

–Entonces vamos.

Elisa asintió. Él la llevó a su casa y fue entonces cuando descubrió que vivía gran parte del año en Milán, desde donde se hacía cargo de la empresa que tenía diferentes sedes repartidas por todo el mundo. Milán albergaba muchas grandes empresas y estas requerían medidas de seguridad de última generación.

La besó de nuevo una vez dentro de la casa y ella perdió la batalla antes de empezar. Se despertó horas después con el cuerpo dolorido. Salvatore seguía durmiendo a su lado, respirando tranquilamente, y aquello le hizo cobrar conciencia de que era la primera vez que compartía el lecho con otra persona.

Se tocó las mejillas. Sentía el calor en la oscuridad. Se había sonrojado. No la sorprendía después de lo que había hecho. A juzgar por la apasionada forma en que la había amado, Salvatore había creído que era una mujer experimentada.

Se escurrió fuera de la cama y de puntillas llegó hasta el cuarto de baño. Se dio una ducha. Al salir, observó su cuerpo desnudo en el espejo del baño. La imagen que le devolvió correspondía a otra Elisa. Una mujer extraña, pero muy sensual. Los pezones estaban aún duros y ligeramente doloridos. Tenía una pequeña marca en un pecho. Recordaba el beso salvaje y cómo ella había entrelazado las piernas alrededor del cuerpo de aquel hombre con una urgencia casi animal mientras le sujetaba con las manos los hombros sacando una fuerza casi sobrenatural. Recordaba también cómo el rincón secreto oculto entre sus muslos había experimentado el placer más increíble que pudiera imaginarse.

Se sentía distinta, como si las emociones de ambos estuvieran conectadas. Sentía que se había enamorado muy deprisa, pero ¿sentiría él lo mismo? Salvatore era un hombre muy experimentado. Le daba miedo salir del cuarto de baño y comprobar que él no sentía nada. Tal vez seguiría dormido y ella podría vestirse y volver a su hotel. Así evitaría la horrible sensación de la «mañana siguiente».

Él no había dicho o hecho nada que la indujera a pensar que sintiera por ella otra cosa que no fuera pura atracción física. Un hombre tan sexy como él no podía haberse enamorado en una noche. ¡Las mujeres se postraban a sus pies continuamente! Una noche de amor frenético que lo significaba todo para ella no podía significar nada para él. Y no podía culparlo. A pesar de los años que llevaba evitando encuentros íntimos pero casuales no pedía ninguna promesa. Y él no le había hecho ninguna. No había fingido estar enamorado de ella, solo la deseaba.

Apagó finalmente la luz y tuvo que dejar pasar unos segundos para que sus ojos se acostumbraran a la oscuridad. Entonces abrió la puerta. No quería despertarlo. Su ropa estaba desperdigada por toda la habitación. Se agachó a recoger la ropa interior.

–*Cara*, te echaba de menos. Vuelve a la cama.

–Creo... que será mejor que me vaya.

–No.

Y se movió con tal rapidez que Elisa no lo vio venir. En un abrir y cerrar de ojos estaba fuera de la cama y al momento la tomó en brazos.

–Yo creo que deberías quedarte.

–Pero...

–¿Pero qué, *cara*?

–Tú... yo... –Elisa no podía pensar con claridad notando el roce del pecho desnudo de Salvatore en su piel.

–Sí. Tú y yo. Somos una pareja y no me gusta dormir solo si mi chica está cerca.

¿Su chica? Elisa pensó entonces que sí debía de significar algo para él, pero ese fue el último pensamiento coherente que tuvo antes de perder la conciencia en los sensuales labios de Salvatore.

Las siguientes cuatro semanas fueron de una alegría absoluta. Se quedó unos días más en Milán. Él la llamaba todas las noches y varias veces al día, y finalmente pasaron un fin de semana juntos. Elisa se tomó unos días libres para pasarlos en Milán y él la llevó con él a Nueva York en uno de sus viajes de negocios. Fueron tiempos felices hasta que empezó a perder el apetito por las mañanas.

No tomaba la píldora y la primera vez que habían hecho el amor él había perdido tanto el control que se había olvidado ponerse un preservativo. No había vuelto a pasar después y ninguno de los dos dijo nada del lapsus del primer día, pero tuvo sus consecuencias.

Para ella fueron motivo de alegría. La idea de llevar dentro el bebé de Salvatore la llenaba de dicha. Elisa preparó una cena especial en su apartamento la noche en que había planeado decírselo. Estaba tan ansiosa por hablar con él que abrió la puerta antes de darle tiempo a llamar por segunda vez.

—Me echabas mucho de menos, *dolcezza*.

—Siempre.

Dejó la bolsa de viaje en el suelo y tomándola en sus brazos empezó a besarla hasta que se olvidaron de la cena. Estaban acurrucados en la cama tras hacer el amor apasionadamente cuando se lo dijo.

—Salvatore...

—Sí —contestó él acariciándole distraídamente la cadera. Su voz era profunda y su tono satisfecho, igual que siempre después de hacer el amor.

—Nunca hemos hablado de tener hijos.

—No, *dolcezza*, no lo hemos hecho —contestó él poniéndose tenso.

—Te gustan, ¿verdad?

—A todos los hombres sicilianos nos gustan los niños —dijo él con expresión indescifrable.

—Me alegro.

—¿Eso es todo?

—No exactamente.

Había dejado de acariciarle la cadera y sus dedos se cernían con fuerza sobre la piel, pero no dijo nada. Elisa sintió los nervios en el estómago y se llevó la mano instintivamente a esa zona.

−Estoy embarazada.

Silencio absoluto. Salvatore no cambió de expresión aunque sí el ritmo de su respiración.

−¿Salvatore? −continuó ella.

−¿Cuándo lo has sabido? −el tono de Salvatore dejaba entrever una dureza que nunca antes había mostrado con ella.

−Esta semana.

−Y me lo has dicho de inmediato.

−Sí, por supuesto. No quería ocultártelo.

−Admirable −dijo él aunque no parecía admirarse realmente.

−Sé que no es fácil. Yo también estoy muy sorprendida.

−Imagino que sí −dijo él torciendo la boca en una mueca.

−Quiero decir que no sabía que una pudiera quedarse embarazada por un pequeño lapsus... uno, la primera vez que lo hicimos. Ni siquiera era el momento idóneo del ciclo. Es casi un milagro si lo piensas bien.

−¿Un milagro? −repitió él a punto de atragantarse−. ¿Llamas milagro estar embarazada de otro hombre?

−¿Pero de qué hablas? −dijo ella sentándose en la cama con expresión de incredulidad en los ojos−. ¿De qué otro hombre estás hablando?

−Supongo que compartirías tu cama con algún miserable antes de aquel viaje tuyo a Milán.

−¿Crees que estoy embarazada de otro hombre? −chilló Elisa.

−No intentarás decirme que el bebé que esperas es mío −dijo él con una macabra sonrisa.

−Es que es así −afirmó ella sin poder respirar−. Olvidaste ponerte preservativo la primera vez, ¿recuerdas?

–Una suerte para ti, ¿no crees? –la increpó él, saltando fuera de la cama y mirándola con una furia desconocida–. Tal vez el padre de tu hijo no sea tan rico como yo o tal vez ya no te quiera.

Aquellas insinuaciones le hicieron mucho daño. Salvatore nunca le había hecho daño antes y había llegado a creer que nunca lo haría.

–No hay ningún otro hombre –trató de sonar convencida pero el tono fue apenas un susurro–. No ha habido otro hombre nunca.

Salvatore dejó escapar un carcajada llena de desprecio que cortó el aire con la precisión de un bisturí.

–Te acostaste conmigo en la primera cita... ¿Cómo quieres que te crea?

–¿De quién fue la idea?

–No te hagas la inocente. En tus circunstancias, mi impaciencia fue como el maná caído del cielo.

–No estoy jugando. ¡Era virgen! –gritó y se odió por haber tenido que decírselo como única forma de defensa.

–No me mientas.

–No estoy mintiendo.

–No voy a hacerme responsable del error de otro hombre.

–¡Este bebé no es un error! –dijo ella cubriéndose el abdomen con los brazos.

–Tal vez no, pero tratar de convencerme de que soy el padre sí lo es. ¿Quién sabe? Puede que hubiera continuado con este romance y hasta te habría ayudado económicamente si hubieras sido sincera conmigo –dijo él con todo el desprecio posible mientras se ponía la ropa.

–¿Qué estás haciendo?

–Me voy.

Elisa salió de la cama de un salto y cruzó la habitación hasta llegar a él. No iba a dejar que un malentendido destruyera su felicidad. Lo tomó del brazo en un intento desesperado por que la escuchase.

—Por favor, Salvatore, cariño. El bebé es tuyo. Lo juro. Te quiero. Nunca te mentiría.

—Déjalo —dijo él soltándose—. El juego ha terminado y has perdido. Acéptalo.

—No estoy jugando. Estoy embarazada de ti. ¿No quieres ser padre?

El rostro de Salvatore se congestionó y a continuación giró en redondo y se marchó. Elisa se quedó de pie, helada ante una reacción tan inesperada mientras observaba cómo terminaba de vestirse. Lo siguió hasta el salón. Él miró de reojo hacia la mesa especialmente preparada para la ocasión y tensó los labios, pero no dijo nada. Se detuvo junto a la puerta y se volvió hacia ella.

—No le diré a tu padre nada de esto —dijo él. Sus ojos decían a gritos lo que opinaba de ella y eso le dolió mucho—. Se moriría si lo supiera, pero no trates de convencerlo de que ese niño es mío. No mentiré para protegerte.

—Le diré a mi padre lo que me parezca —dijo ella sintiéndose de pronto con el coraje suficiente para enfrentarse a él. Lo miró y sintió como si una enorme bola de fuego le estuviera quemando el pecho por dentro—. Tú eres el padre y tampoco mentiré para protegerte.

—Ni lo intentes —dijo él mirándola con desprecio.

En ese momento, Elisa fue consciente de que si él la amara tanto como ella a él, la creería. Fue realmente doloroso darse cuenta.

—Solo ha sido sexo, ¿no es así?

—¿Qué otra cosa podría ser con una mujer como tú?

Elisa no le respondió. No podía. Acababa de hacérsele añicos el corazón y apenas podía mantenerse en pie.

Salvatore salió y ella corrió al cuarto de baño a vomitar.

***

Salvatore estaba tumbado en el sofá de la enorme suite mientras bebía un whisky escocés. Elisa se había ido a la cama nada más volver de la cena argumentando que estaba cansada. Y no podía dudarlo. Parecía débil más que cansada.

Había pasado un año desde la tragedia, pero no parecía haberlo superado. Sus preciosos ojos verdes lo confirmaban. Eran un pozo de pena y todo era por su culpa. Había sido muy duro con ella y como consecuencia había perdido al bebé.

Se restregó los ojos. ¿Podría olvidar alguna vez la visión de Elisa en su cama en un lago de sangre?

Elisa había tratado de hablar con él la noche que le había contado lo del embarazo, pero él se había negado a contestar al teléfono. Elisa había llegado a ir a Milán a verlo, pero una vez más él se había negado a verla.

El caso era que tras aquella noche, la mente se enfrió y pudo empezar a pensar con claridad, llegando a considerar las posibilidades de que el bebé fuera suyo. Se dio cuenta de que los estúpidos prejuicios le habían enturbiado la mente. ¿Qué pasaba si Elisa era como su madre, como decía su padre?

Lo cierto era que ella no se parecía nada a él. Ella no actuaba con promiscuidad con otros hombres. De no ser por las advertencias de su padre, él habría creído que era una mujer de lo más inocente. Tanto como le había jurado aquella fatídica noche.

Un mes sin ella había horadado severamente el orgullo que inicialmente lo había mantenido alejado. La echaba tanto de menos que le dolía y ni el trabajo le permitía olvidarla. Ni siquiera había intentado salir con otras mujeres tras la traición de Elisa. No podía dejar de preguntarse por qué habría tratado de convencerlo de que el bebé era suyo.

Por las noches, la idea de que no hubiera estado mintiendo lo perseguía. Había llegado a convencerse de que, aun en el caso de que hubiera estado mintiendo, podía comprender sus motivos. Ella le había dicho que lo amaba y sin duda tenía miedo de perderlo.

El amor no era algo en lo que pensara muy a menudo. Era un sentimiento que las mujeres utilizaban para justificar su pasión y los hombres como excusa para mostrarse débiles. Pero aun así, podía creer que Elisa sintiera algo por él y por eso tuviera miedo de perderlo. También existía la posibilidad de que lo que le diera miedo fuera enfrentarse al embarazo sola.

Tras tomar una decisión había tratado de verla, pero ella no había querido abrirle la puerta. Sabía que estaba en casa porque escuchaba música en el interior. Tras llamar varias veces trató de abrir la puerta y esta cedió.

Una sensación extraña lo asaltó. Pensó que alguien podía haber entrado en aquella casa que carecía de sistema de seguridad y se imaginó lo peor. Corrió al dormitorio preparado para pelear, pero no había ningún enemigo.

Solo el bulto de una mujer acurrucada bajo las mantas. No estaba dormida. Gemía de dolor y pudo ver que las lágrimas surcaban sus mejillas.

Capítulo 4

–¿Elisa? –dijo arrodillándose junto a la cama.
–¿Salvatore? ¿Qué estás haciendo aquí? –preguntó ella abriendo los tristes ojos verdes.
–Eso da igual. ¿Qué te pasa?
–El bebé. Creo que es mi bebé –alcanzó a decir ella en un sollozo impregnado de tanta angustia que le dolió escucharlo.
–Llamaré a una ambulancia –dijo él sacando el móvil y marcando el número.
Elisa no respondió. Se limitó a gemir y a llorar.
–Duele mucho –dijo mientras su cuerpo se contorsionaba y sacudía la cabeza sobre la almohada.
Salvatore cubrió con su mano la de Elisa que yacía sobre su vientre.
–¿Qué ocurrió?
–No lo sé –dijo ella dando un nuevo alarido–. No hice nada.
Salvatore trató de infundirle fuerzas a través de su mano, pero ella seguía gritando y llorando. No podía hacer nada por evitarle los dolores. Lo único que podía hacer era sostenerle con fuerza la mano.
Los servicios de urgencias llegaron en ese momento. Comenzaron el reconocimiento de Elisa dejando que Salvatore permaneciera a su lado, pero finalmente le pidieron que se alejara.

De pronto Elisa, que hasta el momento parecía ajena al número de personas que había en la habitación, tomó la mano de Salvatore con desesperación.

—No dejes que me muevan. Si me mueven, perderé a mi bebé.

—Elisa, tienes que dejar que te lleven al hospital.

—No. ¡Si me pongo de pie mi bebé morirá!

—No tendrá que ponerse de pie —le aseguró uno de los enfermeros, pero ella no le hizo caso. No podía dejar de mirar a Salvatore con fijeza.

—Por favor, no dejes que pierda a mi bebé. Te prometo... —su voz se diluyó en el momento en que otra contracción la sobrecogía y la hacía retorcerse de dolor.

—Está bien, Elisa. Tienes que confiar en estos hombres.

—No puedo. A ellos no les importa —no atendía a razones y él no sabía cómo convencerla—. Es mi bebé. Por favor, no puedo dejar que muera. Lo quiero.

A él le escocían los ojos y las emociones no le permitían hablar.

—Por favor, Salvatore —Elisa lo miró implorante—, no dejes que pierda a mi bebé. Te prometo que no le diré a nadie quién es el padre. Volveré a Estados Unidos. No volveré a molestarte pero, por favor, no dejes que lo pierda.

—No digas esas cosas —contestó él aunque las palabras de Elisa ya estaban en su conciencia.

Uno de los enfermeros retiró entonces la manta descubriendo así la mancha roja que había bajo el cuerpo de Elisa.

—Elisa... —gimió Salvatore casi sin habla.

Ella bajó la vista y al ver la mancha lanzó un grito. El sonido todavía retumbaba en la mente de Salvatore porque fue un sonido que mostraba tanta agonía que le angustió. Aún seguía angustiándole cada vez que lo recordaba.

Ya había perdido al bebé mucho antes de que los enfermeros salieran del apartamento, y tuvieron que sedarla para poder moverla. Ella misma había estado a punto de morir por la hemorragia.

Durante los días que estuvo ingresada en el hospital, lo había ignorado por completo. El cuarto día tras el incidente, fue a visitarla y descubrió que se había marchado. No había regresado al trabajo y nunca supo dónde pasó las cuatro semanas siguientes a su breve estancia en el hospital.

Elisa se despertó al oír su propio grito. El corazón le latía con violencia y tenía el cuerpo bañado en sudor. Extendió la mano hacia la lámpara de la mesilla y se encontró con una velluda piel a su lado.

–*Cara*, ¿estás bien?

–Ha sido solo un sueño –contestó ella sacudiendo la cabeza, confusa–. No hacía falta que vinieras corriendo a salvarme.

–Parecía más bien una pesadilla –dijo él sin mostrar ni una pizca de irritación ante el comentario de ella–. ¿Soñabas con el bebé?

–Sí. ¿Por qué lo preguntas? –preguntó ella segura de que él no tenía la más mínima idea de la clase de sueños que la perseguían.

–Gritaste igual que en el momento en que descubriste que lo habías perdido.

–No sabía que los gritos provocados por las pesadillas tuvieran un tono indicativo.

–Es un grito que no creo que pueda olvidar jamás.

–Yo tampoco –dijo ella temblando desafiante.

–Lo siento.

Elisa no tuvo que preguntar por qué. No lo necesitaba. Cuando estuvo en el hospital, Salvatore le había dicho que se sentía culpable de que hubiera perdido al bebé. Si en algún momento se hubiera referido al bebé como el de los dos, podría haberlo perdonado.

—Yo también —dijo ella y a continuación le pidió que se marchara, aunque lo que más deseaba era que se quedase—. Estoy bien. Puedes volver a tu habitación.

Él se levantó y se marchó sin decir una palabra. Elisa se sintió como si le arrancaran algo, aunque no tenía motivos para ello, y se arrebujó bajo el edredón tratando de deshacerse de los últimos restos del desagradable sueño.

Unos minutos después, Salvatore regresó. Dejó abierta la puerta que daba al salón de la suite en la que había encendido algunas luces. A contraluz vio la sombra de Salvatore que se acercaba a la cama y le ofrecía una taza con algo caliente. Elisa dio un sorbo y se atragantó al reconocer el alcohol.

—Es brandy caliente. Te ayudará a dormir.

Elisa asintió con la cabeza a modo de agradecimiento y dio otro sorbo al brandy.

—¿Tienes pesadillas a menudo? —preguntó.

—No, pero anoche me acordé —dijo ella.

—Yo también.

Aquella afirmación hizo que levantara la vista para mirarlo, pero no pudo vislumbrar la expresión de su rostro en la oscuridad del cuarto.

—No fue culpa tuya —dijo ella.

—¿No? —dijo él girándose y acercándose a la ventana—. El doctor me dijo que un estrés emocional profundo puede ocasionar un aborto, y está claro que tú lo sufrías por mi culpa.

Ella no pudo negarlo, pero tampoco podía culparlo por algo que no había sido culpa de nadie. Lo culpaba de no creerla, de acusarla de haber tratado de engañarlo y también de haber rechazado a su hijo, el de los dos, pero no creía que la muerte del bebé fuera enteramente culpa de él.

—Tal vez fuera mejor.

—¿Qué? –dijo él girándose de golpe hacia ella.

—Sé lo que es crecer sabiendo que eres un hijo no deseado –dijo ella.

—Pero tú querías a ese hijo –dijo él con voz grave casi como si estuviera tratando de controlar una fuerte emoción.

—Sí, pero tú no. Habría crecido preguntándose por qué no era digno del amor de su padre. No te digo esto para hacerte sentir culpable, sino para que entiendas que a veces las tragedias ocurren por una razón.

—Yo habría querido a mi hijo.

Pero el problema era que él no creía que fuera suyo. Elisa no quiso seguir dándole vueltas. El brandy estaba surtiendo efecto y no deseaba luchar contra nadie. Él tampoco le dio oportunidad.

—¿Sentiste en algún momento que tu padre no te quería?

Elisa suspiró tratando de desenmarañar la mezcla de sentimientos que había sentido hacia su padre cuando era una niña.

—No. No era eso, pero tampoco sentí nunca que fuera una hija deseada. No era sino el símbolo de un gran error. No me comprendía, no como a Ana María. Yo era diferente, no era una chica tradicional, una chica típicamente siciliana. No encajaba en su mundo y yo lo sabía. Cada verano lo visitaba para recordarle que dentro de su perfecta familia había un cuco.

—Eso te dolía.

—Sí –dijo ella. No tenía sentido negarlo.

—¿Y tu madre?

—Ella odiaba la simple palabra «madre», pero era demasiado independiente y orgullosa para darle a mi padre la custodia. El hecho fue que pasé la mayor parte de mi infancia en internados o en compañía de niñeras.

—Pero eso es terrible.

—No era tan malo. Odiaba vivir en casa.

—¿Por qué?

—Mi madre estaba siempre rodeada de aduladores y ni ellos ni tampoco ella tenían la menor idea de lo que significaba comprometerse y cuidar una relación. Eso sí que era horrible y me dolía ver a mi propia madre irse a la cama con uno y con otro con tanta facilidad.

Salvatore quería preguntarle por qué decía eso si ella se había convertido en una mujer como su madre, pero no lo hizo. Por primera vez desde que perdiera al bebé, Elisa le estaba abriendo su corazón.

—Y cuando creciste viniste a vivir a Italia, lejos de tu madre.

—Sí.

—Pero también lejos de tu padre. ¿Por qué no fuiste a vivir a Sicilia?

—Papá es el tradicional padre siciliano. Si me hubiera instalado en Sicilia tendría que haber sido en su casa y eso no habría sido justo ni para Teresa ni para Ana María.

—¿Qué quieres decir?

—No quería irrumpir en su vida. Bastante toleran mis visitas durante el verano.

—Son tu familia.

—No —dijo ella con resignación pero sin tristeza—. No pertenezco a esa familia.

Salvatore se sintió como si un caballo le hubiera dado una coz en el pecho. Aquella mujer, tan segura de sí misma como para dirigir el negocio del señor Di Adamo, creía no tener un sitio en el seno de su propia familia.

Salvatore seguía pensando en ello al día siguiente cuando acercó a Elisa a la joyería. Estaba callada, tranquila; la hostilidad que le había mostrado el día anterior parecía haber desaparecido y Salvatore se alegró.

—¿Has enviado las invitaciones para la subasta? —le preguntó mientras aparcaba.

—Sí. Varias personas ya me han respondido.

—Necesitaré una copia de la lista de los invitados y de los que han confirmado su asistencia.

—De acuerdo.

—Has dejado de luchar conmigo.

—¿Qué sentido tiene? —dijo ella abriendo la puerta antes de que él pudiera hacerlo por ella—. Faltan menos de dos semanas para la subasta. Cuando termine, te irás.

—No estés tan segura —dijo él, pero ella ya había salido del coche y no lo oyó.

Varias horas más tarde, Salvatore y ella estaban solos en la tienda. Era casi la hora de cerrar y el señor Di Adamo ya se había marchado, al igual que los hombres que habían estado instalando el nuevo sistema de seguridad. No habían terminado porque se habían encontrado con obstáculos en la antigua instalación eléctrica. Aquello había enfurecido a Salvatore, pero no era realmente culpa de nadie y le dio a Elisa un poco de satisfacción silenciosa.

Ciñéndose a su plan de no mostrar resistencia había tratado de ignorar su constante presencia. Cuando el señor Di Adamo y él hablaban como si ella no estuviera allí, ella actuaba como si realmente no estuviera allí. Se negaba a discutir con el señor Di Adamo sobre cuestiones de seguridad.

No dijo nada cuando Salvatore dijo que él se quedaría con ella para cerrar la tienda. Solos. Elisa había fingido no darse cuenta de cómo reservaba mesa para dos en el restaurante que ambos habían frecuentado tantas veces durante su breve relación.

Pero aquello era demasiado. Elisa le dio un manotazo

cuando Salvatore le ofreció un pequeño broche dorado en forma de rosa.

—No voy a llevar ese artilugio de seguimiento.

—Pensé que no ibas a discutir conmigo —dijo él alzando una ceja y arqueando los labios con gesto satisfecho.

—Lo que no quiero es estar contigo. Pensé que, si no te discutía las cosas, podría ignorarte, pero estás decidido a ponérmelo difícil, ¿verdad?

—Sí —dijo él, sus ojos oscuros indescifrables.

Aquella declaración abierta la hizo detenerse y se giró para mirarlo, todos sus músculos tensos.

—¿Por qué, Salvatore? ¿Por qué me atormentas?

—No tengo la más mínima intención de atormentarte. Me perteneces y no dejaré que finjas que no existo en tu vida.

—No puedes estar hablando en serio. Es imposible que hayas dicho lo que acabas de decir.

—Lo he dicho. Lo acepto.

—No te pertenezco —la idea en sí era obscena—. Tú rechazaste a nuestro hijo y ahora pretendes hacerme creer que puedes venir diciendo que soy tuya.

—Yo no rechacé a nuestro hijo.

—¿Y cómo llamas a lo que hiciste? —preguntó ella con tono de desprecio y también de desafío—. Ya lo tengo —dijo poniéndose un dedo en la sien y frunciendo los labios mientras asentía con la cabeza—. No creías que el bebé fuera tuyo y por eso dices que no rechazaste a *tu* hijo. Muy conveniente.

Elisa sintió haber mostrado tanta amargura en la voz, pero él había hurgado en la herida y todo el veneno que había dentro parecía rebosar por mucho que ella intentara contenerlo.

—Me dices que estás embarazada después de cuatro semanas de relación. ¿Qué querías que pensara? *Porca miseria!* ¿Crees que me gustaba la idea de que llevaras en tu cuerpo la semilla de otro hombre?

—Si te resultaba tan doloroso, ¿por qué no lo pensaste mejor? Admítelo, Salvatore, yo no significaba nada para ti y por eso no quisiste creer que el bebé era tuyo.

—¡Tú no sabes lo que yo quería!

Elisa retrocedió ante el volumen de su voz. Salvatore era un hombre muy apasionado, pero nunca le había gritado, ni siquiera aquella horrible noche cuando la rechazó.

—Lo siento, pero sí lo sé. Tus actos hablan por sí solos. No tenías razón alguna para creer que me acostaba con otro, pero supusiste que era así porque quisiste –repitió.

—Tu propio padre me dijo que eras como tu madre –replicó Salvatore con un tono tan acusador que le puso los pelos de punta–. Así es. Francesco Guiliano, un hombre siciliano que nunca iría por ahí contando chismorreos de su propia hija. Él me dijo que tú eras como Shawna Tyler, famosa actriz, aunque más por sus escarceos amorosos que por su belleza o aptitudes artísticas.

Elisa sabía que nunca había habido amor en las relaciones que mantenía su madre, pero nunca lo había dicho en voz alta. Se mareó ante la acusación que, según Salvatore, su padre había hecho de ella.

—¿Mi padre te dijo que yo era como Shawna? –aquello dolía. Mucho.

No estaban muy unidos, pero Elisa creía que su padre la conocía mejor que eso. Creía que su padre comprendía que ella odiaba el estilo de vida de su madre, aunque nunca lo había hablado con él. Él nunca pensaría algo así de Ana María, su perfecta y tradicional hija siciliana.

Salvatore la observaba con expresión cercana a la compasión. Era demasiado.

—¡No te compadezcas de mí! Papá se equivoca tanto como tú, pero no me importa, ¿me oyes? No me importa –dijo Elisa mintiendo con más desesperación que convicción.

Era una mujer adulta. No necesitaba que ni su padre ni Salvatore tuvieran una buena opinión de ella. Si los únicos dos hombres a los que había querido pensaban que era una fulana, pues que lo pensaran.

Salvatore abrió la boca para hablar, pero volvió a cerrarla. Giró la cabeza y miró hacia la calle. Elisa comenzó a decir algo, pero él la miró y sacudió la cabeza mientras le hacía un gesto con el dedo sobre los labios para que guardara silencio.

Agachando la cabeza ligeramente, dio un paso hacia el apartamento del señor Di Adamo, que comunicaba con la joyería. Elisa miró hacia la puerta y no pudo evitar un escalofrío de aprensión. Estaba ligeramente abierta, pero no recordaba si su jefe la había dejado así al marcharse.

Debería haber llevado las joyas a la cámara veinte minutos antes, pero la discusión con Salvatore la había retenido en la tienda mucho más allá de la hora de cierre.

La puerta que comunicaba con el apartamento de su jefe se abrió de golpe. Salvatore dio un salto hacia ella. En ese mismo instante, dos hombres con grotescas máscaras de carnaval entraron por la puerta principal. Aunque daba más miedo la pistola que llevaba en las manos el hombre que salió de la puerta trasera que los hombres disfrazados.

Con fugaz agilidad, Salvatore pegó una patada al hombre del arma y lo lanzó al suelo. Los otros hombres corrieron hacia él, pero Salvatore le gritó a Elisa:

–Métete en la cámara y cierra.

Ella corrió hacia la cámara sin intención de cerrar la puerta de acero y dejar a Salvatore fuera.

Este consiguió derribar a los dos hombres, pero el hombre de la pistola se había recuperado y estaba levantándose. Elisa lo observaba todo desde la puerta de la cámara entreabierta y se percató de una nueva sombra. Aquel hombre no estaba solo.

–¡Salvatore!

Al oír el grito de Elisa, Salvatore se volvió hacia ella, que gesticulaba frenéticamente.

—¡Hay más! Vamos.

—Me las arreglaré. Cierra la puerta, *cara*. Ahora.

—No. No, sin ti.

Salvatore lanzó una maldición y, a continuación, volvió la atención sobre los hombres que estaban en el suelo. Uno de ellos comenzaba a moverse.

—Vamos, Salvatore —gritó Elisa temiendo por la seguridad del hombre. Entonces, instintivamente consciente de que Salvatore jamás la pondría en peligro, repitió—: ¡No cerraré esta puerta mientras tú estés fuera! —y dio un paso hacia fuera para demostrarle que hablaba en serio.

Salvatore dijo entonces algo que ella nunca le había oído decir y, con una poderosa patada a la puerta que daba paso al apartamento, golpeó a los hombres dejándolos sin sentido. Casi simultáneamente, giró sobre sus talones y corrió hacia ella. La empujó hasta introducirla por completo en la cámara, pero se quedó él fuera para cerrar la puerta. Ella gritó y se agarró a su brazo con tal fuerza que tendría que hacerle realmente daño para que lo soltara.

Los disparos comenzaron a sonar y la pared junto a la cámara explotó esparciendo una lluvia de yeso y madera. Maldiciendo de nuevo, Salvatore se lanzó hacia el interior de la cámara y cerró la pesada puerta. El sonido del mecanismo de cierre se mezcló con el de nuevos disparos, pero ninguna bala consiguió atravesar la puerta de treinta centímetros de grosor.

En unos segundos, el ruido de los disparos se desvaneció mientras la puerta quedaba sellada por completo. Elisa apretó el botón de la luz de emergencia y suspiró aliviada cuando la tenue luz iluminó la oscura cámara.

Salvatore sacó el móvil y, de nuevo, lanzó una maldición.

—No hay cobertura.

—Es una cámara gruesa, pero alguien habrá oído los disparos desde la calle y habrá llamado a la policía.

—Sí. Demonios, Elisa, ¿por qué me desobedeciste? –dijo él mirándola con ojos acusadores.

—Ni siquiera tú eres invulnerable a las balas, Salvatore. Podrían haberte matado –los dientes le castañetearon al pensarlo–. ¿Por qué no viniste inmediatamente a la cámara? Podrían haberte disparado –dijo a punto de saltársele las lágrimas.

—¿Y te habría importado? –preguntó él con mirada insondable.

—Sí... sí –respondió ella, y la voz se le rompió.

Salvatore sacudió la cabeza y a continuación la abrazó con ternura.

—Estoy bien. He sido entrenado para esto.

—¿Quieres decir que todo el tiempo arriesgas tu vida de esta manera? –consiguió decir entre sollozos. Era un aspecto de su negocio en el que ella nunca había pensado antes.

Para ella siempre había sido el magnate que lo tenía todo bajo control, y no el peligroso experto en seguridad que podía desembarazarse de tres hombres en segundos.

—Soy el dueño de la empresa, *amore*.

—Pero estás entrenado para esto –su voz tembló de miedo por lo que aquello significaba.

—No suelo hacer de guardaespaldas a menudo –dijo él con una cínica sonrisa.

—¿Cuántas veces antes lo has hecho? –preguntó ella sujetándolo por las solapas de la chaqueta.

—Esta es la primera vez.

—Eres capaz de arriesgar tu vida para hacerle un favor al mejor amigo de tu padre –dijo ella. Era estúpido–. Podrías haber dejado que otro hombre me protegiera… como guardaespaldas.

—Nunca habría permitido que otro hombre te protegiera –dijo él abrazándola con más fuerza. Sus cuerpos encajaban a la perfección.

—Porque te sientes culpable.

—¿Y no habría de ser así?

La confirmación fue como un jarro de agua fría sobre la pequeña llama de esperanza que había comenzado a arder en su corazón. Ella no quería su culpa. Había tratado de convencerse de que no quería nada de él, pero la ansiedad provocada por el tiroteo había conseguido diezmar sus defensas.

Salvatore trataba de tranquilizarla acariciándole la espalda mientras la abrazaba y lo que Elisa sintió en ese momento la escandalizó.

—¡Estás excitado!

—Hacía mucho tiempo y tenerte cerca... —se encogió de hombros—. Además, es bien sabido que el peligro actúa como un afrodisíaco. Ignóralo y yo trataré de hacer lo mismo.

—Sería la primera vez —dijo ella echando la cabeza hacia atrás para mirarlo a los ojos negros. Trató de decirlo con voz suave, pero en realidad sonó acariciadora.

—Eso es muy cierto —asintió él tensando la mandíbula—. No puedo resistirme a ti, *cara*.

Elisa no dijo nada. No podía. Su cuerpo estaba reaccionando igual que un año antes. Los pechos pedían a gritos ser acariciados. Por propia voluntad sus piernas se separaron ligeramente.

—Pero no me lo pones nada fácil —continuó él lanzando un gemido.

—¿Qué? —preguntó Elisa confusa. No podía pensar en nada. Un fuego de deseo incendió su cuerpo.

Salvatore murmuró algo y bajó la cabeza hasta tomar la boca de Elisa lleno de pasión.

Capítulo 5

No se le pasó por la cabeza rechazarlo. No en ese momento en que el pasado no importaba. Habían ocurrido demasiadas cosas en el presente. Ya habría tiempo para pensar en todo ello después.

Elisa separó los labios y él introdujo su lengua haciendo el beso más profundo. Saboreándola, dejando que ella lo saboreara a él. Elisa arqueó el cuerpo contra el de él. Hacía mucho tiempo. Le rodeó el cuello con las manos mientras paladeaba la intimidad de aquel beso, el tacto de su piel.

Él posó las manos en las nalgas de ella y palpó la carne bajo la ropa, recorriéndole cada centímetro hasta acercarse peligrosamente al vértice que formaban sus muslos.

Elisa respondió con un gemido.

–*Si, amorino*. Eso es –dijo él al tiempo que recorría con sus labios los de ella animándola a seguir, excitándola más y más. El beso se hizo voraz, los deseos largo tiempo contenidos explotaron entre ambos con la potencia de una función pirotécnica.

Ella chupó con profusión el labio inferior de él y lo mordió ligeramente. De pronto, Salvatore la tomó en brazos y la apoyó contra la pared de acero. Ella apenas sintió el frío; Salvatore le había levantado la falda y descubierto las nalgas, pero no le importaba.

Lo único que necesitaba era sentir su piel contra la de ella. Buscó los botones de la camisa y los desabrochó con rapidez. La ropa de ella también cayó y al poco ambos pudieron sentir el roce de la piel del otro.

–Te deseo, *dolcezza*.

Ella no respondió. No podía, pero sentía lo mismo.

–Eres tan dulce... –continuó besándola en el cuello.

Y entonces, sin motivo aparente, aquellas palabras que tan familiares habían sido cuando fueron amantes felices trajeron al presente el dolor que ella creía anestesiado, aniquilando todo su ardor y dejándola temblando de oscuras emociones, pero no de deseo.

–Soy tan dulce que una vez creíste que quería endosarte el hijo de otro hombre.

–No pienses en eso ahora –dijo él con tono desesperado. Sin duda, lo estaba. Salvatore estaba muy excitado y no había duda de que la deseaba.

–No puedo dejar de pensar en ello –susurró ella.

–Ahora no, Elisa. Hablaremos de ello después –la apremió.

–No habrá un «después» para nosotros.

Salvatore se quedó completamente inmóvil. El silencio entre ambos era atronador. Retrocedió dejando a Elisa de pie en el suelo y retiró sus manos de ella.

–En eso te equivocas. Tenemos un pasado. Tenemos un presente. Y el futuro nos aguarda.

–No tendré otra aventura contigo –espetó ella. Esperaba que Salvatore tuviera más sensibilidad.

–Te quiero como esposa.

Un año antes esas palabras habrían colmado su dicha, pero en ese momento eran como un revés y no la declaración que tanto había esperado.

–Solo casándote conmigo conseguirás aplacar tu sentimiento de culpa –dijo ella sacudiendo la cabeza con tal fuerza que se mareó–. Olvídalo.

–En otro tiempo querías casarte conmigo –dijo él.

–Yo no...

Salvatore la interrumpió poniéndole una mano en los labios.

–No mientas. Lo deseabas o no me habrías contado lo del bebé.

–Un hombre tiene derecho a saber que va a ser padre.

–¿Y qué esperabas? –dijo él bajando la mano hasta cubrirle el cuello–. Esperabas que hiciera lo correcto: pedirte matrimonio. ¿Por qué no? Ya éramos amantes. Nuestras familias son amigas. ¿Qué habría sido más natural?

Escuchar de sus labios lo que ella se había repetido una vez no hizo sino añadir más leña a la desdicha que la invadía.

–Eso fue entonces. Esto es ahora.

Salvatore suspiró y se agachó para recoger la ropa de Elisa del suelo.

–Toma, póntelo –dijo recorriendo con la mirada el cuerpo femenino–. Si no lo haces lamentaremos las consecuencias.

Elisa se vistió, pero no por ello se sintió menos vulnerable. La asombraba pensar en la facilidad con que antes se había desnudado. No dejaba de pensar cómo podía querer a aquel hombre que tanto daño le había hecho.

Salvatore no se puso la chaqueta y se dejó la camisa desabrochada.

Aunque algo de aire fresco entraba en la cámara para casos de emergencia como aquel, el aire acondicionado era mínimo. No hacía un calor agobiante, pero tampoco era una temperatura agradable, así que se podía justificar que Salvatore se hubiera dejado la camisa abierta, lo que no le hacía las cosas precisamente fáciles a Elisa.

Se dirigió a un rincón de la cámara lejos de la varonil presencia, tratando de ignorarla. Las piernas aún le temblaban tras el violento episodio con los asaltantes y el escarceo amoroso.

Se introdujo en el diminuto aseo que contaba incluso con puerta, la cerró y se apoyó contra ella. Respiró profundamente varias veces y finalmente se inclinó sobre el lavabo y se lavó la cara con agua fría.

No había espejo, pero ella sabía que estaba despeinada. Trató de colocarse los mechones de cabello que se habían escapado de su peinado, pero finalmente tuvo que dejárselo suelto porque no podía volver a hacerlo sin un espejo y un peine.

Inspirando profundamente abrió la puerta. Salvatore estaba al otro lado. Esperando. Lo único que se le ocurrió fue echarse a un lado para dejarlo entrar.

–Está libre si tienes que pasar.

–Cuando tenía dieciocho años, tuve una novia.

–No es nada nuevo, Salvatore. Atraes a las mujeres como la miel a las abejas.

–Se llamaba Sofía Pennini –dijo él ignorando el malintencionado comentario–. Era muy guapa. También sexy y muy experimentada. Era cuatro años mayor que yo.

Elisa estaba tan asombrada por la forma en que Salvatore se estaba abriendo a ella que se encontró prestándole más atención de la que habría deseado.

–Nos acostamos en la segunda cita –continuó él.

La risa incrédula de Elisa no sorprendió a Salvatore. En la relación que ellos habían mantenido siempre había hecho él los movimientos.

–Comprende que había pasado mis años adolescentes formándome en una escuela llena de hombres. Parte del entrenamiento era llevar una vida austera y eso no incluía el trato con mujeres sofisticadas.

–Pues has recuperado el tiempo perdido.

–Ese comentario era innecesario. Estoy intentando decirte

algo –y no era nada agradable compartir semejante recuerdo. Lo hacía parecer un idiota, pero ella se merecía la verdad–. Cuando conocí a Sofía pensé que sabía dónde me metía, pero en realidad era un niño a su lado. Me volvió loco de deseo. No me hartaba de ella.

–¿Es realmente necesario que lo escuche? –dijo Elisa bufando de impaciencia.

Aquella muestra de celos le dio un poco de esperanza, así que continuó.

–Es importante, porque lo que experimenté con ella tuvo mucho que ver con la forma en que reaccioné contigo hace un año.

–Sigue –dijo ella apretando sus seductores labios.

–Llevábamos acostándonos seis semanas cuando me dijo que estaba embarazada de mí.

–Y apuesto a que la creíste.

–Sí –dijo él sin dejarse vencer por el sarcasmo de Elisa.

–Supongo que su padre nunca te dijo que era una fulana –dijo ella mirándolo con furia.

–Tu padre nunca te llamó así –se apresuró a contestar él arrepentido de habérselo dicho. Le había hecho daño y además acrecentaba su sentimiento de culpa.

–Lo que sea. Me estabas contando la historia de esa tal «Panini».

–Panini, no, Pennini –dijo él curvando los labios ante el ingenio–. No es un tipo de pan, *cara*.

–Tampoco es tu exmujer. Nunca te has casado.

–No, no es mi exmujer –contestó él frunciendo el ceño al recordar la humillación–. Pero tenía la intención de casarme con ella.

–Qué afortunada.

–Eso pensó ella –Salvatore encogió los hombros sintiéndose incómodo de pronto–. Mi familia tiene dinero. Era el único heredero de mi padre. De hecho, ya me estaban preparando para hacerme cargo del negocio.

–¿Quieres decir que te engañó? –preguntó Elisa con incredulidad–. Y el niño no era tuyo, por supuesto.

–Así es.

–¿Estás seguro?

–Sí. Muy seguro. Mi padre se puso furioso cuando le dije que me casaría con ella. Me amenazó con repudiarme, pero no me importaba.

–¿No quería que te casaras con la madre de tu hijo? No parece una actitud muy siciliana.

–No se creyó que el bebé fuera mío.

–Veo que es algo hereditario.

Salvatore deseó poder tocarla, besarla y borrar la mirada de desconfianza de su rostro, pero sabía que ella no lo aceptaría.

–Mi padre tenía razón.

–Claro –dijo Elisa cruzando los brazos sobre sus lindos pechos.

–La investigó y descubrió que solo una semana antes de que nosotros empezáramos nuestra relación había estado liada con un hombre mayor que ella y, además, casado.

–Eso no significa que el bebé no fuera tuyo.

Demasiado tenso para permanecer inmóvil, Salvatore se alejó hacia el extremo opuesto de la cámara.

–No, eso no, pero los malditos análisis de sangre que se hicieron durante el embarazo sí.

–¿Análisis? –repitió ella. Salvatore sintió la voz muy cerca y se giró. Elisa estaba justo detrás de él.

–Tuvieron que hacerle una amniocentesis. Todavía no sé por qué, y mi padre consiguió los resultados. El grupo sanguíneo del bebé no era ni el suyo ni el mío.

–Y te lo contó.

—La noche anterior a la que planeábamos huir juntos y casarnos en contra del consejo de mi padre.

—¿Qué hizo cuando te enfrentaste a ella?

—Lloró —dijo él aunque Elisa ya lo sabía—. Estaba desesperada. El padre del bebé no quiso dejar a su mujer por ella. La familia de Sofía estaba muy enfadada y amenazaron con repudiarla.

—Debió de sentirse aterrorizada —dijo Elisa con un tono lleno de compasión en la voz.

—Sí.

—¿Qué hiciste tú?

—Le di dinero para empezar una nueva vida en otra parte.

—¿Y qué ocurrió con ella? —preguntó Elisa y miró al techo con impaciencia al ver que no contestaba—. Vamos. Sé que no la abandonaste sin más.

—Te abandoné a ti —contestó al fin. Esa era la vergonzosa verdad y tendría que vivir con ella el resto de su vida. Ni siquiera la pobre luz pudo disimular la palidez de su rostro, pero Elisa se mantuvo firme.

—No estamos hablando de mí. Estamos hablando de ella y de ti cuando tenías dieciocho años.

—Se casó un año después del nacimiento del bebé.

—Entonces la historia tuvo un final feliz.

—Pero no para mí —dijo él. Aquella experiencia lo había convertido en un hombre desconfiado y esa desconfianza le había costado mucho.

—¿La amabas?

—La deseaba.

—Igual que a mí.

—No es lo mismo.

—Exacto. Confiaste más en ella que en mí.

—Mi falta de confianza en ti se debió a lo sucedido con ella —la frustración que sentía hizo que su voz sonara ácida cuando lo que deseaba era borrar el dolor de los hermosos ojos verdes de Elisa.

–Por no hablar de lo que mi padre te había dicho de mí.

–Sí –dijo él. Algo que nunca debería haberle contado.

Elisa sentía la cabeza a punto de estallar. Un año antes habría pagado por saber que otra mujer había dañado el orgullo masculino de Salvatore.

Empezaron a cobrar sentido las incongruencias que la habían perseguido tanto tiempo hasta el punto de haberle hecho creer que algo tenía que haber hecho mal que Salvatore desconfiara de ella. Hasta su propio padre había hablado mal de ella a Salvatore, algo para lo que no sabía si estaba preparada, aunque todo parecía indicar que no le quedaba más remedio.

–Gracias por decírmelo –dijo Elisa–. Vamos a estar aquí toda la noche. Será mejor que nos pongamos cómodos –dijo, tratando de buscar un tema menos controvertido, y se dirigió de nuevo hacia el rincón en el que estaba el aseo y un armario con provisiones para casos de emergencia como aquel.

–Pobre señor Di Adamo –continuó Elisa–. Lo más probable es que esos hombres hayan robado todas las joyas antes de salir de la tienda. Está asegurado, pero esto podría llevarlo a decidirse a vender la joyería –y sería realmente una pena después de lo que el hombre y también ella habían sacrificado para hacer que el negocio funcionara.

–Buscaban las joyas de la corona, no la modesta colección de las vitrinas exteriores. Cuando se dieran cuenta de que las joyas estaban en la cámara dudo mucho que se tomaran la molestia de vaciarlas antes de huir.

–Al menos las joyas están a salvo. Todavía puede llevarse a cabo la subasta, lo que significa que aún quedan esperanzas de mantener la joyería.

—Por ahora.

Elisa levantó la cabeza del cajón de alimentos en el que estaba buscando algo para comer.

—¿Por qué dices eso? Seguramente no se arriesgarán a volver ahora que la policía sabe lo que están buscando.

—Eres tan inocente —dijo él estirando el brazo y acariciándole con ternura la mejilla con una sonrisa.

Elisa se retiró de él bruscamente. Fue un movimiento involuntario, pero Salvatore frunció el ceño.

—Pero no para todas las cosas —contestó ella sin pensarlo y al momento se arrepintió de haberlo dicho, no porque no creyera que Salvatore se merecía la insinuación, sino porque no quería volver a la conversación de antes—. Olvídalo.

—Está olvidado —dijo él, aunque la mueca que se instaló en sus labios no decía lo mismo.

—Elisa, *piccola*. ¿Estás ahí?

La voz del señor Di Adamo al otro lado de la cámara la sorprendió y por un momento no supo dónde estaba. No así Salvatore. En un segundo se había movido hacia el otro extremo de la cámara y estaba hablando a través del intercomunicador colocado en la pared junto a la puerta.

—Soy Salvatore. Elisa está conmigo.

—¿Estáis heridos? —preguntó el señor Di Adamo, cuya voz demostraba su preocupación.

—No. ¿Podría abrir la cámara?

—La empresa que la instaló dejó el negocio hace dos años.

Aquello era nuevo para ella. Si lo hubiera sabido, habría tratado de convencer a su jefe de transferir la cuenta a otra empresa de seguridad.

—Entonces, supongo que no puede forzar el temporizador del mecanismo de apertura.

—Me temo que así es. Gracias a Dios que no os ha ocurrido nada.

Salvatore le contó entonces lo de los ladrones y que por eso ellos habían acabado en el interior de la cámara. Las exclamaciones del hombre fueron reemplazadas por el tono frío y serio de la policía local.

–Pregúntales por el resto de las joyas que hay fuera –dijo Elisa a Salvatore.

–Elisa quiere hablar con el señor Di Adamo –dijo Salvatore presionando el botón y se retiró para dejarle el sitio a Elisa.

–Señor Di Adamo, no tuve tiempo de recoger las bandejas de las vitrinas y guardarlas en la cámara.

–Ya me he dado cuenta –dijo el hombre con tono burlón aunque no excesivamente preocupado.

–¿Y… se han llevado algo? –preguntó Elisa.

–No, *piccola*. Debían de estar buscando las joyas de la corona.

–Es lo que piensa Salvatore –dijo Elisa mirando hacia la pared opuesta de la cámara, aunque sin verla, perdida en sus pensamientos–. Tendrá que llevarse el resto de las joyas a casa. No creo que esto sea seguro –se volvió entonces hacia Salvatore. Él era el experto y había insistido en introducirse en su vida. Ahora podría ser de utilidad–. ¿Qué haremos ahora?

–Déjame hablar.

Elisa se echó hacia atrás, satisfecha de que los dos hombres acordaran que lo mejor era llamar a uno de los hombres de Salvatore para que se hiciera cargo de la joyería. Aún tuvo oportunidad de hablar con su jefe una vez más antes de que se marchara con la promesa de volver a las nueve de la mañana, hora en que la cámara se abriría.

Regresó al mueble con los comestibles y se puso a buscar con más optimismo e interés que antes, tranquila porque el señor Di Adamo no estaba preocupado por ellos. Además, estaba hambrienta.

Había una cuña de queso, agua mineral, una lata de atún,

pan tostado y tres botes con conservas: aceitunas, tomates secos en aceite y zanahorias en vinagre.

Lo dejó todo en el suelo y sacó uno de los estantes del mueble para utilizarlo como mesa. Afortunadamente, el señor Di Adamo había pensado en todo y había incluido platos de papel, servilletas y cubiertos junto a los alimentos.

Elisa sirvió el atún y el queso en sendos platos, acompañados por el pan tostado, y puso los botes con las conservas entre los dos. Salvatore permaneció en silencio mientras Elisa preparaba la cena. Se sentó a un lado de la improvisada mesa mientras ella se sentaba al otro lado con todo cuidado.

—Esto dista mucho de la cena que tenía preparada para nosotros esta noche, *cara*.

—No tenemos muchas opciones. ¿Qué sabes del estado de salud de mi padre? —preguntó Elisa mientras cortaba una delgada lámina de queso y la ponía sobre una rebanada de pan y encima una aceituna cortada en dos.

—No es grave si sigue los consejos del médico y evita el estrés —contestó él tras dar un suspiro, como si estuviera pensando en otra cosa.

Como el que le causaba la preocupación por la seguridad de su hija. No era necesario que Salvatore se lo dijera con esas palabras exactamente.

—¿Qué ocurrió?

—Tuvo un pequeño ataque hace un par de meses y al final hubo que llevarlo al hospital de urgencia. El médico dijo que, aunque no había sido grave, era el primer aviso de lo que podría ocurrirle si no cambiaba de forma de vida.

—¿Y lo ha hecho?

—Francesco trabaja menos ahora, hace más ejercicio y come más saludablemente.

—Estoy segura de que Teresa se asegura de que así sea —dijo Elisa consciente de que su madrastra lo quería mucho.

–Sí.

–Sigo sin comprender por qué no me lo dijo.

–No lo sé.

Si no hubiera estado ocupada huyendo de Salvatore durante todo un año, habría ido a visitarlo a Sicilia y se habría enterado de su estado de salud. La culpa pesaba sobre sus hombros cuando terminaron de cenar.

Después de recoger y lavarse las manos, se sentaron en el suelo, pero era realmente incómodo. Elisa cambió de posición y se quitó los zapatos.

–Dormir será muy incómodo.

Elisa levantó la cabeza al oír la voz de Salvatore y se quedó pensativa. Debería decirle que había un colchón hinchable en el armario. En realidad, era pequeño y tendrían que compartirlo. Era la única opción lógica, pero se negaba a permitirse dormir con él en un espacio tan reducido. El duro suelo le haría bien a su cordura.

Trató de convencerse de que el colchón no tendría aire después de todo el tiempo que había estado sin usar en el armario. Pero al final, su conciencia pudo más que su cabeza.

–Hay un colchón de aire –dijo con una mueca.

Salvatore la miró con las cejas arqueadas de curiosidad.

–Ya sabes, uno de esos hinchables. Podemos utilizarlo para sentarnos ahora.

–Y para dormir después.

–Sí.

–Tendremos que compartir la cama.

–Sí –contestó Elisa asintiendo. A punto estuvo de ofrecerse a dormir en el suelo cuando vio la mirada de satisfacción en el rostro de él–. No se te ocurra hacer nada, Salvatore. Si intentas algo, te echaré del colchón.

Capítulo 6

Era una amenaza ridícula teniendo en cuenta que él era mucho más grande que ella y peligroso, pero Salvatore no se rio. Se limitó a sonreír.

–Perfectamente comprendido.

Elisa sacó entonces el colchón. No encontró bomba para hincharlo así que se turnaron para inflarlo soplando. Salvatore sonrió la primera vez que le tocó soplar justo a continuación de Elisa y colocó con deliberada parsimonia los labios donde antes habían estado los de ella. Elisa podía sentir esos labios como si estuvieran sobre los suyos. Pero peor fue soplar después de él. Trató de ocultar sus sentimientos, pero sentía que él los había intuido.

Cuando terminaron de inflarlo, Salvatore sacó la manta y la extendió sobre el colchón y luego se sentaron encima. El colchón no cedió y no se escuchó tampoco el silbido delator de un escape de aire.

–Creo que aguantará.

–Ojalá tuviéramos unas cartas o algo –dijo Elisa no muy segura de si se alegraba o la defraudaba.

–¿Ya te has cansado de mi compañía, *dolcezza*?

–No, claro que no. Es solo que… –se detuvo sin saber qué más decir.

Salvatore no era tonto. Sabía cuál era el problema.

—Se me ocurre una manera de pasar el tiempo.

—Ni lo pienses —dijo ella poniéndose rígida mientras lo miraba fijamente.

—¿Qué hay de malo en jugar a Adivina, adivinanza?

Le resultaba muy difícil imaginarse a aquel hombre que tanto la excitaba jugando a algo tan simple.

—Olvidas que pasé mucho tiempo en una escuela donde reinaba un ambiente espartano —continuó Salvatore.

Y Elisa tuvo que reconocer que había aspectos en aquel hombre tan masculino que ella desconocía totalmente. Así que empezaron a jugar, pero estaba muy cansada después de la intranquila noche pasada.

—Deberías echarte a dormir, *cara* —dijo él al tercer bostezo de Elisa.

—¿Dormirás tú también? —preguntó ella, que no quería tumbarse.

—Es eso o caminar o sentarme en el duro suelo. Ninguna de las opciones es muy atractiva. Dormiré. No descansé mucho anoche.

—Lo siento —dijo Elisa consciente de que su pesadilla lo había despertado.

—No lo sientas. No lo he hecho en todo este año.

Salvatore conseguía elevar el sentimiento de culpa de hombre siciliano a unos niveles increíbles, lo cual no la ayudaba precisamente. Tras un suspiro ante lo inevitable, Elisa se levantó y se dirigió al minúsculo aseo.

Cuando salió, Salvatore la estaba esperando de pie al otro lado, pero esta vez solo llevaba puestos los pantalones mientras sostenía la camisa en un dedo.

—Ponte esto para dormir. Estarás más cómoda que con tu vestido.

—Estaré bien —contestó ella con tozudez aunque sabía que tenía razón.

–No seas cabezota.

–Mi vestido no está tan mal –contestó ella. Era más largo y ajustado que cualquiera de sus camisones, pero lo soportaría.

–No te gusta dormir con prendas largas.

–Lo aguantaré por una vez –dijo ella incómoda al recordar el guiño de intimidad.

–No tienes por qué hacerlo –dijo él poniéndole la camisa sobre los hombros y metiéndose él en el aseo–. Elisa…

–¿Sí?

–Me agradaría mucho ayudarte a cambiarte de ropa, *cara*.

–¿Alguna vez te han dicho que eres muy mandón?

Por toda respuesta cerró la puerta del aseo. Elisa no sabía si pretendería llevar a cabo su amenaza de ayudar a cambiarse, pero por si acaso se le ocurría, se apresuró a quitarse el vestido y el sujetador y ponerse la camisa, que se abrochó hasta el último botón.

Después, se dispuso a tumbarse. Vio que Salvatore había extendido el abrigo en un lado de la cama y supo que lo había hecho para que su piel no tocara el colchón de plástico. Pensó durante un momento tumbarse en el otro lado a modo de desafío, pero al final decidió que no lo haría. Él le había cedido el sitio junto a la pared para que no se cayera y su preocupación por ella la emocionó más que irritarla.

Se acurrucó sobre el abrigo fingiendo que su aroma no estaba teniendo un tremendo impacto en sus emociones. Se tapó con la manta mientras esperaba a que saliera del baño, más por pudor que por frío.

–¿Quieres que deje la luz encendida? –preguntó Salvatore cuando salió del baño.

Era un espacio reducido. Ambos sabían que podrían encontrar el aseo sin problemas si lo necesitaban por la noche y dormirían mejor a oscuras.

–No.

Salvatore apretó el interruptor de la luz y Elisa lo esperó tensa por la mezcla de miedo y expectación. Cuando llegó a la cama, colocó un brazo alrededor de la cintura de ella y el otro bajo su cabeza, a modo de almohada, formando un caparazón para ella como hacía cuando eran amantes.

Elisa se puso rígida y trató de escapar de su «prisión».

–¡Salvatore!

–Sé razonable, *cara*, el colchón es demasiado pequeño y esta es la postura más cómoda para dormir.

–Pero...

–Te he prometido que no te acosaría. ¿No puedes confiar en mí?

Elisa no sabría decir por qué la pregunta le removió las emociones y se quedó mirándolo como si fuera a decir algo.

–Calla y duerme –susurró Salvatore dándole un beso en la sien.

No intentó aprovecharse de la situación y Elisa acabó por relajarse hasta el punto de sentirse más segura de lo que había estado en meses. Increíblemente, se durmió.

Cuando se despertó, la oscuridad era absoluta. Lentamente, recordó dónde estaba, pero echaba en falta algo: el calor del cuerpo de Salvatore a su lado. La manta estaba escrupulosamente colocada a su alrededor para que no tuviera frío, pero Salvatore no estaba allí.

Escuchó con atención. Podía escuchar su respiración aunque no sabía de dónde venía. Se sentó adormilada en la cama y la manta resbaló hasta su cintura.

–¿Salvatore?

–Sí, *cara* –su voz sonaba clara, como si llevara tiempo despierto.

–¿Por qué no duermes?

–Tienes tus dudas sobre ello, pero te aseguro que aún me queda honor –respondió él con risa áspera.

—¿Acaso dije que lo dudara?

—No es necesario. Sé lo que piensas de mí.

Elisa se restregó los ojos, pero seguía sin ver en la absoluta oscuridad.

—¿Tu honor no te deja dormir? —preguntó todavía adormilada sin comprender.

—Te deseo.

—Lo sé —contestó ella. Incluso medio dormida pudo notar que a Salvatore decir aquello le costó mucho. Seguro que odiaba ser objeto de una necesidad tan fuerte. Y sus palabras se lo confirmaron.

—Después de lo que me ocurrió con Sofía, juré que ninguna mujer podría someterme a semejante esclavitud nunca más.

—Lo que no te gusta es perder el control —dijo ella. Aunque él no lo creyera, no hallaba satisfacción en hacer de él un esclavo. El deseo sexual no era nada comparado con el amor y el respeto.

—Crecí en un ambiente de autodisciplina y control frente a situaciones que serían imposibles para la mayoría de la gente.

—Y la idea de que una simple mujer irrumpa en tu fortaleza te aterra, ¿verdad?

—No tengo miedo —dijo él. Elisa no podía verlo, pero apreció el tono de afrenta en su voz.

—Has elegido mal las palabras.

—No estoy ahí seduciéndote. Tengo algo de control respecto a ti.

Pero no mucho, y había tenido que salir de la cama para ello. Sin embargo, Elisa no se regodeó en la idea. Se había dado cuenta de que no hallaba placer en hacerle daño.

—Lo siento.

—¿Lo suficiente para dejar que te haga el amor?

—Estoy segura de que no aceptarías sexo por lástima —dijo ella riéndose por lo absurdo de la pregunta.

—Te sorprendería.

El deseo de Salvatore por ella tocaba su fibra como si fuera una orquesta de sensualidad. Las necesidades de su propio cuerpo entraron en conflicto con los pensamientos de su cabeza. Aquel hombre la había abandonado. No podía hacer el amor con él.

«Pero ha vuelto. Estuvo contigo en el momento que perdiste al bebé porque fue a tu apartamento a verte».

No sabía por qué ni desde cuando se preocupaba por ella, pero en ese momento, en la oscuridad de la cámara, empezó a preguntárselo.

—¿Por qué volviste?

—Dijiste que estabas embarazada de mi hijo.

—Pero tú no creíste que fuera tuyo.

—Me di cuenta de que no importaba.

—¿Qué quieres decir?

—Tú creías que el bebé era mío. Yo debería haberme casado contigo. El bebé habría sido mío.

—¿Estabas dispuesto a casarte conmigo aunque pensabas que podría estar embarazada de otro hombre?

—Así es.

—Pero no estuviste dispuesto a hacer algo así por Sofía —dijo ella sin poder creerlo.

—Era más joven y exaltado. Y ella me mintió.

—Tú pensaste que yo te mentí.

—Me dijiste lo que deseabas que fuera. No es lo mismo. Tú creías lo que estabas diciendo.

Aunque lo que decía la emocionaba, le dolía que aún dudara de ella.

—*Era* tu hijo.

Salvatore guardó silencio un buen rato y cuando las palabras salieron de sus labios no fueron las que ella quería oír.

—Te abandoné.

–Sí.
–Lo siento.
–Eso no ayuda.
–Lo sé.

¿Pero era eso enteramente cierto? Después de saber lo de Sofía Pennini, Elisa comprendía mejor por qué Salvatore no había confiado en ella. Una experiencia como esa haría desconfiar a cualquier hombre. La afirmación de su padre de que Elisa era como su madre había aumentado la desconfianza de Salvatore. Pero el corazón privado de sentimiento de Elisa no veía la diferencia. Lo cierto era que si la hubiera amado de verdad habría querido que ese niño fuera suyo y no habría tenido miedo de que lo fuera. Habría confiado en ella y nunca la habría abandonado.

Durante un tiempo había creído que la amaba. La había colmado de halagos y se la había llevado a la cama. Tras sus últimas vacaciones en Sicilia, se había enamorado perdidamente de Salvatore y no había podido resistir la batalla de seducción por parte de él cuando fue a buscarla a Milán. Había sido estúpida al confundir un ataque de pasión con el amor. Finalmente, había acabado embarazada y solo entonces se dio cuenta de su tremendo error. Él no creyó que el bebé que esperaba fuera suyo y el disgusto la había hecho abortar. Ahora había «algo» entre ellos que era demasiado grande para olvidarlo y al mismo tiempo no era nada.

–¿Cuánto tiempo llevas ahí sentado?
–No lo sé.
–Puedo sentarme en el suelo si quieres. Tengo tu abrigo para sentarme encima.
–No.
–Seguro que será más cómodo para mí que para ti.
–No.
–Eres demasiado testarudo y macho.

—¿Piensas que soy un macho? —preguntó con cierto humor en la voz, lo cual ya era un avance comparado con el tono desesperado de antes.

—Por favor, Salvatore. Eres tan macho que podrías embotellarlo como esencia y venderlo. No solo eres más alto que la media, sino que además eres más musculoso de lo que se les está permitido a los magnates. Has sido entrenado para la lucha de comandos y tu persona es la definición de la virilidad. Suficiente para hacer suspirar a cualquier mujer.

En cuestión de segundos lo tuvo a su lado en el colchón, su aliento acariciándole la piel.

—¿Soy la definición de la virilidad?

Tal vez aquello hubiera sido un error, pero no tenía ningún sentido negarlo en ese momento.

—Sí.

—Pero no dejarás que comparta tu cama.

—Yo no te he echado de ella. Tú te fuiste porque tenías miedo de seducirme.

—¿Admites entonces que podría seducirte?

—No estoy admitiendo nada. Han sido tus preocupaciones las que te han empujado al duro suelo en medio de la noche.

—Miedo. Preocupaciones. Haces que parezca una anciana.

—No lo creo —dijo ella con risa nerviosa.

—Tal vez quieras que te seduzca —susurró él acariciándole la mejilla con los labios.

Elisa sintió una calidez en su interior mientras maldecía la oscuridad que parecía magnificar la electricidad que desprendía su contacto.

—No... no.

—Dilo otra vez con más convencimiento —dijo él mientras sus labios jugaban con los de ella, que no parecía hallar en ninguna parte la fuerza para decirle que parara—. Me deseas, *cara*. Admítelo.

Su única defensa estaba en decir la verdad.

—Pues claro que te deseo. ¿Qué mujer no lo haría? ¿Qué crees que he estado diciendo? Pero mi cuerpo y mi mente no siempre están de acuerdo.

—Esta vez lo estarán. Confía en mí, Elisa. No volveré a hacerte daño.

¿Y cómo iba a evitarlo? Él no la quería y eso en sí le hacía daño. No debería. No debería amarlo. Debería ser capaz de obtener placer igual que hacía él sin involucrar a los sentimientos. Pero ella sabía que no podía hacerlo.

Aspiró el aroma de Salvatore dándose cuenta de que él era y sería el único hombre de su vida. Tomar conciencia de ello la cegó como si un rayo hubiera inundado la cámara. Seguía amándolo. A pesar de la forma en que la había rechazado, siempre lo amaría.

Salvatore presionó con su boca las comisuras de los labios de Elisa, buscando con la lengua su sabor.

—Por favor, *dolcezza*, permíteme complacerte.

El estupor ante su convencimiento se mezcló con las sensaciones físicas que la abrumaron en la oscuridad de la cámara. Y entonces su mente dejó de funcionar, capaz únicamente de centrarse en las palabras y el tono que tanto placer prometían.

Capítulo 7

Los labios ciegos de pasión de ambos chocaron en la oscuridad.

El deseo, la necesidad y el amor rivalizaban dentro de ella creando una sensación de dolor que era física y emocional; una sensación de vacío en su parte más íntima que pujaba por ser completado. Su corazón se alimentaba de la necesidad que se podía intuir en la voz de él, de la tensión en sus caricias que atestiguaban cuánto la deseaba.

Un año antes había paladeado con dicha ese mismo deseo que era para ella mucho más que simple lujuria, pero en esa cámara oscura la aterrorizaba. Sabía que, tras los sentidos que urgían ser satisfechos, yacía el dolor.

Pero su miedo a la profunda emoción que le había arrancado un simple beso no logró aplacar la necesidad de su cuerpo.

Mientras su boca se regalaba con el sabor del amante tanto tiempo negado, el resto de su cuerpo se contraía contra el de él con voluptuoso abandono. Salvatore dejó escapar un gemido mientras sus manos se cerraban sobre el cuerpo de ella. Ella se apretó contra el pecho desnudo de él y hundió los dedos en la mata de vello y el contorno musculoso.

Tenía los ojos abiertos, pero no podía ver nada. Lo único que podía hacer era sentir.

Los dedos de Salvatore recorrieron los botones de la camisa que ella iba desabrochando, y no dejó de besarla apasionadamente. Elisa sintió bajo sus manos el latido acelerado del corazón de Salvatore y los pezones duros y, a continuación, la mano de Salvatore tomando con sensual urgencia sus pechos.

Ella bajó la mano para comprobar el estado de excitación de él, evidente incluso con los pantalones puestos.

Gimiendo como un hombre sometido a tortura, rompió el beso y Elisa pudo notar que dejaba caer la cabeza hacia atrás abandonándose al placer de sus caricias. No dejó sin embargo de acariciar los pechos de ella, lenta y bruscamente, lenta y bruscamente.

La excitación de Salvatore era tal que pugnaba por escapar de su prisión bajo los pantalones. Cuidadosamente, con una mano, Elisa desabrochó el botón y deslizó la cremallera, lentamente, hasta que Salvatore comenzó a gemir de nuevo.

—Oh, sí, *cara*, acaríciame. Necesito sentir tus manos.

Pero ella no lo hizo.

Le bajó los pantalones cuidando de no tocar su cuerpo tenso y se detuvo a la altura de las caderas, esperando a que él se moviera para que pudiera terminar de bajarlos, siempre con lentitud, y sin rozarse. Le encantaba jugar así con él.

—Me estás volviendo loco.

—¿Y te molesta? —preguntó ella con fingida amabilidad—. Tal vez prefieras que no lo haga.

—¡No!

Elisa sonrió y, con la misma parsimonia y cuidado de no tocarlo, le quitó los bóxers. Podía sentir su gran miembro temblando de deseo igual que temblaba su cuerpo. Ella sentía los pezones duros, y la piel de los pechos tensa bajo las manos de él.

—Salvatore... —suspiró, contenta de que la oscuridad ocultase las emociones que sentía.

–Me deseas –dijo él y ella no se molestó en contestar.

Su cuerpo ya se encargaba de ello. Notaba la humedad entre sus piernas y el latido de las terminaciones nerviosas.

Elisa le tocó el rostro con las manos a ciegas, tratando de ver con las manos. Él le dejó, su cuerpo curiosamente quieto, mientras ella descendía con las puntas de los dedos desde el hermoso rostro hasta los bíceps y el abdomen, tensos por el deseo.

Salvatore aspiró mientras ella seguía descendiendo por su pelvis y, de nuevo, Elisa sonrió. En aquella posición no parecía tenerlo todo bajo control.

Detuvo el descenso justo encima del miembro erecto. Podía sentir el calor que emanaba de aquella parte de su espléndido cuerpo aunque no pudiera admirar la familiar erección.

–Me pregunto qué es lo que deseas.

–A ti –contestó él con voz gutural–. Solo a ti, pequeña bruja juguetona.

En aquel momento, Elisa tomó las palabras como si fueran las que había estado deseando oír de verdad, pero no se movió. Ambos permanecieron así unos segundos, expectantes por lo que habría de venir a continuación.

Cuando ella no pudo aguantar el tormento autoinfligido ni un minuto más, cerró los dedos sobre él complacida y se deleitó con el primitivo sonido que le arrancó de la garganta. Por su parte, Salvatore tomó con pasión descontrolada los pechos de ella en sus manos. La presión aumentó la excitación de ella. Deseaba que le acariciaran los pezones como solo aquel hombre increíblemente sexy sabía hacer.

Ella lo complació como una vez él le había enseñado a hacer, sin saber que su expresiva pasión había guiado entonces a unas inocentes manos para darle la mayor de las gratificaciones.

Sin previo aviso, ni siquiera las caricias preliminares que

ella había dado por seguro, unos labios ardientes y llenos de deseo tomaron sus pezones erectos arrancándole un grito de sorpresa.

Salvatore comenzó a chuparlos con fuerza. Ella se arqueó hasta que el vértice formado por sus piernas rozó el miembro erecto. El contacto fue como una descarga eléctrica, tan deseada después de un año de falta de estimulación que el cuerpo de Elisa tembló y de sus labios escapó un gemido de satisfacción.

–Eres perfecta para mí. Ninguna mujer me ha parecido nunca tan perfecta.

A continuación le quitó la camisa y las braguitas. Elisa pensó que se pondría sobre ella, pero se sorprendió cuando en vez de eso notó que se levantaba del colchón.

–¿Adónde vas?

–Quiero verte –dijo al tiempo que encendía la luz de emergencia de la cámara.

Después de la negra oscuridad, tardó unos segundos en acostumbrarse a la tenue luz. Cuando consiguió mantener los ojos abiertos, Salvatore estaba de vuelta en el colchón, mirándola. Sus ojos eran dos pozos negros inflamados por la pasión de verla desnuda y preparada para él.

–*Bellisima*. Eres la mujer más hermosa que he visto en mi vida. Un ángel de perfección.

Su generoso halago era algo que la había sorprendido mucho la primera vez que hicieron el amor, pero en ese momento le encantó escucharlo.

Animada por la aprobación de Salvatore, ella también se permitió deleitarse en el cuerpo desnudo de él.

La tenue luz hacía que la piel bronceada de Salvatore pareciera aún más oscura, pero no pudo ocultar las formas espléndidas de su cuerpo bellamente esculpido. Era la definición de la virilidad, y un amante increíble.

Lo miró con los ojos entornados formando con los labios un puchero inocente.

—¿Es que no vas a poseerme?

Él no se rio como ella había esperado, igual que otras veces cuando ella había bromeado al respecto. En lugar de eso, su cara se contrajo y a continuación la penetró gimiendo en respuesta al desafío de ella.

Todo pensamiento se desvaneció en el momento en que Salvatore se introdujo en el cuerpo de Elisa con un suave empujón que los hizo jadear a ambos.

Salvatore se quedó inmóvil dentro de ella tanto tiempo que Elisa se preocupó.

—¿Pasa algo?

—No —dijo él besándola profundamente—. Al contrario, todo va bien, muy bien.

Ella también lo sentía y lo abrazó con brazos y piernas dejando que él impusiera el ritmo que habría de llevarlos a la culminación del placer.

Pero no fue un movimiento rápido y fuerte como ella esperaba, sino que empezó con un lento vaivén que lo hacía casi salir del todo para volver a introducirse de nuevo, más profundamente cada vez. Tras unos minutos de tormento, Elisa le suplicó que fuera más rápido, pero él se negó.

—No, *dolcezza*. Tiene que durar. Esta primera vez tendría que durar para siempre.

Ella no soportaría ni cinco minutos más, mucho menos para siempre. Deshizo el nudo de sus piernas y clavó los talones en el colchón arqueando el cuerpo hacia arriba para forzarlo a que la penetrara profundamente. Golpeó salvajemente con las caderas intentando obtener la fricción necesaria para lograr el placer.

Cuando este llegó, fue como una tremenda explosión en su interior. Gritó con fuerza cuando notó que las oleadas de placer iban subiendo hasta que alcanzó el orgasmo. Su cuerpo tembló, los músculos le dolían de las contracciones tan intensas que había sufrido hasta que, finalmente, se derrumbó sobre el colchón y Salvatore cayó sobre ella, cubriéndola con su cuerpo.

Entonces dijo algo que ella no entendió. Estaba muy cansada.

–Duerme… –fue lo único que consiguió decir con un susurro.

Si Salvatore dijo algo, ella no lo oyó.

Elisa se despertó segura de que seguía dormida y soñando porque solo eso podía explicar que estuviera desnuda en aquel lugar junto al cuerpo, igualmente desnudo, de su antiguo amante. Incluso en la oscuridad, conocía su aroma, sus formas, el tacto de su piel. Nunca lo olvidaría.

–*Buono mattina, cara* –dijo una voz grave junto a su sien derecha.

Se puso rígida por completo al recordar lo sucedido la noche pasada. Había dejado que le hiciera el amor. No, no solo le había dejado. Al final había acabado rogándole que lo hiciera.

–¿Cómo sabes que es por la mañana? –preguntó ella. Salvatore debía de haber apagado de nuevo la luz cuando se quedó dormida, porque estaban completamente a oscuras.

–Con la luz del reloj.

–Vaya –dijo ella. Aquella era una conversación estúpida, pero tampoco sabía qué decir–. ¿Qué hora es?

–Las ocho y cuarto. Hemos dormido mucho.

Lo que habían hecho no tenía nada que ver con dormir. Entonces Elisa se dio cuenta de que el señor Di Adamo estaría allí a las nueve cuando la cámara pudiera abrirse. Le quedaba menos de una hora. Si la puerta se abriera en ese momento no quedaría ninguna duda de lo que Salvatore y ella habían estado haciendo. Se sentó sobre el colchón presa de pánico.

–Tenemos que vestirnos.

Salvatore le acarició el vientre plano y los músculos se le pusieron tensos.

–Relájate. Nos queda mucho tiempo.

El olor dejado por la noche de sexo llenaba el reducido espacio.

–¿Cómo puedes decir que me relaje? ¿Crees que quiero que mi jefe sepa que he pasado la noche con su experto en seguridad?

–Somos amantes. ¿Por qué no?

Ella le diría a aquel arrogante por qué no... Sus pensamientos se detuvieron al darse cuenta de la sensación viscosa entre sus piernas. Conocía la sensación. La había tenido una vez. La primera vez que hizo el amor con Salvatore. Era muy diferente de cuando se utilizaba preservativo.

–¡No te pusiste nada! –le gritó mientras se ponía en pie.

Al tratar de bajarse del colchón para encender la luz, tropezó y empezó a caer, pero no llegó al suelo porque unas poderosas manos la arrastraron hacia atrás hasta dejarla caer sobre su regazo.

–Para. Acabarás haciéndote daño.

–No usaste preservativo –le recriminó de nuevo.

–No, no lo hice –dijo él, no parecía lamentarlo ni remotamente.

–¿Por qué no?

–Una razón es porque no tenía ninguno. No estaba preparado para quedarme encerrado en una cámara de seguridad toda la noche contigo, *dolcezza*.

–¿Una razón? ¿Y cuál es la otra? ¿Estabas tan fuera de control por el deseo que no lo pensaste? –dijo ella aunque ya empezaba a pensar que simplemente no le importaba. Después de todo él no se había quedado embarazado la última vez–. Ni siquiera trataste de dar marcha atrás en el momento crucial.

–No lo pensé –dijo él–. Estaba fuera de control. Y tú también, ¿no?

–¡Eso no es excusa! –dijo ella en lugar de contestar a la provocadora pregunta.

–No estaba tratando de excusarme.

Era cierto y no tenía ningún sentido. De acuerdo, él no había tenido un embarazo por hacer el amor sin protección, pero era un hombre responsable. Lo sabía aunque tratara de fingir lo contrario. ¿Pero por qué no estaba preocupado?

Esperaba cierto remordimiento procedente del gen de la culpa, típico de Sicilia. Echó la cabeza hacia atrás tratando de adivinar lo que estaba pensando, pero no podía verlo en la oscuridad.

–No podemos tener esta conversación a oscuras.

–Estoy de acuerdo –dijo él moviendo el brazo para ver la hora–. Tienes un poco menos de media hora para lavarte y prepararte antes de que llegue tu jefe.

Se dio cuenta con desmayo de que tenía razón. La conversación, su rabia y su confusión, todo tendría que esperar. No podía soportar la idea de que su jefe la pillara en la cama con Salvatore. Trató de ponerse en pie, pero Salvatore la tomó con firmeza de la mano.

–Deja que yo encienda la luz. Acabarás haciéndote daño.

–Qué pena que no mostraras ese refinado instinto protector anoche –dijo ella haciendo un cálculo mental, y justo cuando se encendió la luz se dio cuenta de algo terrible–. Estoy en medio de mi ciclo –dijo ella mirándolo fijamente, inmóvil por la certeza de que la noche anterior habían hecho otro niño–. Cuando me quedé embarazada la otra vez no era ni siquiera el momento propicio. ¿Qué posibilidades hay de que no me quede esta vez?

—No hables como si fuera el fin del mundo. No lo es —dijo él con el rostro congestionado.

Tal vez no era el final de su mundo, pensó Elisa. Pero el de ella sí. Le había arrancado el corazón al rechazarla y después se lo habían vuelto a arrancar tras el aborto.

No dijo nada, solo lo miró, sintiendo que la tragedia de su vida la embargaba de nuevo. Él sí dijo algo y a continuación se sentó sobre los talones al lado de ella.

—Todo irá bien, *cara*. Confía en mí esta vez.

Elisa lo miró sin verlo, pero se vio a sí misma embarazada de nuevo. Y sola. Sacudió la cabeza.

—No puedo.

—Sí puedes —dijo él haciendo que se agachara junto a él y dándole un beso en la boca—. Lávate y vístete. Yo recogeré todo.

Sí, tenía que vestirse antes de que la puerta de la cámara se abriera y todo el mundo viera de nuevo lo idiota que había sido.

Salvatore lanzó una maldición mientras observaba a Elisa. Caminaba como una anciana encorvada. Era evidente que la aterraba el hecho de estar de nuevo embarazada. Él le había dicho que se había dado cuenta del error que había cometido un año antes, pero ella no creía que nunca volvería a abandonarla.

Era su mujer ideal y él cuidaría de ella. Desde ese mismo momento. Se vistió en segundos. La camisa olía a ella y su cuerpo reaccionó de forma predecible a la fragancia femenina. Ignorando la oleada de deseo, dobló el abrigo ocultando así las pruebas de lo que habían hecho. Desinfló el colchón y lo guardó, junto a la manta, en el armario.

En ese momento un sonido anunció que la cámara estaba

abriéndose justo en el momento que Elisa salía del aseo. Estaba pálida y tenía las pupilas demasiado dilatadas, pero no pudo animarla antes de ver a su jefe.

Evitó el contacto visual con Salvatore mientras se ponía los zapatos y se quedó de pie, a la espera de que el mecanismo terminara de abrir la puerta. Salvatore la dejó tranquila.

El señor Di Adamo estaba esperando al otro lado tal y como había prometido la noche anterior, su rostro lleno de profunda preocupación al verlos.

–*Piccola*. Estás bien –dijo abrazando a Elisa en cuanto se abrió la puerta–. Gracias a Dios –dijo separándola de sí un poco para observarla. Él también se dio cuenta de que su estado no era el adecuado, pero le dio una interpretación totalmente distinta–. Esto ha sido demasiado. Hay que tomar nuevas medidas –añadió mirando a Salvatore.

–Sí. Hablaremos, pero primero tengo que hacer unas llamadas.

El hombre se mostró de acuerdo y condujo a Elisa a su apartamento. Mientras el señor Di Adamo se preocupaba por ella, Salvatore llamó a su oficina y pidió dos hombres. A continuación, hizo los preparativos para viajar con Elisa a Sicilia esa misma tarde.

Cuando le dijo que tenía que volver al hotel con sus hombres mientras el señor Di Adamo y él discutían las medidas necesarias para la tienda, ni siquiera fue capaz de protestar, lo cual confirmaba que aún no había superado el choque de comprender que habían tenido sexo sin protección.

Elisa salió de la ducha y empezó a secarse. Estaba en su pequeño cuarto de baño, en su pequeño pero alegre apartamento.

Cuando salieron de la joyería, había informado a los hombres de Seguridad Vitale de que quería ir a casa. Ellos se habían negado, pero ella no se había arredrado, y simplemente se había negado a salir del coche hasta que el conductor la llevó a su apartamento. Salvatore la habría recogido y llevado él mismo, sin duda, pero habría despedido a uno de sus hombres por hacerlo.

Sus hombres lo habían comprendido y por eso la llevaron a donde quería ir. A casa. Necesitaba su ambiente familiar.

Al llegar a su casa, trató de que se marcharan de allí, pero se obstinaron en quedarse. Así que los había dejado en el descansillo sintiéndose culpable, pero no lo suficiente como para invitarlos a entrar en su pequeño hogar.

Tras darles algo de beber y ofrecerles una silla que rechazaron, los dejó haciendo guardia y se fue a darse una ducha. Necesitaba lavarse y no podía soportar la idea de tener a un par de extraños en su apartamento mientras hacía algo tan íntimo.

Se vistió y peinó su cabello en una cola de caballo. Después, se preparó una taza de café, todo el tiempo sin dejar de pensar en lo que había ocurrido la noche anterior. Había dejado que Salvatore le hiciera el amor. Sin protección. Iba a dar un sorbo, pero dejó la taza en la mesa al recordar algo que había leído un año antes cuando estaba embarazada. Algunos médicos pensaban que la cafeína no era buena para el bebé y no quería correr el riesgo de perderlo si es que estaba embarazada. Se llevó la mano al vientre preguntándose si llevaría en él al hijo de Salvatore.

Estaba aún muy confusa, deshecha ante la posibilidad de estar embarazada. Sin embargo, la niebla que había cegado su mente y su corazón desde que abortara involuntariamente había comenzado a disiparse. Una leve sensación de esperanza comenzaba a brillar en su corazón.

El miedo seguía allí. Y la rabia. El dolor no había desaparecido milagrosamente, pero debajo de él sentía vibrar una pequeña chispa de vida que ella había creído desaparecida para siempre.

—Pareces inmersa en tus pensamientos, *cara mia*.

Elisa se giró bruscamente y vio a Salvatore a escasos centímetros de ella. Sin pensarlo, miró hacia la puerta.

—Les he dicho que podían irse —añadió él.

—¿Cómo has entrado?

—No respondías a mi llamada.

—¿Y?

—Y abrí sin más. La puerta no es muy segura. No me gusta. Alguien podría entrar por la noche sin que te dieras cuenta.

Ella sacudió la cabeza con un gesto de impaciencia.

—Te aseguro que es cierto.

—No lo estaba negando —dijo Elisa dándose cuenta entonces de que a aquel hombre le gustaba mucho discutir, probablemente porque hasta una pequeña discusión sin importancia como esa siempre terminaba en la cama. Un lugar en el que ella siempre había disfrutado mucho estando con él. Antes—. Estaba tratando de despejar mi mente.

—¿Y funcionó?

—No. ¿Por qué no llamaste más fuerte?

—Estaba preocupado.

Elisa comprobó que era cierto lo que decía a juzgar por las arrugas alrededor de sus ojos.

—¿Pensabas que iba a hacer alguna estupidez?

—No pensé que fueras a hacerte daño, pero pensé que podrías desaparecer.

—La última vez me buscaste.

—Sí, pero podría no encontrarte.

—Así que decidiste entrar a la fuerza para asegurarte de que seguía aquí. ¿Qué se supone que iba a hacer, salir por la ventana?

–Eres una mujer de recursos.

–Ya veo –dijo ella sintiéndose curiosamente halagada ante la estimación de su inteligencia y habilidades–. ¿Quieres un café?

–Ya lo he tomado. Quiero hablar.

–¿Y de qué quieres hablar?

–De la posibilidad de que vayamos a ser padres dentro de nueve meses.

Capítulo 8

Elisa lo miró de nuevo. Salvatore no estaba sonriendo, no estaba bromeando. Hablaba totalmente en serio.
-Supongo que esta vez crees que el niño es tuyo... O ¿tal vez te estás preguntando si he tenido algún amante en este año?
-Sé que no ha sido así.
-¿Cómo lo sabes? ¿Has tenido a uno de tus hombres espiándome?
Salvatore palideció.
-¡Lo has hecho! -exclamó Elisa sin dejarlo hablar.
-Tú no querías verme. Tenía que saber que estabas bien. Así que decidí vigilarte.
-Bien, a menos que me hayas seguido las veinticuatro horas del día no puedes saber si te he sido fiel.
No era necesario decirlo así. No había motivo para ser fiel. No estaban casados. Ni siquiera salían juntos.
-Simplemente lo sé -dijo él ignorando la brusquedad de su comentario.
-¿Además de magnate eres psicólogo?
-Esta discusión no nos lleva a ninguna parte.
-Tal vez no tenemos que ir a ninguna parte.
-Al contrario. Salimos hacia Sicilia en una hora.
-¿De qué estás hablando? No vamos a Sicilia -dijo ella po-

niendo los brazos en jarras y mirándolo con el ceño fruncido–. Tengo un trabajo. El señor Di Adamo cuenta conmigo.

–La joyería Adamo quedará cerrada hasta que se celebre la subasta.

–Pero se arruinará. Lo perderá todo –dijo ella con el corazón en un puño.

–Eso no ocurrirá.

–¿Porque tú lo dices? –preguntó desafiante.

–Sí. Porque yo lo digo. He arreglado las cosas con tu jefe. Mi empresa terminará de instalar el nuevo sistema de seguridad mientras la tienda está cerrada y llevarán a cabo mejoras en la instalación eléctrica del edificio.

–Pero no podemos permitírnoslo –dijo Elisa, que conocía el frágil estado de las cuentas del negocio.

–Ya me he ocupado.

Si Salvatore había convencido al orgulloso señor Di Adamo para que le dejara hacer todas esas cosas significaba que había sido mucho más diplomático con él que con ella.

–¿Y qué hay de las joyas de la corona?

–Serán transportadas a un lugar secreto hasta la subasta.

–Supongo que tu empresa se ocupará también de la seguridad el día de la subasta –dijo ella, aunque no le importaba realmente.

–Sí.

–No entiendo por qué tengo que ir a Sicilia. Ya no corro peligro, las joyas no están bajo mi custodia.

–¿Y cómo crees que los ladrones averiguarán que las joyas ya no están con el señor Di Adamo?

Elisa se mordió el labio y miró por la ventana, y de nuevo a Salvatore.

–Supongo que he pensado que si han averiguado que las teníamos nosotros también podían averiguar que ya no es así.

–Las cosas no son tan fáciles, *amore*.

Elisa sintió que el corazón se le contraía al escuchar el cariñoso tratamiento.

—¿Sabes? Estoy harta de que utilices esos términos cariñosos conmigo. No me gusta —mintió—, pero lo tolero. Es la forma de hablar del hombre italiano. Lo sé, pero no me llames nunca «amor mío». ¿Lo entiendes? El amor no existe en nuestra relación.

No quería engañarse hasta el punto de creer que el amor tenía algo que ver con la preocupación que mostraba por ella. El sentimiento de culpa y la obligación para con un amigo de la familia se mezclaban con el deseo, pero eso era todo. Y ella tenía que recordarlo siempre.

—¿Estás diciendo que ya no me quieres? Lo sé —dijo él con expresión de piedra.

—Y tú tampoco me quieres a mí, así que deja de jugar.

—No creo estar jugando.

—Pues deja de usar términos cariñosos conmigo.

—Pero es que eres un ser querido para mí.

—No soy más que la carga de tu culpa, querrás decir.

—¿Crees que anoche me sentía culpable? —preguntó él con la misma expresión de piedra.

Elisa no podía digerir aún lo que había sido. Tenía que aceptar primero la realidad.

—Lo de anoche fue una explosión de deseo sexual entre dos personas que olvidaron usar preservativo.

—No lo olvidé.

—Ya —Elisa lo miró fijamente. A un hombre como Salvatore le costaba admitir sus errores—. Decidiste pasar por alto cualquier intento de evitar la concepción.

—Exactamente.

—¿Cómo?

—Elegí no hacer nada por evitar un embarazo.

—Dijiste que no tenías un preservativo.

–Y es cierto, pero podía haberte hecho el amor de otra forma.

–Y no lo hiciste.

–No lo hice.

Elisa se desplomó sobre una silla.

–¿Pensaste que la marcha atrás no es aceptable para un hombre de verdad como tú o algo así?

–Ni por un momento pensé algo así.

–¿Qué pensaste entonces? Y no me digas que querías que me quedara embarazada.

–Pues sí. Exactamente eso.

Elisa se puso pálida como una vela.

–¿Quieres que me quede embarazada? –repitió incapaz de comprender.

–Sí.

–¿Pero por qué?

–Hay muchos motivos.

–Dime uno.

–Tu salud.

–¿Crees que mi salud mejorará si me quedo embarazada? Pero eso es absurdo.

–No lo es. Hablé con un médico tras el aborto. Me advirtió que podías sufrir lo que ellos denominan depresión postparto.

Ella había oído hablar de esos episodios depresivos tras el parto, pero ella no había llegado a tener un hijo.

–El desequilibrio que sufren las hormonas al quedarse embarazada vuelven a hacerlo cuando se sufre un aborto. Era evidente que tú estabas triste, todavía no estás bien del todo. No solo te has mantenido alejada de los hombres, sino que has abandonado todo tipo de vida social. Te mudaste del apartamento, pero nunca volviste a visitar a los amigos que tenías en tu otro edificio. Rechazas todas las invitaciones del señor Di Adamo de ir a comer con su familia.

—Supongo que todo eso te lo han contado tus espías —gritó ella dolida.

—No. Tu jefe. Él también está preocupado, pero cree que tu tristeza se debe a nuestra ruptura.

—¡Y así es! A la pérdida del bebé. No sufro ningún tipo de desequilibrio hormonal que tengas que arreglar haciendo que me quede embarazada.

—Tal vez, pero el consejero psicológico con el que también hablé me dijo que tener otro hijo te ayudaría a superar la tristeza de la pérdida del primero.

—¿Hablaste con un psicólogo y un médico sobre mí?

—Quería saber por qué te negabas a verme o a hablar conmigo.

—Porque me hiciste mucho daño y no te quería en mi vida de nuevo. ¡Yo misma podría habértelo dicho!

Salvatore tensó la mandíbula, pero no se puso furioso.

—Había algo más que eso.

—¿Y pensaste que podrías arreglar lo que tu imaginación te decía si conseguías dejarme embarazada de nuevo?

—También creía que aceptarías casarte conmigo cuando supieras que estabas embarazada.

—¿Entonces ahora el bebé es tuyo? —preguntó ella con desprecio en un intento de enmascarar las otras emociones que se arremolinaban en su interior.

—Dices que es así. No debería haber dudado de ti.

Pero lo cierto era que no la había querido lo suficiente y por eso la duda se instaló en su desconfiado corazón tras lo ocurrido con Sofía.

—No puedes obligarme a que me case contigo.

Por toda respuesta se encogió de hombros como diciendo: «Yo soy Salvatore di Vitale y sé cómo conseguir lo que quiero».

Y en ese momento quería que se casara con él.

Salvatore vio los sentimientos cruzar por el expresivo rostro de Elisa. Pero no se trataban de sentimientos alegres ante la idea de casarse con él.

Aquello lo enfureció. Había cometido un error.

–Han ocurrido muchas cosas entre nosotros.

–Tu desconfianza hacia las mujeres, mi desconfianza hacia ti y grandes cantidades de deseo sexual. Esa no es mi idea de la receta para una feliz vida de pareja.

Su sarcasmo estaba acabando con las buenas intenciones de él.

–Oh, sí, y no olvidemos tu sentimiento de culpa. La única razón verdadera por la que quieres casarte conmigo.

–Yo no lo he olvidado.

Igual que el hecho de que una vez ella había querido su amor. Pero en ese momento no le importaba. De alguna manera, Salvatore se alegraba. No sabía si él también tendría la capacidad de darle el mismo amor. Él había creído que amaba a Sofía, pero después se había dado cuenta de que había sido su orgullo el que había sido lastimado, no su corazón.

Lo que sentía por Elisa se mezclaba con un fuerte deseo de estar con ella ¿Era eso amor? Probablemente no fuera el tipo de amor que una mujer desearía. No era romántico. Lo que él sentía por ella era demasiado elemental. Sin embargo, tenía que darle otro hijo. Tenía que darle la seguridad de un matrimonio y una familia. Se lo debía.

–Te casarás conmigo.

–Haré lo que me dé la gana –contestó ella. Parecía increíblemente frágil y desafiante al mismo tiempo.

–¿Puedo sugerir que te prepares para nuestro viaje a Sicilia? Si no partimos a tiempo, el piloto tendrá que dejar libre la pista a otro avión.

–No tengo que ir a Sicilia contigo –dijo ella mirándolo fijamente.

–¿Y qué pasará con los que andan tras las joyas?

—Puedo ir a cualquier otro sitio, un lugar en el que ni ellos ni tú podáis encontrarme.

Salvatore sintió que el pánico se apoderaba de él ante la perspectiva.

—Tu padre se preocuparía si no supiera dónde estás.

—Entonces se lo diré.

—Y él me lo dirá a mí.

—No si le digo que no lo haga —dijo sin total convencimiento apretando los puños contra las caderas.

—Ningún padre permitiría que su hija se quedara sola, sin nadie para protegerla, cuando corre el riesgo de resultar herida por su testaruda idea de la independencia.

—Entonces no se lo diré.

—¿Y te arriesgarás a que sufra otro ataque al corazón?

Una hora después, sentada a bordo del jet privado de Salvatore, Elisa hervía de furia. Aquel hombre era un experto manipulador. Había tocado con maestría los puntos adecuados para convencerla de que tenía que ir a Sicilia con él. Pero a pesar de saber que estaba siendo manipulada, no iba a cambiar de idea. Su padre se preocuparía y no era lo más indicado en su estado de salud. Además, quería saber por qué le había dicho a Salvatore que ella era igual que Shawna. Estaba harta de ser la extraña de la familia. Quería algo más y empezaría por conseguir la confianza de su padre y el convencimiento de que era tan buena hija como Ana María.

Ella sabía que él la quería. Y necesitaba sentir ese amor en ese momento, no ser solo consciente de que existía.

¡Qué diferentes eran esos sentimientos de los que había tenido hacia el amor y la familia! Shawna le había enseñado desde muy pequeña a no depender de nadie, física o emocionalmente, para no resultar herida.

Y ahí estaba Salvatore, invadiendo su espacio, pidiéndole que confiara en él. Quería que dependiera de él, que confiara en él, pero ella no podía. Él le había demostrado, al igual que las otras personas a las que había querido en su vida, que solo podía tener un papel menor en su vida. Y ese era el papel de amante, no de mujer amada.

Quería casarse con ella porque se sentía culpable. Si la razón fuera otra, ella habría dejado todo para construir una familia con él, la familia que nunca había tenido. En aquel momento odiaba a Salvatore por tentarla con lo que más deseaba del mundo.

Se dirigían por la carretera que llevaba hasta la casa de la familia Di Vitale a las afueras de Palermo y cuando Elisa se dio cuenta de que Salvatore no la llevaba a casa de su padre.

–¿Por qué hemos venido aquí primero?

–Te quedarás aquí –dijo Salvatore con la expresión taciturna que lo había acompañado todo el viaje desde que Elisa aceptara acompañarlo a Sicilia contra sus deseos.

–No, no me quedaré contigo.

Salvatore detuvo el coche delante de la magnífica casa. Parecía salida de una guía de viajes, un ejemplo de una opulenta villa mediterránea propiedad de alguna familia extremadamente rica.

Salvatore salió del coche y lo rodeó para ayudarla a salir. Ella no hizo ademán de salir, y no se desabrochó el cinturón de seguridad.

–No saldré.

–Anoche dormí muy poco, *cara* –suspiró él.

–¿Y de quién es la culpa?

–Tuya.

–Yo no te seduje anoche –dijo ella furiosa.

—¿No? –dijo mirándola de arriba abajo–. Tu sola presencia en el mismo espacio seduce mis sentidos. Estoy seguro de que ya lo sabes.

—No es culpa mía que no durmieras –se mantuvo en sus trece, no muy segura de lo que sentía después de lo que acababa de decir.

—Sí lo es. Por lo que debes aceptar las consecuencias. Se me está acabando la paciencia. Quiero descansar en mi casa. No me quedaré de pie aquí discutiendo contigo. Entra en la casa ya, Elisa, o yo mismo te llevaré en brazos. Y ten por seguro que entrarás.

—Eres muy mandón.

—Solo soy práctico. ¿Vienes?

Elisa no quería saber cómo reaccionaría al contacto con él si se negaba a salir por su propio pie, así que decidió no averiguarlo.

—Cualquiera diría que tienes seis hermanos pequeños por la manera en que te gusta ordenar a la gente que haga lo que tú quieres.

—Mis padres querían más hijos, pero mi madre murió antes de conseguirlo.

—Y tu padre nunca volvió a casarse.

—No.

—Debía de amar mucho a tu madre.

—Eso dice.

—¿No lo crees? –preguntó Elisa.

—No tengo motivos para no creerlo.

—Pero tú no puedes comprender ese amor, ¿verdad?

—No, lo cierto es que no.

—Ojalá yo no pudiera –murmuró para sí mientras lo acompañaba al interior.

—¿Cómo has dicho? –preguntó él deteniéndose en el sombrío recibidor.

–Nada.

Elisa adoraba el encanto de otro mundo que se respiraba en aquel palacete que Salvatore compartía con su padre y su abuelo. Siempre la había sorprendido la escasa influencia femenina que había habido en su vida. Era muy pequeño cuando murió su madre y su padre no había rellenado ese hueco con nadie. No sabía si tenía tías, o amigas de la familia, a excepción tal vez de Teresa, la mujer de su propio padre.

Salvatore tenía cinco años más que Elisa. Teresa debía de haberse casado con su padre no mucho después de la muerte de la madre de Salvatore.

–¿Tuviste contacto con Teresa en tu infancia? –preguntó mientras se dirigían hacia las escaleras.

–Tu padre y mi padre son buenos amigos. Lo han sido desde que nací.

Supuso que aquello respondía a la pregunta aunque no le había dicho si su relación con la madrastra de ella había sido cercana.

–¿Cómo es tu relación con Teresa?

–¿A qué te refieres? –preguntó él deteniéndose delante de la puerta y girándose para mirarla.

–Tu madre murió cuando eras muy pequeño. Me preguntaba si...

–¿Si mi madrastra se comportó como una madre conmigo?

–Sí.

–No deseaba otra madre.

–Pero eras muy pequeño.

–Lo suficientemente mayor para comprender el dolor de perderla. No quería que nadie ocupara su lugar.

Con aquello demostraba que le daba miedo volver a perder a otra persona, tal vez aún sintiera ese miedo. Amar significaba arriesgarse, algo que Salvatore nunca admitiría tener que hacer. Era un pensamiento muy triste.

—Esta será tu habitación.

—No comprendo por qué no puedo quedarme con mi padre y su familia.

—Tú eres su familia, *dolcezza* —dijo él frunciendo el ceño.

—Ya. Entonces, ¿por qué no puedo quedarme con ellos?

—Estás más segura aquí.

—No lo creo. Tu empresa se encarga de la seguridad de la casa de mi padre. Estaré segura allí si la casa es segura.

—Si uno de esos fanáticos que se oponen a la venta de las joyas viniera a buscarte, a la mujer que convenció al anterior príncipe para que le permitiera ocuparse de la subasta, ¿querrías que alguien más pudiera resultar herido? ¿Tu hermana o tu madrastra?

—Pero él ya planeaba venderlas antes de que yo me entrometiera. Se había hecho público semanas antes de que nuestra joyería fuera la elegida para ocuparse de la subasta. No tiene sentido pensar que yo soy el objetivo de esos hombres.

—Cuando se trata de fanáticos, nada lo tiene. ¿Arriesgarías la vida de tu familia por algo así?

Ella sacudió la cabeza. Y él se hizo a un lado para dejarla entrar.

—Tu habitación.

—Gracias —dijo ella fijándose rápidamente en el toque femenino de la habitación.

La cama con dosel situada en el centro estaba cubierta de una red de fino tul de color malva y el edredón que cubría el colchón era de un tono rosa a juego con las cortinas. El vestidor y el tocador eran de la misma madera oscura que la cama, con un elegante estilo reina Ana.

—Es preciosa, y muy femenina —dijo ella sorprendida de algo así en una casa llena de hombres.

—Poco ha cambiado en ella desde que murió mi madre.

—¿Esta era su habitación?

—Claro que no —dijo él mirándola como si se hubiera vuelto loca—. ¿A quién se le ocurre pensar que un hombre siciliano y su mujer dormirían en camas separadas?

Desde luego no un Di Vitale. Si alguna vez aceptara casarse con Salvatore sabía que si algo compartiría con él sería, definitivamente, la cama.

—No, claro.

—La decoró así para posibles invitadas y siempre se ha seguido la tradición.

Sin darse cuenta, Salvatore había entrado en la habitación y se encontraba a escasos centímetros de ella. Elisa retrocedió un paso.

—Creo que me echaré un poco antes de la cena. Estoy muerta.

Salvatore extendió la mano en un gesto inesperado de dulzura y le acarició la mejilla.

—Huir no hará que desaparezca.

—No estoy huyendo de nada. Solo estoy cansada.

—Si tú lo dices…

Una hora después, Elisa seguía rememorando la breve caricia y la leve acusación mientras daba vueltas en la cama incapaz de conciliar el sueño. El problema era que necesitaba la compañía masculina a su lado, protegiéndola. Una noche había bastado para olvidar todo un año de ausencia.

—No estás dormida.

Elisa se giró. Salvatore permanecía en pie junto a la cama, el pelo revuelto, la camisa medio abierta, los ojos negros con un brillo muy familiar.

—¿Qué estás haciendo aquí?

—No puedes dormir —dijo él poniendo una rodilla en la cama—. No me preguntes cómo lo sé, pero lo sé. No puedo trabajar pensando en ti dando vueltas y vueltas, sola en la cama.

No podía negarlo. El estado de la cama era la prueba evidente.

–No estoy sola.

Salvatore apoyó la mano junto a la cabeza de Elisa en la almohada y se inclinó sobre ella con todo su poder sensual y amenazador.

–¿Estás segura?

Capítulo 9

Elisa no podía contestar. Sentía la garganta seca y le faltaba oxígeno. Salvatore acercó el rostro hasta que sus labios estuvieron a escasos milímetros de los de ella.

–Creo, *cara mia*, que estás muy sola, pero esto no debe preocuparte, porque yo sé cómo solucionarlo.

Entonces humedeció con la lengua los labios secos de Elisa y después los cubrió con los suyos. Elisa no pudo detener el impulso de probar su sabor ligeramente especiado, un sabor que era su marca. Salvatore lo tomó como una señal y al segundo su boca devoraba la de ella con carnal intensidad.

Elisa sintió sus manos por todas partes. Salvatore retiró el edredón y le quitó el camisón y las braguitas, que tiró al suelo. A continuación se desnudó él y se lanzó sobre la cama. En segundos ambos estaban completamente desnudos y abrazados como ella había deseado momentos antes.

–Eres tan deseable, *dolcezza*.

Ella elevó las caderas presionando con su monte pélvico el excitado sexo de él y gimió.

–Tú también.

–Estamos hechos el uno para el otro.

En el sexo no había ninguna duda. Aunque fuera virgen la primera vez que hizo el amor con él, sabía lo suficiente como para saber que la pasión que había entre ambos era especial.

Elisa lo besó bajo la barbilla y después lamió su piel ligeramente salada. Al hacerlo, su cuerpo experimento una contracción de puro placer.

Salvatore la besó en el cuello, la oreja, los párpados, cada vez más levemente. Elisa abrió los ojos y lo miró.

–¿Salvatore?

–¿Mmm? –dijo él besándola detrás de la oreja.

–Tú… –pero se detuvo al no encontrar las palabras que pudieran describir lo que estaba sintiendo.

–Shh… *dolcezza*. Esta vez, iremos muy despacio. Te acariciaré todo el cuerpo.

Y eso fue lo que hizo. Cubrió todo su cuerpo de diminutos besos, deteniéndose a saborear los puntos más erógenos, haciéndola contorsionarse de deseo, pero en ningún momento hizo ademán de unir su cuerpo al de ella penetrándola.

–Por favor, Salvatore, te deseo.

Salvatore sonrió pero no hizo caso. En vez de eso, descendió hasta que su boca se halló sobre el húmedo vello púbico. Y descendió. Elisa respiró entrecortadamente mientras veía cómo Salvatore se abría paso con los dedos buscando el lugar más sensible para posar la lengua.

Y gimió de placer mientras se dejaba llevar de un estado de placer a otro superior, soportando la culminación en el orgasmo hasta que creyó que se volvería loca de deseo. En ese momento, Salvatore cerró la boca sobre el clítoris al tiempo que introducía dos dedos en la vagina.

Elisa gritó de placer. La sensación se hizo demasiado intensa y trató de soltarse pero él continuó torturándola y en segundos su cuerpo empezó a convulsionarse de nuevo en la experiencia más increíble que había tenido jamás.

El placer siguió aumentando hasta que cada músculo de su cuerpo se contrajo en éxtasis y finalmente se derrumbó sobre la cama cuando los espasmos cedieron.

Entonces él se colocó sobre ella abriéndole con suavidad las piernas, donde él quería estar. La punta de su miembro erecto presionó para abrirse paso y Elisa gimió de placer. Salvatore le levantó las rodillas para tener un mejor ángulo y la penetró profundamente, ansioso por saborearla. Comenzó lentamente, tomándose su tiempo, mientras iba levantando de nuevo la excitación en ella, y terminó cabalgando como una fiera hasta que ambos llegaron al éxtasis.

Salvatore se derrumbó entonces sobre ella, su boca prácticamente rozando el oído de Elisa.

—Dime ahora que vas a dejarme. Dime que no te casarás conmigo y nunca más volverás a sentir lo que sientes estando conmigo.

Las palabras penetraron en su mente ligeramente mientras su cerebro comenzaba a funcionar de nuevo. Al mismo tiempo, Elisa se dio cuenta de algo más.

—Hemos vuelto a hacerlo.

—Sí. Es inevitable que hagamos el amor.

—Quiero decir que no hemos usado protección.

—Sí.

—Supongo que has vuelto a hacerlo a propósito.

Salvatore rodó fuera de ella y se colocó de espaldas sobre la cama llevando con él a Elisa, abrazándola fuertemente contra su cuerpo.

—¿Es que acaso lo dudas?

—Eres implacable cuando deseas algo.

—Eso es cierto.

—Y ahora deseas casarte conmigo.

—Eso es lo que estoy intentando decir.

—Salvatore, ¿crees que aquel bebé era tuyo?

Salvatore guardó silencio largo rato. Elisa creyó que no quería responder pero entonces pareció tomar aire y se separó de ella para que pudiera verle bien la cara.

—Sí, creo que el bebé que yo maté era mi hijo.

Elisa se quedó sin aliento, incapaz de aceptar que Salvatore pudiera albergar esa idea.

—Salvatore, *amore,* te equivocas. ¡Tú no lo mataste! Las posibilidades de aborto natural en los primeros tres meses de embarazo son mayores de lo que la gente cree. El médico me lo dijo en el hospital. La pérdida de nuestro hijo no fue culpa nuestra.

—Mi médico me dijo que el estrés puede ser la causa de un aborto. Mi rechazo te destrozó –dijo él y una lágrima rodó hacia su sien.

Salvatore giró la cabeza para que Elisa no pudiera verlo, pero ella le tomó el rostro entre las manos y acarició el rastro húmedo sobre su piel.

—Créeme. Perder a nuestro bebé no fue culpa tuya.

—Yo no lo veo así.

—¡Pero te equivocas! –dijo ella elevando la voz pero aquel hombre testarudo no era capaz de comprenderlo.

—Las acciones de cada uno acarrean unas consecuencias. Yo he aceptado esta.

—Salvatore. No fue culpa tuya. Estaba escrito que ocurriera y ninguno de nosotros podría haberlo evitado –dijo Elisa abrazándolo con los brazos y las piernas.

Ella misma también necesitaba saber que no era culpable del aborto.

—Muchas mujeres están más estresadas que yo en aquel momento y llevan sus embarazos a buen fin. Tienes que aceptarlo –añadió Elisa.

—Yo quería ser padre, Elisa.

Sí, Elisa lo creía ahora. La ira de Salvatore se había debido a que pudiera estar embarazada de otro hombre, no ante la idea de ser padre.

—Salvatore, no ha habido ningún otro hombre. No sé por

qué mi padre cree que así ha sido, pero tú eres el único hombre con el que he estado.

El silencio se apoderó de la situación y Elisa esperó consciente de lo mucho que dependía de la reacción de Salvatore a sus palabras. Quizá nunca tuviera su amor, pero al menos necesitaba su respeto, o de lo contrario nunca podría casarse con él. Pero si Salvatore no la creía, no había futuro para ellos. No importaba lo que la prueba de embarazo dijera.

–¿Eras virgen?

Al menos era una pregunta y no sonaba incrédulo.

–Sí.

–Tenías veinticuatro años.

–Lo sé.

–Eso no es habitual.

–Pasé mi infancia viviendo con una mujer que trataba la intimidad sexual como si fuera una chuchería barata. Nunca se unió a ninguno de sus amantes, aunque yo lo intenté. Yo solo quería ser parte de una familia. Ya había empezado a ir al colegio cuando me di cuenta de que Shawna no quería formar una. Ni siquiera quería a su hija. Su estilo de vida me quitó todas las ganas de experimentar con el sexo. Ni siquiera dejaba que los chicos me metieran mano cuando empecé a salir con ellos en la universidad.

–¿No empezaste a salir con chicos hasta la universidad?

–Shawna me envió a un internado femenino. Papá estuvo de acuerdo y allí no tenía muchas oportunidades de salir con chicos. Si las hubiera tenido, las habría rechazado también. Tenía una enorme cicatriz, Salvatore.

–¿A qué te refieres? –preguntó él acariciándole la espalda en forma de suaves círculos.

–Para mí el sexo era el dolor de ser una hija no deseada, la amargura de la soledad. Hasta que te conocí, nunca había sentido una pasión igual por un hombre.

—Y yo hice que te rebajaras al tomar lo que no debería haber tomado hasta haberme casado contigo.

Pero Elisa no quería volver al pasado. El presente y el futuro era lo que interesaba.

—¿Me crees?

Salvatore hablaba como si así fuera pero Elisa buscaba leer entre líneas lo contrario. Era demasiado importante.

—Sí. Si hubiera estado menos seguro de tu experiencia, me habría dado cuenta de tu inocencia. Había suficientes evidencias.

—Pero papá dijo lo que dijo y tú diste por hecho que sabía de lo que hablaba.

—Tu padre y yo hablaremos de eso —dijo él, el cuerpo tenso bajo el de ella.

—Creo que yo debería hablar con él primero —dijo ella mirándolo a los ojos.

Salvatore parecía no estar de acuerdo pero Elisa le puso un dedo en los labios para que no hablara.

—No, esto es algo entre él y yo. Deja que yo hable con él, ¿de acuerdo?

Salvatore le mordisqueó el dedo y después lo besó.

—Si es tu deseo…

Elisa agradeció que no se lo discutiera. Podía ser un hombre primitivo en muchos sentidos, pero no era en absoluto un dinosaurio.

Pero tres horas después, habría estado dispuesta a etiquetarlo como un tiranosaurus rex. Cruzando los brazos sobre el pecho, miró al hombre que antes le había parecido tan razonable.

—Pero no quiero ir a cenar con mi padre esta noche.

Elisa estaba en el porche leyendo relajadamente un libro

tratando de alejar de su mente la forma en que Salvatore y ella habían pasado la tarde.

—Ni siquiera estoy vestida adecuadamente —añadió. Vestida con pantalones cortos y alpargatas, no le apetecía cenar con la familia perfecta de su padre.

—Pues cámbiate de ropa. Aún faltan cuarenta minutos.

—No quiero ir.

—Hace unas horas no querías estar en esta casa. ¿A qué viene ahora esa aversión a cenar con él?

Si Salvatore no pareciera verdaderamente sorprendido, le habría pegado.

—Viene a que aún no estoy lista para hablar con él.

Los oscuros ojos de Salvatore se mostraron cálidamente comprensivos y acabaron con la determinación de Elisa de mantenerse alejada de él. Aunque el hecho de haber pasado toda la tarde haciendo el amor con él tampoco había contribuido demasiado a sus intenciones.

—Yo estaré contigo, *cara*.

—¿Y se supone que eso cambiará las cosas? —dijo ella. No lo sorprendió ver que Salvatore fruncía el ceño ante su sarcasmo y giró la cabeza para no ver su gesto de desaprobación—. Piensa que soy una fulana.

Se había comprometido a hablar con su padre y seguía dispuesta a ello pero la propia necesidad de hacerlo le dolía. Quería tiempo para prepararse emocionalmente.

—Estoy convencido de que Francesco habló con absoluta ignorancia —dijo Salvatore retirándole el cabello de la cara—. Tal vez interpretara mal algo que tú dijiste.

Elisa lo miró preguntándose si su vulnerabilidad era tan evidente. Salvatore veía muchas cosas que ella no quería que viera.

—¿Qué podría haber dicho que le hiciera creer que tengo tan pobre concepto del acto amoroso?

—No lo sé, *cara,* pero llegaremos al fondo de esto.

No se molestó en discutir el empleo del plural. Lo cierto era que, por muy disparatado que pudiera haberle parecido un minuto antes, le agradaba que Salvatore estuviera de su parte.

—Pero esto es una atrocidad, Elisa. ¿En qué estabas pensando para correr semejante riesgo? —preguntó su padre con expresión profundamente alterada. Se había levantado de golpe de la silla y caminaba por el salón.

—No me pareció que fuera un riesgo tan alto. Las joyas fueron transportadas en secreto. Nadie debería haber sabido que se dirigían a la cámara del señor Di Adamo.

—No puedes estarte quieta nunca —dijo su padre, el típico siciliano de constitución fuerte y estatura media, frunciendo el ceño con todo el poder de intimidación de un hombre más joven—. Nunca deberías haber negociado esa subasta para Di Adamo. ¿Qué habría sucedido si no hubiera enviado a Salvatore a vigilarte?

—No lo sé —dijo Elisa equivocadamente.

—Habrías muerto o algo peor, pequeña.

Preocupada por el estado de salud de su padre, Elisa se levantó del asiento y le puso la mano en el brazo para que dejara de hacer aquellos aspavientos.

—Cálmate, papá. Estoy bien y enviaste a Salvatore.

—Y eso que no querías mi ayuda al principio.

Elisa se giró y miró a Salvatore con mirada acusadora.

—No escuchaste lo que te dije, ¿verdad? —dijo ella con los dientes apretados—. No creo que sea necesario sacar este tema ahora.

Sorprendentemente, Francesco se echó a reír.

—¡Me alegro de haber enviado a alguien tan testarudo porque tú eres como tu madre en esto! —dijo su padre guiñándole a Salvatore un ojo–. ¿No te lo dije? Independiente como Shawna. Solo podemos dar gracias a Dios de que mi hija no tenga otros parecidos con su madre.

La sonrisa de Salvatore se le heló en la cara. La condescendencia desapareció al comprender de repente. Francesco frunció el ceño.

–Lo siento, Elisa. No está bien que yo hable mal de tu madre.

Sintiéndose desorientada pero muy aliviada, Elisa sacudió la cabeza.

–No te preocupes por eso. Sé cómo es. Me crio ella, después de todo.

–Sí –dijo su padre desplomándose sobre una silla como si hubiera perdido toda la energía–. Y por eso me lamentaré toda la vida. Si hubiera forzado la situación, tú habrías crecido en el mismo hogar seguro que le di a Ana María, pero no lo hice. Pensé que una niña necesitaría a su madre –dijo con un suspiro y sacudiendo la cabeza–. Shawna llenó tu vida de incertidumbre.

El corazón de Elisa dio un vuelco al conocer los lamentos de su padre por las elecciones que había tomado respecto a ella. De pie en medio de la habitación, se sintió como si no estuviera en un plano real.

–No creo que me hubiera adaptado a tu familia con Teresa. Dudo que a ella le hubiera gustado tener que criar a la hija ilegítima de una antigua amante.

Se mordió el labio al darse cuenta de lo amargas que habían sonado sus palabras, pero no era eso lo que ella había deseado. Era simplemente la verdad.

–No. Te equivocas. Yo habría disfrutado teniéndote en la familia, Elisa. Yo quería tener más hijos, pero no pudo ser –dijo Teresa, que había entrado en la habitación sin hacer ruido y en ese momento estaba de pie junto a la silla de Salvatore, con su habitual expresión de serenidad–. Ana María habría disfrutado con una hermana mayor. Sentirá mucho no haberte visto, pero no llegará hasta dentro de unos días de un viaje que está haciendo con unos amigos.

Aquello fue demasiado. Elisa adoraba a su hermanita, pero eran muy diferentes y no podía creer que Ana María sintiera haberse perdido la visita de su hermana mayor, a la que apenas veía.

–No estamos muy unidas.

–Podríais haberlo estado si las cosas hubieran sido diferentes –dijo su padre, lleno de un tremendo sentimiento de culpa.

Y no había duda de que él sería más feliz si Elisa fuera más amable, como su hermana, pero tenía veinticinco años. Ya no podía hacer nada por eso.

–Es un poco tarde para esos pensamientos.

–No lo he dicho con mala intención. Solo quiero decir que no te estás haciendo ningún favor dándole vueltas a algo que pasó hace tanto tiempo.

Teresa le puso la mano en el hombro a su marido.

–Tiene razón, *amore*. Has estado rememorando esos sentimientos desde el ataque, pero no te hacen ningún bien. Lo que pasó, pasado está. Debemos vivir el presente y ahora tu hija está con nosotros. Deberías disfrutar con su visita en vez de malgastar el tiempo quejándote por lo que sucedió.

El rostro de Francesco se iluminó de amor por su esposa.

–*Si, bella mia,* como siempre tienes razón.

Las mejillas de Teresa se tintaron de rosa mientras apretaba el hombro de su marido.

–¡Cómo te atreves! No conseguirás que te dé licor esta noche por utilizar palabras dulces. Ya oíste lo que te dijo el médico tan bien como yo.

Continuaron con sus bromas amables durante la cena pero

el buen humor de Francesco se esfumó cuando Salvatore anunció que no tenía intención de dejar a Elisa con ellos.

—Tu padre está en América y tu abuelo está en un crucero por las islas griegas con la viuda de Genose. No me parece muy adecuado que mi hija se quede a solas contigo.

Elisa tenía ganas de reír. Podía comprender la preocupación de su padre si fuera Ana María, pero ella llevaba viviendo sola años. Sin embargo, no dijo nada. Que Salvatore librara sus propias batallas. La idea de dónde tenía que quedarse había sido solo de él.

—Por eso precisamente vamos a quedarnos en mi casa en vez de aquí. Hasta que pase la subasta, la vida de Elisa está en peligro y, por tanto, cualquiera que esté con ella también lo estará. Puedo vigilarla mejor si no tengo que dividir mi atención en otras personas.

Francesco se mostró mucho menos impresionado por ese argumento de lo que se había mostrado Elisa. Entornó los ojos y el pecho se le llenó de orgullo masculino.

—Yo puedo vigilar perfectamente a mi familia. Tu empresa se asegura de que el sistema de seguridad funcione.

—Aun así, Elisa se quedará conmigo —dijo Salvatore. Él, que se había acercado al señor Di Adamo con suavidad hasta convencerlo, se enfrentaba en ese momento a Francesco con una agresividad primitiva que no dejaba sitio para la conciliación.

—Vaya, una discusión entre dos testarudos y orgullosos hombres no es mi idea de una agradable sobremesa —dijo Teresa mirando a Elisa—. Ven, hija, saldremos al jardín y te enseñaré mi nueva orquídea Mariposa Rosa. La planté cuando nos visitaste el año pasado y acaba de florecer.

Elisa no comprendía por qué Salvatore no trataba a su padre con más cuidado, pero no tenía intención de dejar que los dos tomaran decisiones sobre su vida.

—Me encantaría ver esas orquídeas, pero primero... —dijo mirando a su padre—. Estoy de acuerdo con Salvatore. No os pondré a Teresa y a ti en peligro. Antes me iría de aquí sola a cualquier otro sitio.

Su padre abrió la boca para decir algo, pero Salvatore se adelantó.

—Eso no va a ocurrir.

Elisa no se molestó en discutir, simplemente alzó la ceja de modo inquisitivo y salió al jardín con Teresa.

Al rato salieron los dos hombres.

—Hace una noche maravillosa, ¿no creéis? El aroma de las flores, el aire cálido, la buena compañía.

—Parece que habéis arreglado vuestras diferencias —dijo Teresa.

—Sí —dijo Francesco y, con extrema falta de sutileza a juicio de Elisa, le susurró algo al oído a su mujer. Esta sonrió.

—Es hora de irnos, *cara* —dijo Salvatore deslizando un brazo alrededor de Elisa como si fueran pareja.

Elisa se puso rígida por la sorpresa pero Salvatore no se arredró y la mantuvo a su lado durante la despedida.

Notó que su padre no se había mostrado sorprendido y que Teresa la miraba como si ya le estuviera organizando la boda.

Ya en el coche, Salvatore esperó a que empezara el interrogatorio. Elisa se había mostrado sospechosamente silenciosa desde que su padre y él salieron al jardín. Era demasiado inteligente para no darse cuenta de que los dos hombres habían tenido una conversación.

Elisa se removió en el asiento y finalmente se quedó mirándolo.

–¿Qué le dijiste a mi padre?
–La verdad.
–¿Qué parte de la verdad?
–Que quiero casarme contigo.
–¿Eso es todo? –preguntó ella sin mostrar sorpresa.
–No exactamente, pero es todo lo que necesitas saber.

Cuando Francesco le hizo prometer que no se aprovecharía de ella, Salvatore se comprometió conscientemente. Hacerle el amor no era aprovecharse de ella. Era absolutamente necesario para lograr que aceptara casarse con él y también para la salud de ambos. Aunque ella no quisiera admitirlo, lo necesitaba tanto como él a ella.

–Ya veo.
–Tengo la intención de casarme contigo.
–Eso dices.
–Es la verdad –murmuró él.

Pero era la intención de ella lo que no se sabía. Él esperaba convencerla. Quería que admitiera que su vida sin él no era opción por mucho que hubiera pasado todo un año fingiendo que sí podía.

–¿Y eso bastó para convencer a mi padre de que mi virtud no se vería comprometida viviendo a solas con un hombre soltero?

Al mencionar su virtud, Salvatore apretó con fuerza el volante.

–*Mi despiace*.

–¿Qué es lo que sientes? –preguntó ella ligeramente interesada. No podía engañarla.

–Entendí mal a tu padre y mi error es el responsable de la enorme pena que los dos sentimos.

–¿No se te ocurrió, ni siquiera una vez, que mi padre no se refería a valores morales cuando dijo que yo era como Shawna?

—Para mi vergüenza, no.

—¿Por qué? ¿Acaso hice algo que te hiciera pensar lo contrario? —preguntó ella con un tono de absoluto desconcierto.

—No.

—No lo entiendo.

Odiaba admitir lo que lo había llevado a ello, pero ella merecía la verdad.

—Te deseaba mucho.

—Sí, eso ya lo has dejado claro.

—No podía tenerte si creía que eras virgen.

—Porque no estabas pensando en el matrimonio.

—Sí —contestó él. La rabia y el asco por sí mismo le hicieron apretar los dientes.

Un año antes había considerado el matrimonio, pero no con ella. No quería que los sentimientos que él relacionaba con la humillación sufrida a manos de Sofía formaran parte de su vida matrimonial y Elisa conseguía sacar sus sentimientos más arraigados: la pasión y la posesión.

—Y te convenciste de que era una mujer experimentada. ¿Por Sofía?

—Por mi estúpido orgullo, ¿vale?

No le gustaba aquella conversación. Una cosa era reconocer los sentimientos pero hablar de ellos era una absoluta tortura.

—Vale.

De nuevo el silencio. Salvatore esperaba que Elisa siguiera preguntando pero no dijo nada. Llegaron a casa y él la ayudó a salir del coche. Ella se lo agradeció pero no volvió a sacar el tema. Aquello lo molestó. Sintió como si Elisa no estuviera muy interesada. Él no deseaba hablar de sus sentimientos pero pensaba que ella sí querría. Si le importara realmente. No había vuelto a decirle que lo amaba desde su regreso. Tal vez los sentimientos de ternura hubieran desaparecido pero, cuando estaba en sus brazos, no respondía como una mujer que solo buscara gratificación sexual.

Lo que compartían cuando sus cuerpos se unían era sagrado. Tal vez estuviera intentando distanciarse de nuevo de él, huir al lugar en el que había conseguido ocultarse de él durante un año, donde no lo había necesitado. Pero él no iba a dejar que eso ocurriera.

Abrió la puerta de la casa y dejó que ella entrara primero, pero no le dio oportunidad a irse a su propia habitación. Simplemente, la tomó en brazos y la subió escaleras arriba. Ella le rodeó el cuello con los brazos con expresión indescifrable.

–¿Adónde me llevas?

–A la cama.

–¿A la de quién?

–A la mía.

–¿Tengo algo que decir al respecto?

–¿Quieres dormir sola? –preguntó él en tensión.

Esperó durante lo que le pareció una eternidad aunque Elisa solo tardó unos segundos, lo que tardó en responder acurrucando la cabeza en el hueco de su cuello:

–No.

Capítulo 10

Salvatore dejó escapar el aire que había estado aguantando y la llevó a su dormitorio. Estaba realmente aliviado. No podía obligarla a compartir su cama si ella realmente no quería hacerlo y no sabía muy bien cómo habría llevado el rechazo. No se entretuvo en dar las luces. Quería que el sexo fuera elemental, sin distracciones.

No podía ir despacio. El deseo que sentía era demasiado potente. La desnudó y acarició sus curvas con candente ardor hasta que hizo que se rindiera. Ella lo animó con gemidos y gritos que incrementaban su propia excitación hasta proporciones increíbles. Acarició con los dedos los húmedos rizos púbicos.

–Te deseo, Elisa.

Ella respondió abriendo las piernas y dejó que él introdujera los dedos en el cálido hueco. Salvatore acarició el punto en el que se arracimaban todas aquellas terminaciones nerviosas, un punto que le producía un placer extremo.

Arqueándose al sentir el contacto, empezó a jadear y a gemir. Se contorsionaba sin descanso mientras él le acariciaba el clítoris con movimientos circulares.

–Yo también te deseo.

–¿Tanto como para vivir conmigo toda tu vida?

–¡No juegues!

Se vio tentado a continuar presionando por todos los medios hasta que aceptara su propuesta, pero al final no tuvo el control suficiente. La deseaba con locura. Rodó sobre su espalda arrastrándola con él.

−Si me deseas, tómame.

Quería tener la satisfacción de saber que la seducción era mutua. Y ella no dudó. Se colocó sobre su miembro abriendo su propio sexo para darle la bienvenida en su interior. Sus tejidos internos, hinchados por la excitación, se cerraron sobre el sexo de él acariciándolo con suaves contracciones.

Salvatore gimió mientras empujaba hacia arriba, sujetándola con firmeza por las caderas.

Elisa echó la cabeza hacia atrás y su cabello cayó como una cascada por la espalda. Él no podía ver la expresión de su rostro en la semioscuridad de la habitación pero su postura era la de una mujer totalmente abandonada al placer del sexo.

−Me encanta tenerte dentro de mí. Es como si solo fuéramos uno.

Él sí lo pensaba pero no sabía si ella también. Para él estaba claro que eran uno solo pero ya no pudo seguir pensando conscientemente porque Elisa siguió cabalgando sobre él incrementando la velocidad hasta hacerle llegar a un clímax que sacudió su cuerpo bajo el de ella.

Elisa cayó sobre su pecho, aún gimiendo. No supo muy bien cuánto tiempo estuvo así, pero finalmente rodó hacia un lado.

Salvatore no quiso que se alejara mucho y la acercó a él, reconfortándola con sus fuertes brazos. Ella se acurrucó contra él, repleta y físicamente saciada. Pero era algo más. Sentía un bienestar emocional que había creído perdido para siempre.

−¿Salvatore?

−¿Mmmm? −dijo él mientras le acariciaba las costillas distraídamente.

−¿Cómo es que ahora te parece bien hacerme el amor aquí,

en Sicilia, pero la última que estuve aquí te parecía una falta de respeto hacia mi familia?

Su mano se detuvo.

–¿Tal vez porque no estoy en casa de mi padre?

Sorprendentemente, sacudió la cabeza.

–¿Es porque quieres casarte conmigo?

–No.

Eso pensaba ella. No podía convencerse de que su padre fuera tan moderno como para aceptar que su hija se acostase delante de él con su futuro marido.

–Entonces, ¿por qué?

–Porque, *amore*, en mi mente, has sido mi esposa desde la noche que me dijiste lo del bebé.

–Bromeas –susurró ella casi sin aliento. No era original, pero el cerebro había dejado de funcionar al oírlo.

–No bromeo con el matrimonio –dijo él.

–Si tan en serio hablas, entonces no creo que seas un buen marido –dijo ella medio en broma.

Él la tumbó boca arriba y se inclinó sobre ella ejerciendo su dominio, aunque Elisa no se sentía dominada. Él nunca le haría daño físico, pero Elisa estaba empezando a ver que las heridas emocionales que le había causado le dolían tanto en la consciencia como en el corazón.

–¿Qué quieres decir?

–Bueno, si en tu mente has estado casado conmigo durante este último año, entonces no eres un marido fiel –dijo ella con intención de sonar frívola, pero sus palabras parecieron más serias y evidenciaban su vulnerabilidad.

La idea de que le hubiera hecho el amor a otra mujer, probablemente una mucho más sofisticada y experimentada que ella, le provocaba un dolor indecible en el corazón.

–¿Por qué dices eso?

–Por favor –rogó ella–. No eres un hombre que se ciña al

celibato precisamente, Salvatore –afirmó, sin creer que hubiera podido estar un año entero sin sexo.

–Pues lo he ejercitado durante este año –dijo él con un tono de total sinceridad.

Elisa se quedó sin palabras. Sacudió la cabeza sin poder hacer otra cosa.

–Sí. Solo deseaba a una mujer pero ella me evitó con la profesionalidad de un evasor de impuestos.

–¿Es eso cierto?

–Nunca te mentiría.

Elisa trató de leer sus ojos. Ni siquiera la oscuridad podía ocultar la sinceridad que ardía en su interior. Lo creyó.

–¿Qué habrías hecho si hubieras descubierto que había otro?

–Nunca habría ocurrido algo así. Siempre fuiste mía por mucho que te empeñaras en negarlo.

–¿Pero qué hubiera sucedido?

–No sucedió –dijo él y la abrumadora furia que parecía hervir en su interior hizo que Elisa se sintiera feliz de que nunca hubiera ocurrido.

–No, no ocurrió. Yo no quise que ocurriera.

–¿Lo ves? En tu interior, bajo la rabia y la decepción por nuestra relación, sabías que eras mía.

–Entonces supongo que te he decepcionado como esposa en el pasado año –Elisa necesitaba hacer una broma después de la increíble afirmación.

Pero él no se rio. Ni siquiera sonrió.

–Lo has pasado mal. Yo lo sabía. Quería arreglarlo pero no sabía cómo.

–Ayuda saber que me crees en lo de nuestro bebé, que lamentas su muerte tanto como yo –las palabras salieron más como una pregunta que como una afirmación.

Él le besó la frente con ternura y ella sonrió.

—Te creo y lo lamento mucho. La pena es algo que también nos mantiene unidos, algo que compartimos que nadie más puede comprender.

Elisa consideró sus palabras y también lo que le había dicho antes sobre el beneficio que otro embarazo podría tener en su salud mental.

—Has vuelto a hacerme el amor sin protección.

—No es cierto.

—Pues yo tengo la prueba de que así ha sido —dijo ella sintiendo la humedad entre los muslos.

—Has sido tú quien me ha hecho el amor a mí esta vez.

Al recordarlo, se sonrojó.

—¿Así que esta vez es culpa mía?

—De los dos. Siempre ha sido de los dos.

Había prometido no mentirle nunca. Ella también tendría que decirle la verdad.

—Sí —admitió ella.

—Di que te casarás conmigo.

—¿Porque te sientes culpable por la pérdida de nuestro hijo? —preguntó ella sin poder evitar sentir que eso formaba gran parte del deseo de Salvatore por casarse.

—Porque no quiero enfrentarme al futuro sin ti.

De nuevo, empleó un tono de absoluta sinceridad que no dejaba sitio a la desconfianza. Y ella no tenía la intención de desconfiar. Quería creerlo. Podía ser que no la amara, pero la necesitaba y ella también a él.

—Sí.

El pulso de Elisa se aceleró bajo la mano de Salvatore y este alargó el brazo para encender la luz. Ella guiñó los ojos al verse sorprendida por la luz.

—Dilo otra vez —pidió él, inclinado con actitud triunfante sobre ella.

—Sí, me casaré contigo.

Vio entonces una gran sonrisa de felicidad en el rostro de Salvatore un momento antes de que se acercara a su boca para besarla y conducirla a través de un sensual viaje hasta los confines de un placer nunca antes conocido.

Los siguientes días pasaron volando en un remolino de actividad. No solo tenía que dejar cerrados los últimos detalles de la subasta, sino que también tenía que atender las llamadas de su madrastra cada quince minutos para darle nuevas sugerencias para la boda.

Teresa se había decepcionado al saber que la fecha sería en dos semanas, argumentando que una boda no podía organizarse con menos de seis meses. Francesco, por su parte, había dicho que quería que su hija tuviera una boda siciliana tradicional, pero tanto Elisa como Salvatore se habían mantenido firmes.

Elisa no sabía muy bien por qué Salvatore tenía la necesidad de casarse tan rápidamente, pero sí conocía sus propios motivos. No podía evitar tener la seguridad de que estaba embarazada desde la noche que pasaron en la cámara. Aunque para él era como si ya estuvieran casados, ella quería hacerlo legal si era cierto que estaba embarazada.

–¿Cómo se tomó Shawna la noticia de la boda?

Elisa levantó la vista de la lista de invitados a la subasta. Salvatore le había dicho que podía trabajar en la biblioteca y le había facilitado todos los instrumentos que ella le había pedido: un fax, un ordenador con conexión a Internet, un teléfono con dos líneas; todo lo que le pedía, se lo daba. Sonrió al hombre que actuaba como si nada fuera suficiente para ella.

–A mi madre no le gusta la institución del matrimonio, ya sabes.

Él asintió sin perder la luminosidad de su rostro satisfecho. Que Shawna no lo aprobara no iba a amargarle la fiesta.

—Me ha deseado lo mejor.

—¿Vendrá a la boda?

—No. Está trabajando y no tiene tiempo.

Aquello no parecía haberla molestado. Había terminado por comprender que ella no tenía la culpa de que su madre no mostrase afecto, sino que era más bien un defecto de su maquillaje emocional.

—¿Estás bien? –dijo él poniéndole la mano en el hombro.

—Sí. Shawna no debería haber tenido una hija nunca.

—Me alegro de que se diera cuenta después de que tú hubieras nacido, *cara*.

El corazón de Elisa se colmó de ternura y se inclinó sobre él.

—Casi he terminado con la lista de invitados a la subasta.

—La necesitaré para hacer la comprobación de última hora de los asistentes.

—El señor Di Adamo no puede permitirse ese nivel de seguridad.

—No me importa lo que pueda permitirse. Se trata de tu seguridad y no correré ningún riesgo –dijo él mirándola como si hubiera perdido la cabeza.

—En otras palabras, no vas a cobrarle nada.

—Eres mía. Yo protejo lo que es mío.

—¿Te has preguntado alguna vez si has nacido en el milenio adecuado? Eres un dinosaurio en lo que se refiere a las relaciones.

—¿Y eso es malo o no? –preguntó él con una expresión que ella no pudo descifrar. Era algo que parecía preocuparlo.

—Está bien. Si pensara que me agobias o te metes demasiado en mi camino, te lo diría.

—Es cierto. No eres tímida a la hora de dar tu opinión.

—Y tampoco corro peligro. Hemos contratado al mejor subastador y dos de tus hombres se ocuparán de mostrar las joyas. Mi papel será muy secundario. Será el señor Di Adamo quien estará en la tarima, no yo.

Salvatore la miró con expresión de granito.

–Está bien. Te daré la lista –dijo finalmente–. Ni siquiera sé por qué me molesto en discutir. Y dime, ¿está todo listo para que la joyería Di Adamo vuelva a abrirse?

–Sí. Tu jefe está contento con el nuevo sistema de seguridad.

–Estoy segura de ello –dijo ella mientras seguía comprobando los nombres de la lista. Entonces levantó de nuevo la cabeza–. ¿Salvatore?

–¿Sí?

–Milán está demasiado lejos para que pueda ir desde allí a trabajar.

–Es cierto –afirmó él con cautela.

–No me gusta dejar tirado a mi jefe. Ha dependido mucho de mí en los últimos años. Le rompería el corazón si perdiera la tienda después de todo esto por no tener la fuerza para dirigirla.

No sabía cuál podría ser la solución. Salvatore no podía cambiar la sede principal de Milán y ella no estaba muy segura de querer seguir trabajando después del nacimiento del bebé. Quería ser madre más que nada en el mundo. Su pasión por la gemología había pasado a un segundo término.

Pero pensar en la confianza que el señor Di Adamo tenía en ella y que iba a traicionar al abandonarlo le dejaba un vacío en el estómago.

–¿Qué ocurre? –preguntó al estudiar con más detalle los ojos negros de Salvatore.

–Nada malo.

Ella entornó los ojos tratando de interpretar el tono de su voz y la expresión de su rostro.

–¿Qué me estás ocultando?

—He buscado un nuevo ayudante para el señor Di Adamo —dijo Salvatore poniéndose rígido.

—¿Cuándo?

—Empecé la búsqueda el día que vinimos a Sicilia.

Tal vez debería estar enfadada, pero lo conocía demasiado bien para que algo así la sorprendiera. Desde el principio había tenido la intención de casarse con ella y sabía que el dilema de su jefe pesaba sobre ella. Simplemente se había ocupado de todos los obstáculos que conducían a la obtención de su objetivo.

—El señor Di Adamo no me ha dicho nada.

—Le dije que lo guardara en secreto.

—Ya veo —dijo al tiempo que volvía su atención de nuevo a la lista y escribía algo que quería preguntar al servicio de catering. Entonces sacó el cuaderno que estaba utilizando para apuntar los detalles de la boda y puso la misma nota sobre el catering.

—No ibas a poder trabajar en Di Adamo y vivir en Milán.

—Cierto —dijo ella entrando en el correo y descargándose los mensajes.

—Habría sido una situación imposible. Seguro que tú también lo pensaste.

—Imposible. Sí —no le estaba prestando mucha atención porque de pronto se le había ocurrido que quería una boda tradicional, con vestido blanco, y no sabía si podría conseguir uno con tan poco tiempo de antelación—. Apuesto a que Shawna conoce a alguien —murmuró mientras buscaba la dirección de su madre.

Llamaría a su secretaria. Aquella mujer conocía a muchos diseñadores de Nueva York.

—No tienes motivos para enfadarte conmigo.

—¿Enfadarme? —dijo descolgando el teléfono y marcando el número, pero entonces se dio cuenta de la diferencia horaria y colgó.

—Una mujer embarazada no debería trabajar en un lugar tan peligroso. Te dispararon.

El tono urgente en la voz de Salvatore hizo que le prestara atención de nuevo.

—¿Qué?

—Es lo mejor —dijo con determinación mirándola con los ojos marrón oscuro.

—¿Qué es lo mejor? —preguntó ella segura de que se había perdido algo.

—El nuevo ayudante para el señor Di Adamo.

—¿He dicho yo que no lo fuera?

—No podrías continuar tras la boda. No sería práctico.

—Estoy de acuerdo.

Más que tranquilizarlo, su docilidad parecía hacerle buscar más motivos que apoyaran la decisión que había tomado.

—Estás segura de estar embarazada de mi hijo. Supongo que no querrás que vuelvan a dispararte. El estrés podría ser demasiado para ti.

—Realmente te preocupa mucho el estrés durante el embarazo, ¿verdad?

—Sí.

—Salvatore, ¿te he dicho yo que no aprecie todos tus esfuerzos para encontrar a alguien que me sustituya en Di Adamo?

—No, pero eres demasiado independiente y está claro que lo ves como una intromisión por mi parte.

—Yo tampoco he dicho algo así, ¿verdad?

—No.

—Lo hiciste porque sabías que ibas a casarte conmigo, ¿verdad?

—Sí.

—¿Nunca se te ocurrió que yo podría haber rechazado tu proposición?

—No. Y probablemente te parezca un arrogante por ello.

—Bueno, sí, pero no me importa.

—¿De veras?

—No. Y no soy tan independiente.

—Perdona que lo diga, pero sí lo eres.

Ella deseaba formar una familia y eso significaba que tendría que aceptar cierto nivel de dependencia, lo cual no significaba hacerse totalmente dependiente de Salvatore tampoco. Lo necesitaba hasta un nivel que la hacía más vulnerable de lo que jamás se había sentido, y eso la asustaba pero estaba aprendiendo a aceptar los sentimientos que experimentaba.

—¿Y este cambio se debe a que ahora confías en mí?

—Así es —dijo él inclinándose para besarla lenta pero profundamente.

—Me gusta el cambio.

Ana María regresó antes de su viaje para ayudar con los preparativos de la boda. Las tres mujeres estaban inmersas en la organización de la boda sobre la mesa del comedor cuando Salvatore y Francesco entraron.

Salvatore besó a Elisa en la boca haciendo que Teresa sonriera y Ana María se sonrojara.

—Todo está preparado para la subasta.

—No entiendo por qué tienes que asistir. Todo ha sido cuidado al detalle —dijo Francesco frunciendo el ceño a su hija.

Elisa apretó los dientes. Ella había deseado mucho esa nueva relación con su padre pero estaba aprendiendo que tenía algunas desventajas.

—Yo estoy encargada de la subasta. No puedo dejar solo al señor Di Adamo.

—Tiene un nuevo ayudante.

—Que no sabe nada de preparar un evento de esta magnitud. Estaré bien. Salvatore estará allí.

—¿Por qué no puedes hacerla entrar en razón? —dijo Francesco mirando a su futuro yerno.

–Ya lo he intentado –dijo él–, pero no he podido.
–¿Crees que voy a pasar toda mi vida matrimonial dejando que Salvatore me diga lo que tengo que hacer? –preguntó a todos los presentes, especialmente a su padre.
–No me lo imagino –dijo Teresa con una sonrisa.
–Eres tan fuerte, tan autosuficiente –dijo Ana María con una expresión que indicaba que no sabía muy bien si era algo bueno o malo.

Elisa cerró el cuaderno y metió el bolígrafo en el bolsillo.
–No creo que el intelecto o el sentido de una mujer sea inferior que el de un hombre, eso es todo.

Francesco rodeó la mesa y le dio unas palmaditas a Ana María en el hombro.
–Tú eres mi gatita siciliana y tu hermana mi tigresa americana. Cada una tiene un tipo de belleza, aunque sois muy diferentes. Un padre no podría pedir unas hijas mejores.

Ana María se sonrojó y Elisa notó que también le subía el color a las mejillas.
–No soy una tigresa exactamente.
–¿Seguro que no, *cara*? –dijo entonces Salvatore, sus ojos brillantes de ardor al recordar lo que hacían por las noches.

No podía responderle a semejante mensaje delante de su padre y se puso tan colorada como su tímida hermana. A Francesco tampoco le pasó desapercibido el juego entre los dos.
–Elisa es un buen partido para ti, ¿eh, Salvatore? Tiene un descaro que anima a cualquiera –dijo guiñándole un ojo a Salvatore–. ¿Te puedes creer que hace un año este hombre pensaba casarse con nuestra gatita? –añadió mirando a Teresa a continuación–. La habría abrumado con su cortejo, pero mi Elisa… ella es la horma de su zapato.

Francesco lanzó una carcajada mientras que Teresa sonreía y la pobre Ana María se sonrojaba, pero Elisa estaba confusa.

—¿Quería casarse con Ana María? —preguntó mirando a su hermana, quien se encogió de hombros incómoda al ser el centro de la conversación.

—Lo consideré. Eso es todo —dijo Salvatore con expresión indescifrable.

—Sí. Me habló de ello durante tu visita del año pasado.

—¿Mientras yo estaba aquí? —repitió ella comprendiendo de inmediato lo que significaba: había estado considerando el matrimonio con la perfecta y virginal hija mientras flirteaba con la que consideraba una fresca.

—Yo sentí que había algo entre vosotros dos y me hizo preguntarme sobre su elección pero no dije nada. Un hombre no puede inmiscuirse en el amor de los jóvenes.

—El amor no tenía nada que ver con ello —dijo Elisa sintiendo un dolor en el corazón.

—Claro, los sentimientos vienen con el tiempo, pero yo estaba en lo cierto. La atracción entre vosotros ha dado su fruto.

Más fruto de lo que podía imaginar. Un bebé que no había llegado a nacer y una relación que nunca volvería a ser la misma.

—¿Hablaste con mi padre sobre mi hermana el verano pasado? —preguntó Elisa mirando a Salvatore. Necesitaba saberlo.

—Sí, pero no fue nada.

Para ella, aquella revelación por parte de él era algo doloroso. Aquello la denigraba hasta un punto que la convertía en una mera aventura de verano. Si no se hubiera quedado embarazada, él habría roto con ella y se habría casado con su hermana. Tuvo que apretar la mandíbula para evitar el grito de dolor que pugnaba por salir de su garganta.

Salvatore había dejado de sonreír.

—Como acaba de decir tu padre, no resultó en nada.

Ana María continuaba mostrándose increíblemente avergonzada mientras que su padre estaba tan ocupado en exhibir su orgullo masculino que no se había dado cuenta de que sus revelaciones no habían agradado a ninguna de sus dos hijas.

–Es evidente –suspiró Teresa, pero sonrió–. Pero no hace falta que vayas pavoneándote de ello, Francesco. Todos vemos cuánta razón tenías.

Elisa se obligó a reír con los otros y consiguió controlarse cuando Salvatore la tocó al ayudarla a levantarse de la silla y la acompañó hasta el patio donde iban a tomar el aperitivo. Consiguió mantener la imagen de una feliz novia toda la tarde, aunque su corazón no pareciera estar vivo.

Capítulo 11

Cuando llegaron a casa, Elisa se apartó de Salvatore y se dirigió a las escaleras.

–Esta noche dormiré sola.

–*Che cosa?*

Elisa se detuvo a medio camino y se volvió hacia él.

–Ya me has oído. No quiero dormir contigo.

–¿Qué te pasa?

Su perfecto y hermoso rostro se mostraba realmente confuso, lo que la enfadó aún más. ¿Cómo no sabía qué le pasaba? ¿Tan insensible era?

–¡No dormiré con un hombre que pensó que yo estaba bien para un revolcón pero no era adecuada para ser una esposa!

–¡No hables así! –dijo él sin aliento.

–¿Tú sí puedes pensarlo pero yo no puedo decirlo? Sé sincero, Salvatore.

–No pienso nada de eso –dijo él, sorprendido.

–Sí, lo piensas, y no te molestes en negarlo –dijo ella sintiendo que las lágrimas le quemaban la garganta y los ojos, pero diría lo que tenía que decir y luego iría a la habitación de invitados–. Hablaste con mi padre sobre mi hermana mientras flirteabas conmigo y me seducías, ¿y por qué hiciste eso?

–Porque...

Pero Elisa no lo dejó terminar.

—Pensabas que yo era una fulana y que podrías acostarte conmigo y marcharte, pero no tenías ninguna intención de que yo formara parte de tu futuro.

—Tal vez traté de convencerme de ello, pero...

—¡Pero nada! No puedo creer que pienses que me acostaré contigo después de enterarme de algo así. Te vas a casar conmigo porque no soportas el sentimiento de culpa. Si no hubiera tenido la mala suerte de quedarme embarazada la primera vez que hicimos el amor, ahora estarías casado con Ana María.

Algo parecido al horror se apoderó de los ojos de Salvatore. Probablemente se sentía horrorizado de que Elisa supiera la verdad.

—No puedes creer algo así.

—No insultes mi inteligencia tratando de convencerme de lo contrario. Puede que haya actuado como tal, Salvatore, pero no soy una estúpida —y dándose la vuelta subió corriendo las escaleras.

Salvatore la llamó a gritos, maldiciendo en italiano. Elisa no le hizo caso y se encerró en la habitación de invitados. Segundos después, Salvatore golpeaba la puerta.

—Elisa, déjame entrar.

—No.

—Sé razonable. Abre.

—No... no lo haré.

—¿Estás llorando, *amore*?

—¿Acaso te importa? —dijo ella entre sollozos.

Pero a ella sí le dolía. Se sentía utilizada. Traicionada. Asustada. Porque estaba segura de que estaba embarazada de un hombre que pensaba que ella no valía nada.

—Me importa. Por favor, *cara,* abre la puerta.

La inusual súplica no pareció tener ningún efecto sobre ella. Le dolía demasiado el alma.

—¡Vete!

—No puedo hacer eso.

—Entonces me iré yo —dijo alejándose de la puerta.

Le temblaba el cuerpo de llorar, le dolía el estómago por las contracciones y no podía respirar ni ver a través de las lágrimas. Desorientada, se golpeó con el marco de la puerta del cuarto de baño y se puso a llorar con más fuerza.

Finalmente, entró en el cuarto de baño y se encerró. Abrió la ducha y se metió en la bañera vestida dejando que el agua caliente la cubriera mientras lloraba de pena.

No había llorado cuando perdió a su bebé. No había tenido a nadie con quien compartir la pena y, por alguna razón, en aquel momento todas las lágrimas salieron de sus ojos. Dejó que el dolor de la pérdida y la angustia por la traición de Salvatore la invadieran.

Aquel hombre era una vil serpiente. No la quería. Quería a Ana María, la gatita tímida, la esposa perfecta para un tradicional hombre siciliano.

El dolor físico fue creciendo y se dejó caer hasta el suelo, donde se acurrucó como una niña. No podía contenerlo. Estaba muy confusa después de la revelación de aquella noche y el recuerdo del aborto. Los sentimientos que se había estado negando durante el último año la invadieron ahogándola más en su desdicha.

—¡Santo cielo! —unas fuertes manos la sujetaron por los hombros—. Elisa, no te hagas esto.

—Te odio, Salvatore. Me haces mucho daño.

Él no respondió con palabras, sino que se limitó a sacarla de la ducha y cerró el grifo. Ella trató de pelear, pero la pena la había agotado y al final se quedó como una indefensa y empapada niña.

Salvatore le quitó la ropa mientras la regañaba por tratarse de esa forma. Ella no le hacía caso, sino que seguía llorando silenciosamente.

Se lamentó cuando le tocó la cara para limpiarle las lágrimas y al segundo las mejillas quedaron empapadas de nuevo.

–*Cara*, por favor, *dolcezza*. Te pondrás enferma.

Ella sacudió la cabeza como si así pudiera hacerlo desaparecer. La envolvió en una mullida toalla y la sentó sobre el inodoro.

–¿Qué puedo decir para arreglarlo? –añadió.

–Nada. Quiero irme a la cama. A dormir. Sola –y lo miró con los ojos húmedos–. Sin ti –añadió por si no lo había entendido.

–No puedo dejarte así –dijo él mientras le quitaba la ropa mojada y le secaba el pelo con la toalla.

–Porque mis sentimientos no te importan.

–Eso no es cierto –contestó apretando la mandíbula como si estuviera aguantando el mal genio.

–Es cierto. Quiero estar sola, pero no me dejas. ¿Cómo llamas tú a eso? –dijo Elisa llorando con más fuerza.

Salvatore se levantó de golpe y salió del cuarto de baño. Elisa se dio cuenta entonces de que la puerta estaba desencajada. Había entrado allí usando la fuerza bruta. Al menos la había dejado sola.

Le costaba mucho levantarse, así que se quedó allí sentada mientras las lágrimas caían por sus mejillas. Y así se la encontró Salvatore cuando regresó minutos más tarde. La tomó en brazos y la llevó al dormitorio. Allí, la depositó sobre la cama como si fuera una frágil muñeca de porcelana. Después la tapó con el edredón pero no intentó tumbarse junto a ella.

Elisa necesitaba que se alejara, y ocultó el rostro. No pudo evitarlo y Salvatore frunció el ceño.

–No voy a hacerte daño, maldita sea.

–Ya lo has hecho –contestó ella con tono de derrota.

–No fue mi intención.

–Eso no me sirve –dijo ella sin saber si se refería a lo que había ocurrido en casa de su padre o lo sucedido el año anterior, pero no le importaba. El dolor estaba allí. Intentó girarse pero él hizo que se sentara y le ofreció un vaso de vino.

–¿Qué es? –preguntó ella rehusándolo.

–Vino. Necesitas algo que te calme.

–El alcohol es malo para el bebé.

–Tus lágrimas y tu preocupación son peores que unos sorbos de vino.

Sabía que tenía razón y se sintió culpable. Su negligencia podía arriesgar la vida de su bebé. Bebió un sorbo de vino y sus emociones parecieron sedarse. Dejó de llorar y Salvatore le acercó un pañuelo para que se limpiara la nariz, sentados juntos en la cama, aunque parecía que había kilómetros entre ambos.

–Quiero dormir sola.

–Si así lo deseas –dijo él asintiendo. Y se marchó.

Elisa se dio la vuelta y trató de dormir. Durmiendo, el dolor se iría.

Salvatore bajó las escaleras y se dirigió hacia la biblioteca. Sacó una botella de whisky escocés de uno de los armarios de caoba y se sirvió un vaso. Dio un sorbo, pero no le supo a nada. Lo único que quería era subir y poder convencer a Elisa de que se equivocaba en sus sentimientos hacia ella, y sus motivos.

Pero no lo haría. No podía. La había dejado sola porque la había visto al borde de perder el control emocional otra vez. Al igual que Elisa, él había aceptado que estaba embarazada, incluso sin haberse hecho la prueba. No podía forzar un enfrentamiento y poner en peligro al bebé. Otra vez no. No dejaría que una estupidez acabara con la muerte de su hijo.

Se dejó caer en el sillón más cercano sintiendo que le habían arrancado el corazón. El dolor que había sentido tras la traición de Sofía era como un pequeño cosquilleo en comparación a la cuchillada que le abría el alma por el rechazo de Elisa.

Y entonces, al obligarse a contemplar el dolor emocional tan profundo que golpeaba su corazón como si fuera un cuchillo se dio cuenta de lo que realmente sentía por ella. La amaba.

Y sin embargo concienciarse de ello lo sorprendió. Lo sorprendió ver lo necesaria que era aquella mujer para él. No había vivido durante todo el año que ella lo había estado evitando. Y como un idiota había negado el sentimiento, había preferido creer que tenía que arreglar un error. Si hubiera admitido su amor le habría dado mucha fuerza. Había protegido su vulnerabilidad, destruyendo así toda posibilidad de ser feliz con la única mujer que le importaba.

La pobre Elisa creía que no era tan buena como Ana María.

La conversación que había tenido con Francesco había sido corta, tanto que la había olvidado. Había tenido lugar dos días después de que Elisa llegara a Sicilia, un día en que fue a visitar a la familia.

Una vez allí, la atracción hacia Elisa había sido tan fuerte que se le ocurrió ir a ver a Francesco y comentarle la idea de casarse con Ana María. Cualquier cosa para evitar que la fuerza de la atracción hacia Elisa lo controlara. Francesco le había dicho que no tenía inconveniente en que se unieran las dos familias y eso había sido todo. Nunca tuvo la intención de cortejar a Ana María pero dudaba que eso le importara a Elisa.

Lo odiaba precisamente cuando él se daba cuenta de que la amaba y la necesitaba más que nada en el mundo.

Elisa no podía dormir y salió de la cama. Fue a buscar a Salvatore pero no estaba en su habitación. Bajó las escaleras hacia la biblioteca. Allí estaba, tirado sobre un sofá, con un vaso de whisky en las manos, los ojos rojos.

–¿Salvatore?

–¿Qué quieres, Elisa? –dijo él con tono apenas inteligible. Elisa pensó que estaba borracho. Una prueba más de lo poco que le importaba.

–Quiero que vengas a la cama.

–¿Contigo? –dijo él abriendo y cerrando los ojos rápidamente.

–Sí.

–No me quieres en tu cama.

–He cambiado de idea.

–No puedes. Me odias. Eso me has dicho –miró hacia el vaso–. No debo olvidarlo.

–No te odio. Estaba enfadada, pero no quise decir eso –no era capaz de decirle que no quería casarse con él, pero sí podría decirle algo doloroso.

–No querías decirlo –dijo poniendo el vaso en el borde de la mesa y se cayó.

Salvatore se puso en pie y Elisa pensó que también iba a caerse. Le puso las manos sobre los hombros, y ella lo sujetó por la cintura, sonriendo.

–No querías decirlo –repitió. Parecía que le costaba comprenderlo.

–De acuerdo. Pero creo que deberíamos hablar de ello por la mañana.

–¿Por qué?

–Estás borracho.

–Dijiste que me odiabas.

–Pero no quería decir eso –repitió ella lentamente–, y quiero que vengas a la cama.

–Dormirás en mi cama.

–Nuestra cama, sí.

Se dejó guiar hasta el dormitorio, dócil como un corderillo. Aquel desconocido Salvatore daba un poco de miedo, pero también le gustaba. Dejó que lo desnudara y que lo llevara al cuarto de baño para lavarse los dientes.

Diez minutos después, Elisa estaba acurrucada entre sus brazos mientras él roncaba ligeramente. Nunca antes lo había hecho. Debía de ser el alcohol. Hablarían por la mañana y haría que le revelara sus sentimientos de una vez por todas.

Salvatore se despertó con un tremendo dolor de cabeza, la boca acartonada y ganas de ir al cuarto de baño. Eso fue lo primero que sintió.

Lo segundo que sintió fue que el pequeño cuerpo, cálido, desnudo y acurrucado a su lado era Elisa. Tenía la mano sobre el pecho de él, muy cerca del corazón. Una de sus piernas estaba enrollada sobre la suya y tenía el estómago junto a su erección matutina.

No recordaba haberla llevado hasta su cama después de beber en la biblioteca. Recordaba vagamente que ella lo había desnudado. Entonces recordó todo lo demás. Ella había ido a buscarlo.

Salió de la cama con cuidado para no despertarla y se mareó un poco. Necesitaba una ducha, afeitarse, beber agua para estar en condiciones de hablar con Elisa.

Al rato, Elisa se despertó al notar una leve caricia en la curva del pecho. Abrió los ojos y miró hacia arriba. Salvatore, recién salido de la ducha, estaba sentado junto a ella. Tenía mucho mejor aspecto que la noche anterior. Bajó la vista. La sábana la cubría hasta la cintura pero tenía los pechos al aire. Extendió la mano para cubrirse.

–No, *amore*. Eres tan hermosa que sería un crimen tapar esa perfección –dijo él con expresión reverencial.

–Tenemos que hablar –dijo ella sujetándole la muñeca para que dejara de acariciarla.

–Sí –dijo él, mirándola a los ojos–. Dijiste que no me odiabas. ¿Es cierto?

–Sí.

–Estabas muy enfadada. Mi estupidez te hizo daño y no sé cómo arreglarlo.

–Querías casarte con mi hermana.

–No.

–No comprendo –dijo ella, no muy segura de si creerlo o no.

–Me asustabas. Lo que sentí hacia ti me asustó.

–No. Nada te asusta.

Ni siquiera un grupo de hombres armados.

–Sí. Estaba asustado. Provocaste en mí unos sentimientos muy fuertes que no quería sentir.

–Por lo que te ocurrió con Sofía.

–Mi primera reacción al verte eclipsó cualquier sentimiento que pudiera haber sentido antes. No solo representabas una amenaza para mi autocontrol, sino para mi corazón.

–Parece como si te importara –dijo ella en un susurro.

–Me enamoré de ti antes de que te fueras de Sicilia aquel verano, pero no quería admitirlo. No tenía que hacerlo. Tú me dejaste seducirte, me diste tu tiempo. Me hiciste feliz.

–Y entonces te dije que estaba embarazada.

–Y yo destruí lo que teníamos por miedo, viejas heridas y un estúpido malentendido.

–Seguiste intentando verme.

–No podía dejarte escapar. Eres la parte que me falta para estar completo. Sin ti, no vivo, estoy muerto.

Elisa sintió un escalofrío ante la sinceridad de sus palabras. Le había dicho que se había enamorado de ella.

–¿Aún me quieres?

–Más de lo que imaginas, *amore*. Más de lo que se puede expresar con palabras.

–Pero Ana María…

–Fue un intento de cubrir mis verdaderos sentimientos.

–¡Pero yo no sabía cómo te sentías!

–No era por ti, sino por mí. Yo me engañé y me convencí de que solo era algo físico, pero pagué un alto precio por ello.

–El bebé.

–Y tú. Perdí a mi hijo y la mujer de mi vida por el orgullo.

Elisa se sentó, tenía la necesidad urgente de tocarlo. Salvatore le permitió que lo abrazara, pero se mantuvo distante.

Ella besó su pecho velludo y musculoso, disfrutando del olor de su piel y la calidez bajo sus labios.

–Te quiero mucho. Y te necesito.

–¿Cómo puedes hacerlo después de lo que te he hecho? Anoche lloraste mucho –el tono atormentado provenía directamente de su corazón.

–Anoche…

–¿Sí?

–Era por algo más. Fue como si el dolor hubiera llegado al máximo, no solo por lo que pudieras sentir por mí, sino por el bebé que perdí. No lloré entonces porque no tenía a nadie con quien compartirlo.

–Yo habría llorado contigo.

–No podría haberte perdonado entonces. Y anoche todo cobró sentido.

El enorme cuerpo vibró y la abrazó con fuerza para no dejarla escapar.

–Me alegra que por fin pudieras llorar, y ruego a Dios para que nunca tengas que soportar un dolor así. Me destroza.

–Pues yo no creo que estés destrozado –dijo ella inocentemente al notar algo duro contra ella.

–No bromees. Tenemos muchas cosas serias de qué hablar.

–¿Como qué?
–Como si tú también me amas.
–Nunca podría dejar de amarte, Salvatore.
–Lo intentaste.
–Pero ya es pasado.
–Sí, la luna de miel antes del cortejo. Pero eso hay que arreglarlo.

Elisa no sabía a qué se refería, pero pronto se enteró. Salvatore pasó la semana siguiente cortejándola. Primero la acompañó a la subasta. Todo salió bien. Luego continuó con el cortejo: le regaló flores, le escribía unas poesías horribles, la verdad, pero ella nunca se lo dijo, y se negó a compartir la cama con ella hasta después de la boda. Elisa se quejó, diciendo que él ya la consideraba su esposa, pero él se mantuvo firme. La boda fue una fiesta tremenda. No consiguieron estar solos hasta que subieron al avión privado de Salvatore rumbo a su luna de miel.

–Ahora sí eres mío.
–Y tú mía –dijo él con toda seriedad.

La aceptación que Elisa había deseado toda su vida, un lugar legítimo en la vida de otra persona, lo había encontrado al fin junto a él.

Epílogo

Un año después, Elisa llevó a Salvatore a una pequeña casita en la Toscana.

–Así que es aquí donde te escondiste para que yo no pudiera encontrarte.

–¿No es preciosa?

Era una sencilla casa con un solo dormitorio, cuarto de baño y unas vistas espléndidas.

–Sí, pero no tanto como mis dos mujeres –dijo él mirando con adoración al pequeño bebé que llevaba en brazos–. Es preciosa, *dolcezza*. Perfecta.

–No eres objetivo.

–¿Y tú? –dijo él mirándola con gesto burlón.

Elisa se rio. Salvatore sabía lo perdidamente enamorada que estaba Elisa de su marido y de su hijita de cuatro meses.

–¿Y de quién es este sitio?

–Mío. Mi abuela paterna me lo dio un año antes de morir. Dijo que era mi lugar en el mundo, un lugar para mí sin estipulaciones ni limitaciones.

Salvatore se acercó a ella y la rodeó con el brazo dejando al bebé entre los dos.

–Ahora yo soy ese lugar en tu vida, ¿no?

–Sí. Ahora tú eres ese lugar.

LIBRES DEL PASADO

LUCY MONROE

Capítulo 1

Rachel Long se alejó de la tumba de su madre sintiéndose curiosamente insensible; el olor a tierra mojada cargaba la calurosa atmósfera griega.

Andrea Demakis había muerto a la edad de cuarenta y cinco años, y Rachel no sentía nada; ni rabia de que una vida fuera segada tan tempranamente, ni dolor por la pérdida de una madre, ni miedo al futuro.

Sencillamente no sentía nada en absoluto.

Ni siquiera alivio. El tumulto emocional que su madre había infligido a los que la rodeaban ya no era la espada de Damocles de Rachel, planeando sobre su cabeza lista para arrancarle la piel a tiras. Y sin embargo, no experimentaba liberación alguna por el acontecimiento; simplemente una insensibilidad total frente a la muerte.

Los pies se movían sin que ella los dirigiera, llevándola lejos de una vida que había sido vivida con el único objetivo de la autosatisfacción.

El servicio había finalizado hacía tiempo y los demás dolientes se habían marchado hacía rato. Todos menos uno. Sebastian Kouros seguía inmóvil por el extremo dolor junto a la tumba de su tío abuelo. Él había echado el primer puñado de tierra sobre el ataúd, con su mirada imperturbable y su fuerte y musculoso cuerpo rígido bajo el implacable sol griego.

Se detuvo a su lado, sin saber qué decirle; o si acaso decirle algo.

La familia de Sebastian siempre había despreciado a la madre de ella, y ese odio había brillado en más de unos ojos al verla ese día. Pero por muchas veces que la hubieran mirado pensando que estaba cortada por el mismo patrón que la hedonista de su madre, a Rachel seguía doliéndole. Tan solo Sebastian no había permitido jamás que su evidente odio hacia Andrea Demakis influyera en el trato que le diera a su hija. Siempre había sido amable con ella, gentil en pos de su timidez e incluso protector.

Él había sido quien había convencido a su tío abuelo para que le pagara la universidad a Rachel. ¿Pero continuaría la tolerancia de Sebastian hacia ella tras la muerte de su querido tío abuelo?

Al fin y al cabo, todo el mundo sabía por qué estaba muerto el hombre. Se había casado con la mujer equivocada, y no solo había vivido para arrepentirse, sino que había muerto por culpa de ello.

La verdad era que podría haber muerto en los últimos seis años, en las numerosas ocasiones en las que Andrea lo había provocado para que realizara alguna proeza física más apropiada para hombres que tuvieran la mitad de años que él.

Solo que no lo había hecho. Había muerto en accidente de coche por exceso de alcohol y de tensión tras otra horrible discusión con Andrea.

Había pillado a su joven esposa en la cama con otro hombre... de nuevo.

Se habían peleado delante de la gente y después habían salido de la fiesta. Rachel se había enterado de que su madre solo estaba en el coche con Matthias porque cuando al principio ella se había negado a marcharse con él, Matthias había amenazado con divorciarse de ella sin darle ni un centavo.

Motivada por el propio interés, cuando la misma vergüenza debería haberle impedido marcharse con él, Andrea se había marchado con Matthias.

Y los dos habían muerto.

¿Así que, qué podía decirle Rachel al hombre que sufría en esos momentos a su lado?

No había palabras que pudieran borrar el dolor de los seis últimos años; un dolor que había culminado en la pérdida para él del hombre que le había hecho de padre desde que Sebastian era un niño. Sin embargo, no podía ignorar el impulso que sentía de intentarlo, y fue a tomarle la mano con la suya temblorosa.

–¿Sebastian?

Sebastian Kouros sintió el roce de los delicados dedos, oyó el tono tímido y quedo y tuvo la tentación de volverse hacia la hija de Andrea Demakis para descargar sobre ella toda la rabia que sentía hacia la mujer muerta.

–¿Qué tienes, *pethi mou*?

La palabra cariñosa se le escapó con demasiada facilidad, a pesar de que no era ternura precisamente lo que sentía hacia ella, pero ella era pequeña; apenas medía un metro sesenta, comparado con su metro ochenta y cinco, y además había seguido el ejemplo de su tío abuelo para dirigirse a ella desde que se habían conocido.

–Vas a echarlo de menos –su voz suave lo enterneció más de lo que habría deseado–. Lo siento –añadió ella.

Él la miró, pero lo único que vio fue una melena de cabello castaño recogida en un tradicional moño francés. Había desviado la cara hacia el otro lado.

–Yo también –contestó él.

Unos ojos verde musgo se levantaron para mirarlo.

—Él nunca debería haberse casado con Andrea –dijo Rachel.

—Pero ese matrimonio te cambió la vida, ¿no?

Su tez pálida se sonrojó, pero asintió de todos modos.

—Para mejor. No puedo negarlo.

—Y sin embargo, elegiste aceptar un empleo en Estados Unidos, solo volvías a Grecia durante unas cuantas semanas al año –le dijo Sebastian.

—No encajaba en el estilo de vida de ellos dos.

—¿Lo intentaste?

Ella abrió los ojos como platos al oír su frío tono de voz; la confusión ensombrecía sus verdes profundidades.

—No quería. Nunca me gustó vivir en el caos de la vida social de Andrea.

—¿Pensaste acaso en mitigar con tu presencia el efecto de la naturaleza egoísta de tu madre sobre la vida de un hombre que había hecho tanto por ti?

Ella se apartó de él, retirando la mano de la suya como si le quemara.

—No puedes vivir la vida de otras personas por ellas –dijo Rachel.

—¿En serio? –replicó él, aun sabiendo que parte de lo que ella decía era razonable.

No había sido capaz de impedirle a su tío abuelo que hiciera un matrimonio tan desastroso, pero el enorme dolor que sentía dentro en esos momentos le impulsaba a sostener una opinión totalmente ilógica de la muerte del viejo.

—Te aprovechaste del matrimonio. Lo menos que podías haber hecho era intentar influir sobre el comportamiento destructivo de Andrea.

—No podía hacer nada –dijo ella con firmeza.

Sin embargo, en su expresión se adivinaba cierto sentimiento de culpabilidad; y él sabía que ella se estaba preguntando si podría haber hecho algo por impedir el fracaso en el que había desembocado la vida de Matthias por culpa de Andrea.

—No pude —repitió Rachel.

—Tal vez, pero nunca tuviste el deseo de intentarlo...

Su voz se fue apagando, y ella se estremeció mientras asimilaba la sutil acusación.

—Hace mucho tiempo que dejé de intentar influir sobre el estilo de vida de Andrea —afirmó Rachel en tono dolido.

Sebastian no pudo ignorar el sentimiento de aquel tono, que le provocó una urgencia totalmente inapropiada de besar aquellos labios carnosos hasta dejarlos maleables e hinchados; hasta que en sus ojos se reflejara la dulce pasión en lugar del dolor y la pena.

Maldición. Con el dolor que estaba sufriendo en esos momentos no debería haber lugar para aquel deseo apasionado e inexplicable.

Era el mismo deseo que lo asaltaba cada vez que se acercaba a aquella bella pero reservada mujer. Su mentalidad griega no podía reconciliar el deseo que sentía hacia Rachel con el desdén que le provocaba su madre.

Por derecho debería despreciar a Rachel tanto como había despreciado a la egoísta y cruel mujer que le había dado el ser.

Rachel entró en el masculino despacho con tristeza. Había sido el dominio de Matthias Demakis, la única habitación de la espaciosa mansión a orillas del Mediterráneo en aquella pequeña isla griega propiedad de Matthias que su madre no había vuelto a decorar. En el pasado, aquella estancia había sido el marco de sus dos momentos más felices: la noche en la que Matthias le había dicho que no tenía por qué seguir asistiendo a las fiestas de su madre a pesar de las exigencias de Andrea, y el día en que el hombre le había comunicado que la enviaba a Estados Unidos a estudiar en la universidad.

Sin embargo, ese día prometía algo feliz.

La habían llamado para asistir a la lectura de los testamentos. Desde la conversación que había mantenido junto a la tumba con Sebastian el día anterior, se había pasado la mayor parte del tiempo en su dormitorio. Las familias Kouros y Demakis estaban juntas bajo el mismo techo, y ella no tenía deseo alguno de convertirse en el chivo expiatorio de su dolor y su totalmente lógica rabia. Tal vez fuera justificada, pero no era ella quien le había destrozado la vida a Matthias Demakis.

La acusación de Sebastian de que debería haber intentado frenar el horrible comportamiento de Andrea había sido ridícula; sin embargo no tenía ninguna gana de reírse. Él la hacía responsable de los pecados de su madre, y eso le hacía más daño del que quería reconocer.

El único hombre en el mundo a quien ella había deseado físicamente, el único hombre en quien había confiado lo suficiente como para nadar con él o charlar a solas en un balcón de la vieja mansión, la odiaba. La muerte de su madre no la angustiaba, pero el saber que Sebastian estaba totalmente fuera de su alcance sí.

Llevaba veintitrés años pagando por ser la hija de Andrea. ¿Acaso tenía que seguir pagándolo, aunque la mujer estuviera muerta?

−¿Señorita Long, tendría la amabilidad de sentarse?

El abogado de pelo canoso llevaba años cuidando de las finanzas de Matthias, sin embargo conservaba un aire de vitalidad que Rachel no podía sino admirar.

Lo mismo que Matthias antes de casarse con una mujer veinticinco años más joven que él.

Rachel intentó no mirar a nadie más mientras se acercaba a la pequeña otomana que había al fondo de la estancia. Se sentó y pasó las manos nerviosamente sobre los pantalones sueltos de color gris perla que se había puesto esa mañana. La moda de los pantalones ajustados que dejaban al descubierto trozos de pierna no había llegado a su ropero a pesar de haber vivido en Skin Central, al sur de California.

Philipa Kouros, madre de Sebastian y sobrina de Matthias, entró en la habitación y tomó asiento junto a su hijo. Aunque el imponente hombre estaba de espaldas a ella, Rachel leyó sin problemas lo que le decía su lenguaje corporal al tiempo que se ocupaba solícitamente de su madre, antes de volverse de nuevo hacia el abogado para darle permiso para comenzar.

El testamento de Andrea contenía pocos detalles inesperados. Había dejado todos los bienes a su marido, excepto en el caso de que falleciera antes que ella, en cuyo caso sus posesiones pasarían a manos de Rachel. La secuencia de legados no la sorprendió. Andrea no habría esperado jamás que Matthias viviera más que ella y sin duda había hecho la estipulación en un intento de manipularlo para hacerle creer que lo valoraba incluso por encima de su propia hija.

Sin embargo, la última voluntad y testamento de Matthias Demakis resultó un tanto sorprendente. Aunque les había dejado unas cuantas posesiones de valor sentimental a los miembros de su familia y a Rachel, el grueso de sus posesiones se las había dejado a Sebastian Kouros, incluida la mansión.

No había hecho provisión alguna para su joven esposa, ni le había dejado a Sebastian instrucciones para cuidar de la viuda. Sabiendo lo que su familia había sentido por Andrea, esa omisión resultaba contundente en opinión de Rachel. Evidentemente, Matthias se había desencantado totalmente de su esposa debido a su comportamiento escandaloso y sus frecuentes deslices.

El abogado de pelo canoso dejó el documento sobre la mesa después de leerlo y fijó sus ojos azules en Rachel, cosa que llamó la atención de los demás presentes.

–El forense no pudo determinar cuál de los ocupantes del coche falleció primero –el abogado pasó a mirar a Sebastian–. Sin embargo, estoy seguro de que la familia no se opondrá a que tomes posesión de los objetos personales de tu madre –dijo el hombre dirigiéndose a Rachel.

Sebastian negó levemente con la cabeza.

Rachel no sintió nada, ni siquiera alegría de poseer nada que hubiera sido el resultado del estilo de vida de su madre. Lo único que habría recibido con gusto de Andrea, la mujer se lo había llevado a la tumba. Y eso era la identidad del padre de Rachel; una información que su madre jamás había querido compartir con ella.

Sebastian alzó la vista al oír que llamaban a la puerta de su despacho. Estaba abierta, pero Rachel no pasó. Estaba en la puerta, pero como no le daba la luz en la cara no podía adivinar su expresión.

Como eso no le gustó la hizo pasar impacientemente con un gesto de la mano. Aunque esperaba su visita, no le complacía que al final su cinismo tuviera fundamento. A pesar de ser consciente de que era la hija de Andrea, siempre había querido creer que no compartía la avaricia de su madre.

–Pasa. No te quedes en el pasillo.

Ella dio un paso y entró en el despacho como una presa recelosa ante la vista del cazador.

–No quería interrumpir.

–Si necesitase privacidad, cerraría la puerta.

–Por supuesto –aspiró hondo, evitando mirarlo a los ojos–. ¿Tienes un momento? Hay algunas cosas que me gustaría discutir contigo.

Él señaló una de las butacas de cuero rojo que él y su madre habían ocupado durante la lectura del testamento un rato antes.

—Siéntate. Sé de qué quieres hablarme y estoy seguro de que podremos llegar a un acuerdo amigable.

Rachel se había tomado la noticia de que no había heredado casi nada con demasiada calma y resignación. Cualquier hijo de la maquinadora Andrea habría esperado una cuantiosa suma a la muerte de su rico padrastro. Rachel debía de haberse sentido muy decepcionada.

La pequeña colección de libros de cultura helénica que Matthias le había dejado no había sido más que un detalle sentimental por las noches que se había pasado hablando con su hijastra de historia griega. Aunque los hubiera vendido, no habría conseguido más que unos miles de dólares.

Sebastian no veía razón para rechazar el legado de Rachel... a cambio de un voto de silencio por los años que su madre había sido la esposa de Matthias Demakis. No tenía ningún deseo de leer historias truculentas en la prensa amarilla a través de entrevistas remuneradas con la hija de Andrea Demakis.

Rachel se sentó en la butaca tapizada en rojo cuya suntuosidad le daba la apariencia de una niña. O tal vez de un hada madrina. Los niños no tenían curvas que ofuscaran los sueños de un hombre o que despertaran su libido. Él sabía que Rachel tenía ese efecto en él, aunque los pantalones y el top blancos que llevaba en ese momento no hicieran nada para revelar el cuerpo de ánfora que había apreciado en las pocas ocasiones en las que había nadado con ella en la piscina de la mansión de su tío abuelo.

Era tan convencional y con tan pocas pretensiones como su madre había sido extravagante y moralmente corrupta. Al menos en la superficie.

¿Hasta qué punto esa inocencia sería real?

Teniendo en cuenta la discusión que estaban a punto de mantener, tendría que asumir que una parte muy pequeña.

—No debería sorprenderme el que me esperaras —dijo Rachel con una sonrisa muy breve—. Siempre has percibido cosas que otros tienden a ignorar.

—Desde luego más de lo que veía mi tío cuando miraba a tu madre.

Una expresión desapasionada asomó a las facciones de porcelana de Rachel y su sonrisa se disipó como la neblina al salir el sol.

—Sin duda.

—Y supongo que es eso lo que querías discutir conmigo.

El hecho de que Matthias Demakis se hubiera por fin enterado de quién era su avariciosa e infiel esposa, y de que no le hubiera dejado ni a ella ni a su hija nada de verdadero valor en su testamento.

—En parte sí —respondió ella mientras se sentaba derecha y cruzaba las piernas—. Necesito volver a trabajar en poco tiempo.

—¿Y?

—Y tengo que revisar las cosas de mi madre.

—¿Quieres delegar esa tarea en los sirvientes?

—No —frunció los labios como si la idea le desagradara—. Eso no sería correcto, pero quiero saber qué quieres que haga con ello.

—Sin duda eso es decisión tuya.

—Había pensado donar su ropa y sus joyas a alguna institución caritativa, pero entonces pensé que a lo mejor Matthias le había dado alguna reliquia familiar. Estoy segura de que no querrás que acaben en manos de extraños.

Ah... la primera salva.

—¿Y quieres que te las compre?

Ella abrió los ojos como platos, con expresión de evidente disgusto.

—No seas ridículo. Simplemente necesito que me dediques un momento para identificar cuáles de las joyas pertenecen a la familia. Si no tienes tiempo, entonces tal vez tu madre quiera hacerlo. Quiero asegurarme de que tu familia toma posesión de dichas joyas antes de que me deshaga de las otras.

—¿Me propones darme las piezas de la familia?

—Sí –lo miraba como si dudara de su inteligencia.

Para él era una experiencia nueva, y estuvo a punto de esbozar una sonrisa.

—Sin duda me sería de ayuda si alguien pudiera repasar conmigo todas las cosas que hay en su dormitorio para asegurarse de que no me quedo nada de la familia antes de que vengan a llevarse las cosas.

—¿A llevarse las cosas?

—Me he puesto en contacto con una asociación internacional de ayuda a la infancia. Han accedido a hacerse cargo de las pertenencias de Andrea y a venderlas en una subasta para conseguir fondos para su causa.

Aturdido por la inesperada dirección que había tomado la conversación, la inteligencia superior de Sebastian tardó unos segundos en valorar el significado de las palabras de Rachel.

—¿No piensas quedarte con nada de tu madre?

—No –le dijo Rachel con una expresión tan desapasionada que le impedía averiguar sus pensamientos.

—Pero solo en ropa hay más de cien mil dólares estadounidenses –dijo Sebastian.

—Una buena noticia para la institución benéfica –respondió Rachel.

—¿Y para ti no significa nada? –preguntó Sebastian, que se negaba a creer que pudiera haber alguien tan poco interesado en el dinero–. Y el apartamento de Nueva York, ¿tienes pensado dejárselo también a alguna institución?

—¿Tenía un apartamento en Nueva York? —le preguntó Rachel, que parecía más fastidiada que contenta por la noticia.

—Ahora me dirás que también quieres dárselo a los pobres —dijo él en tono burlón.

—No, por supuesto que no.

—Me lo imaginaba.

—Si tienes el contrato preparado, lo devolveré al patrimonio.

Sebastian se puso de pie y al hacerlo la butaca se cayó hacia detrás.

—¿Pero a qué estás jugando?

Rachel se puso pálida, pero se incorporó, descruzó las piernas y se inclinó hacia delante.

—No estoy jugando a nada —le dijo con vehemencia—. Tal vez tuvieras razón cuando me dijiste que debería haber puesto freno al comportamiento de Andrea. No lo intenté y tendré que vivir con eso el resto de mis días, pero me niego a aprovecharme personalmente de ello. Sencillamente no lo haré.

La pasión de las palabras de Rachel era o bien la mejor lección de arte dramático que había visto en años o bien la mejor demostración de sinceridad.

—No hace falta que tengas un gesto tan espléndido —despreció Sebastian con irritación al tiempo que para sus adentros reconocía que sus palabras del día anterior habían incitado a esa conversación—. Mientras que no hay duda de que tu madre manipuló a mi tío abuelo en su propio beneficio, sus extravagancias de índole económica no significaron demasiado en el plano financiero.

Enumeró unas cuantas propiedades y automóviles que Matthias le había regalado a Andrea en los seis años que había durado el matrimonio.

Propiedades de las que Sebastian no quería adueñarse. Había sido el matrimonio con la avariciosa mujer lo que le había hecho a Matthias un daño personal, y consecuentemente a su familia.

—Entonces debería ser pan comido que tus abogados se ocupen de que todas las propiedades importantes vuelvan al patrimonio familiar y que las pertenencias más pequeñas sean donadas a la beneficiencia.

—Mi tío no habría querido que renunciaras a tu derecho a reclamar tu herencia con el intento equivocado de compensarnos por el pasado, y me niego a dispensarte de hacerlo.

Ella negó con la cabeza y sonrió, con una expresión verdaderamente divertida que hacía que le brillaran los ojos, a consecuencia de lo cual a él se le aceleraba el pulso.

—Estás tan acostumbrado a conseguir lo que quieres que me sorprendes —le dijo ella.

—¿Es cierto eso? —preguntó, sin saber si sus palabras eran una condena o no.

—Sí. Estás totalmente seguro de que puedes dictar mis decisiones por mí —dijo con una sonrisa divertida.

—¿Y eso te divierte?

—En realidad no, solo que no se te ha ocurrido, pero es decisión mía cómo disponga de las posesiones de Andrea. Si te niegas a aceptar que las propiedades vuelvan al patrimonio familiar, lo donaré todo a la caridad —de pronto su expresión dejó de ser divertida—. No quiero nada de mi madre; nada en absoluto.

—Es demasiado tarde. Tienes sus genes.

Las cínicas palabras brotaron de su garganta antes de pensárselas mejor, y maldijo en griego al ver que Rachel se ponía pálida.

Ella se puso de pie visiblemente afectada y lo miró angustiada.

—Si no tienes los papeles necesarios preparados para que los firme antes de abandonar Grecia, me ocuparé de disponerlo todo cuando vuelva a Estados Unidos.

Se dio la vuelta y salió de la habitación, ignorándolo. Él la observó mientras salía de la habitación, tremendamente frustrado. ¿Por qué diablos le había dicho eso?

Rachel había ido al despacho de su tío abuelo y le había desordenado todas sus ideas preconcebidas. Le había demostrado del modo más elemental que la influencia de su madre sobre sus valores y sus actos era insignificante; sin embargo, él la había martirizado por ser hija de Andrea.

Había sido injusto por su parte y claramente doloroso para ella.

No recordaba la última vez que le había pedido perdón a una mujer, pero estaba seguro de que debía hacerlo en ese momento.

Sentada enfrente de Philipa Kouros, Rachel se preguntaba por qué había accedido a unirse a la familia para cenar. Le había parecido mal volver a pedir que le llevaran la cena a su dormitorio, y también estaba el mensaje de Sebastian. Le había enviado a una sirvienta a decirle que la esperaba para cenar con la familia.

Y ella había ido, no habiendo querido ofenderlo.

¿Qué le importaba lo que aquel tirano sentencioso pensara de ella? Le había demostrado que a pesar de su amabilidad en el pasado, al igual que el resto de la gente, la veía a través de las acciones de su madre. ¿Qué importaba si era el único hombre por quien se había sentido atraída físicamente?

Sus fantasías adolescentes de él como héroe de sus sueños eran tan solo eso, y necesitaba eliminarlas para siempre de su pensamiento.

Lo cual quería decir que debería hacer lo posible para romper totalmente con las familias Kouros y Demakis.

Sin embargo, se dio cuenta de que intentaba mantener una

conversación con su madre. Los ojos oscuros de la mujer estaban demasiado tristes para ser ignorados.

Sebastian se había levantado de la mesa para atender una llamada del extranjero al comienzo de la cena. Su hermano se había marchado de la isla junto al resto de la familia después de leerse el testamento.

—En mi apartamento solo tengo un pequeño patio, pero he plantado algunas hierbas —le dijo Rachel mientras se servía un poco de ensalada.

La gran pasión de Philipa era la jardinería, y Rachel agradecía para sus adentros poder hablar con alguien de algo que no fuera la reciente pérdida para la familia.

—El laurel y la menta prenden muy bien en las macetas —contestó Philipa mientras se le alegraba la mirada con un leve interés—. No habría imaginado que pudiera gustarte la jardinería. A Andrea le horrorizaba mancharse las manos de tierra.

—Mi madre y yo compartíamos muy pocas cosas.

—Eso es una pena.

—Sí.

¿Qué más podía decir?

—Una madre y una hija pueden disfrutar mucho compartiendo sus vidas. Mi madre me enseñó muchas cosas, entre ellas el amor por criar cosas.

—Debió de ser una mujer muy especial.

—Lo era. Ella y el tío Matthias siempre estuvieron muy unidos —dijo Philipa mientras el dolor ensombrecía de nuevo su expresión.

—¿Les enseñaste cosas de jardinería a tus hijos? —preguntó Rachel, que no se imaginaba ni a Sebastian ni a Aristide cuidando plantas, pero esperaba que la pregunta distrajera a Philipa.

La mujer sonrió con indulgencia.

—No. Esos dos estaban siempre demasiado ocupados para

una afición que te roba tanto tiempo –negó con la cabeza–. Tengo dos hijos maravillosos, pero me habría gustado tener una hija.

–Estoy segura de que cuando se casen ganarás dos hijas.

Solo de imaginarse a Sebastian casado con una chica griega se le encogía el corazón, pero Rachel lo ignoró. Estaba ya muy acostumbrada a ignorar sus sentimientos.

Pero Philipa negaba con la cabeza.

–De niños estaban demasiado ocupados para tener hobbies. Y ahora están muy ocupados para buscar esposa. Sebastian ya tiene treinta años y nunca ha salido con una mujer más de varias semanas seguidas.

–Estoy segura de que cuando llegue el momento oportuno... –su voz se fue apagando al ver la mirada de la otra mujer.

Pero antes de poder preguntarle qué significaba aquella mirada, Sebastian regresó de su llamada telefónica y se sentó a la cabecera de la mesa.

–Mamá, hay algo que me gustaría que hicieras por Rachel.

La mujer miró a su hijo con amor y aprobación.

–¿El qué, hijo mío?

–Quiere donar las pertenencias de su madre para una subasta con fines benéficos; pero no quiere dar nada que pueda tener valor sentimental para la familia.

Miró a Rachel esperando que confirmara sus palabras.

–Eso es –dijo ella.

Philipa los miraba muy sorprendida.

–¿Quieres que mire las cosas de tu madre contigo?

–Solo las que hay en su dormitorio. Cualquier cosa que pueda ser considerada suya y que esté en el resto de la mansión que se quede ahí.

Lo había pensado y esa le parecía la manera más sencilla de tratar con la situación.

—Pero sin duda querrás las cosas que ella atesoraba.
—No.
—Tengo unas cuantas cosas de mi madre. Me consuelan cuando pienso en ella.

La compasiva comprensión de los ojos de Philipa fue casi suficiente para hacer que Rachel perdiera el rígido control que dominaba sus emociones.

—Lo entiendo —dijo Philipa—. Me encantaría ayudarte.
—Gracias —respondió Rachel con toda sinceridad.

La dulce fragancia de la madreselva se mezclaba con el cálido aire del mar, envolviéndola al tiempo que sus dedos se hundían en las diminutas piedrecillas de la arena. Incapaz de dormir, había bajado a la playa, pensando que un paseo la ayudaría a reposar sus pensamientos.

Pero no eran sus pensamientos los que tenían necesidad de ese reposo. Era su cuerpo.

Siempre le pasaba lo mismo cuando estaba con Sebastian; se sentía femenina de un modo que conseguía ignorar el resto del tiempo.

Después de lo que le había ocurrido con dieciséis años, eso no resultaba difícil, pero de algún modo el poderoso magnate le minaba las defensas que con otros hombres eran sólidas como una roca.

Y eso que él ni siquiera lo intentaba.

Sebastian Kouros no tenía interés alguno en ella, y jamás le había hecho pensar que la viera como algo distinto a la querida hijastra de su tío abuelo.

Pero eso no evitaba que sus hormonas se revolucionaran ni que su corazón se encogiera cuando pensaba en él.

—¿Qué estás haciendo aquí, *pethi mou*?

Al oír su voz el corazón se le subió a la garganta.

–¡Sebastian! –exclamó con sorpresa mientras se daba la vuelta.

Él la agarró rápidamente por los hombros para que no se cayera al agua.

–¡No sabía que estuvieras aquí!

Ella negó con la cabeza, aturdida.

Él la ayudó a ponerse derecha, pero en lugar de apartarse un poco se quedó allí, pegado a ella.

–Pues no he hecho nada para acercarme en silencio.

–Esto... Estaba pensando –balbuceó mientras intentaba asimilar lo que su proximidad la hacía sentir.

Sentía sus dedos cálidos y firmes a través de la seda de la blusa, y su aroma especiado y tremendamente viril dominaba sus sentidos. La luna llena iluminaba su torso embutido en una camiseta negra que le definía el abdomen y los desarrollados pectorales. Como llevaba pantalones cortos se fijó en sus piernas, que hubieran sido más apropiadas para un corredor de fondo que para un empresario. Iba descalzo como ella, y en ese momento sus dedos casi se tocaban.

Por alguna razón, toda la situación le parecía muy íntima.

Capítulo 2

–Debías de estar pensando en algo muy absorbente como para no oírme cuando me he acercado.

Qué irónico que los pensamientos acerca de un hombre le hubieran impedido prepararse para encontrarse con él.

–Sí.

–¿Por qué no estás acostada ya?

¿Sería consciente de que seguía agarrándola? Intentó encogerse levemente, para ver si así él se acordaba de soltarla y se apartaba de ella.

–No podía dormir.

Ignoró su silenciosa petición de libertad; seguramente ni siquiera se daba cuenta de ella.

–Tu madre lleva menos de una semana muerta. Es lógico que no puedas conciliar el sueño.

–Supongo que sí –contestó, contenta de dejar que sacara sus propias conclusiones.

Ya estaba bastante ocupada combatiendo ese deseo de avanzar esos pocos centímetros que los separaban para acurrucarse en el calor y la seguridad que le ofrecía su esbelto cuerpo. Lo deseaba físicamente, algo muy sorprendente en ella; pero además quería algo más de él, algo que había aprendido hacía mucho tiempo que no podría tener en su vida. Deseaba amor, compromiso y seguridad.

–Lo entiendo. La muerte de mi tío ha causado mucho dolor en mi familia.

Pero cualquier sentimiento de dolor que ella pudiera tener por la muerte de su madre se veía atemperado por el alivio de haber dejado de vivir a la sombra de sus disparates.

Se pasó la lengua por los labios, intentando mantener la concentración cuando la proximidad de Sebastian le impedía centrarse en lo que estaban hablando.

–Matthias era un buen hombre.

Finalmente Sebastian le soltó los hombros, pero permaneció demasiado cerca de ella para su comodidad.

–Lo era, pero no debería haber despreciado tu propio dolor –le dijo Sebastian.

–¿A qué te refieres? –le preguntó ella, pensando que en realidad no había expresado dolor alguno.

Ni siquiera estaba segura de poder llorar la muerte de su madre.

–Esta tarde no he sido amable contigo y lo siento –le dijo en tono tenso, totalmente ajeno a su manera relajada de hablar.

–No pasa nada. No te preocupes.

–Te he hecho daño, y no debería haber añadido más aflicción a tu dolor.

–Gracias por tu preocupación, pero de verdad, estoy acostumbrada a esa clase de comentarios.

El chasquido que hizo con la lengua le dejó claro que sus palabras no lo habían tranquilizado.

Rachel suspiró, incapaz de dominar el deseo de estirar la mano y reconfortarlo, y le agarró del brazo. Sintió el suave vello bajo sus dedos, y tuvo que hacer un esfuerzo para recordar lo que iba a decirle.

–No estoy enfadada contigo. Matthias fue un hombre muy bueno y cariñoso. Siento que muriera de un modo tan trágico y que la vida de mi madre terminara así, pero no te culpo por señalar la verdad. Soy su hija y he aprendido a vivir así.

Una expresión indescifrable asomó a sus facciones angulosas.

—Antes pensaba que ibas a llevar tu historia a la prensa amarilla, pero ahora me doy cuenta de que no lo harías.

Ella se estremeció, horrorizada.

—Eso nunca.

—Andrea atraía una publicidad del peor tipo.

—Y yo he tenido que soportarlo toda mi vida.

—A ti no te gustaba, desde luego.

—Lo odiaba. De niña me tomaban el pelo, y fui expulsada de dos colegios privados por culpa del comportamiento de mi madre.

Andrea había sido sorprendida practicando el sexo con uno de los profesores de Rachel, siendo la esposa del profesor quien los había sorprendido; y la segunda vez había sido arrestada por posesión de cocaína.

—En la facultad la cosa no mejoró. El mundo parece un lugar enorme, hasta que eres tú el centro de atención de los medios de comunicación.

Y para entonces su madre se había casado con un rico magnate griego que podría haber sido su padre. Era un sueño para los periodistas que quisieran darse a conocer a través de la prensa rosa.

Por eso, después de licenciarse, Rachel se había cambiado el apellido a Newman. Nunca se lo había contado a Andrea para que no le montara una bronca; y así ninguna de las personas que Andrea conocía en su vida actual sabía que estaba relacionada con una mujer famosa por sus hazañas sexuales y sus actividades sociales bastante cuestionables.

En Estados Unidos la historia de Rachel Long, hija de Andrea Long Demakis, sencillamente no existía.

Ser tímida y del montón tenía sus ventajas.

Se dio cuenta de que esa vez era ella la que lo estaba agarrando y retiró la mano rápidamente.

–Lo siento.

–No me importa.

Tragó saliva.

–Sí, bueno, creo que debería volver. Me parece que ahora me voy a dormir –mintió, deseando en realidad alejarse de su enervante presencia.

Él la agarró de la cintura, cortándole el paso y la respiración al mismo tiempo.

–¿Estás segura?

–Yo...

Se ahogó cuando intentó responder, al tiempo que él se acercaba más a ella y le acariciaba la espalda con una expresión tan ardiente que no se le podría haber llamado preocupación.

Rachel empezó a respirar de nuevo, pero seguía sin poder articular palabra. Su mirada gris plateada le causaba un tumulto en su interior que hacía tiempo que había relegado a los sueños. Los estremecimientos que la recorrían por dentro se concentraban en su vientre y le encogían los muslos.

Los firmes labios masculinos esbozaron una sonrisa de complicidad, y Rachel estuvo segura de que él se había dado cuenta de lo que le estaba pasando a ella.

A su mirada asomó una expresión de triunfo masculino.

–Sí. Sabía que tú también lo sentías.

–¿Sentir el qué? –le preguntó, sabiendo que no tenía esperanzas.

Él ignoró totalmente su comentario.

–Necesito saberlo –dijo mientras inclinaba la cabeza, dejando sus labios a pocos centímetros de los de ella–. ¿No te pica la curiosidad?

Ella habría dicho algo, pero esa vez sus labios se unieron

a los suyos impidiéndole hablar. Rachel dejó de pensar, pues solo podía sentir.

La unión de sus bocas, la mezcla de sus alientos, la suave seducción de sus labios expertos era algo totalmente nuevo para ella. No tenía idea de que un hombre como él, un hombre tan seductor y viril, pudiera ser tan suave al mismo tiempo.

Sin darse cuenta le acarició el pecho, empujada por una atracción tan inexplicable como ineludible. En ella no cabía sino el deseo erótico que él le provocaba. El sabor de su boca era tan agradable, tan distinto a ella pero al mismo tiempo tan adecuado, tan deseable.

Sin saber cómo había ocurrido, su lengua exploraba su boca y le enseñaba a encontrar placer en un beso íntimo que siempre le había parecido algo demasiado rudo. Quería corresponderle y copió sus movimientos con una sensualidad femenina de la cual no se sabía poseedora.

Él emitió un gemido ronco al tiempo que la levantaba del suelo y le apretaba las caderas contra su vientre, provocándole una oleada de ardientes sensaciones por todo el cuerpo.

Cuando le apretó el trasero, obligándola con el movimiento a que separara los muslos, fue para ella la cosa más natural del mundo abrazarlo con las piernas y engancharlas a su espalda. Se le subió la falda y sus piernas tocaron su piel por debajo de la camiseta, haciéndole experimentar las sensaciones más eróticas posibles al tiempo que una avidez sexual explotaba en sus entrañas.

Él le retiró la seda de las braguitas para tocarla en ese sitio que nadie había tocado en siete años. El roce de las yemas de sus dedos a la entrada de su cuerpo le proporcionó una sensación enormemente placentera. Entonces quiso deslizar el dedo para poseerla de ese modo, pero un viejo miedo la recorrió como un torrente, ahogando su placer y apremiándola a apartarse de él.

Apartó sus labios de los suyos.

–No. Basta. ¿Qué estamos haciendo?

–¿No lo sabes? –le preguntó con incredulidad, ciego de deseo.

Ella no contestó, pues no podía. El sentir ese dedo casi dentro de ella había despertado unos recuerdos que amenazaban con ahogarla.

Descruzó los tobillos para apartarse de él. Pasados unos momentos de forcejeo, Sebastian la soltó mientras emitía palabras en griego cuyo significado Rachel no tenía intención de preguntar.

–Lo siento –le dijo mientras se apartaba y se tiraba de la falda para cubrir sus piernas temblorosas.

El corazón le latía tan deprisa que se le salía por la boca, tenía las palmas de las manos empapadas en sudor y le temblaban las piernas.

Apretó los puños al ver que ella se apartaba, incapaz de contener una reacción nacida en el pasado pero revivida en el momento presente.

Con expresión de deseo frustrado, Sebastian echó la cabeza para atrás y aspiró hondo antes de volver a mirarla.

–No. Soy yo quien debo disculparme. Un hombre no debería aprovecharse del estado de vulnerabilidad emocional de una mujer. He cometido un error besándote estando tú afectada por los acontecimientos ocurridos esta semana.

Rachel no podía creer que estuviera cargando con la responsabilidad; claro que siempre había sabido que no era un hombre común y corriente. Destacaba por encima de todos los demás en su pensamiento, y había quedado elevado a un estado casi de santo al entender su rechazo.

Sebastian no sabía por qué ella se había retirado y tampoco se lo había preguntado, y con ello había provocado en ella un sentimiento de inmensa gratitud.

—No ha sido mi intención dejar que esto llegara tan lejos —dijo ella, recordando las acusaciones del pasado de ser una provocadora, palabras que la atormentaban incluso en sus sueños.

—Yo ni siquiera quería que ocurriera —reconoció él con pesar, arrancándole una sonrisa a Rachel cuando debería haber sido imposible—. Te vi desde mi dormitorio y decidí venir a disculparme por mi comentario inapropiado de esta tarde. En lugar de eso, me he aprovechado de una atracción que no nos beneficiaría a ninguno de los dos.

Mientras que sus palabras la excusaban de cualquier culpa, dejaban heridas en su corazón. Le estaba diciendo que de cualquier manera no estaban hechos el uno para el otro.

Eso ya lo sabía ella.

Siempre había sabido que estaba totalmente fuera de su alcance, pero aun así le dolía. Le había dado el primer bocado de la verdadera pasión y la posibilidad de poder conocer toda la gama de la experiencia sexual de Sebastian la provocaba. Se había quedado aterrorizada, pero solo cuando él la había tocado como la habían tocado aquella fatídica noche.

¿Si pudiera contárselo... pedirle que evitara volver a hacerlo, podría hacer el amor sin miedo?

¿Y por qué se hacía esas preguntas? Él no había ocultado que lo horrorizaba el hecho de haberla besado. La intimidad sexual con Sebastian Kouros no estaba a su alcance.

Esbozó una sonrisa superficial.

—Tienes razón. Una relación entre nosotros queda fuera de lugar —dijo, tratando de aparentar naturalidad, como si aceptara su interpretación de la situación, pero temerosa de que esa fachada se viniera abajo en cualquier momento—. Creo... creo que me voy a la cama.

Insistió en acompañarla a su habitación, donde se despidió de ella con un formal buenas noches.

***

Sebastian se alejó del dormitorio de Rachel reprendiéndose para sus adentros. ¿En qué demonios estaba pensando para besarla así? ¿Para besarla, y punto?

De acuerdo, llevaba años deseándola, pero ella no era la mujer adecuada para él. Ni siquiera para tener una aventura. Tal vez fuera distinta de Andrea, pero Rachel seguía siendo la hija de una mala pécora.

Además, molestaría a su familia si se liara con ella. Merecían algo mejor que una segunda ronda del tipo de comentarios que habían rodeado el matrimonio de Matthias. Había querido mucho a su tío abuelo, pero el hombre se había dejado llevar por su libido en lo referente a Andrea y había llevado la vergüenza a su familia.

¿Cómo un hombre griego que tuviera orgullo podía continuar casado con una mujer que sabía infiel? Y sin embargo, Matthias lo había hecho.

La noche del accidente no había sido la primera vez que su tío había descubierto pruebas de las proezas sexuales de su joven esposa fuera del matrimonio. Cada vez Sebastian había estado seguro de que el hombre recuperaría la sensatez y echaría a aquella tipa de su vida; pero Matthias nunca lo había hecho.

Sebastian jamás permitiría que una mujer le dejara en ridículo de tal modo. No toleraba la mentira ni los pretextos de esos que habían marcado el segundo matrimonio de Matthias.

Aborrecía la insinceridad, y no perdería ni un segundo con una mujer que mintiera sobre su edad, menos aún sobre su fidelidad.

Su tío abuelo había sido lo bastante inteligente como para impedir que aquella bella e inconsciente esposa le dejara sin capital, no dejándole nada en el testamento. Pero no había duda de que Andrea Demakis había llevado el orgullo de aquel hombre a la quiebra.

Para un hombre griego, esa era la peor consecuencia imaginable.

Sebastian no había podido entender por qué Matthias había querido continuar casado. Un hombre debería vivir sus últimos años con dignidad, pero su tío no lo había hecho.

La humillación había sido su compañera, sobre todo durante aquel último año. ¿Y qué había empujado a Andrea a ostentar sus conquistas sexuales delante de su marido? ¿Qué la había llevado a comportarse de un modo tan horrible? ¿Y por qué Rachel lo había ignorado todo, por qué no había intentado detener aquel horrible comportamiento?

La noche oscura que contemplaba por la ventana de su dormitorio no le ofrecía respuestas, pero las preguntas sí que le servían para recordar que por muy distinta que Rachel pareciera superficialmente, no había mostrado ningún interés en ayudar a Matthias Demakis.

Al igual que su madre.

Rachel terminó de llenar la última caja en el dormitorio de su madre y la cerró, debatiéndose entre un sentimiento de logro y cierta decepción. Había registrado el dormitorio que había sido de Andrea a conciencia y no había dado con nada relacionado con su vida anterior al matrimonio con Matthias Demakis; ninguna indicación del hombre que podría haber sido su padre.

Y teniendo en cuenta la clase de hombres con los que se había relacionado su madre, habría renunciado a su deseo de encontrarlo hacía años a no ser por dos recuerdos significativos.

Ella era pequeña, tal vez tres o cuatro años, y recordaba estar sentada en el regazo de un hombre. Él le había estado leyendo un cuento, y aunque no recordaba la historia sí que era capaz de recordar la sensación de amor y de seguridad que había sentido con él. Lo había llamado papá y le había dado un beso en la mejilla cuando él había terminado el cuento. Él la había abrazado con fuerza; y si cerraba los ojos con fuerza aún era capaz de recordar ese abrazo.

Le hacía sentirse segura.

Y recordaba haberse paseado de noche por la casa a oscuras, llamando a su papá, llorando y llamándolo por su nombre. Tendría cinco o seis años. Su madre no se había levantado de la cama, sin duda pasada de alcohol o de algo más potente. Pero Rachel se había quedado levantada toda la noche, y solo había aceptado que su papá no iba a volver cuando habían salido los primeros rayos de sol.

No sabía si su padre había elegido alejarse de sus vidas como decía su madre o si no había podido encontrarlas. Andrea y Rachel habían vivido en distintas partes de Europa desde que Rachel había empezado el colegio. Las conquistas de su madre habían llegado a veces a la prensa amarilla, pero no habrían tenido ninguna importancia en Estados Unidos. Ni Andrea había tenido tanto dinero hasta casarse con Matthias, ni había sido ninguna celebridad.

Incluso su matrimonio con Matthias Demakis solo había sido de interés para un par de revistas de cotilleo en Estados Unidos. Aunque algunos compañeros de universidad se habían enterado de los devaneos de su madre lo bastante como para juzgar a Rachel por ellos, eso no significaba que un hombre que llevaba veinte años sin verla la reconociera en las publicaciones, si acaso leía esa clase de periódico.

Rachel quería creer que su padre era un estadounidense, no consciente de la mala fama de Andrea o de que llevaba mucho tiempo residiendo en Europa. Sin embargo, tenía también que pensar que hubiera podido fallecer, al igual que su madre.

Decidió dejar de pensar en ello mientras terminaba de cerrar la caja con cinta aislante. Por la razón que fuera ella se había quedado sin padre y punto. Totalmente serena, miró a su alrededor en la estancia que había sido el decadente dormitorio, desprovisto ya de la mayor parte de su suntuoso decorado.

Sebastian la había animado a que empaquetara todo para la subasta. Planeaba remozar el dormitorio en un futuro cercano, con la intención de borrar la huella de Andrea de la mansión lo mejor posible. Por supuesto, no se lo había dicho así; desde su discusión de hacía tres días en el estudio había sido de lo más prudente, pero sus sentimientos hacia Andrea Demakis no eran ningún secreto.

Rachel estiró los brazos hacia el techo, muy cansada; después a un lado y al otro, con los ojos cerrados. Le dolían los músculos y le ardían los ojos de cansancio. Llevaba tres días de rodillas empaquetando y ordenando cosas y por la noche no había dormido bien, dedicándole demasiado tiempo a revivir el beso de Sebastian.

Se inclinó hacia delante y tocó con las puntas de los dedos la lujosa alfombra. Entonces se estiró e inclinó la espalda hacia atrás, casi como si hiciera el puente. Fue entonces cuando vio unas piernas cubiertas por unos pantalones de hombre.

A oír la palabrota en griego fácilmente reconocible e igualmente sorpresiva, Rachel perdió el equilibrio y se pegó con la cabeza en el suelo.

Sebastian cayó sobre una rodilla mientras a su apuesto rostro asomaba un gesto de preocupación.

–¿Estás bien, *pedhaki mou*?

No podía hablar, se había quedado sin aliento del golpe, y movió los labios para comunicarle que se encontraba bien.

Un par de manos fuertes la agarraron por los hombros y la sentaron suavemente.

—Gracias —le dijo ella con un hilo de voz.

Él le tocó la nuca con las puntas de los dedos.

—No te está saliendo ningún chichón. ¿Qué estabas haciendo?

Él continuó comprobando que no tenía ninguna herida, pero el roce de sus dedos solo consiguió dejarla temblorosa.

—Estirándome —respondió Rachel mientras sentía un intenso calor en las mejillas.

—Te has caído.

—Porque me has dado un susto —le dijo con voz rasposa—. Por eso he perdido el equilibrio.

—Ah, entonces es culpa mía.

Echó la cabeza hacia atrás para verle la cara, incapaz de dar crédito al humor que detectó en su voz, pero enseguida lo vio reflejado en sus ojos de mirada apasionada.

—Sí —le respondió, intentando ignorar la calidez de esa mirada plateada.

—Entonces debo hacer algo para mostrar el arrepentimiento que siento por haber causado tal contratiempo.

La mandíbula se le paralizó cuando él se agachó y su boca se unió a la suya. No fue un beso apasionado, ni sensual, pero el corazón se le aceleró y el cuerpo le decía que se pegara a él.

Él levantó la cabeza.

—Tienes unos labios muy dulces, Rachel.

Ella se pasó la lengua por los labios, saboreándolo solo a él.

—Gracias.

—Qué cortés —respondió Sebastian.

La besó de nuevo, dejando esa vez que sus labios permanecieran sobre los suyos unos segundos, deslizando la lengua entre sus labios para acariciar la suya.

Se retiró lo suficiente para hablar.

—¿Te he compensado por mi interrupción?

—Sí —respondió Rachel con ganas de continuar besándolo.

—Qué desafortunado...

Cuando Rachel pensaba que aquel hombre era verdaderamente peligroso, él se inclinó hacia delante y la besó de nuevo. Pero justo cuando el beso empezaba a ponerse interesante, la voz de Philipa les llegó desde la puerta.

—¿Está bien Rachel, Sebastian? ¿Qué ha pasado?

Sebastian emitió un chasquido de fastidio antes de responderle a su madre.

—La asusté cuando se estaba estirando y perdió el equilibrio.

—Estoy bien —añadió Rachel, muerta de vergüenza tanto por la imagen de torpe que daba como por el hecho de que acabara de pillarlos besándose.

—¿Estás segura? Sigues en el suelo.

La risa de Sebastian era tan vibrante que Rachel sintió que se hundía más en su embrujo.

—Sigue en el suelo porque aún no la he ayudado a levantarse.

—Ah.

El significado que encerraba esa única palabra pareció molestar a Sebastian, porque repentinamente cambió de humor, su jovialidad se esfumó, y se afanó en ponerse rápidamente de pie y levantarla a ella. Rachel se sintió rechazada y tuvo ganas de recordarle que había sido él quien la había besado.

Aunque tenía que reconocer que ella había sido una participante de lo más espontánea.

—Aristide está aquí. Almorzaremos y después me va a llevar al continente.

—¿Te marchas? —le preguntó Rachel.

—Sí. Debo volver a mi jardín.

—Gracias por ayudarme con las cosas de Andrea.

—Ha sido un placer. Eres una gentil joven. Con la pena que siento por la muerte de mi tío, tú me has ayudado a pensar en el presente, no en el pasado. Soy yo quien debo darte las gracias.

Rachel no sabía cómo reaccionar a los elogios o a la mirada de curioso interés que Sebastian le estaba echando. Se sentía como una polilla en un frasco de cristal, le faltaba el aire.

—Me gustas —consiguió decir por fin.

Philipa sonrió.

—El sentimiento es mutuo.

Afortunadamente, Sebastian dijo algo de que se fuera a refrescar antes del almuerzo, dándole la oportunidad para escapar.

Sebastian observó la apresurada huida de Rachel de la habitación, con las mejillas muy sonrojadas.

—No sabe cómo tomarse un elogio.

—Supongo que no ha recibido muchos por parte de su madre —contestó Philipa mientras bajaban las escaleras.

—No, supongo que no.

—Andrea Demakis nos ha causado mucho daño.

—Sí —respondió Sebastian con voz ronca, deseando que su cuerpo no siguiera encendido por el beso que le había dado a Rachel.

Su madre le echó una de esas miradas que nunca había sabido descifrar.

—Ser la hija de una mujer así ha debido de causarle mucho más dolor a ella.

—Pero no hizo nada para cortar la espiral de inmoralidad en la que su madre estaba metida, sobre todo este último año.

—Tal vez pensó que no tenía influencia sobre ella.

—O tal vez pensó que su propia comodidad era más importante para ella que la de un hombre mayor.

En ese momento Sebastian pudo interpretar sin dificultad la expresión de su madre. La decepción irradiaba de sus ojos oscuros, y él apretó los dientes para no justificar sus acusaciones hacia Rachel. Le daba la sensación de que nada de lo que dijera mejoraría su situación.

Se volvió a saludar a su hermano, pero su madre no había terminado con la conversación.

—¿Y tu comodidad personal te empuja a degradarla al nivel de su madre en tu pensamiento para no ceder a la atracción que sientes por ella?

—Yo no...

Su madre alzó una mano.

—Miéntete a ti mismo, hijo mío, pero no intentes mentir a la mujer que te dio la vida. Rachel no se parece a Andrea en absoluto, pero si tú lo creyeras tu corazón peligraría, y eso te da miedo.

Eso ya era ir demasiado lejos.

—Jamás podría amar a la hija de Andrea Demakis.

—Ay, no...

La expresión abrumada de su hermano lo instó a volverse hacia la puerta.

Rachel estaba allí, con los ojos fijos en él, cargados de dolor.

Capítulo 3

Había experimentado una sorprendente transformación en un momento. Se había recogido el pelo en un moño suelto y se había puesto un vestido verde que hacía juego con sus ojos y que le quedaba más ceñido que el resto de su ropa. La seda verde salvia destacaba unas curvas que momentos antes había estado desesperado por acariciar, y se había aplicado un poco de brillo en los labios. Estaba preciosa y sus labios parecían pedir a gritos ser besados.

Pero por su expresión parecía que eso no volvería a estar a su alcance.

–No quise decir...

Su voz se fue apagando, y por primera vez que él recordara se quedó sin saber qué decir, sin saber qué hacer para eliminar el daño que sus apresuradas palabras habían causado.

Ella volvió la cabeza, desviando la mirada de él, rechazándolo con la postura de su cuerpo con la misma efectividad que si lo hubiera mandado al infierno.

–¿Sería posible que Aristide y tú retrasarais vuestra salida una hora? –le preguntó a Philipa–. Podría hacer la maleta e irme con vosotros. Ya he terminado de empaquetar las cosas de Andrea.

Su madre sorprendió a Sebastian cuando negó con la cabeza.

—Lo siento, Rachel, pero Aristide tiene una cita a la que no puede faltar. Nos vamos directamente después del almuerzo.

Aristide parecía sorprendido, pero asintió.

—Es cierto. Lo siento, Rachel.

—Podría hacer la maleta mientras coméis —sugirió Rachel.

Tanto la sugerencia como la petición inicial de Rachel sulfuraron a Sebastian, sin saber por qué.

—Eso no será necesario. Me ocuparé de que llegues al continente mañana por la mañana.

—Preferiría irme hoy —dijo sin molestarse en mirarlo.

—No tienes por qué tener miedo de quedarte sola en la mansión conmigo.

Ella se volvió y lo miró.

—Eso me lo has dejado bien claro.

—Vamos, almorcemos. Rachel, es mejor que no hagas la maleta apresuradamente. Si lo haces acabarás dejándote algo.

Rachel suspiró con expresión de fastidio pero de aceptación al mismo tiempo.

—Tienes razón. Yo no voy a volver a la isla, de modo que tendré que asegurarme de que me llevo todas mis cosas.

—Siempre serás bienvenida aquí —dijo Philipa en tono firme—. Después de todo, este ha sido tu hogar durante varios años.

—Ahora es la casa de Sebastian, y no me atrevería a molestarlo en modo alguno de ahora en adelante.

Aristide dio la vuelta a la mesa y se adelantó para conducir a Rachel a una silla.

—Las visitas de la familia nunca son una molestia —le dijo con una sonrisa encantadora que Sebastian sintió la tentación de borrar de su apuesto y joven rostro.

—Eres muy amable, pero yo no soy de la familia, en realidad no, y no voy a volver a Grecia, de modo que no se presentará la ocasión —contestó mientras dejaba que él la ayudara a sentarse, para seguidamente empezar a preguntarle sobre su negocio, cambiando de conversación.

Sebastian había sido vagamente consciente de que cuando Rachel se marchara sería para siempre, que era como debía ser. No necesitaba la tentación que suponía tener cerca a la hija de Andrea Demakis, pero solo oírle decir que se iba a marchar con tanta certidumbre lo enervaba inexplicablemente.

Rachel hizo lo posible por ignorar a Sebastian durante el almuerzo, fijándose en su hermano menor y en Philipa. Aristide era encantador, y coqueteó con ella con toda naturalidad mientras los tenía entretenidos con la historia de la visita de uno de sus amigos a Creta.

Sebastian estaba que echaba humo, pero ella no sabía por qué. ¿Qué le importaba que estuviera disfrutando de un coqueteo sin consecuencias con Aristide?

Sebastian había declarado con tanta vehemencia que ella no era merecedora de su afecto, y ella se había sentido tan estúpida por permitirse a sí misma ceder a la tentación de arreglarse un poco para el almuerzo, intentando estar guapa para él. Un hombre que era capaz de besarla hasta dejarla sin sentido y al momento declarar con pleno convencimiento que jamás sentiría ninguna clase de sentimiento hacia ella. ¡Qué risa!

Qué boba había sido.

Deseó haberse podido marchar con el hermano pequeño y Philipa, pero eso no era posible. La madre de Sebastian tenía razón. Rachel se arrepentiría sin duda de hacer la maleta a toda prisa.

Sin embargo, supuso que podría evitar a Sebastian hasta la mañana siguiente cuando la lancha fuera a por ella.

Así que un par de horas después, Rachel estaba en la playa intentando hacer precisamente eso. Hundió los dedos en la arena, deleitándose con la suavidad del sol del atardecer. Era la primera vez en tres días que se relajaba de verdad. Después del almuerzo se había pasado un par de horas guardando sus cosas, asegurándose de que limpiaba cada rincón del dormitorio que había sido suyo desde los diecisiete años.

Y seguía reprendiéndose para sus adentros. Porque cuando había visto un pequeño cofre decorativo en el que había guardado sus recuerdos, había sido incapaz de tirarlos y en ese momento estaban guardados en un lateral de su maleta.

En el cofre había fotos que había acumulado en esos seis años que había durado el matrimonio de su madre con Matthias, de las cuales muchas de ellas eran de Sebastian, una rosa amarilla del ramo que Sebastian le había regalado por su dieciocho cumpleaños y un guardapelo de plata con sus iniciales grabadas que le había regalado cuando había cumplido veintiuno.

Incluso tenía un gemelo de ónix que él había tirado a la papelera del despacho cuando había perdido el otro. Ella lo había sacado y lo había guardado entre sus recuerdos. Era uno de los gemelos que había llevado en su dieciocho cumpleaños, la primera vez que había bailado con ella.

Se negaba a analizar demasiado por qué eso tenía para ella tal significado emocional, del mismo modo que no quería pararse a examinar su rechazo público de ese mediodía.

Bostezó y se relajó sobre la arena, dejando que sus cansados músculos se aflojaran también. El silencio la rodeaba, enfatizando la diferencia entre las playas del sur de California y esa donde estaba. La isla era propiedad privada, y aunque al norte existía un pequeño pueblo, sus habitantes nunca franqueaban las playas de la mansión de los Demakis.

Había nadado allí tranquilamente, sabiendo que ningún hombre la miraría, salvo cuando su madre había dado fiestas.

Pronto se iría de allí para siempre. No volvería a Grecia, ni vería más a Sebastian, ni tomaría el sol en un sitio tan silencioso y pacífico como aquel. Su corazón se contraía, rebelándose ante sus pensamientos.

–Eugenie me ha informado de que tienes planeado tomar algo en tu habitación en lugar de cenar conmigo.

Abrió los ojos y vio a Sebastian cerniéndose sobre ella.

–¿Qué estás haciendo aquí? –le preguntó.

–Está claro que he venido a buscarte.

–Ah. ¿Y por qué? –le preguntó ella.

Él frunció el ceño.

–¿De verdad es tanto sacrificio que compartas la última cena que vas a hacer en Grecia conmigo?

–No imaginaba que quisieras disfrutar de mi compañía.

–No seas tonta. Eres una invitada en mi casa.

Y la hospitalidad griega no permitía que nadie comiera solo en una habitación; no tenía nada que ver con ella o con que él quisiera su compañía.

–No te preocupes por mí –le dijo ella–. No tienes por qué divertirme en mi última noche aquí.

Él la miró de arriba abajo con sus ojos gris oscuro y entonces sonrió.

–Tal vez desee hacerlo.

Volvía a ser el encantador millonario griego, pero como ella seguía dolida por su promesa de que jamás podría amar a la hija de Andrea Demakis, no pensaba aceptar.

Se puso de pie y sacudió la arena de sus amplios pantalones.

–No hay necesidad. Estoy cansada y me vendría bien acostarme temprano.

–Es imposible que estés pensando en meterte en la cama ahora –le dijo claramente horrorizado, como solo podría hacerlo un hombre que solo dormía cinco horas por la noche–. Si todavía no ha caído el sol.

–No me voy a dormir en este momento –aunque estaba tan cansada que casi le apetecía–. Pero tampoco me voy a quedar levantada para cenar tarde como tenéis costumbre en Europa.

–¿Tu vuelo sale temprano? –le preguntó él.

¿Por qué seguía insistiendo? Que pasara o no su última noche con él no debería importarle.

–No lo sé –reconoció–. No sabía cuánto tardaría en poner en orden las cosas de Andrea, de modo que no he reservado el billete de regreso. Lo haré cuando llegue mañana a Atenas.

–Entonces, ¿por qué esa prisa por marcharte?

Nunca le habían gustado los juegos y no iba a empezar en ese momento.

–Sebastian, tú no me quieres aquí ni yo quiero quedarme. Esa sería razón suficiente; aunque también está que debo regresar al trabajo.

–Yo no he dicho que no te quiera aquí.

No, simplemente había dicho que jamás podría amarla.

–Soy hija de Andrea, y tú odiabas a mi madre.

–Odiaba la influencia que tenía sobre mi tío abuelo y cómo lo despojó de su dignidad.

–Lo cual solo quiere decir que cuanto antes te deje en paz, mejor. Así podrás olvidarte de Andrea y de la hija.

–Jamás lo voy a olvidar. Matthias está muerto porque Andrea entró en su vida.

–Entonces está claro que no necesitas un recordatorio viviente de tu dolor –se volvió y echó a andar por la arena caliente hacia las escaleras que conducían a la mansión.

–Espera.

Ella continuó avanzando, pero él la alcanzó y la agarró de la muñeca.

–Maldición, he dicho que esperes.

Ella se volvió hacia él, a punto de explotar.

–Y yo que no quiero. Ahora suéltame.

Tiró sin conseguir nada.

—Lo siento —dijo Sebastian.

—No necesito que te disculpes por la verdad; solo quiero que me dejes en paz.

—Mi madre me estaba arrinconando, y no me gustó —dijo Sebastian con emoción, perdiendo la serenidad que lo caracterizaba—. No me enorgullezco de decir algo que hace daño.

—¿De qué estás hablando?

—Lo sabes muy bien —dijo él subiendo el tono con impaciencia—. De lo que me oíste decir antes del almuerzo.

Ella lo miró con mucha seriedad.

—Deja que te repita que no debes disculparte por decir la verdad. Tal vez duela, pero es una herida limpia que se curará mejor que el dolor nacido de la mentira.

Después de llevar toda la vida siendo la hija de Andrea, ella lo sabía muy bien.

Él le puso la mano en la mejilla, con gesto protector.

—¿Y te ha dolido oírme decir que nunca podría amarte?

—Sí —dijo, recordándose que hacía mucho tiempo se había prometido a sí misma que sería lo más sincera posible consigo misma—. ¿De verdad necesitamos analizarlo?

—Quiero saberlo.

—¿Para qué, para poder deleitarte con ello? ¿Necesitas escuchar que soy lo bastante tonta como para preocuparme por ti, para que te envanezcas?

—No es por nada de eso.

—No te entiendo, Sebastian —tragó saliva para aliviar el dolor de garganta—. Tú me besaste en el dormitorio de Andrea. Y la otra noche, fuiste tú quien me besaste en la playa y me tocaste. Estuvimos a punto de hacer el amor, por amor de Dios, pero después vas y le dices a tu madre que nunca podrías amarme.

—El sexo no es amor —le dijo él mientras le acariciaba la mejilla y continuaba suavemente por el cuello.

En eso ella no tenía experiencia, pero había visto lo suficiente en su vida para saber que estaba diciendo la verdad. Pero esa fue otra verdad que le dolió porque sus palabras le confirmaban que lo que sentía por ella era puramente físico.

—Te deseo —dijo Sebastian.

—Yo no soy mi madre.

Detestaba que él relegara algo tan importante a la simple satisfacción de un deseo básico.

—No, no lo eres.

Se apartó de él, incapaz de creerlo. Había dicho totalmente lo opuesto en los últimos cuatro días.

—Necesito marcharme.

—Quiero que pases la noche conmigo.

Ella abrió la boca, pero no le salió nada. Cada palabra que él decía era como un cuchillo afilado sajándole el corazón, y su esperanza se desangraba.

—No.

—No lo he dicho en serio —le dijo él con frustración.

—¿No quieres pasar la noche conmigo? —le preguntó con un sarcasmo que le dolía tanto a ella como se burlaba de él.

—Te aseguro que sí, pero no dije en serio lo que le dije a mi madre.

—¿De verdad crees que merece la pena que tu integridad como persona se ponga en tela de juicio por el sexo?

—No es así.

—Sí que lo es.

—Por favor, Rachel.

Ella se quedó atónita de oírle rogar.

—Entonces, ¿cómo es? —le preguntó sin saber por qué lo hacía.

—No puedo ignorar mis sentimientos hacia ti solo porque seas la hija de una mujer que trajo dolor a mi familia.

—Pues claro que sí. Es lo que se hace en Grecia —respondió ella, pensando en aquel concepto de venganza tan antiguo como el principio de los tiempos.

–No, no puedo ignorarlos –reconoció con reticencia.

–¿Tienes sentimientos hacia mí? –dijo ella con un hilo de voz.

Él apretó los dientes.

–Cena conmigo y acompáñame durante esta velada.

Parecía que no iba a reconocer sus emociones, pero había dicho las palabras. Sus sentimientos no podían ser ignorados.

–¿Y mañana?

–No tienes reserva de avión.

–Pero...

–No tienes por qué marcharte inmediatamente.

–Yo...

Él le puso el dedo sobre los labios.

–Calla... No pienses –le dijo con la mirada más ardiente que el sol–. El pasado, pasado está; pero nosotros existimos en el presente y quiero explorar lo que hay entre nosotros.

Al igual que no había podido olvidar sus recuerdos, tampoco podía negar lo que estaba diciendo.

–De acuerdo.

Su sonrisa la dejó sin aliento y entonces sus labios terminaron de hacer el trabajo, uniéndose a los suyos con una sensualidad hipnótica que la dejó aturdida hasta mucho tiempo después de que la acompañara a su dormitorio para que se preparara para su cita para cenar.

Se puso un vestido que Andrea le había regalado, uno que había dejado en Grecia cuando se había marchado a Estados Unidos. Era corto, unos cinco centímetros por encima de la rodilla, y de un elegante crepé negro, con los hombros al aire y un escote sencillo pero atractivo que le ceñía los pechos.

Se sentiría totalmente incómoda si tuviera que llevarlo con otro hombre; pero con Sebastian era distinto, a pesar de todo lo que había pasado desde el funeral. Estaba empezando a aceptar que siempre lo sería. Al menos para ella.

Y por esa razón estaba dispuesta a explorar esa atracción que existía entre ellos. Si no era con Sebastian estaba segura de que no sería con nadie. No solo por lo que le había pasado a los dieciséis años, sino porque el vínculo emocional que tenía con él había aumentado con el paso de los años, aunque ella había intentado no alimentarlo no volviendo ni a Grecia ni a la isla.

¿Qué posibilidades tenía de que esa atracción disminuyera si no volvía a verlo? Ninguna. Y si lo amaba a él no iba a enamorarse de otra persona.

En realidad, no quería.

Además, le había dicho que tenía sentimientos hacia ella; y proviniendo de un hombre como Sebastian, tan orgulloso y poco comunicativo en ese sentido, era un reconocimiento enorme.

Se maquilló con extremo cuidado y se cepilló el pelo hasta que le brilló la melena para después hacerse un moño que añadía elegancia a su atuendo.

Cuando entró en la sala inmediatamente percibió la apreciación en su mirada. Sus miedos se desvanecieron bajo el calor de esa mirada ardiente mientras él la invitaba a acercarse a él.

Cuando llegó a su lado, él se inclinó, le puso las manos en los hombros y la besó en ambas mejillas.

–Estás preciosa.

–Gracias.

Rachel pensó que él también estaba muy guapo con un traje oscuro hecho a medida sin duda. Se había puesto corbata, algo que raramente hacía para cenar en casa con la familia, y se dio cuenta de que él también se había arreglado para la ocasión.

Le ofreció algo de beber y al rato Eugenie los llamó para que fueran a cenar. Se pasaron la cena charlando con facilidad de diversos temas.

—Entonces, ¿por qué trabajas de contable?

—¿Y por qué no? —le respondió ella mientras tomaba un sorbo de vino, más relajada con él en ese momento de lo que se había sentido jamás.

—Antes pintabas.

—Y todavía lo hago.

—Entonces, ¿por qué no trabajar en algo donde puedas poner en práctica tu creatividad?

—Me gusta mi trabajo. No me exige demasiado y el ambiente es tranquilo.

—¿Y no sería igual de tranquilo el estudio de una artista?

—No soy tan buena. Además, es casi imposible vivir del arte.

Se había dado cuenta hacía tiempo de que necesitaba unos ingresos fijos si quería vivir independiente de su madre.

—Matthias te habría mantenido.

Solo de pensarlo se estremeció. El precio habría sido tener que vivir con Andrea.

—No quería que nadie me mantuviera. Quería hacer las cosas a mi manera.

—Eso es encomiable —dijo Sebastian.

Pero había cierto matiz en su tono de voz que no consiguió entender.

—Gracias. Pero me encanta mi trabajo. Los números son seguros, no dan problemas.

—¿Y tú?

—Siempre hay una persona dramática en cada familia. Nosotros teníamos a Andrea. Yo tengo un carácter más equilibrado.

—No sé... —dijo él en tono pensativo.

—¿Alguna vez me has visto dándome un ataque, por ejemplo? —le preguntó ella algo molesta.

Su discusión de horas antes no contaba. Había sido mutua, y no una rabieta porque sí; además, él la había provocado abiertamente.

—No, pero nunca te había visto reaccionar apasionadamente antes de la otra noche en la playa.

—No es lo mismo.

Él se encogió de hombros como si el tema no le importara.

—Tal vez no.

Pero un rato después la conversación retomó el tema de su trabajo.

—No puedes conocer a muchos hombres trabajando en un gimnasio para mujeres —le dijo él.

—No.

Y lo prefería así.

—Me alegro —comentó Sebastian.

—¿Por qué?

—Soy un hombre posesivo.

—Pero yo no te pertenezco.

—¿Ah, no?

El mero hecho de pensar en pertenecerle a un hombre que jamás le pertenecería a ella no era muy alentador, de modo que Rachel ignoró su pregunta.

—¿Cuánto tiempo te vas a quedar en la isla? —le preguntó ella.

—Unos cuantos días más. Debo regresar a Atenas.

—¿Tu empresa te necesita?

—Tengo a personas muy eficientes al mando, y aquí estoy en contacto permanente. Continuo trabajando de tanto en cuanto, pero hacerlo indefinidamente no sería bueno.

—Entonces, ¿por qué te has quedado? —le preguntó con curiosidad.

—¿No lo adivinas?

—Supongo que será por toda esa hospitalidad griega.

Después de todo, su madre había estado hasta esa misma mañana, y ella todavía estaba allí.

—Tenía mis razones para hacerlo.

—¿No querías que la hija de Andrea se largara con la plata en tu ausencia?

Él no se rio como ella habría esperado, sino que negó con la cabeza y la miró con expresión sombría.

—Entonces, ¿por qué?

—Tú estás aquí, y me he dado cuenta de que no puedo evitar querer estar aquí también.

No parecía muy contento con ello, pero aun así sus palabras conmovieron a Rachel.

—Es un instinto —le dijo ella, contenta de no ser la única afectada por ello.

Él frunció el ceño, pero su mirada le causaba estremecimientos.

—Sí, lo es.

Después de la cena la condujo a la terraza, donde sonaba una suave y romántica música de blues por los altavoces estratégicamente colocados.

—Baila conmigo —la invitó él mientras la abrazaba.

No había bailado con él ni con nadie desde su dieciocho cumpleaños, pero él no le estaba pidiendo que bailara un vals o algún baile complicado; simplemente se bamboleaba con sensualidad al son de la música, con las manos rodeándole la cintura con naturalidad.

Rachel deslizó las manos debajo de su chaqueta hasta su pecho, donde las apoyó y se relajó sobre su cuerpo. Y a pesar de que una parte de sí le decía que aquello no era lo más apropiado, su instinto se alzaba para reclamar lo que más deseaba. Se sentía tan bien entre los brazos de Sebastian, a pesar de ser algo tan extraño.

La lógica le decía que Sebastian Kouros podría tener las mujeres que quisiera, ya que era guapo y sexy a rabiar. Y seguramente sería cinco veces más rico de lo que lo había sido su tío abuelo. Un partido perfecto, pero jamás se involucraría con Rachel en serio por muy fuerte que fuera su deseo de poseerla. Era demasiado cauto.

Y ella era la hija de Andrea Demakis.

Una canción hilaba con la siguiente, y sus cuerpos se movían como uno solo, consiguiendo que toda ella vibrara de ardiente deseo. Él también estaba afectado. La prueba de su deseo le presionaba el estómago mientras deslizaba las manos poco a poco hasta abrazar su trasero con suave intensidad.

Su baile, si podía llamarse así, se reducía a un leve movimiento a un lado y al otro al tiempo que su femineidad y su masculinidad se rozaban. Ella tenía la mejilla apoyada en su pecho y distinguía el rítmico y fuerte latido de su corazón. Frotó la cara sobre su pecho, deleitándose con la suave tela de su camisa y la sensación del vello rizado que había debajo.

Estaba en un estado de delicioso aturdimiento cuando él se apartó de ella repentinamente.

—Si no te mando a la cama, acabaré metiéndome en ella contigo.

Ella se tambaleaba, pensando que eso era lo que más deseaba.

—Cuando vengas a mi cama, estarás segura de que es ahí donde quieres estar.

Sebastian había dicho «cuando», no «si», pero no iba a reprender su arrogancia. Aun sabiendo que seguramente sería un suicidio emocional, solo el miedo de echarse atrás en el último momento le impidió decírselo.

***

Bajo el chorro de agua fría de la ducha Sebastian se lamentaba de su propia estupidez. No sabía qué era más estúpido, si haberse dejado llevar de tal modo por su instinto sexual, o si no haberse aprovechado de la evidente disposición de Rachel.

¿Por qué demonios le había insistido para que se quedara en la isla?

Por instinto.

Ella lo había dicho, pero la palabra era suya. Su deseo por Rachel era un instinto que ya no podía ignorar. La deseaba e iba a hacerla suya, pero era algo más que un mero deseo sexual lo que lo empujaba, y eso le molestaba.

El sexo no era peligroso. La emoción, la que surgía entre un hombre y una mujer, no tenía sitio en su vida.

Capítulo 4

Los tres días siguientes fueron una auténtica maravilla para Rachel. Sebastian y ella se pasaban las mañanas juntos, nadando y explorando la isla. Incluso la llevó de pesca, y al final ella consiguió pescar más que él. Las tardes quedaban reservadas para el trabajo hasta que se ponía el sol. Cenaban y pasaban el rato juntos hasta que cada uno se iba a su cama.

Dejaron totalmente de lado el tema de su madre y el tío abuelo de él, lo cual significaba que no hablaban nada del pasado. Por esa razón, ella tampoco le contó lo que le había pasado a los dieciséis años.

Philipa llamó el primer día, y al enterarse de que Rachel seguía allí quiso hablar con ella. A partir de ese día hablaron todas las demás tardes. A Rachel le encantaba charlar con la madre de Sebastian. Philipa la trataba como a una amiga cuyo cariño valorara, casi como si fuera un miembro de la familia, y eso le gustaba.

Algún día tendría que volver al trabajo, pero en esos momentos no era capaz de pensar en que tenía que dejar atrás a Sebastian y la relación que había empezado a surgir entre ellos.

Cuatro días después de marcharse Philipa, por la mañana, Sebastian llegó a la mesa de desayuno con la mirada tensa.

–¿Qué ocurre? –le preguntó ella después de que él se inclinara a besarla en los labios.

–Tengo que atender un negocio en Atenas y debo ir hoy.

A ella se le fue el alma a los pies.

–Entiendo. Supongo que será mejor que busque un vuelo para regresar a casa.

Él la miró muy serio.

–¿Eso es lo que quieres?

–Debería volver a California. No sé cuánto tiempo me van a guardar el puesto.

–Solo llevas una semana en Grecia. Sin duda tienes derecho a tomarte más tiempo por el fallecimiento de un familiar.

–No tiene sentido que me quede sola en la isla. He terminado todo lo que tenía que hacer aquí.

–Podrías venirte a Atenas conmigo.

Las palabras cayeron como piedras en el silencio que los rodeaba, y ella lo miró desconsolada. La estaba invitando a dar un paso más en su relación. Atenas significaba el mundo real, y él quería llevársela allí con él.

Toda su vida se había dejado llevar por la razón, y aunque su estilo de vida totalmente contrario a lo que había sido el de su madre daba buena cuenta de ello, se sentía sola. Deseaba a Sebastian desde que lo había conocido años atrás, y era en ese momento cuando tenía una oportunidad ante ella.

Ignorarla sería cerrar la puerta a su corazón, que le pedía a gritos que cruzara aquel umbral.

–Me encantaría.

Él le regaló una sonrisa que ella no pudo evitar devolverle.

–Entonces vamos a prepararlo todo.

Cuando llegaron a Atenas, el conductor de la limusina dejó a Sebastian delante de su edificio y después la llevó a ella a su apartamento en una zona exclusiva a las afueras de la ciudad.

El chófer desapareció con su equipaje y una mujer griega de mediana edad le ofreció un refresco. Rachel lo rechazó, más interesada en explorar el santuario de Sebastian que en ninguna otra cosa. El ama de llaves asintió y volvió a afanarse en lo que fuera que estaba haciendo cuando Rachel había llegado.

Su casa era grande y bellamente decorada, y el salón lo bastante espacioso como para meter su casa entera de California. Tenía un comedor bien grande, un salón con una televisión de plasma enorme, donde una buena parte de un extremo de la sala estaba dedicada a la lectura, con altas librerías y varias sillas de lectura a juego.

Todos los muebles eran bastante tradicionales, en maderas oscuras y suaves. Se veía que a su decorador le gustaban los tonos neutros con unos cuantos toques de color aquí y allá, lo cual encajaba con la vibrante personalidad de Sebastian.

Pasó al primer dormitorio que había en el pasillo mientras se preguntaba si había hecho bien yendo a Atenas con un hombre que era de todos conocido que le tenía fobia a los compromisos. Aunque no hubiera despreciado a su madre, no era nada seguro en el plano emocional.

La habitación en la que entró era una habitación de invitados totalmente amueblada, pero no vio allí su maleta.

La habitación siguiente había sido transformada en un completo despacho con todo lo necesario: ordenador, impresora, fax y un teléfono con tres líneas. No pensó que él fuera a molestarse por que utilizara el ordenador para ver su correo, de modo que lo encendió, envuelta aún en el torbellino de caóticos pensamientos que la acompañaban desde que había decidido acompañar a Sebastian a Atenas.

Había tan pocas posibilidades de futuro entre ellos que prácticamente era inexistente. Sin embargo, los sentimientos que tenía hacia él le exigían que no se apartara de su lado a pesar de esas esperanzas nulas.

Lo amaba.

No podía negarlo. Ninguna otra razón podría explicar su incomprensible decisión de quedarse en la isla para empezar y de acompañarlo a Atenas sabiendo el poco interés que tenía en las relaciones estables.

Resultaba terriblemente irónico que se hubiera enamorado del único hombre que por culpa del comportamiento de su madre estaba destinado a apartarse totalmente de cualquier mujer de la familia Long. Pero había personas a las que les tocaba la lotería, y tal vez ella pudiera ganar también en el amor.

Le llevó solo un momento comprobar su correo a través de su página web. Había varios mensajes; en realidad tantos, que sin darse cuenta estuvo a punto de borrar uno de una amiga de su madre y enviarlo a la papelera de reciclaje. Lo abrió esperando encontrar una expresión de condolencia por la reciente pérdida. Pero en lugar de eso, el correo era una diatriba apenas coherente sobre Matthias Demakis y su amenaza de divorciarse de Andrea. Solo entonces Rachel se dio cuenta de que el mensaje había sido escrito el mismo día del accidente. No lo había recibido antes de salir de viaje, y en ese momento deseó haberlo borrado sin leerlo.

Aparentemente, Matthias se había hartado del escandaloso comportamiento de su esposa y le había hablado de su intención de divorciarse de ella, dejándole tan solo una pequeña pensión. Nada que le hiciera posible seguir llevando su decadente estilo de vida. La amiga de su madre creía que la obligación de Rachel era ir a Grecia a estar al lado de Andrea en aquellos momentos de necesidad.

Solo de pensarlo, Rachel sintió náuseas.

Jamás había considerado a Matthias como alguien a quien sacarle lo máximo posible, y detestaba que todo el mundo asumiera que ella pensaba así solo por ser la hija de Andrea. Jamás habría peleado para que Andrea recibiera más dinero de un hombre que ya le había dado más de lo normal en sus años de matrimonio.

El resto de sus correos no eran muy interesantes y terminó de leerlos en pocos minutos.

Después continuó su investigación. Al otro lado del pasillo estaba el dormitorio de Sebastian. Era muy masculino, casi podía sentir su presencia entre el decorado en tonos vainilla y marrón chocolate. Pasó varios minutos deleitándose con el lujo de estar en su santuario más íntimo.

Encontró su maleta en la habitación contigua, donde la decoración era decididamente femenina. Esa pieza en tonos azul pálido y melocotón que se combinaban con madera blanqueada, era distinta a las demás habitaciones de invitados. ¿Acaso la había mandado diseñar para la comodidad de sus amantes?

Pero no podía imaginar que invitara a mujeres a pasar la noche en su casa con las que no planeara compartir su cama. A lo mejor la había puesto así para cuando lo visitara su madre; eso sería más propio de su carácter.

El hecho de que hubiera dado la orden de que dejaran su maleta en esa habitación indicaba que respetaba su derecho a elegir si y cuándo debían mantener una relación física. Agradecía que Sebastian no asumiera que se iba a acostar con él de inmediato. Sin embargo, sabía que si se quedaba en ese apartamento un tiempo no dormiría en la preciosa cama de matrimonio de la impresionante habitación de invitados.

Sebastian se frotó los ojos y se arrellanó en el asiento. Había sido un día muy largo, con una agotadora reunión tras otra.

La idea de irse a su apartamento y de ver a Rachel era de

lo más tentadora, pero se dijo que debía abrir el correo antes de marcharse. Vio que solo había unas cuantas cartas, aunque algunas tenían más de una semana.

Desde la isla se había ocupado de los asuntos de negocios con facilidad, pero le había dicho a su secretaria que no le enviara allí la correspondencia personal porque había esperado estar de vuelta mucho antes de lo previsto. Después no se había dado cuenta de rescindir esa orden.

¿Y por qué no se había acordado...? Pues seguramente porque había estado demasiado distraído con la mujer que lo esperaba en su apartamento. La había llamado dos veces esa tarde, como un chiquillo enamorado. Ella le había respondido como si ello le hiciera muy feliz, y seguramente estaría oyendo ya campanas de boda.

Solo podía culparse a sí mismo por meterle esas cosas en la cabeza. No debería animarla a pensar que su relación era distinta a las demás para él, porque no estaba preparado para el matrimonio y una relación de amor estaba fuera de sus prioridades durante los próximos cien años.

Se había acercado mucho a ello en una ocasión con una mujer muy parecida a Andrea Demakis, pero se había retirado a tiempo y había pagado por su estupidez. Entonces se había prometido a sí mismo que no permitiría que ninguna mujer dominara su vida. El matrimonio de su tío solo había conseguido reforzar esa creencia.

No quería casarse, y estaba seguro de que no iba a enamorarse.

Tomó una carta cuyo sobre parecía que estaba escrito con la letra de Matthias. La dirección del remite estaba borrosa pero... No. No podía ser.

Lo era. La carta había sido escrita por su tío abuelo antes de su muerte, sin duda. El sobre era grueso, y Sebastian vaciló al abrirlo. No quería leer algo que se añadiera a sus ambivalentes sentimientos hacia Rachel. Detestaba la confusión, y eso era lo que parecía imperar en sus sentimientos hacia ella.

Pero él era un hombre, no un cobarde, de modo que abrió el sobre y sacó una carta de varias páginas. Media hora después, las hojas de la carta estaban desordenadas sobre su mesa, y él sentado en asombrado silencio, intentando asimilar lo que acababa de leer.

Su tío abuelo se había enterado de quién era su joven esposa, solo que demasiado tarde.

No solo reconocía Matthias en la carta el terrible error que había cometido casándose con Andrea, sino que también le preocupaba que si su mercenaria esposa pensara que iba a ganar con su muerte, él sabía que no duraría mucho. Por ello había cambiado su testamento para desheredar a su esposa.

El reconocer ese tremendo error de juicio y el verse obligado a tomar la decisión consecuente debía de haber sido terrible para el orgullo del viejo griego, y al leer sus palabras, Sebastian se sintió físicamente enfermo.

Matthias le había informado a Andrea de su cambio del testamento y de su intención de divorciarse de ella. No era de extrañar que se hubiera puesto tan histérica. No tenía nada que perder y un enorme sentimiento de venganza. Dándose cuenta de ello, Matthias le había escrito una carta a Sebastian para que, en el caso de que muriera antes de que se divorciara, su sobrino supiera que, en lo tocante a él, Andrea no tenía derecho a reclamar el trato que se le daría a una viuda en la familia.

Se quedó mirando la carta mientras la sensación de náusea en el estómago se convertía en un nudo de tensión.

¿Le habría dicho Andrea a su hija que Matthias tenía la intención de desterrarlas de su vida? ¿Habría Rachel conspirado con Andrea para conseguir el mejor acuerdo de divorcio posible?

Apretó los dientes mientras rechazaba la idea. Rachel no se parecía en nada a su madre. ¿Acaso no se lo había demostrado ya de muchas maneras?

Su mente racional le recordaba que su tío había sido engañado por una falsa impresión de inocencia. Matthias se había casado con Andrea para protegerla, y solo después de casado se había dado cuenta de que lejos de ser ella la víctima, Andrea había sido el depredador. ¿Estaría siendo él igual de ingenuo en su trato con la hija?

Después de su matrimonio con Andrea, Matthias se había enterado de que, lejos de ser una víctima, era adicta al sexo, al alcohol y a otras sustancias.

Pero Rachel no era así. Ella jamás bebía. No coqueteaba y no mentía. Decía la verdad incluso cuando le daba vergüenza. Deseaba a Sebastian, pero no había intentado utilizar el sexo para manipularlo.

Era tal vez una de las pocas mujeres sinceras que conocía.

Solo de pensar en todo eso sintió más ganas de llegar a casa.

–¿De dónde sale ese olor tan delicioso?

Rachel se volvió de la cocina donde había estado añadiendo momentos antes especias a una sartén de pollo al curry y se pegó contra Sebastian.

Con las manos agarrándole los brazos, inclinó la cabeza hasta que sus labios casi rozaban los suyos para decirle:

–Este es sin duda el modo en que a un hombre le gusta ser recibido después de un duro día de trabajo.

Entonces su boca terminó de descender sobre sus labios con pausada efusión. Se apoyó sobre él y se agarró a sus hombros, contenta de que él la tuviera agarrada por los brazos. No le quedaban ya defensas contra él, y su cuerpo empezaba a hacer enfáticas afirmaciones de deseo en sitios secretos y delicados.

Debía de haberse tomado una copa de *ouzo* recientemente, pensaba con aturdimiento, puesto que el sabor a regaliz le impregnó las papilas gustativas cuando él le deslizó la lengua en la boca. Le encantaba su sabor, el aroma y el tacto de su cuerpo musculoso pegado al suyo. Sus sentidos estaban llenos a rebosar con su presencia.

El tiempo dejó de significar nada, mientras unos firmes labios masculinos moldeaban los suyos con un beso embriagador tras otro. Le deslizó las manos de los brazos a la espalda, presionando su cuerpo ya flexible contra el suyo firme.

Se oyó un zumbido de fondo, pero ella ni siquiera pensó en lo que podría ser, y tampoco le importaba.

Sin embargo, Sebastian apartó sus labios de los de ella, arrancándole con ello un gemido de protesta mientras intentaba capturar de nuevo su boca con labios ávidos.

La besó una vez más con firmeza para seguidamente apartarla de él.

—Creo que algo se ha terminado de hacer —dijo Sebastian.

—¿Qué...?

—La cena, *pethi mou* —le dijo mientras le daba la vuelta para que mirara la cocina.

Entonces ella se enteró. El curry. Apagó rápidamente el quemador y sacó del horno el flan que había hecho de postre. Nada parecía quemado, y suspiró de alivio.

—Espero que te guste el curry.

—Me encanta, pero no tenías que cocinar —dijo Sebastian—. Le pedí a mi ama de llaves que te dijera que cenaríamos fuera.

—Sí, pero la última vez que he hablado contigo parecías tan cansado que he decidido cocinar yo.

—Y me has sorprendido.

—Bien. Esa era mi intención.

Sebastian se dio una ducha mientras ella ponía la mesa.

Cuando se unió a ella en el comedor con unos vaqueros y una camisa de algodón, parecía un anuncio para alguna revista de moda masculina. Estuvo a punto de ponerse a babear.

–Nunca he estado con una mujer que cocinara para mí –observó las fuentes de arroz, de pollo al curry y de verduras a la plancha–. Es una experiencia nueva.

Ella empezó a servir la comida.

–¿Buena o mala?

–Buena, desde luego. Me hace sentirme mimado –estiró la mano y le acarició el brazo, poniéndole carne de gallina–. Suelo ser yo el que prodigo los mimos.

No le gustó el recordatorio de que tenía más compañeras de cama que corbatas de seda, y además le hacía sentirse insegura.

Sirvió su plato sin mirarlo a los ojos.

–Estoy segura de que las otras mujeres que hay en tu vida son demasiado sofisticadas como para disfrutar de una comida en casa y después una película antigua en la televisión.

Debía de parecerle tan rara. Sabía que las mujeres de su mundo no hacían las cosas de la casa, entonces, ¿por qué lo había hecho ella?

Pues porque le gustaba, y porque su amor recientemente reconocido le había exigido un modo de expresión.

–¿Entonces esa es la propuesta para después?

–¿El qué? –alzó la cabeza y se miraron a los ojos.

–La película.

–Si tú quieres, sí.

Él sonrió, y parte de la tensión que ella sentía dentro se disipó.

–Quiero.

Tomó un bocado de su plato con expresión de deleite, y ella siguió su ejemplo.

—¿Cómo sabías que me gustaban las películas antiguas? —le preguntó él unos minutos después.

—No lo sabía, pero me alegro —respondió Rachel—. Pero no tenemos por qué ver una si no quieres. Esto debe de parecerte bastante soso.

Señaló la mesa y su propio atuendo. Llevaba una falda vaquera caqui por la rodilla y un top de ganchillo. Un atuendo estupendo para su casa de California, pero sin duda torpe para cenar con un hombre como Sebastian. Claro que ya no podía correr a su habitación a cambiarse, era demasiado tarde.

Sebastian había dejado de comer y la estaba mirando. Ella hizo una pausa con el tenedor a medio camino entre el plato y la boca y lo miró.

—¿Qué?

—Me gusta —respondió él.

—¿Te gusta? —repitió Rachel, que empezaba a darse cuenta de que esa noche no se estaba enterando mucho de la conversación.

—Me gusta que me mimen. Me encanta que hayas hecho todo esto por mí y me gusta la idea de pasar un par de horas acurrucados en el sofá mientras vemos juntos una película antigua.

—Yo no encajo bien en tu mundo, Sebastian.

Tampoco había encajado nunca en el de su madre. No era del tipo rica y famosa.

—¿No acabo de decirte que me gusta todo esto? —le dijo con confusión.

—Sí, pero solo lo dices por ser amable.

—Lo estoy diciendo de corazón —la miró con el ceño fruncido—. No estropees una noche especial dudando de mi sinceridad.

Ella se quedó sin aliento.

—¿Especial?

—Sí, especial. Lo creas o no, el esfuerzo que has hecho es muy especial para mí. Me gusta —dijo con énfasis.

Finalmente lo creyó.

—Me alegro. Quería que te sintieras mimado, pero no se me ocurrió hasta que llegaste a casa que podrías haberle pedido a tu ama de llaves que te preparara la cena de haberte querido quedar en casa.

—Pero tú lo has hecho porque querías que me relajara. Porque te importo.

Y se enterneció al ver que había tocado su punto débil, que aquel magnate apreciaba el toque personal. Así que le sonrió.

—Y la noche no ha hecho más que empezar; esta maravillosa cena solo es el principio.

Ella tragó con rapidez al ver su mirada de deseo. No pensaba que se estuviera refiriendo a una película. Si aquello era lo que ella sospechaba, no se lo negaría. No podía ya.

Lo amaba y, si alguna vez iba a hacer el amor con un hombre, ese sería Sebastian Kouros.

De pronto se pasó la lengua por los labios, repentinamente resecos y se obligó a hablar.

—Esta noche puede ser todo lo especial que tú quieras que sea.

El reconocimiento y el deseo brilló en sus ojos antes de que una expresión sombría los oscureciera.

—Te deseo, pero no te estoy proponiendo en matrimonio.

Le estaba diciendo que apreciaba lo que había hecho esa noche, que seguramente disfrutaría aún más del uso de su cuerpo, pero nada de ello alteraba la verdad entre ellos dos.

No tenían futuro.

—Nunca pensé que fueras a hacerlo. ¿Cómo ibas a hacer eso? Soy la hija de Andrea, y lo último que tú o tu familia necesitáis es un recordatorio constante del dolor que mi madre causó a tu familia.

Él abrió la boca para decir algo, pero Rachel se levantó de la mesa, deseosa de poner fin a aquella conversación.

–Voy a por el postre.

–Rachel, no te lo he dicho para hacerte daño, pero no sería justo llevarte a la cama sin dejar claros primero mis términos.

–Pues claro.

Pero le había dolido de todos modos, y no podía evitarlo, del mismo modo que él no podía evitar no amarla.

Sebastian observó a Rachel desaparecer por la puerta del comedor hacia la cocina, lleno de frustración. De haberlo intentado, no lo habría hecho peor.

Con sus palabras parecía como si acostarse juntos no fuera más que un encuentro sin sentido entre dos personas que solo querían desquitarse sexualmente. Y no era eso. No la amaba, no podía casarse con ella, pero la deseaba con una intensidad que no había experimentado con ninguna otra mujer.

Eso era lo que debería haberle dicho, y no la afirmación sin tacto alguno sobre una proposición de matrimonio posterior.

Cuando ella volvió con el postre no le dio la oportunidad de rectificar su error, manteniendo un flujo de animada conversación sobre la película que iban a ver y sobre cómo su amable ama de llaves le había cedido su puesto en la cocina y sobre lo mucho que le gustaba la decoración del apartamento.

Pero cuando fue a sentarse en una silla en lugar de en el sofá, Sebastian sintió que ya había soportado bastante. Estiró la mano y la agarró.

–Se supone que te ibas a acurrucar conmigo, ¿recuerdas?

Ella, que llevaba veinte minutos sin dejar de hablar, cerró la boca.

–Es parte de la noche especial que tenías planeada para mí –añadió Sebastian.

En lugar de discutir como él había esperado, ella asintió nerviosamente. Así que Sebastian tiró de ella y la sentó a su lado en el sofá antes de apretar el volumen del mando a distancia. La música de una película antigua inundó la habitación al tiempo que él la apretaba suavemente contra su cuerpo. No podía contenerse, pero se preguntaba por qué ella no se rebelaba. No estaba contenta con él.

A pesar de su falso parloteo, esa verdad le había quedado clara. Cuando él le echó el brazo a la cintura, ella emitió un gemido entrecortado. Él la miró y vio que tenía los ojos como platos y los labios entreabiertos.

–Esto se llama acurrucarse –le dijo mientras la abrazaba lo máximo posible.

Al sentir su cuerpo suave y cálido se olvidó de forzar una resistencia y simplemente decidió tomar lo que se le ofrecía.

Tal vez a ella no le importara el hecho de que él no planeara casarse con ella algún día. Tal vez había confundido su enfado.

–Apoya tu cabeza en mi hombro y relájate.

Ella lo hizo y apoyó la mano sobre su pecho con timidez.

–¿Estás cómoda? –le preguntó Sebastian, preguntándose cuánto tardaría en empezar a tocarla.

Capítulo 5

Duró una escena y dos suspiros de la mujer que tenía a su lado antes de que la mano libre empezara a buscar su piel desnuda bajo el top de ganchillo.

Aspiró hondo y rápidamente cuando sus dedos rozaron la piel sedosa justo por encima de la cinturilla de la falda.

Dejó su mano descansando allí durante toda la escena siguiente, sin moverla, simplemente estableciendo su posesión. Ella le acariciaba el pecho tímidamente con los dedos, acelerando los latidos de su corazón que alcanzaron una velocidad peligrosa.

–Estás jugando con fuego –le advirtió él, sin dar crédito aún a su deseo de tener intimidad con un hombre que se había tomado tan mal sus mimos.

–¿Quieres decir que soy capaz de hacerte arder?

Debería haberlo dicho con seducción, sin embargo Rachel parecía más bien asustada por la idea.

–*Ne*. Sí –se estremeció mientras la suave yema de un dedo rozaba un pezón muy duro–. Contigo me siento como el Vesubio.

–¿Listo para explotar?

–Caliente como el mismo corazón de la Tierra.

–Qué agradable –suspiró con la cabeza apoyada en su pecho mientras con la mano continuaba atormentándolo.

Sin apartar los ojos de la televisión, Sebastian empezó a deslizar el pulgar en el hueco de su cintura. Los dedos de ella se contraían sobre su pecho, como haría un gatito contento.

–No soy agradable, *pethi mou* –le dijo.

Tal palabra no podría describir lo que intentaba hacerle sentir.

–No, no lo eres.

Algo aparte de la pasión traspasaba su voz, pero estaba demasiado excitado como para ponerse a analizarlo.

–Sin embargo, eres extremadamente sexy.

La risa de Sebastian estaba cargada de deseo.

Un beso tan suave como el plumón le rozó el pecho y sintió un pellizco desconocido en el corazón. Ello lo empujó a querer afectarla con la misma intensidad que ella a él.

Deslizó el pulgar por su torso, cada vez más arriba, pero siempre evitando tímidamente la curva generosa y tentadora de su seno.

Su leve y femenino gemido era música para sus oídos. Entonces ella pronunció su nombre en voz baja y se arqueó contra él.

–¿Qué tienes...? –le preguntó él.

–Necesito...

Apoyó el pulgar por debajo de la goma del sujetador.

–Te necesito a ti, Sebastian.

Alzó la cabeza y lo miró a los ojos. Al ver aquellas profundidades verde oscuro, Sebastian empezó a creer en algo que había despreciado años antes, en los cuentos de hadas.

–Te necesito... –repitió ella.

La pasión incontrolada y la sinceridad de su voz, combinada con la expresión de sus bellos ojos, se unieron para destrozar su control. Lo deseaba a él, no su dinero, ni siquiera su anillo de boda. Simplemente *a él*.

¿Lo había deseado alguna mujer solo por sí mismo? Su orgullo quería decir que sí, pero su cuenta corriente le garantizaba que no podría hacerlo con seguridad.

Rachel era distinta, y la enormidad de su erección reflejaba la reacción de su cuerpo a esa verdad. No podía dudar de ella. Se había acercado a él sin promesas, sin condiciones.

Y él se aseguraría de que ella no se arrepintiera de haber hecho esa elección.

Sin previo aviso, Rachel se vio tumbada en el sofá con un macho sexualmente voraz encima de ella vibrando con su deseo de poseerla. Una posición que solo le había causado terror en el pasado, en ese momento la excitaba hasta la osadía, y empezó a tirarle de la camisa para sacársela del pantalón.

Su cuerpo potente se estremeció cuando ella le acarició la piel cubierta de suave vello.

—Te gusta esto —le dijo con sorpresa.

Sus potentes músculos se contraían y expandían.

—Sí... —susurró con ímpetu.

Le resultaba increíble que pudiera afectarlo de ese modo. Así que se puso a acariciarle cada centímetro de torso desnudo hasta donde le alcanzaban las manos. Entre gemidos roncos, Sebastian se incorporó para sacarse la camisa, dejando al descubierto un torso musculoso de piel suave y brillante. ¿Era acaso justo que un hombre fuera tan impresionante? Sus ojos lo devoraban mientras lo acariciaba con las manos, añadiendo más placer al de mirarlo.

Entonces él la agarró del borde del top de ganchillo.

—Esto también va fuera.

Rachel esperó a ver si sentía el miedo que la idea de estar a solas con un hombre le había producido antes. Pero al ver que no llegaba le sonrió con alegría.

—¡Sí!

Llevaba deseando estar con él desde la noche en la playa, y en ese momento sabía ya que todo iría bien. Dejó de pensar cuando sus manos tomaron posesión de su piel desnuda. Sus pezones anhelaban sentir sus caricias; él, sin embargo, la tocaba por todas partes menos ahí. Le acarició el estómago, los brazos con sus manos cálidas y después los costados.

Se estremeció de necesidad, gimió, y poco le faltó para rogarle.

Pero cuando sus dedos curiosos empezaron a acariciarle los pechos, limitándose a describir círculos alrededor de la parte donde más anhelaba sus caricias, ella dejó de apretar los dientes y gimió con ardor.

—¡Tócame ahí!

Sus ojos grises ardían con sensuales promesas mientras finalmente las puntas de sus dedos alcanzaban las rosadas cimas de sus pechos, turgentes de deseo. Se arqueó hacia él, ofreciéndole sus pechos que él aceptó con gusto, y le quitó el sujetador para dejarlos al descubierto a su vista y a su tacto.

Se inclinó hacia delante y besó cada uno de ellos, lamiéndoselos como un gato antes de alzar la vista y fijarla en la de ella. Rachel tenía los ojos húmedos de la emoción, y sollozó su nombre con el mismo sentimiento. Él la tocó de nuevo, proporcionándole tanto placer que Rachel se estremeció con las sensaciones que sus caricias provocaban en ella.

Le sobrevino una febril turbación, de modo que solo fue consciente del efecto que sus caricias expertas le estaban causando. De algún modo le quitó el resto de la ropa hasta quedarse los dos desnudos, cuerpo a cuerpo, un sexo húmedo y femenino bajo su recia masculinidad.

Era algo tan extraño y a la vez tan maravilloso; algo totalmente desconocido para ella.

Esa otra vez, el hombre ni siquiera se había desvestido del todo. Pero Sebastian deseaba algo más que la satisfacción del deseo sexual; deseaba total intimidad. Cada palabra que salía de su boca, cada movimiento de su cuerpo se lo indicaba.

Sus piernas se entrelazaban y deslizaban; sus cuerpos se fundían. Empezó a besarla exigiéndole todo lo que pudiera darle. Le apretó los senos sensibilizados al estrecharla contra su pecho velludo con manos ardientes mientras le apretaba la pelvis con la suya.

Le hundió la lengua en la boca, emulando una danza de apareamiento en la que jamás había soñado que quisiera participar. Claro que eso había sido antes. En ese momento lo deseaba, ardientemente.

Separó las piernas mientras él le frotaba el miembro largo y duro contra su sexo caliente y sensibilizado. Entonces Sebastian apartó la boca de la suya y empezó a plantarle besos eróticos por el cuello.

–Tengo que saborearte –le dijo con los labios pegados a su cuello.

Ella no podía entender sus palabras. ¿Acaso no la estaba saboreando ya?

Él le mordisqueó la parte de atrás del cuello y ella se estremeció.

–Oh, Sebastian, oh...

No podía decir más que su nombre, una y otra vez.

Él no se limitó a saborearle el cuello, sino que bajó a sus pechos, mordisqueándole la carne hasta hacerla estremecer. Cuando empezó a succionarle los tiernos pezones, la sensación fue directamente a sus entrañas, y Rachel gritó de placer.

A pesar de su frenético intento de que él continuara deleitándose con sus pechos, Sebastian continuó bajando, deteniéndose en el ombligo para someterla a una tortura que Rachel jamás habría creído posible. Cuando le apartó un poco más las piernas, ella le dejó continuar sin pensar en las consecuencias. Pero cuando agachó la cabeza y la besó ahí del modo más íntimo posible, la sorpresa ante la inesperada sensación la empujó a intentar apartarlo.

Él levantó la cabeza con expresión ardiente.

–¿No quieres sentir el placer que puedo darte?

¿Cómo contestar a eso?

–Yo nunca...

Él arqueó las cejas.

–¿Ah, ningún hombre ha probado tu dulce néctar antes?

–No –dijo con voz ronca.

Él la miraba con expresión interrogante.

–Nunca –añadió ella.

En su mirada ardiente brillaba sin duda la satisfacción.

–Quiero saborearte, Rachel. Deja que lo haga.

Parecía más una exigencia que una petición, pero como se lo había pedido no podía negárselo.

–Sí... –accedió ella con abandono.

Su sonrisa la hizo estremecerse incluso mientras su cuerpo se fundía con otro de sus íntimos besos.

Sebastian saboreó la esencia de Rachel con una necesidad extrema de dejar su impronta en ella, de hacerle saber que era suya. Su excitación era tan dulce y su olor tan femenino que le volvía loco. Ninguna mujer lo había incitado como aquella, ni había provocado tanto deseo en él hasta el punto de llegar a saborear sus labios en sueños y sentir su cuerpo cuando cerraba los ojos.

Le pasó el pulgar por el centro de su placer mientras tomaba posesión de los hinchados y femeninos pliegues con su lengua.

De repente su cuerpo se puso rígido de éxtasis, y un gemido de satisfacción brotó de su garganta; un gemido que continuó resonando en el recuerdo de Sebastian mucho rato después, cuando los únicos sonidos que ella emitía eran leves gemidos de placer.

Ella seguía estremeciéndose cuando él se colocó encima de ella, posicionando su miembro erecto entre sus piernas.

—Te deseo —le dijo con voz ronca.

Ella abrió entonces los ojos, su expresión era tierna y llena de emoción, una emoción que le impactó el alma.

—Yo también te deseo, pero por favor...

—¿Por favor, qué?

—No me hagas daño.

El ardor cedió levemente mientras consideraba las razones de Rachel para hacerle tal petición.

—¿Tú crees que te voy a hacer daño?

—No, pero...

Sus inocentes reacciones, la sorpresa con la que respondía a cada una de sus caricias, su instantáneo rechazo cuando le había colocado la boca entre las piernas... Todo ello se sumaba y daba como resultado una verdad a la que apenas podía dar crédito.

—¿Eres virgen?

—Sí —respondió Rachel.

—Pero tienes veintitrés años —dijo él con estupefacción.

—Jamás he sentido esto por otro hombre —le respondió ella a modo de explicación.

Él la miró, el corazón se le salía del pecho, y la creyó.

—Entonces me haces un gran honor.

Se inclinó y la levantó en brazos. Ella lo miraba con una incertidumbre y una ternura que se apoderaron de él inexorablemente. Sebastian pensó que jamás le había importado tanto asegurarle placer y bienestar a su pareja; además, quería que la primera vez para ella fuera inolvidable.

Se inclinó y besó sus labios, enternecido por los sentimientos que lo colmaban.

–Será perfecto, *agape mou*. Te lo prometo.

Ella lo besó también.

–Te creo, amor mío.

¿Se había dado acaso cuenta de lo que le había llamado?

Miró fijamente sus preciosos ojos verdes, brillantes de pasión, y se dijo que no sabía lo que le había dicho; pero solo por que no fuera consciente de sus palabras, no quería decir que no las sintiera. Él había estado ciego a sus sentimientos porque había pensado que era su deber, pero Rachel se parecía tanto a la mujer que le había dado el ser como una monja a una prostituta.

Se tomó su tiempo para excitarla de nuevo, para llevarla de nuevo al borde del clímax antes de empezar a introducirse suavemente en su cuerpo. Al tiempo que sus suaves tejidos se estiraban, la indiscutible verdad lo asaltó.

Con ella solo valdría el matrimonio. El mero pensamiento de que otro hombre le hiciera lo que él estaba a punto de hacerle le resultaba intolerable.

–Eres mía –gimió mientras su cuerpo estrecho solo le permitía penetrarla un poco.

Ella asintió mientras lo miraba con amor.

–Sí. Soy tuya, y siempre lo he sido.

Su melena de sedoso cabello castaño, libre ya de su conservador peinado, estaba extendida sobre los almohadones del sofá, dándole el aspecto de un antigua diosa pagana.

Le costó más esfuerzo del que habría pensado, pero consiguió penetrarla centímetro a centímetro. Cuanto más se hundía en su cuerpo, más difusos eran sus pensamientos, y la pasión se apoderó de él.

Le hizo el amor en un estado de aturdimiento mental, sobrecogido por la intensidad del placer que lo recorría de arriba abajo.

Ella se movía debajo de él, y los gemidos que brotaban de

su garganta se le antojaban desesperados y carnales. De nuevo, sin previo aviso, alcanzó el clímax con potentes contracciones que presionaron su miembro anhelante. Y al momento Sebastian se unió a ella totalmente, y durante unos segundos solo fue consciente de aquel inmenso placer.

Cuando recuperó la consciencia, se dio cuenta de que estaba tumbado encima de ella. Se sentía débil de un modo que tiempo atrás se había jurado a sí mismo que jamás se sentiría.

Ella lloraba en silencio.

–¿Te he hecho daño? –le dijo, angustiado solo de pensarlo.

Ella negó con la cabeza.

–Ha sido la experiencia más increíble de toda mi vida. Gracias.

Él se retiró de ella del todo y la miró.

–¿Te encuentras bien?

–Oh, sí. Solo es que es tan distinto a cualquier otra cosa. Cada leve movimiento provoca en mí temblores como los de un terremoto –le dijo en tono de disculpa, pero él sacudía la cabeza con asombro.

¿Tenía acaso idea de lo especial que era? Se quedó dormida en cuanto la cabeza tocó la almohada. Él se metió en la cama con ella, satisfecho físicamente como no se había sentido en su vida.

La despertó dos veces durante la noche, y en ambas ocasiones ella se entregó a él con delicioso abandono.

Sebastian se despertó con la sensación de haber perdido algo importante: a sí mismo.

Jamás había experimentado en su vida tal necesidad, tal deseo. Ni tampoco el profundo vínculo emocional con una mujer como con Rachel. Su cuerpo la había poseído, pero ella también lo había poseído a él y lo había dejado con una necesidad que había creído imposible de provocar.

El único consuelo que tenía era que parecía que la obsesión era mutua. Rachel le había hecho el amor con todo el alma, profundamente. Era una amante maravillosa, una mujer como ninguna. El sueño de todo hombre.

Una sensación de desorientación lo asaltó al tiempo que recordaba unas líneas de la carta de su tío abuelo. Él había dicho que Andrea era «el sueño de cualquier hombre en la cama». El viejo había reconocido que había continuado con aquella farsa de matrimonio no solo por el deseo que provocaba en él, sino también porque era adicto a la respuesta sexual que ella le daba.

Una adicción. Sí, pero él, Sebastian, no era esclavo de su libido de tal manera que pudiera permitir que una mujer destruyera su orgullo y pisoteara su dignidad por que fuera buena en la cama.

Adicción, obsesión... ¿Qué diferencia había? ¿Y era él acaso adicto? Podía sobrevivir sin hacer el amor. Además, una virgen merecía más consideración... Aunque, pensando en la noche anterior, no recordaba haberle hecho daño en absoluto. Ni siquiera la primera vez.

Sus pensamientos se volvieron recelosos; impresiones de la noche anterior que la pasión no le había permitido asimilar. Además, no había habido sangre.

La virginidad de una mujer había que quitársela con cuidado porque implicaba la ruptura de una membrana en su interior. Cuando esa membrana se rompía había sangre. Pero ella ni había sangrado ni se había quejado de dolor. Cada vez que habían hecho el amor lo había acogido con anhelante aceptación.

Le había dicho que era virgen, pero las pruebas decían otra cosa.

Solo de pensar que Rachel hubiera podido mentirle sobre su inocencia le produjo tanto dolor y rabia que empezó a sentir náuseas.

¿Acaso Andrea no le había hecho creer a su tío abuelo que era más inocente sexualmente de lo que en realidad era? ¿Estaría acaso Rachel dispuesta a hacer lo mismo que su madre había hecho con Matthias?

Le había dejado que le hiciera el amor, aunque él previamente le había dejado claro que el matrimonio estaba fuera de la cuestión. ¿Por qué?

Repentinamente soltó una imprecación mientras recordaba algo más: que no habían utilizado nada para protegerse la noche anterior. Eso le llevó a dar un paso más en su agitada elucubración para decidir que ese había sido el plan de Rachel desde el principio. No le había pedido compromisos porque ella sola había planeado atraparlo para que se comprometiera con ella. Rachel había sido aún más astuta que su madre, puesto que a él Andrea nunca había conseguido engañarlo.

Rachel, en cambio, lo había engañado totalmente. Cuando pensó en su decisión de la noche anterior de casarse con ella, sintió aún más náuseas.

Rachel era una profesional con mucha habilidad.

Rachel salió del cuarto de baño envuelta en el enorme albornoz de Sebastian. Se había despertado sola, pero había intentado que eso no la disgustara. Él era un ocupado hombre de negocios y seguramente tendría mucho que hacer después de llevar tantos días lejos de su empresa.

Sin embargo, estaba segura de él. Ningún hombre sería capaz de amar con tanta ternura de no sentir nada más que deseo por una mujer.

Solo de pensar en lo suave que había sido con ella el corazón se le henchía de amor, de sorpresa, de belleza. Mientras pensaba en ello, una sonrisa de oreja a oreja asomó a su rostro.

Sebastian Kouros era el amante perfecto.

Y ella no quería que su relación terminara, pero no le había pedido que le prometiera nada y él no le había hecho ninguna promesa. ¿Sería acaso distinto si le contara la verdad sobre sus sentimientos y sobre su pasado?

Él tenía que saber que no se parecía en nada a su madre. Rachel se había unido a él siendo virgen. No se acostaba con ningún otro hombre, y además lo amaba. Estaba casi segura de que se lo había dicho en algún momento mientras hacían el amor. ¿Se atrevería a repetir las palabras a la luz del día?

De otro modo Sebastian la dejaría que regresara a Estados Unidos creyendo que ella no había deseado nada más que un intenso encuentro sexual, cuando en realidad lo deseaba todo.

Dudaba de que la amara, pero sabía que sentía por ella algo más que un simple deseo. ¿Sería suficiente para echar los cimientos de una relación? ¿Y acaso querría él?

No lo sabría si no se sinceraba con él. Además, el amor era sincero. No se escondía detrás del orgullo o del miedo al pasado.

Había tantas cosas que no le había dicho de su pasado; cosas que le harían darse cuenta de que ella no era y jamás sería como su madre. Después de su experiencia de adolescente había rechazado totalmente la vida de Andrea, y Sebastian la creería cuando se lo dijera. Era un hombre inteligente. La comprendería.

Creería que de verdad lo amaba cuando se diera cuenta de que le había dejado que le hiciera el amor a pesar de aquel trauma.

Se levantó y fue hacia la puerta, dispuesta a decirle todo, pero se paró en seco al ver que él entraba en la habitación con expresión sombría.

–¿Estás bien? –le preguntó ella, preguntándose si debía dejar para otro momento el discutir sobre sus sentimientos y pensamientos.

Él no parecía muy receptivo.

Casi inmediatamente se reprendió por ser una cobarde. Sebastian era el dueño de una multinacional; siempre había cosas que le tendrían preocupado. Tenía que creer que sus emociones, las de ellos dos, estaban por encima de todo eso.

–Estoy bien –le echó una mirada extraña–. ¿Has dormido bien?

–Sí –aspiró hondo–. Sebastian, debo decirte algo.

–¿De verdad? –le dijo con cierta sorna.

–Sí. Por favor, ¿querrás escucharme?

Él sonrió con gesto fingido.

–Creo que ya sé lo que me vas a decir.

–No, no creo que lo sepas.

Era más inteligente que ningún hombre que hubiera conocido, pero aun así no era capaz de leer el pensamiento.

–Es algo relacionado con tu virginidad –adivinó en tono rotundo.

Sorprendida, lo miró fijamente, incapaz de decir nada.

–¿Te lo dijo Andrea? –le preguntó con incredulidad, pero incapaz de imaginar otra cosa.

–Sí. Lo averigüé a través de tu madre.

Era una manera muy extraña de decirlo.

–Sebastian, te estoy hablando de lo que me pasó cuando tenía dieciséis años. ¿Lo sabes?

Él se puso pálido y una rabia ciega asomó a sus apuestas facciones.

–Estás a punto de decirme que tuviste una experiencia traumática con un hombre, ¿no?

Ella asintió, pero de pronto se dio cuenta de que le iba a costar más hablar de ello de lo que había esperado. Se sentó en el borde de la cama, le temblaban las piernas.

–No puedo creer que te lo dijera. Me hizo jurar que jamás diría una palabra.

–Y ahora vas a decirme que no te creías capaz de responder con ningún hombre, pero que yo he provocado en ti tu pasión femenina.

La total falta de emoción de su voz la molestó.

–Sí –dijo ella nerviosamente.

Ojalá pudiera saber lo que estaba pensando Sebastian. De pronto se le ocurrió que tal vez estaría furioso por lo que le había ocurrido. Era un hombre griego tradicional, posesivo y protector. Aquello era probablemente tan duro de discutir para él como para ella.

–Te conozco bien –le dijo él, confirmando sus esperanzas.

Ella asintió, ahogada por la emoción.

–Sí, es cierto, y tal vez sea una de las razones por las cuales te amo tanto.

Su rostro se retorció de dolor y se volvió, dándole la espalda.

–Dime una cosa, Rachel.

–¿El qué?

–¿Sabías que Matthias le había plantado cara a Andrea y que planeaba divorciarse de ella?

Rachel no sabía qué tenía eso que ver con ella y Sebastian, pero respondió.

–Una de sus amigas me envió un correo electrónico contándomelo.

Él se volvió para mirarla cara a cara; la fría expresión de su mirada la hizo estremecerse de aprensión.

–Así que el saberlo fue lo que provocó la escena de seducción de anoche.

–¿Qué escena de seducción?

Nada iba como ella había esperado, y cada vez se sentía más confusa.

—La cena, el querer estar cerca de mí incluso después de decirte que no podría proponerte en matrimonio. Ahora todo coincide. Viniste a Grecia sabiendo que tu madre había sido descubierta. No querías que se te terminara el chollo y planeaste esto para cazar a otro hombre rico.

—¿De qué estás hablando?

Él hizo un gesto como cortando el aire con la mano.

—Estoy hablando de ti, la inocente virgen —le dijo con total desprecio—, permitiéndote el lujo de practicar el sexo por primera vez conmigo, tu futuro chollo.

Rachel no podía creer que él le estuviera diciendo esas cosas, y a cada segundo que pasaba se sentía más horrorizada, hasta que se quedó tan fría como la expresión de sus ojos. Se abrazó con sus brazos, pero eso no ayudó a disipar el frío que le helaba el corazón.

—¿Crees que he hecho el amor contigo porque busco tu dinero? ¿Crees de verdad que he venido a Grecia para asistir al funeral de mi madre con la intención de seducirte? —le susurró con rabia.

No solo era una sugerencia nauseabunda, sino que demostraba que tenía un orgullo tan colosal, que ella daría cualquier cosa por desinflárselo hasta dejarlo tan vacío como ella misma se sentía en ese momento.

—Sabías lo del divorcio —le dijo él.

—No lo sabía antes de llegar a Grecia. Me enteré ayer.

—¿Y quién te lo dijo, un pajarito? —le preguntó con sorna.

Intentó explicarle lo del correo electrónico, cómo había estado esperando en su bandeja de entrada con todos los demás, pero él se quedó allí mirándola con cara de palo, como si sus palabras no lo hubieran afectado un ápice.

—¿Esperas que crea que Andrea no te llamó para contártelo, sino que una de sus amigas te envió un correo que convenientemente recibiste después de su muerte?

Desde luego la historia sonaba improbable, y si él la respetaba y confiaba en ella, no pensaría que era una mentira rápida y bien ideada.

–No, no espero que lo creas, pero es la verdad –respondió mientras la decepción se apoderaba de ella por entero y sus sueños se rompían en mil pedazos.

Capítulo 6

¿Cómo había podido salir todo tan mal?

–Lo de anoche fue precioso.

Algo pasó por su mirada, pero Rachel ni siquiera intentó descifrarlo. El corazón se le partía en esos momentos.

–Una preciosa manipulación, querrás decir, pero yo no soy mi tío y no voy a permitir que mi libido me engañe para meterme en una relación con una perra mercenaria.

Ella se levantó de la cama; no podía aguantar más insultos.

–¡No te atrevas a humillarme!

–¿Te duele la verdad?

–¿La verdad? ¿Qué sabes tú de la verdad? Estás tan engañado como lo estuvo Matthias –ella jamás lo había engañado a él como Andrea a Matthias–. No soy como mi madre. Contigo he perdido la virginidad.

Parecía tan poco convencido como una estatua.

–Tu virginidad era tan falsa como tu supuesto amor.

Ella sacudió la cabeza, intentando asimilar sus palabras.

–¿No crees que era virgen?

–Te has enredado con tus propias mentiras. Has insinuado que te violaron, pero luego dices que anoche eras virgen. ¿Cuál de las dos cosas es verdad?

–Nunca había practicado el sexo en mi vida.

Era todo lo que pensaba decirle de momento. No estaba preparada para desnudar su verdad más dolorosa ante él después de lo que le había dicho.

—No sangraste.

¿Y eso era una prueba irrefutable de que había practicado el sexo anteriormente? ¿Que no hubiera sangrado?

Era cierto, no había sangrado. Pero a los dieciséis años sí que había sangrado, tanto que había pensado que se iba a morir. Andrea se había negado a llevarla a las urgencias del hospital y le había dicho que no fuera boba, que todas las mujeres sangraban cuando se les rompía el himen.

En ese momento estaba sangrando de nuevo. Por dentro, donde él no podía verlo, su amor se desangraba hasta la agonía, y el dolor era aún peor que el que había sentido aquel horrible día de tantos años atrás.

—No te pedí que te casaras conmigo, sino que me entregué a ti libremente. ¿Eso no cuenta para ti?

Ya no intentaba convencerlo; sencillamente estaba señalando lo obvio.

—Te vendiste muy barata.

Cada palabra de aquellas fue como una bofetada en la cara. Ella no se había vendido en absoluto.

Si pensaba que había hecho el amor con él sin estar casados por una locura, entonces la conocía aún menos de lo que ella pensaba. Jamás había aceptado la vida de su madre. Ella siempre había deseado casarse con un traje blanco, con su príncipe azul, pero se había conformado con el príncipe sin casarse por lo mucho que lo amaba.

Y había esperado que él se tomara su amor por lo que era, un valeroso regalo de su corazón.

Había sido una imbécil. Una estúpida y una ingenua.

—¿No tienes nada más que decir? —le preguntó él en un tono de voz que Rachel no reconocía.

Ella negó con la cabeza, rehusando mirarlo de nuevo. Le

dolía tanto el corazón que se preguntaba si podría dejar de latir de tanta pena.

Él se quedó mirándola unos segundos, pero finalmente dio media vuelta y salió de la habitación.

Ella se sentó mientras el corazón se le convertía en una piedra. Pasó rato sentada, antes de poder levantarse, apoyada en sus piernas temblorosas. Entonces dejó caer el albornoz al suelo, incapaz de soportar la sensación de nada que le perteneciera a él sobre su piel. Caminó desnuda por la habitación, salió, cruzó el pasillo y se metió en la suya, que cerró con cerrojo.

Por el rabillo del ojo le parecía haber visto movimiento, pero se negaba a volver la cabeza para ver quién era. No le importaba ya que fuera alguno de sus empleados y que la hubieran visto desnuda. Nada le importaba ya.

Sorprendentemente, no se sentía triste. No sentía... nada. Y se alegraba de ello. Ya había sufrido bastante en la vida.

Hizo el equipaje y sacó el pequeño cofre de recuerdos que se había guardado en la maleta. Negándose hasta a destaparlo, lo tiró a la papelera, luego llamó a las líneas aéreas y quedó en presentarse en el aeropuerto y esperar al siguiente vuelo donde hubiera un asiento libre. Al momento llamó a un taxi.

Treinta minutos después salió del apartamento. La voz de Sebastian se filtraba a través de la puerta de su despacho, pero no sintió deseos de pararse a despedirse de él. Ya se habían dicho todo, y esperaba no tener que volver a ver a aquel cínico canalla.

–¿Y cómo está tu invitada, hijo?

Sebastian agarró el teléfono con fuerza y aspiró hondo para poder responder de algún modo a la pregunta de su madre. La última vez que había visto a su invitada no podía haber tenido un aspecto más abatido.

Se había pasado las últimas dos horas intentando olvidarse de ella y de la noche anterior, pero no había funcionado. Los negocios urgentes de la empresa no habían conseguido que dejara de pensar en ella, y la pregunta de su madre solo sirvió para recordárselo de nuevo con suma claridad.

—Te he preguntado qué tal está Rachel —le volvió a preguntar su madre ante tanto silencio.

—No está bien.

—¿Habéis discutido? —le preguntó Philipa, consiguiendo transmitir censura y crítica hacia él con solo dos palabras.

—Es igual que su madre.

—No lo creerás de verdad, ¿no?

Estaba confuso, pero reconocer que podría haberse equivocado de lado a lado sería contemplar un infierno creado solo por él.

—¿Qué posibilidades hay de que sea distinta?

—Eres un imbécil si piensas eso de ella.

Que su madre lo llamara imbécil no era muy agradable, y Sebastian apretó los dientes con frustración.

—Dime por qué estás tan segura.

—Solo con pasar una hora en su compañía es suficiente para saber que no podría haber habido dos personas más distintas que Rachel y su madre. Has dejado que tus prejuicios ofuscaran tu buen juicio.

Él también lo había pensado, pero seguidamente se había convencido a sí mismo de que estaba equivocado.

—Tal vez tú hayas dejado que tu compasión ofuscara el tuyo.

El suspiro de su madre fue prolongado y cargado de reproche.

—Se ha pasado los cinco últimos años viviendo totalmente separada de Andrea. No solo insistió en vivir en otro país, lejos de la influencia de su madre, sino que dejó de aceptar el apoyo económico de Matthias en cuanto acabó la carrera universitaria. Si fuera como Andrea, ¿no crees que habría estado en Grecia, participando de la vida decadente de su madre? Al menos, le habría permitido a Matthias que le subiera la pensión.

El frío que se le había plantado en los dedos de los pies empezó a llenar su ser.

—No sabía que Matthias había dejado de darle dinero.

—Es normal, cada vez que se ha mencionado su nombre en los últimos años tú has cambiado de tema.

Ya entonces la había deseado, y solo oír hablar de ella había exacerbado aquel deseo que no se iba.

—Me mintió —dijo, haciendo un último esfuerzo por agarrarse a la protección de sus suposiciones.

—Eso sí que no me lo creo.

Animado por el reproche de la voz de su madre le contó la verdad.

—Rachel me dijo que era virgen, pero en realidad no lo era. Estaba intentando atraparme, tal y como Andrea atrapó a Matthias.

El gemido entrecortado de su madre fue seguido de otro de disgusto total.

—¿Y cómo puedes estar tan seguro de ello?

Acostumbrado a la aprobación total de su madre, su continua certitud de que estaba equivocado lo molestó.

—¿Cómo crees?

Su madre emitió una palabra que estaba seguro de que no le había oído pronunciar jamás.

—No me digas que la has acusado de estas cosas después de hacer el amor con ella.

—No pienso dejarme engañar como mi tío.

—No, simplemente serás tú el que te engañes a ti mismo. Ay, pero qué chico más tonto —le dijo su madre—. ¿En qué te basas para decir que no era virgen cuando estuvo contigo?

–Eso es algo que no pienso discutir contigo.

–Entonces, ¿con quién lo vas a discutir? Si eres capaz de hacer la acusación, entonces podrás decirme las razones para hacerlo.

–No sangró.

A pesar de estar hablando por teléfono, se sonrojó después de decirle eso a su madre.

–¿Y?

–Pues que no era la inocente que había dicho ser y, maldita sea, mamá, no me habría importado; pero si me ha mentido sobre eso me mentirá sobre lo que le parezca.

–¿Y basándote en eso le has roto el corazón?

–No se lo he roto.

–¿No la has rechazado?

–No le hice ninguna promesa, en primer lugar.

De pronto su madre empezó a decirle lo estúpidos y testarudos que eran los hombres griegos. Añadió que incluso un dinosaurio como él debería haber sabido que no todas las mujeres llegaban a su edad adulta con el himen intacto. La falta de sangre no era prueba alguna.

Le dijo también que estaba avergonzada de él por tomar la inocencia de Rachel fuera del matrimonio y después acusarla de ese modo. Acabó diciéndole que se lo merecería si Rachel se negaba a volver a hablar con él, y que ella, Philipa Kouros, jamás intentaría hacer de casamentera para un hijo tan idiota como él.

Que si quería nietos, tendría que esperar a que su hermano estuviera listo para casarse, porque no quería que sus nietos llevaran unos genes tan imprudentes y cínicos como los suyos.

Después de llamar su madre, Sebastian se quedó inmóvil unos minutos. Tenía razón. ¿Cómo había podido convencerse de esas cosas acerca de Rachel?

Sintió náuseas mientras recordaba todas las cosas que le había dicho, las acusaciones que había vertido sobre ella. Le había hecho daño cuando ella se había entregado libremente a él, y la verdad había estado en sus preciosos ojos de expresión dolida, donde él no había querido verla.

Se había convencido a sí mismo de que hacer el amor sin utilizar protección alguna había sido culpa de ella, cuando en realidad había sido de él. Era él quien tenía experiencia, pero su deseo de estar dentro de ella, más imperioso que el respirar, le había llevado a olvidarse de protegerse.

Las palabras de su madre no eran nada comparadas con los pensamientos que lo castigaban en ese momento.

A pesar de que no tenía ninguna gana de tragarse sus palabras, fue a su dormitorio a buscarla, pero cuando llegó estaba vacío. No solo no estaba ella, sino que se había llevado sus cosas también.

Mientras abría con el pulso acelerado los cajones de la cómoda, sus peores miedos se vieron confirmados: Rachel se había marchado.

Miró a su alrededor, buscando cualquier señal de ella, y entonces vio la pequeña caja decorativa en la papelera. Le recordó a la caja que su madre tenía en la cómoda de su dormitorio; en ella guardaba recuerdos de su padre.

¿Y qué estaba haciendo en la papelera? Después de habérsela llevado desde la isla, le resultaba extraño que la hubiera tirado. La abrió sin esperar ni un momento y al ver lo que había dentro sintió una gran desolación. Rachel lo había echado literalmente de su vida, junto con cualquier recuerdo que los hubiera acompañado. En el interior de la caja había incluso recuerdos de su primer encuentro, todo ello memoria de los sentimientos que Rachel había tenido hacia él desde el principio.

Sentimientos que él había ignorado.

No. Eso no era del todo cierto. Había notado su tímida adoración y a veces le había dado coba, siendo amable con ella por la sencilla razón de que ella siempre lo había atraído como ninguna otra. Incluso cuando no había tenido más de dieciseite años. La había deseado incluso entonces, pero su inocencia le había dicho a gritos que no, al igual que su reticencia con los hombres. Jamás nadaba cuando los amigos de su madre estaban allí, aunque se había ido un par de veces a nadar con él.

Cuando había vivido en la isla había evitado las fiestas de Andrea.

La pura estupidez de sus acusaciones hacia ella lo golpeó de nuevo. Su única excusa era que desde la muerte de Matthias se había vuelto medio loco. El dolor de perder al hombre que había sido tanto figura paternal como mentor en los negocios había sido intensificado por la sinrazón de la muerte del hombre y el dolor de lo que había sido su vida desde que se había casado con esa perra, Andrea. Todo ello mezclado con una necesidad que no había querido sentir por Rachel, pero que ya no podía controlar, había contribuido a embotarle el cerebro hasta volverlo medio loco.

Rachel estaba sentada en la silla de vinilo; la incredulidad paralizaba sus cuerdas vocales.

La expresión seria de la doctora no le ofrecía ningún consuelo a esa horrible noticia. Había ido para que le dijeran qué problema tenía con sus hormonas, y había recibido aquella bofetada.

—No es un estado poco común. Le sorprendería saber cuánta gente menor de treinta años sufre enfermedades del corazón. La fibrilación atrial es una de las más comunes y menos graves.

¿Menos graves? Tal vez dependiera de la perspectiva de

cada persona, pero a ella no le parecía ninguna tontería. Sin duda la doctora Pompella veía a personas que estaban mucho peor que ella con frecuencia.

–Un buen tratamiento para el hipertiroidismo que causa la arritmia en primer lugar podría resultar en la desaparición de su fibrilación atrial.

–¿Y cómo se trata la enfermedad tiroidea?

Tenía veintitrés años, era demasiado joven como para tener que enfrentarse a una cosa así. Solo que, según su doctora, ese problema con la glándula tiroides era algo muy común.

–Puede elegir tratarla con medicación, cirugía o una terapia de radiación.

Después de explicarle que la posibilidad de éxito del tratamiento médico era del treinta por ciento, Rachel se interesó por la terapia de radiación. Tomarse una medicina con yodo radiado parecía mucho más fácil que meterse en el quirófano.

También era indoloro, no tenía efectos secundarios prolongados, aparte del deseado, y podía hacerse desde casa.

–Sin embargo, mientras esté con el tratamiento, no debe acercarse a niños pequeños ni abrazar a nadie durante las setenta y dos horas siguientes a la toma del medicamento.

–Entiendo.

Rachel no podía posponer un tema que llevaba intentando ignorar desde hacía ya dos meses.

–¿Qué impacto podría tener esto sobre un embarazo?

–¿Hay posibilidad de que esté embarazada?

–No lo sé.

La doctora abrió mucho los ojos.

–Me vino la regla una semana después de...

Su voz se fue apagando; no podía dar voz a lo que Sebastian había hecho. Aspiró hondo y decidió sincerarse.

–Fue muy ligero, y no he vuelto a tener la regla en dos meses.

—¿Tiene náuseas por la mañana?

—No.

—¿Los pechos sensibles?

—Un poco.

—Hay muchas razones que explican la amenorrea aparte de un embarazo.

Eso era lo que se había estado diciendo a sí misma.

—Lo sé. Por eso pedí cita con usted.

Desde luego no había esperado que le dijeran que tenía una afección cardiaca causada por un exceso hormonal.

—El embarazo impediría el uso de la radiación para corregir el hipertiroidismo. Si tiene tiempo, puedo hacerle una prueba de embarazo ahora mismo, antes de tomar ninguna decisión futura.

—De acuerdo.

Una hora después, sentada en la misma silla de vinilo, Rachel se sentía como si le hubiera caído el mundo encima.

—¿Estoy embarazada de diez semanas?

—Exactamente —la doctora Pompella cerró la carpeta que tenía delante—. Necesitamos discutir las opciones.

—Sí —pero Rachel no estaba atendiéndole a la doctora.

Durante esos mismos dos meses y medio en los que el bebé había estado creciendo en su interior, ella había estado cerrada emocionalmente, sobreviviendo en una burbuja de aislamiento a la cual nadie había tenido acceso. De pronto se enteraba de que otro ser vivo estaba con ella en la burbuja, un ser vivo del cual ella no se podía apartar. Iba a tener un bebé, y ese bebé estaría el resto de su vida dentro de su ser.

—¿El padre lo sabe?

Rachel fijó la vista en la doctora.

—No —una imagen de Sebastian apareció en su pensamiento, y Rachel pegó un portazo mental para echarlo de su mente—. No está en mi vida en absoluto.

—Diez semanas no son demasiadas para considerar la posibilidad de una interrupción voluntaria —le dijo la doctora Pompella en tono desapasionado.

Un sentimiento de protección hacia el diminuto ser que llevaba dentro se levantó en su interior.

—Eso no es una opción.

La otra mujer la miró con expresión sombría.

—Al menos debería considerarla.

—No.

—No creo que haya considerado su situación desde distintos puntos de vista. Si no se trata el hipertiroidismo, la arritmia continuará, con el riesgo de causarle un infarto y un ataque cardiaco. La medicación para tratar la arritmia podría tener efectos secundarios adversos para el embarazo.

—Entonces no la tomaré.

—Lo cual le deja con dos enfermedades que pueden ser graves sin tratar en los próximos siete meses.

—¿No hay tratamientos disponibles que no afecten al feto?

—Podría probar los betabloqueantes, pero estos medicamentos tampoco están libres de provocar riesgos —le dijo en tono enfático.

Rachel le dijo a la doctora que tendría en cuenta las alternativas, le dio las gracias y se fue a casa empeñada en no regresar a la consulta de la doctora Pompella.

Cualquiera que pudiera pensar que deshacerse de su bebé era la solución a problemas de los cuales no tenía ni síntomas estaba loco.

Hizo lo posible por seguir una dieta sana, tanto por el corazón como por el bebé, y consiguió hacer una media hora de ejercicio físico diaria. Como trabajaba en un gimnasio para mujeres, eso no le resultaba difícil. Buscó una tocóloga y empezó a tomar vitaminas para el embarazo. Se sentía físicamente mejor de lo que se había sentido en su vida, y como no quería preocuparse por nada, Rachel no le comentó nada a su obstetra de la arritmia.

Si aún deseaba a Sebastian en las horas más oscuras de la noche, durante el día se negaba a dejarse llevar por esos pensamientos.

Su actitud de complacencia hacia su estado cardiaco le duró exactamente hasta que se despertó en una ambulancia, de camino a las urgencias del hospital, después de desmayarse en el trabajo.

Pudo regresar a casa unas horas después, pero ya no lo hizo ajena a la realidad de su enfermedad.

Tenía que asegurarse de que su bebé sería debidamente atendido si le ocurría algo a ella. El deseo de llamar a Sebastian había aumentado día a día en las dos semanas desde que sabía que estaba embarazada. Ya no lo amaba. ¿Cómo podía después de todo lo que le había dicho? Sin embargo, no permitiría que su hijo quedara privado de su padre como Rachel lo había estado del suyo.

No le importaba que Sebastian pensara que era la reencarnación de Andrea, o que de pronto creyera que el embarazo solo era una trampa para cazarlo. No trataba de hacer eso, y Sebastian se daría cuenta con el tiempo. Quería a su familia, y una vez que aceptara que el bebé era suyo, lo querría también. Se aseguraría de que el bebé no estuviera jamás solo, le pasara lo que le pasara a ella.

Llamó a Sebastian a su oficina al día siguiente. Su secretaria se ofreció para que le dejara un mensaje, puesto que él estaba en una reunión.

—¿Rachel Long? —le dijo la secretaria en tono incrédulo.

—Sí, aunque si le va a decir que me llame, dígale que pregunte por Rachel Newman.

—Por favor, espere un momento —dijo la secretaria bastante nerviosa—. Ahora mismo le paso al señor Kouros.

—Oh, no, no será necesario. Puede llamarme después.

—He recibido instrucciones estrictas, señorita Newman.

¿Qué instrucciones serían esas? Habría pensado que Sebastian le diría a su secretaria que se negara a aceptar ninguna llamada de ella, que no lo interrumpiera si estaba en una reunión importante. Tuvo apenas un minuto para considerar aquella confusión antes de que su voz profunda le llegara desde el otro lado de la línea telefónica.

—¿Rachel? —le dijo en tono ronco.

—Sí.

—¿Ahora eres Rachel Newman? —le preguntó en tono extraño.

—Sí.

—Yo...

Se quedó tanto rato en silencio que Rachel pensó que se habría cortado la comunicación.

—¿Sebastian?

—*Ne,* sí —respondió con voz trémula—. Supongo que debo felicitarte.

Si felicitaba siempre en ese tono, no tendría muchos amigos.

—¿Felicitarme por qué?

—Por tu matrimonio.

¿Pero de qué estaba hablando?

—¿Te has vuelto loco? No me he casado.

—¿No?

—No.

—Entonces, ¿de dónde sale este Rachel Newman? —le dijo con rabia, confundiéndola un poco.

Rachel había olvidado que él no sabía que se había cambiado de apellido hacía tiempo, así que se lo contó.

—No encontramos nada, y eso lo explica.

—¿Cómo?

–Ahora no importa. Me has llamado por una razón, *agape mou*. ¿Qué es?

Debía de haber interferencias en la línea, porque habría jurado que la había llamado «amor mío», pero eso no era posible.

–Hay algo que debo decirte. En realidad son dos cosas.

–Dímelas.

–Estoy embarazada. Sé que no vas a creer que el bebé es tuyo hasta que podamos hacernos las pruebas pertinentes, pero estoy dispuesta a hacérmelas –había tomado la decisión de no permitir que su orgullo se interpusiera en el camino del bienestar del bebé antes de llamarlo por teléfono.

De nuevo, él se quedó en silencio.

–¿Sebastian?

–Estoy aquí.

–Di algo.

–No sé qué decir. Estás embarazada –dijo, desmintiendo sus palabras–. Y me has llamado. Le doy gracias al Dios del cielo por ello. No tienes ninguna razón para confiar en mí.

–No confío en ti.

Y no podía creer que la creyera lo bastante estúpida como para confiar en él después de cómo él la había rechazado.

–Sin embargo, me has llamado.

–No me quedaba otra elección.

–Porque estás embarazada –dijo en tono tenso.

–Porque hay complicaciones. Necesito saber que el bebé estará bien.

–¿Pero qué estás diciendo? ¿Qué tipo de complicaciones? –le preguntó con su fuerte acento griego–. ¿Corres algún riesgo?

–Se puede decir así.

Entonces le explicó lo que le había dicho la doctora, pero omitió la reciente visita a urgencias.

De algún modo, a Rachel le pareció que eso no se lo tomaría demasiado bien.

Él le hizo un montón de preguntas detalladas, incluso le pidió los nombres de su tocólogo y de su médico de cabecera, además de un montón de preguntas relacionadas con lo que le pasaba que ni a ella se le habían ocurrido cuando había ido al médico. Rachel sintió vergüenza de decirle que no sabía, pero ni una sola vez él la acusó de ser negligente con la salud del bebé.

Cuando le comentó las recomendaciones de la doctora Pompella de interrumpir su embarazo voluntariamente, él maldijo en tres idiomas. No sabía si era por la recomendación de la doctora o por la negativa suya a seguir esa recomendación.

—Dime cómo puedo contactar contigo —le dijo bruscamente.

Demasiado sorprendida por su inesperada reacción como para preguntarle por qué quería tanto la dirección de su casa como la de su trabajo, además de todos sus números de contacto, Rachel le dio todos los detalles.

—¿Y ahora mismo estás bien?

—Estoy bien.

Justificó para sus adentros su respuesta con el convencimiento de que no le habrían dado el alta en urgencias de no haberlo estado.

—Después hablamos —le dijo él en tono seco como única explicación antes de colgar.

Capítulo 7

Rachel se quedó mirando el teléfono que tenía en la mano durante unos segundos.

El ruido de las olas se filtraba por la puerta cristalera del patio, el respaldo de la silla de mimbre le rozaba la espalda como siempre, pero se sentía como si hubiera pasado de su apartamento a otra realidad. Una en la que Sebastian Kouros no era tan cerdo.

Su discusión no había transcurrido en absoluto como ella se la había imaginado. No había habido recriminaciones, ni reproches de ningún tipo, ni había negado que él fuera el padre. Sorprendentemente, aparte de suponer que ella se había casado en esos tres meses, no la había acusado de nada.

Y era lógico que no hubiera sabido lo del apellido. Que ella supiera, no se había enfadado con ella. Entonces, ¿por qué le había colgado tan bruscamente?

Tal vez estuviera intentando decidir si creía lo que ella le había dicho. Tal vez, como ella, necesitara tiempo para asimilar lo que estaba pasando. Ella desde luego no se había enfrentado a la realidad de una vez, y para él debía de ser aún peor. La había rechazado hacía casi tres meses, y de pronto ella le salía con que estaba embarazada. Ella, una mujer en la que no confiaba, a la que no quería y a quien sin duda esperaba no volver a ver.

El otro lado de su pesadilla era haberse quedado embarazada de un hombre que podía llegar a ser tan arrogante.

Si era sincera consiga misma, tenía que reconocer que su tono había sido de alivio y sin duda de preocupación. ¿Cómo era posible que un hombre que la creía tan despreciable pudiera preocuparse por ella?

La situación era de humor negro, pero en lugar de reírse sintió un doloroso pellizco en el corazón. Llevaba meses anestesiada emocionalmente y no acogía de buen grado ese indicio de que sus sentimientos pudieran llegar a atormentarla de nuevo. Entonces se dio cuenta de que posiblemente era un malestar causado por su estado.

Tenía que ser eso. En el corazón no le quedaba nada para reaccionar ante él a nivel emocional.

Esa noche Rachel no pudo dormir, pensando todo el tiempo en el bebé, en todo lo que le pasaba, en Sebastian y en su extraña conversación.

No había vuelto a llamarla, y no sabía qué podría significar eso. Además de eso, le preocupaba el futuro y la salud de su futuro bebé, provocándole todo ello una inquietud que le impedía relajarse y dormir. Intentó buscar una postura cómoda para dormir, pero independientemente del lado en el que se apoyara, no podía relajarse lo suficiente como para conciliar el sueño.

Finalmente, se levantó de la cama revuelta y decidió prepararse una taza de leche caliente con azúcar y vainilla y se la bebió. La leche no consiguió hacerle sentirse más cansada o tranquila, pero Rachel regresó a su dormitorio, empeñada en descansar un poco.

Al ver cómo estaba la cama, decidió que debía estirarla un poco antes de tumbarse otra vez. Había ahuecado las almohadas y estaba colocándolas en la cama de nuevo cuando sonó el timbre de la puerta. Echó un vistazo al despertador de la mesilla y vio que eran las tres de la madrugada. El timbre sonó de nuevo con insistencia, pidiéndole que fuera a contestarlo.

Miró hacia la puerta del dormitorio, intentando decidir si debía abrir o no la puerta. No se le ocurría quién podía ser. Ninguna de las amigas de su madre tenía su dirección actual y nadie que conocía sería tan poco discreto de presentarse a esas horas.

El nuevo e insistente timbrazo la sacó de su ensimismamiento, y avanzó por el pasillo hasta la puerta de entrada. Se detuvo delante, con el corazón latiéndole muy deprisa.

Mientras intentaba calmar los latidos de su corazón colocándose la mano sobre el pecho, se asomó por la mirilla. Al principio solo vio una camisa blanca, desabrochada y sin corbata. No le veía la cara al hombre, pero lo reconocería aunque estuviera en su lecho de muerte.

Sebastian.

Descorrió los cerrojos, ignorando la subida de adrenalina provocada por la sorpresa de verle, y abrió la puerta.

Entreabrió los labios para saludarle, pero sus cuerdas vocales no parecían funcionar.

Tenía los ojos oscuros como la pizarra y la cara demacrada, como si hubiera estado enfermo o hubiera tenido mucho estrés. Estaba más delgado que la última vez que lo había visto; seguramente había tenido mucho trabajo en los últimos tres meses.

Sin decir palabra, Sebastian le tomó la mano con la suya grande en el mismo momento en que el corazón empezó a galoparle de nuevo. Rachel notó que se le aceleraba la respiración y rezó para no desmayarse de nuevo.

Pero no tuvo oportunidad. Él se movió rápidamente y la tomó en brazos.

–¿Dónde está el dormitorio?

Ella señaló al final del pasillo, y él la llevó hasta allí, donde la dejó sobre la sábana que acababa de estirar.

–¿Estás bien? ¿Necesitas un médico?

–No. Solo es la sorpresa de verte... Por eso estoy un poco sofocada... Nada más...

Él se puso tenso.

–Debería haberte avisado de mi llegada; pero desde que me llamaste no pensé en nada que no fuera venir a ti.

No podía ser que quisiera decir lo que a ella le parecía estar oyendo, que había estado loco de nostalgia por ella.

–Por el bebé –dijo ella, intentando explicar su repentina preocupación.

Él la miró con expresión sombría.

–Sabía que creerías eso.

–¿Y no es la verdad? –le preguntó, bastante perdida en ese momento.

Estaba cansada, unido a la sorpresa de ver a Sebastian, sin embargo no parecía que la conversación fuera a seguir la dirección que habría esperado. Igual que antes por teléfono.

–Estaba preocupado por nuestro hijo, sí, pero también por ti.

Recordando la facilidad con la que la había echado de su vida y en qué circunstancias, ella negó con la cabeza. Estaba cansada, pero no era tonta.

–Me parece imposible de creer.

Él asintió con expresión sombría.

–Sabía que pasaría esto.

No hacía falta ser un genio para averiguar lo poco que ella le importaba. Entonces se dio cuenta de algo que había dicho él.

–Has dicho *nuestro* hijo.

–Sí.

–¿Crees que el niño es tuyo?

–Sí.

–¿No quieres que nos hagamos las pruebas? –le preguntó, incapaz de creerlo.

–No habrá pruebas.

Rachel soltó el aire para respirar de nuevo, y él esbozó una sonrisa cínica.

–Pareces sorprendida, *pethi mou*.

–Más bien estupefacta.

–Entonces el resto de lo que tengo que decirte sin duda te va a dejar sin aliento –la miró de arriba abajo con preocupación–. Aunque tal vez sea mejor dejarlo hasta mañana.

–¿Te marchas? –le preguntó ella, esforzándose para incorporarse.

Muy al contrario de lo que sabía que más le convenía, no quería que Sebastian se marchara, ni podía soportar la idea de quedarse sola otra vez.

Sebastian se inclinó sobre la cama con su colchón de agua y la empujó para que no se incorporara.

–Relájate. No voy a ningún sitio.

–Pero...

–Dormiré en tu sofá esta noche y por la mañana hablamos.

Como su sofá era pequeño y de mimbre, donde ella acabaría llena de dolores, no imaginó que Sebastian pudiera estar cómodo.

–Estarías más cómodo en un hotel.

Detestaba decirlo, pero sabía que era la verdad.

Él negó con la cabeza.

–No quiero volver a perderte de vista otra vez.

–No seas bobo. Puedes volver por la mañana; seguiré aquí.

–No estás a salvo tú sola, Rachel –le dijo en tono tirante–. Hasta que no te pongan un tratamiento adecuado, tu salud corre peligro.

–No puedo tomar la medicación; me lo dijo la doctora.

Eso no era exactamente lo que había dicho la doctora Pompella, pero Rachel no recordaba bien del todo lo que le había dicho en aquella visita después de saber que estaba embarazada.

–Esa doctora debería renovar su licencia médica. No es cierto lo que dice –dijo con burla.

Ella apretó los puños con rabia.

–No pienso tomarme nada que ponga en peligro la vida del bebé.

–Yo no te lo pediría.

Se calmó de nuevo, conmovida por el calor de las manos de Sebastian sobre sus hombros. Él se retiró y se puso de pie.

–¿Tienes sábanas y mantas de sobra para ponerlas en el sofá?

–No vas a poder dormir ahí.

Ella también se levantó y retiró el edredón azul que había tirado antes en el suelo. Terminó de hacer la cama mientras ideaba una solución que no sabía si tendría el coraje de sugerirle.

–No pienso dejarte sola –le dijo en un tono fiero que no dejaba lugar a dudas–. Si eso significa dormir en el suelo, entonces lo haré.

–Sabía que querrías proteger al bebé en cuanto supieras que era tuyo –dijo ella sin pensar.

–Entonces al menos confiabas un poco en mí.

Ella se encogió de hombros, suponiendo que tenía razón. Suspiró y miró la cama de matrimonio con colchón de agua que ocupaba la mayor parte del pequeño dormitorio. Lo había conseguido por poco dinero cuando dos de sus vecinos se habían ido a vivir juntos. Vivía en una pequeña urbanización de apartamentos frente a la playa, y aunque ella era muy reservada en muchos sentidos, había tratado lo bastante con sus vecinos como para que le ofrecieran la cama inmediatamente.

Desde luego, era lo suficientemente grande como para que

Sebastian y ella durmieran cómodamente sin tener que tocarse. Además, ya no se sentía como antes; y después del modo en que él la había echado de su casa hacía dos meses y medio, no le preocupaba que él se tomara la invitación al revés.

–Puedes dormir aquí.

–No voy a permitir que tú salgas de tu cama –dijo, verdaderamente afectado.

Ella incluso sonrió.

Hacía tanto tiempo que no sonreía, que le pareció extraño.

–No he dicho que yo vaya a dormir en otro sitio. La cama es de un metro cincuenta. Podemos dormir juntos sin tocarnos.

Sebastian se quedó mudo de asombro al ver que ella le ofrecía compartir la cama.

–¿No te importa que duerma aquí contigo?

Su mirada de ojos verdes no vaciló.

–La parte sexual de nuestra relación ha terminado para los dos, así que no me preocupa que quieras aprovecharte.

Sus palabras le hirieron en su orgullo.

–No me aproveché de ti. Estuviste conmigo todo el tiempo.

–No todo el tiempo, Sebastian. No te acompañé en los retorcidos pensamientos que te dejaron convencido de que yo era una réplica viviente de mi madre.

Era cierto, no lo había hecho. Él lo había pensado solo y solo él tenía la culpa de los resultados.

Ella frunció la boca.

–Lo cierto es que tengo miedo.

–¿De qué tienes miedo? –le preguntó Sebastian.

Ella bostezó; tenía los ojos rojos de cansancio.

–No quiero desmayarme como me pasó en el trabajo, sin nadie a quien poder recurrir para asegurarme de que el bebé está bien.

—¿Te desmayaste? —le dijo en voz alta, casi gritando.

Ella se mordió el labio inferior con expresión aturdida.

—Dime la verdad, *pethi mou*.

—No soy una mentirosa, da igual lo que pienses tú —le dijo con fastidio.

—Me dijiste que estabas bien.

Su intención no había sido dudar de su honestidad, pero su expresión le decía que era así como se había tomado sus palabras.

—Estaba bien... estoy bien. De otro modo no me habrían dado el alta en el hospital.

—¿Has estado en el hospital? —le dijo mientras las entrañas se le retorcían de rabia.

Había estado lo bastante mala como para tener que ir al hospital y él sin ni siquiera enterarse. No sabría lo que había pasado si ella no lo hubiera llamado el día anterior. Su investigador la habría encontrado al final; Hawk era demasiado bueno en su trabajo como para fallar, pero el éxito habría llegado demasiado tarde.

—Solo fui a urgencias. Mis compañeras me llamaron una ambulancia cuando me desmayé.

Él negó con la cabeza. Al día siguiente tendrían que hablar también de su trabajo. Trabajar según estaba ella era una locura, aunque no esperaba que ella lo viera así.

—Creo que es hora de que nos vayamos a la cama.

Ella asintió mientras ahogaba un bostezo con la mano derecha, la mano donde debería llevar una alianza de boda. Esperó a que ella apagara la luz para meterse en la cama. La respiración de Rachel adoptó un ritmo tranquilo casi inmediatamente, indicando que se había dormido.

Él en cambio no podía dormir; estaba demasiado inquieto. Había deseado tanto verla de nuevo, compartir su cama... Y todo eso había pasado, pero no como él había esperado.

Ella no había deseado verlo, pero se había obligado a llamarlo por el bien del niño, y le había permitido meterse en la cama con ella solo porque creía que la sexualidad entre ellos dos había dejado de existir. Él no estaba de acuerdo, pero comprendía que tal vez le costara algún tiempo conseguir que ella se diera cuenta.

Antes de todas las maldades que le había dicho él hacía casi tres meses, ella se había mostrado demasiado receptiva como para rechazarlo totalmente a nivel físico.

Si él no creía en eso, jamás tendría esperanzas de compartir el futuro.

Utilizar la pasión que había entre ellos era el único modo que se le ocurría de recuperarla; pero sabía que aún no podría disfrutar de ello. Tal cosa no sería segura para ella hasta que no siguiera el tratamiento correspondiente, o al menos eso le había dicho el doctor que él había consultado, y él estaba empeñado en no volver a hacerle daño.

De ningún modo posible.

Podía y controlaría sus ganas de seducirla, pero no le había prometido nada sobre no tocarla durante la noche. Sabría que él no podría no tocarla, sobre todo después de llevar diez semanas buscándola para terminar encontrándola con problemas de salud y embarazada de un hijo suyo.

Esperó a que ella se quedara totalmente dormida para abrazarla, y así él logró conciliar un sueño muy necesitado.

Por segunda vez en su vida, Sebastian se despertó al lado de Rachel. Se sintió bien. Saboreó su aroma único y la sensación de su sedosa piel junto a la suya. Ella dormía con una camiseta demasiado grande que se le había subido un poco, de modo que en ese momento sus muslos se estaban tocando. Él se había metido en la cama con los bóxer y se había sorprendido de que ella no le hubiera dicho nada por estar medio desnudo. Claro que ya le había dicho que no lo deseaba.

El sexo se había terminado para ella.

Pensó en los días que tendría que esperar para enfrentarse a esa suposición. Sin embargo, no pensaba presionarla en modo alguno, así que decidió que ella no se enterara de que habían estado abrazados.

Sus pies menudos los tenía pillados entre sus piernas, y la erección matinal de Sebastian le rozaba su delicioso trasero. La sensación era maravillosa, pero se le ocurrió que a ella no le gustaría despertarse y encontrarlo en esa postura. Lo acusaría de aprovecharse de ella.

Había metido la pata al día siguiente, pero su noche de amor había sido perfecta y la pasión mutua. Si ella se había convencido de lo contrario por lo que había ocurrido después, entonces no tenía muchas posibilidades de tener éxito.

Con cuidado de no despertarla, se apartó despacio de ella y se levantó de la cama, pero no salió inmediatamente de la habitación. El brillante sol de la mañana se colaba entre las persianas, y Sebastian quiso mirarla mientras dormía. Era tan bella, tan dulce.

Y la madre de su bebé.

Dio gracias por su embarazo, convencido de que si no hubieran concebido ese hijo jamás se habría vuelto a poner en contacto con él. Y solo Dios sabía cuándo la habría encontrado Hawk.

Había contratado los servicios de una agencia de detectives internacional el mismo día en que ella se había marchado, pero Rachel había salido de Grecia sin dejar rastro. En ese momento entendía por qué. Ella había viajado con otro nombre: Newman.

Le había preguntado a su madre cómo había contactado con Rachel para informarle de la muerte de Andrea. Después de echarle otro sermón por su estupidez, su madre le había dicho que la información estaba en una agenda de Andrea. Rachel la había tirado junto con otras pertenencias de su madre cuando había hecho limpieza. La actitud de su madre hacia él se había suavizado cuando se había dado cuenta de que no tenía idea de cómo localizar a Rachel, pero también de lo mucho que deseaba hacerlo.

Sí, Sebastian tenía muchas razones para dar gracias de que Rachel se hubiera quedado embarazada la primera vez que habían hecho el amor, pero también le preocupaba su salud. Solo de pensar que llevaba tanto tiempo sin recibir tratamiento le daban ganas de pegarle un golpe a algo.

No era un hombre violento, pero... maldita sea, ella podría haber muerto.

Rachel entró en la cocina, donde olía a beicon recién hecho, a café y a tostadas con mantequilla. Se detuvo en la puerta y vio un cuenco de fruta fresca pelada y cortada en el centro de la mesa. Incluso más sorprendente fue ver a Sebastian descalzo, en camisa y pantalón delante de la cafetera.

–Eres una caja de sorpresas, señor Kouros –le dijo ella mientras aspiraba el aroma de café de Sumatra, su favorito–. No habría pensado nunca en ti como un cocinero.

Él se volvió con las tazas de café en la mano, y Rachel se dio cuenta de que no solo llevaba la camisa desabrochada, sino también fuera de los pantalones.

–No lo soy. Pero a uno de mis guardaespaldas se le da bien la cocina.

Echó un vistazo al desayuno y dedujo que el guardaespaldas debía de haber estado preparándolo cuando Sebastian la había despertado y le había dicho que tenía quince minutos para ducharse.

Comieron en silencio un rato antes de que ella le preguntara:

—¿Dónde han dormido tus hombres esta noche?

A Rachel le daba la impresión de que se había despertado en algún momento de la noche rodeada por el cuerpo cálido y masculino de Sebastian. Se había sentido protegida, y por eso había dormido mejor que ninguna noche desde que había salido de Grecia. Pero él se había levantado antes que ella. Sencillamente no estaba segura de que se hubiera tratado de un sueño inofensivo; pero desde luego prefería que hubiera sido eso a que inconscientemente su cuerpo hubiera hallado consuelo en su presencia.

—Se han quedado en un hotel cercano.

—No quiero ser un problema para ti.

—No eres ningún problema —la miró a los ojos con pasión—. Eres la madre de mi futuro hijo.

—Lo dices con tanta seguridad, pero todavía me sorprende que no quieras hacerte las pruebas.

—Eras virgen cuando hicimos el amor. El bebé no podría haber sido de otro.

—¿Estás seguro de eso ya?

—Sí.

—Por amor de Dios, ¿por qué?

Que ella supiera, nada había cambiado; solo que de pronto no era una horrible devoradora de hombres. ¿Qué estaba pasando allí?

Él se puso tenso.

—Reaccionaste como una mujer inocente. Debería haber dado más crédito a eso a la mañana siguiente, pero no lo hice.

—Estabas demasiado ocupado asumiendo no sé qué cosas solo porque no sangré.

Le resultaba tan medieval que debería estar en un museo. Su mirada gris se oscureció con una emoción intensa.

–Dijiste que te habían atacado.

–Y tú que me estaba inventando algo para atraparte como había hecho mi madre con Matthias.

Y eso le había hecho tanto daño.

Jamás le había contado a nadie lo que le había pasado con dieciséis años, y que la única persona a la que se lo había dicho no la creyera había sido tan horrible como su rechazo hacia ella.

–Sería mejor que olvidáramos las cosas que dije la mañana después de hacer el amor –dijo él extremadamente tenso.

Así sin más. Sorprendente. ¿Ella iba a tener un hijo suyo y por eso tenía que fingir que todo estaba bien entre ellos?

Capítulo 8

—¿Qué ha cambiado, Sebastian? Cuando me marché de tu apartamento, pensabas que era más o menos una prostituta.
—Eso nunca.
—Me acusaste de utilizar mi cuerpo con fines lucrativos. ¿Cómo lo llamarías tú si no?
—Estupidez.
—Dime por qué.
Se veía que estaba muy incómodo.
—Mi madre cree que soy un imbécil.
—Estás de broma, ¿no?
Ella sabía que las madres griegas reverenciaban a sus hijos, y Philipa pensaba que Sebastian y Aristide eran lo mejor que el género masculino podía ofrecer.
¿Además, qué tenía que ver la opinión de Philipa con el cambio de parecer de Sebastian?
—Me llamó dinosaurio y dijo que la falta de sangre no es indicativo de un pasado sexual.
Le llevó un segundo asimilar el significado de sus palabras, pero cuando lo hizo se levantó de la silla y gritó:
—¿Le contaste a tu madre que nos habíamos acostado juntos?
¿Qué habría pensado Philipa de ella? La madre y el padrastro de Rachel llevaban entonces menos de dos semanas

muertos y ella iba y se acostaba con Sebastian. A Philipa debía de haberle parecido indecente.

Caray, *había* sido indecente.

Sebastian la agarró de la muñeca.

—Siéntate y cálmate, Rachel.

Se sentó, pero solo porque había empezado a sentirse mareada y no quería que él se diera cuenta. Apartó la muñeca de su mano y lo miró con rabia.

—Por favor, dime que no le contaste a tu madre lo que pasó entre nosotros después del funeral —le dijo con los dientes apretados.

Sebastian estaba colorado.

—Sí, se lo conté. Y creo que fue la primera vez en mi vida que mi madre me ha hablado libremente sobre materia sexual. También me gustaría que fuera la última.

—De modo que Philipa cree que cuando te dije que era virgen decía la verdad, y tú aceptaste la opinión de tu madre como si fuera la palabra de Dios después de ponerme verde.

—Así fue, sí.

—¿Y te dijo que me creía sobre las demás cosas?

—¡No! Esto no se lo he contado.

—¿Por qué no? Le contaste todo lo demás.

—No todo —se frotó los ojos, como si estuviera cansado—. ¿Tan poco te fías de mí como para creer que le daría detalles?

Rachel se dio cuenta de que lo había ofendido con su comentario, sin embargo, le dijo la verdad.

—Sí, bastante poco.

Sebastian hizo una mueca.

—Pues no lo hice —señaló su comida—. Desayuna. Necesitas fuerzas.

Sebastian dejó el plato de fruta a medias, se puso de pie y lo dejó sobre la encimera. Se volvió hacia ella y apoyó su cuerpo alto y musculoso sobre un armario.

Su silencioso escrutinio la enervaba, y sintió que le faltaba el aire al verle parte del pecho por la camisa entreabierta. Sin darse cuenta bajó la mirada, y a punto estuvo de atragantarse.

En aquella postura se distinguía una semi erección bajo la tela del pantalón, y Rachel sintió un calor repentino en el centro de su femineidad.

Era imposible que estuviera experimentando deseo alguno por él. Sobre todo después de lo que había pasado. Así que apartó la vista de su cuerpo y se concentró en la comida.

–Cuando termines, vamos a ir a ver a un especialista de corazón y a un endocrinólogo.

Por su tono de voz no podía deducir si él se había dado cuenta de su audaz escrutinio.

Ella asintió con la cabeza, sin levantar la vista; no quería saberlo.

–Mientras estamos fuera –continuó–, mis hombres pueden empezar a hacerte las maletas. Si hay algún mueble al que le tengas cariño, lo enviaremos a Grecia o al apartamento de Nueva York de momento.

Ella alzó la cabeza y lo miró a los ojos.

–¿Hacer las maletas? ¿De qué estás hablando? Yo no me voy a Grecia.

Su apuesto rostro no desveló sentimiento alguno.

–Rachel, necesitas que alguien cuide de ti. No puedo hacerlo desde el otro lado del Atlántico. Vendrás a Grecia conmigo.

Abrió la boca para protestar, pero entonces la cerró. ¿Acaso no lo había llamado precisamente por eso?

Quería que alguien cuidara del bebé si le pasaba algo a ella. Tal vez lo estuviera diciendo con aquellos modales arrogantes, pero esa vez le dejaría que se saliera con la suya.

–De acuerdo, pero no tenemos por qué guardar todo lo que tengo en mi apartamento. No voy a estar embarazada para siempre.

—Sí, lo vamos a estar.
—¿Por qué?
—Tal vez tu embarazo no sea permanente, pero los cambios que traerá a tu vida lo serán.

Tenía razón, pero de todos modos no iba a permitir que él le dijera cuándo debía mudarse a un lugar más grande.

—Puedo arreglármelas en un apartamento de un solo dormitorio hasta que el bebé sea lo suficientemente mayor al menos para caminar.

—Siendo mi esposa no necesitarás este apartamento o arreglártelas sola.

El corazón empezó a latirle demasiado deprisa para su gusto, y no tenía ni idea de si era por la estúpida arritmia o si era por la afirmación que había hecho Sebastian con demasiada informalidad.

Lo había dicho como si el que se casaran ya se supiera de antemano.

—No recuerdo que me hayas preguntado si quiero casarme contigo.

—Lo que queramos tú y yo no importa ahora. Nuestro bebé debe criarse en un ambiente seguro, con los dos padres dispuestos y capaces de cuidar de él o de ella.

—No tengo por qué casarme contigo para que tú estés ahí para el bebé.

—Sí que tienes. Cualquier cosa que no sea el matrimonio entre nosotros me privará de la oportunidad de criar a mi hijo y a él le privará de estar con su padre.

—Tal vez no quiera casarme con un hombre que piensa que soy la mejor candidata a ramera del año —empujó su plato, donde aún quedaba comida.

Él se cruzó de brazos con expresión triste.

—Ya te lo he dicho, no pienso eso de ti.

—Sí que lo piensas. No te creas que soy lo bastante estúpida como para no ver que solo eres agradable conmigo por el bien del bebé; pero eso no cambia tu verdadera opinión acerca de mí.

—Ya te he dicho que no creo que me mintieras.

—No tienes que pensar que soy una buena persona para creer que era virgen. Quiero decir, una maquinadora como yo se habría olvidado a propósito de utilizar algún método anticonceptivo con la esperanza de quedarme embarazada de ti y atraparte para que me mantuvieras a mí y mi decadente estilo de vida.

—¡Yo no he dicho tales cosas!

—Pero que yo sepa las estás pensando —suspiró, sintiéndose de pronto cansada—. Sé lo que piensas de la familia, Sebastian. Tú crees que mi bebé es tuyo porque tu madre te convenció de que no te había mentido, de que tú habías sido mi primer amante. Eso quiere decir que harás todo lo necesario para proteger a nuestro futuro hijo, incluso hasta fingir una relación con una mujer que desprecias por ser una mentirosa y una manipuladora.

—No confías en mí en absoluto.

—¿Sabes?, hay algo que me hace dudar. Ni siquiera has mencionado la posibilidad de que haya podido irme a la cama con otra persona en estos tres meses que llevo sola desde que salí de Grecia. Después de todo, no hay escasez de hombres guapos y disponibles en el sur de California.

En los ojos of Sebastian ardía el fuego de la pasión.

—No te irás a la cama con otro hombre.

—¿Pero cómo puedes estar seguro de que no lo he hecho ya?

—Te atacaron. Tenías miedo a la intimidad. Aunque superaste ese miedo conmigo, no es probable que pudieras hacerlo con otro hombre.

—Tienes una mente de lo más rápida, Sebastian, pero no creo nada de lo que dices.

Había cometido el error de confiar en él una vez, incluso sabiendo que confiar en una persona de su mundo era en sí mismo una estupidez.

Le había hecho tanto daño que tenía el corazón como congelado. No volvería a cometer ese error otra vez.

—No creo que seas una prostituta. Sé que nunca has estado con otro hombre aparte de mí, y que era yo el experimentado. Lo de ponerse un preservativo debería habérseme ocurrido a mí.

Bueno, al menos eso explicaba qué era lo que lo estaba motivando en ese momento. Estaba echándose encima la responsabilidad de su embarazo no planeado. Pero ella era demasiado honrada para permitírselo.

—Que nunca hubiera hecho el amor no implica que no supiera nada de métodos anticonceptivos. Solo es que ni se me ocurrió en ese momento.

—Ni a mí. Estaba demasiado aturdido.

—Entonces fue culpa de los dos. Eso no quiere decir que tengas que sacrificarte casándote conmigo.

—Estamos perdiendo el tiempo discutiendo acerca de esto. No me gusta dar vueltas sobre lo mismo. Vas a casarte conmigo, y cuanto antes lo aceptes, mejor para todos los implicados.

—¿Eso crees?

—Sí, porque eres demasiado lista como para no querer lo mejor para ti y nuestro futuro hijo.

—¿Y yo qué saco de todo esto? —le preguntó ella, encolerizada al ver que él pudiera creer que el matrimonio era lo mejor para ella.

—Pondré la mansión de la isla a tu nombre y te dejaré dinero para que nunca te falte.

—¿Quieres comprar a mi hijo?

Él se apartó del mueble donde estaba apoyado con una explosión de movimiento y se sentó en la silla que había frente a ella.

—No quiero comprar a *nuestro* hijo, ni tampoco a ti. Quiero cuidar de ti. Eso es todo. ¿De acuerdo?

No parecía muy convencido, pero la verdad era que no sabía qué responder. Jamás lo había visto tan nervioso como en esa ocasión. Le soltó la mano y se levantó.

—Tenemos una cita con el médico.

Resultó que tenía tres citas con tres médicos distintos, y Sebastian insistió en estar presente en todas ellas.

El endocrinólogo le explicó que su glándula tiroidea estaba empezando a entrar en un hipertiroidismo y que podía tomar medicación durante el embarazo para controlarlo sin riesgo para el bebé. El cardiólogo le explicó que los mismos medicamentos que controlaban su incipiente hipertiroidismo impedirían el desarrollo de la fibrilación atrial. Y el ginecólogo le dijo que en cuanto empezaran a hacerle efecto los betabloqueantes, podría volver a tener relaciones sin riesgo alguno ni para ella ni para el bebé.

No le había hecho gracia que el médico le diera esa información, ni la audacia de Sebastian por preguntarlo.

Lo cual se dejó muy claro cuando la limusina arrancó de la puerta de la exclusiva clínica donde Sebastian la había llevado.

—Era una pregunta necesaria —argumentó él con tranquilidad, como si su enfado de la cocina no hubiera ocurrido.

—No sé cómo pudiste preguntarle eso al médico. Nosotros no tenemos relaciones sexuales; lo nuestro solo fue una aventura de una noche.

—No fue eso.

—Entonces, ¿cómo lo definirías?

—Como un anticipo de los votos matrimoniales.
—¡Eres increíble!
Él sonrió con ironía.
—Gracias.
Rachel resopló muy enfadada, y Sebastian suspiró.
—Enfréntate a ello, Rachel, un matrimonio platónico entre los dos será imposible.
—En primer lugar, yo no he dicho que vaya a casarme contigo, y si lo hiciera sería con la condición de que tuviéramos habitaciones separadas.
—No.
Solo eso. Una palabra. Nada de discusiones, ni de explicaciones. No podía creer que fuera tan arrogante como para pensar que le dejaría tocarla después de cómo la había rechazado. ¿Qué se pensaba que era, una especie de masoquista?
Pues no lo era.
—Te lo he dicho, no quiero volver a acostarme contigo.
Sebastian se dio la vuelta hacia ella.
—¿Lo dices de verdad? —le dijo con voz temblorosa.
—Sí, de verdad —contestó ella.
—A ver, veamos.
—¿Qué? No...
Pero sus labios ahogaron su gemido de protesta. Sebastian no se mostró exigente, no la forzó, simplemente la besó una y otra vez con una avidez que Rachel sentía en la tensión de su cuerpo, aunque tuviera los labios tiernos y suaves.

Su cuerpo, frío desde hacía semanas, despertó como si nunca hubiera conocido aquella frialdad. Un millón de impulsos eléctricos empezaron a enviarle tantos mensajes de placer al cerebro que inmediatamente estuvo sobrecargada.

Rachel había pensado que se le había pasado, cuando en realidad había estado ávida de una sensación que solo él podía proporcionarle.

Él pareció sentirlo y le agarró la cara entre las dos manos para acariciarle las mejillas con sensualidad. Le acarició el borde de los labios con la lengua, buscando que le diera permiso para entrar. Algo que ella le concedió con un gemido ronco, separando los labios con evidente deleite.

Él se aprovechó inmediatamente, deslizándole la lengua en el calor de su boca, saboreándola como si no tuviera bastante con su beso. Respondió con un deseo que le dejó horrorizada pero que su cuerpo no podía combatir. Sentía una conexión con él demasiado primitiva como para intentar razonarla, demasiado fuerte para ser ahogada, ni siquiera por las heridas que él le había causado en el corazón.

–Tu sabor es demasiado dulce –le dijo sin dejar de besarla, y entonces la sentó sobre su regazo.

Ella no protestó, sino que se hundió en el calor de su cuerpo, con sus brazos rodeándole el cuello.

Él era el ancla en la apasionada tormenta de proporciones huracanadas.

Le deslizó las manos por el cuerpo, acariciándole los pechos y jugueteando con sus pezones duros y palpitantes a través de la fina tela del sujetador y de la amplia blusa de seda hasta que Rachel creyó que se volvería loca. Se retorció junto a él, deleitándose con la dureza de su miembro que le presionaba el trasero. Deseaba sentir su boca entre sus piernas, y no protestó cuando él empezó a desabrocharle la blusa.

El sujetador se abrochaba por delante, y con un clic silencioso él se lo desabrochó. Le retiró el sujetador y empezó a hacerle una exploración que la dejó sin aliento y jadeando de deseo.

De repente el corazón le latía demasiado deprisa, y sintió como si fuera a salírsele del pecho y no pudiera respirar el aire suficiente por mucho que lo intentara.

Entonces se apartó de él, aterrorizada.

–Sebastian, para. No puedo...

Él levantó la cabeza a toda velocidad y la miró con los ojos cargados de deseo.

–¿Qué?

–Mi corazón... –dijo con un hilo de voz, tratando de respirar.

Él maldijo en voz alta, mirándola con preocupación y rabia hacia sí mismo.

–¿Pero en qué estaría pensando? –dijo con nerviosismo–. ¿Rachel, estás bien, *agape mou*?

La sensación empezó a pasársele con la misma rapidez con que le había llegado.

Él se inclinó hacia delante sin soltarla y presionó el botón del intercomunicador. Emitió una serie de órdenes en griego y se arrellanó de nuevo en el asiento, acomodándola para que ella estuviera bien protegida, con la cabeza apoyada sobre su pecho.

–No debería haberte besado todavía –dijo él lleno de arrepentimiento–. Ni siquiera hemos ido a por tus recetas –maldijo de nuevo en griego–. Lo siento. No pienso arriesgar tu vida de nuevo.

–No tenías que haberme besado ni antes ni después –le dijo, pero no podía estar enfadada con él.

–Eres mi mujer. Tengo derecho a besarte –dijo sin pesar alguno–. Excepto cuando es peligroso. Entonces debo controlarme –dijo en voz baja, como si se estuviera regañando.

–Tal vez yo sea la madre de tu hijo –se incorporó para poder mirarlo a los ojos–. Pero no soy tu mujer.

–¿Y eres capaz de decir eso después de cómo has respondido a mi beso?

–Sí.

Pero como no tenía argumentos que darle, volvió a apoyar la cabeza sobre su pecho.

La sensación de debilidad continuó, aunque el corazón ya no le latía tan deprisa. De todos modos, le latía más deprisa de lo normal.

Minutos después estaban de vuelta en la consulta del cardiólogo, y Sebastian estaba reprendiendo al mundialmente famoso doctor por dejar que Rachel hubiera salido de la consulta sin tomar una dosis de las medicinas que le había recetado. El hombre, que seguramente era uno de los más eminentes en su especialidad, balbució una disculpa y rápidamente lo arregló para que ella se tomara la primera dosis de los betabloqueantes.

Sebastian no quedó contento e insistió en que la dejaran en la clínica en observación esa noche. No se la llevaría a Grecia hasta que no estuviera seguro de que estaba lo bastante bien como para hacer el viaje.

—Lo siento, *yineka mou*. Es mi deber protegerte; pero me tomé tu enfermedad demasiado a la ligera. Aparentemente se te ve tan bien, tan saludable, tan como siempre estás tú, que no me daba cuenta de lo frágil que estás en realidad.

Rachel presionó un botón para elevar un poco la cama donde estaba tumbada, después de haber cedido a regañadientes ante su insistencia de quedarse allí en observación esa noche. Sabía que era lo correcto, pero cuando lo había llamado por teléfono no había contado con la sensación de obligación que sentiría hacia Sebastian. Todo lo que él hacía para cuidar de ella la hacía sentirse como si estuviera en deuda con él, y eso no le gustaba.

—Estoy bien. Ya has oído lo que ha dicho el doctor. Mi corazón tendría que estresarse mucho más para tener que preocuparnos por un ataque cardiaco o un infarto.

Él la miró estupefacto, y Rachel deseó no haber sido tan específica. Sebastian tenía la cara del color del mar en un día nublado, y en sus ojos grises había una expresión triste.

—Lo siento mucho —le dijo él de nuevo.

Estaba segura de que en esa última hora se había disculpado más que en toda su vida de adulto.

Se mordió el labio inferior mientras lo observaba y en su interior se debatían sentimientos conflictivos.

—El día que me desmayé y que tuvieron que llevarme a urgencias no estaba haciendo nada agotador; solo estaba sentada a mi mesa, trabajando tranquilamente.

La miró como si por una vez su inteligencia superior no pudiera entender lo que le estaba diciendo.

Al darse cuenta, ella se lo explicó con más claridad.

—Podría haberme dado el ataque fibrilar aunque hubiera estado sentada a tu lado en el coche, mirando por la ventanilla. No fue culpa tuya.

—Sí que lo fue.

Sebastian era tan terrorífico cuando se sentía culpable como cuando estaba enfadado. No había modo de razonar con él.

—Según el médico, a las veinticuatro horas de tomar la medicación, no tendremos que preocuparnos por otro ataque, incluso aunque hagamos el amor —dijo Rachel.

Se había puesto colorada como un tomate cuando el especialista del corazón se había visto obligado a darles esa información. Esperaba por lo menos que, recordándoselo, Sebastian no se sintiera tan culpable.

—Me alegro —dijo él sonriendo después de sentirse tan mal durante la hora anterior—. Me alegra que estés dispuesta a compartir mi cama.

—No lo estoy —respondió avergonzada—. Solo quería que no te sintieras culpable —dijo totalmente exasperada.

—Qué extraño que te importe mi bienestar emocional cuando me odias tanto.

—Nunca he dicho que te odie.

Se le veía demasiado complacido con lo que estaba diciendo.

–He dicho que no confío en ti y es cierto.

–Confías lo suficiente en mí como para dejar que cuide de ti y de tu bebé.

–Eso no es lo mismo que confiar en que vuelvas a ser mi amante.

–Como no has tenido otros amantes, yo sigo siendo tu amante –dijo Sebastian.

–Déjate de semántica. No voy a volver a acostarme contigo.

–No pasa nada, podemos volver a hacer el amor en el sofá como la primera vez. Pero entérate de una vez, Rachel, volveremos a hacer el amor. Es inevitable.

Ella lo miró con rabia.

–No es inevitable.

Su sonrisa le decía que estaba equivocada, y Rachel deseó poder estar más segura de que no lo estaba en realidad.

Sebastian la convenció para que se quedara cinco días más en la clínica, hasta que le bajó la tensión y sus constantes vitales volvieron a la normalidad. Solo Dios sabía cómo lo había conseguido, pero el cardiólogo y dos enfermeros volaron con ellos en el avión privado de Sebastian hasta Grecia. Cuando llegaron a Atenas, el especialista le hizo otra revisión a conciencia antes de permitirle que se montara en el helicóptero que la llevaría a la isla.

El cardiólogo no pudo volver a California hasta que hubo repasado su historial médico con el doctor que Sebastian se había procurado para quedarse en la isla durante su embarazo. Se enteró por una de las criadas de que Sebastian había modernizado la clínica de la isla por si surgía una emergencia.

Rachel no quería ni pensar en los gastos en los que Sebastian había incurrido con todo aquello. Estaba verdaderamente obsesionado. Aunque lo cierto era que sabiendo que tendría ayuda médica cuando fuera necesario se sentía más segura, y ni siquiera se le ocurrió decirle nada a él.

Tres días después de llegar a la isla, se despertó con el sonido de la música en directo bajo la ventana de su dormitorio. Mientras seguía allí, aturdida por tan extraordinario despertar, alguien llamó a la puerta.

A los pocos segundos entró Philipa muy sonriente. Debía de haber tomado un ferry esa mañana temprano, porque no estaba en la isla la noche anterior cuando Rachel se había ido a la cama.

La mujer se acercó a la ventana y retiró las cortinas.

—Qué día más maravilloso para celebrar una boda.

Rachel apenas había podido asimilar esas palabras cuando una de las criadas entró con metros y metros de raso blanco en las manos; detrás de ella, otra muchacha entraba con una caja de zapatos debajo de un brazo y un enorme ramo de flores en la otra mano.

Sin decir ni palabra, Rachel se incorporó como movida por un resorte e hizo lo que cualquier mujer haría cuando la sorprendían con la noticia de una boda a la cual ella no había accedido. Empezó a chillar y se levantó de la cama, gritando el nombre de Sebastian.

Salió del cuarto, ignorando las baldosas frías del suelo de terrazo del pasillo.

—¡Sebastian Matthias Kouros!

Cuando no apareció, corrió escaleras abajo con la intención de dar con aquel canalla y decirle lo que pensaba.

Lo encontró apoyado contra el marco de la puerta de su despacho, con una expresión demasiado complaciente para ser un hombre que estaba a punto de ser asesinado.

Se paró delante de él y le apuntó con el índice.

—¿Cómo te atreves a montar una boda sin mi consentimiento? ¿Sabes que en este momento tu madre está en mi dormitorio preguntándose qué le ha pasado a su futura nuera? Va a disgustarse muchísimo cuando la boda no se celebre.

Él la miró de arriba abajo y Rachel sintió un revoloteo en el estómago y un calor por todo el cuerpo, enfadándose aún más.

—Basta.

—¿El qué? —le dijo él en tono pausado.

—Basta de mirarme.

—Pero estás tan preciosa.

—Pues deja de mirarme así.

—¿Y cómo te estoy mirando?

—Como si te perteneciera —y además de eso, Rachel no podía negar el deseo que se reflejaba en sus ojos—. Y como si me desearas.

—Pero las dos cosas son ciertas. Me perteneces y te deseo más de lo que he deseado a ninguna mujer. ¿Tienes idea de lo excitante que resultas cuando te enfadas?

Rachel estaba fuera de sí.

—¡Sebastian!

—¿Qué pasa? No creo que esto sea bueno para nuestro bebé.

—Deberías haberlo pensado antes de empezar a intentar adueñarte de mi vida.

Él se puso derecho y se apartó de la puerta.

—No deseo apoderarme de tu vida, sino compartirla contigo.

Ella se echó a reír con cierto histerismo.

—No quieres compartir mi vida conmigo. Quieres compartir el bebé, nada más.

De pronto la agarró por la cintura con fuerza y la estrechó contra su pecho, pegando su cara a la suya.

—Vamos a dejar una cosa clara, Rachel. Los dos somos los padres de ese niño que llevas dentro y no puedo compartir mi vida con la de ese niño sin compartir también la tuya. ¿Quieres limitar mi paternidad a visitas ocasionales o a las vacaciones? ¿Se trata de eso? Quieres vengarte por el modo en que te traté, y crees que lo vas a conseguir negándome el derecho de estar con el bebé, de darle mi apellido. ¿Pero has pensado que tu venganza le causará dolor al niño?

—No quiero venganza —dijo—. Ni tengo intención de impedirte estar con el bebé.

—Entonces cásate conmigo.

—No tengo que casarme contigo para que seas el padre de mi hijo.

Aunque para que el niño llevara su nombre, sí que tenían que casarse.

Sebastian la soltó y se apartó un poco de ella. Jamás lo había visto tan decepcionado.

—Entonces te niegas a casarte conmigo.

Sabía que con solo decir que sí él la dejaría en paz. Pero no era capaz de decir esa palabra.

Desde que él había vuelto a su vida había tenido que enfrentarse a otra realidad irrefutable.

Todavía lo amaba.

No quería, pero así era. Debía enfrentarse a pasar el resto de su vida sin él, o vivir con el hombre que amaba, sabiendo que él no le correspondía.

—No me gusta que se planee mi boda sin que yo haya accedido siquiera a casarme o sin tener en cuenta mi opinión sobre cómo va a llevarse a cabo.

—¿Estás diciendo que te casarías conmigo si lo hiciera así?

—Estoy diciendo que lo consideraría, pero tendrás que pedírmelo, caray, y no vas a planear mi boda sin mí.

Una esperanza recelosa asomó a su mirada, dándole un aspecto vulnerable, ablandándole a Rachel el corazón como ninguna otra cosa que había hecho desde que había ido a buscarla a California.

—Entonces te haré la corte.

Rachel volvió a su dormitorio, pensativa y algo preocupada por la oferta de Sebastian de cortejarla.

Philipa estaba junto a la ventana, de espaldas a la puerta. El vestido de novia, los zapatos y el ramo estaban cuidadosamente colocados sobre la cama. Las criadas se habían marchado, pero la expectación permanecía en el ambiente.

—La música ha dejado de sonar —dijo Philipa con expresión pensativa mientras se daba la vuelta.

—Ha sido un error.

—La tradición griega es tocar música bajo la ventana de la novia la mañana de su boda.

—Pero no va a haber ninguna boda.

Philipa la miró con preocupación.

—¿Habéis discutido Sebastian y tú?

—Nunca nos reconciliamos.

—Siento oírte decir eso. Había esperado que con un bebé en camino habrías encontrado el modo de hacerlo.

¿También eso se lo había dicho Sebastian?

—Tu hijo es un bocazas.

Philipa sonrió, para sorpresa de Rachel.

—Normalmente no, pero creo que contigo está un poco como pez fuera del agua y por eso actúa de este modo.

¿Sebastian confundido? Imposible.

—No lo creo. Tu hijo tiene más mundo del que yo jamás tendré.

—Tú nunca has querido perseguir el estilo de vida que tu madre perseguía con tanto afán.

—Prefiero llevar una vida tranquila.

—Y Sebastian tiene poca experiencia con las mujeres que no están interesadas en el estilo de vida de los ricos. No sabe nada de una mujer que posee tanta inocencia e integridad como tú.

—Él no me ve así.

Philipa negó con la cabeza.

—Yo creo que estás equivocada.

—Él pensó que le había mentido... sobre...

No pudo decirlo. Sin embargo, las siguientes palabras de Philipa le confirmaron que ya lo sabía.

—Se arrepiente de haber dudado de ti en eso.

—Solo porque tú le dijiste que estaba equivocado.

—Un hombre no sigue los consejos de su madre a no ser que quiera, Rachel —dijo Philipa con pesar.

—Si tú lo dices.

De tanto en cuanto a Rachel se le iban los ojos hacia el vestido de novia, y finalmente se agachó y pasó la mano por la tela de raso. Sebastian no había escatimado con el vestido.

—Sebastian estuvo prometido en matrimonio en una ocasión.

El comentario la sorprendió tanto que se volvió a mirar a Philipa.

—¿Sí?

—Sí, con una mujer muy parecida a Andrea —Philipa se acercó a ella y le dio un apretón en el brazo—. Veo en ti lo mejor de tu madre, hija; pero no compartes sus defectos.

—Pues Sebastian así lo cree.

—Tonterías. Solamente le cuesta mucho confiar en alguien. La mujer con la que estuvo prometido le hizo mucho daño, y luego llegó Andrea a nuestras vidas. Destruyó a un hombre a quien Sebastian quería como a un padre, y el cinismo de Sebastian hacia las mujeres se afianzó. Me fue muy duro ver cómo pasaba eso, pero yo no podía hacer nada para detenerlo —suspiró Philipa—. Aunque mi hijo tenía una opinión equivocada de las mujeres, me di cuenta de que él veía algo distinto cuando te miraba a ti. Siempre tenía cuidado de ti, siempre tan preocupado por ti cuando eras más joven.

—Hasta que murieron Andrea y Matthias. Entonces empezó a odiarme.

—Estaba muy apenado, Rachel —Philipa negó con la cabeza—. Mi hijo no expresa fácilmente sus emociones. Tú fuiste la vía de escape de su dolor y siento decir que no se dio cuenta de su error hasta que no fue demasiado tarde.

Rachel permaneció un momento en silencio antes de continuar.

—Aunque lo que dices sea cierto y el comportamiento de Sebastian fuera causado por el dolor, no pienso casarme con un hombre que organiza mi boda sin mi consentimiento y que ni siquiera me deja elegir mi vestido de novia.

La mujer se acercó y tocó el vestido, como había hecho Rachel momentos antes.

—Es un vestido precioso.

—No se trata de eso.

—¿No te lo pidió?

—Me lo dijo, y eso no es lo mismo.

Philipa tomó el ramo de flores y se lo llevó a la nariz.

—A algunas mujeres eso les parecería romántico —dijo Philipa.

Si se sienten amadas, tal vez. A mí me pareció terriblemente arrogante por su parte.

—¿Entonces le vas a negar que ocupe su lugar a tu lado porque sabe lo que quiere y lo lleva a cabo? —por primera vez Philipa le habló en un tono lleno de censura, y Rachel la miró con extrañeza.

—Dice que me va a cortejar.

No sabía por qué se lo había dicho; tal vez porque detestaba ver a aquella mujer a la que tanto apreciaba tan disgustada con ella.

Entonces Philipa se relajó y sonrió.

—Ah, eso es bueno. Debería haberlo hecho así desde el principio.

Sí, debería, pero la verdad era que un hombre que se casaba con una mujer solo por el bien del futuro hijo de ambos no pensaba automáticamente en cortejarla.

El supuesto galanteo de Sebastian no empezó con buen pie cuando esa tarde llamó a Rachel a su despacho para que firmara las escrituras para que la mansión de la isla fuera suya. Su contable también estaba allí para informarle de su nueva cartera de acciones, de su libreta de cheques y de unas cuantas tarjetas de crédito que había puesto a su nombre.

Pero la respuesta de Rachel no había sido positiva.

—No quiero ni tu dinero ni tu casa —le dijo, apartando los documentos muy enfadada, y negándose a firmarlos.

¿Y por qué le fastidiaba así que quisiera darle una casa?

—Deberías haber heredado más que una colección de libros cuando murió Matthias. Con esto solo estoy siendo justo.

—Matthias era el marido de mi madre, no mi padre. No me debía nada.

—Y yo soy el padre de tu hijo. No puedes decir que no te debo nada.

Ella lo miró con rabia.

—No me debes nada.

—No es cierto, Rachel.

Ella se levantó de la silla de un salto y empezó a pasearse por la habitación, deteniéndose al momento junto a la ventana.

—Yo no soy mi madre. ¿Cuándo te vas a dar cuenta de eso? —le dijo muy derecha, de espaldas a él.

Sebastian deseaba poder ir y abrazarla.

—No he dicho que lo fueras.

Rachel se volvió, ignorando la presencia de las otras dos personas que había en el despacho.

—Entonces, ¿por qué darme la casa? Tú no tienes que comprar el acceso a tu hijo, ya te lo he dicho. Jamás le haría a mi bebé lo que Andrea me hizo a mí.

Vibraba de rabia y de algo más; una vulnerabilidad que Sebastian no deseó que nadie presenciara. Les pidió a sus hombres que salieran, incluido el guarda de seguridad que estaba en la puerta, dejándolos a solas a Rachel y a él.

—¿A qué te refieres con eso?

La expresión de Rachel se volvió sombría.

—Mi madre me apartó de mi padre cuando yo era pequeña. Jamás volví a verlo, y cuando me hice mayor y quise buscarlo, se negó a decirme quién era.

Andrea Demakis había sido una cerda de primera.

—¿Y qué hay de tu partida de nacimiento?

—No sé dónde está. Se negó a dármela o a decirme dónde había nacido.

—Podrías haber contratado los servicios de un detective privado.

Ella se echó a reír con amargura, y Sebastian se encogió por dentro.

—Esa clase de investigación cuesta miles de dólares, y yo no tengo el dinero que tienes tú, Sebastian.

—¿Y te gustaría conocer a tu padre?

—Sí. Recuerdo que él me quería.

Sus palabras golpearon a Sebastian con fuerza. A pesar de todo lo malo que Andrea le había hecho a su familia, le había hecho más daño a su hija.

–Sin embargo, él no te buscó –dijo, y al momento pensó que debía haberse mordido la lengua.

–No. Creo que lo intentó, pero Andrea hizo todo lo posible para que no nos encontrara.

Sebastian se quedó pensativo. Tal vez Rachel tuviera razón, o a lo mejor el hombre había sido más parecido a Andrea de lo que Rachel quería creer. En ese momento tomó la decisión de encontrar al padre de Rachel. Así podría determinar si aquel hombre iba a ser malo o bueno para su mujer.

–¿Por eso te cuesta tanto aceptar que cuide de ti? Veo que Andrea te enseñó a no confiar en nadie.

–No estoy en contra de que me ayudes. Además, de momento no tengo otra opción, ¿no? –Rachel se cruzó de brazos–. Cuando nazca el bebé podré volver a trabajar; pero no te habría llamado si no estuviera dispuesta a aceptar tu ayuda hasta ese momento.

–Me llamaste nada más que porque temías por la salud de nuestro bebé.

–Sí.

Su confirmación le dejó desolado, pero apretó los dientes para no decir nada.

–¿Y me habría enterado de que iba a tener un hijo si no hubieras enfermado?

–Ya te lo he dicho. En cuanto hubiera nacido el bebé te lo habría dicho. Ambos merecéis la oportunidad de conoceros.

Sebastian pensó que debería sentirse agradecido al menos por eso, pero no era así. Deseaba mucho más que aquella aceptación a regañadientes de la mujer que tenía delante; una mujer tan bella que se moría de deseo por ella.

–Sin embargo, habrías pasado el embarazo sola porque no confiabas en que quisiera estar ahí contigo, para ti.

Sebastian vio la verdad reflejada en sus bellos y profundos ojos verdes.

—Ahora no estoy sola –dijo, señalándose el vientre, como si quisiera reconfortarlo.

Pero él no estaba de humor para eso. Primero se había negado a casarse con él, y después quería rechazar todo lo demás que había querido ofrecerle.

—Ni estás sola ni te faltan recursos económicos, si quisieras aceptarlos.

—No me quedé embarazada para sacarte dinero y propiedades –le dijo, mirándolo con desdén.

—Nunca pensé que lo hubieras hecho por eso.

Ella se quedó callada, y él suspiró. De acuerdo, él la había acusado de algo parecido, pero eso fue en el pasado. ¿Es que no se daba cuenta?

—Cuando vengas a mi cama, quiero que sea por voluntad propia –dijo Sebastian.

—¿Cómo?

—No quiero que te cases conmigo o que me aceptes de nuevo porque sientas que no tienes otra elección.

Parecía que sus esfuerzos habían sido en vano; si acaso, parecía más ofendida.

—Yo jamás haría eso. Me valoro demasiado como para entregar mi cuerpo a cambio de seguridad económica.

¿Por qué se negaba a entender?

—En cuanto la mansión sea tuya y tengas dinero suficiente, el tema no volverá a tocarse.

—¡No los quiero!

—Te estás comportando con obstinación y ridículamente.

—Y tú no vas a conseguir comprar un lugar en mi cama.

¿Acaso no se daba cuenta de que eso era exactamente lo que no quería hacer? Aparentemente no, porque salió de la habitación diez minutos después, sin firmar los papeles y sin aceptar siquiera un talonario a su nombre.

Su primer intento de conquistarla había fracasado.

***

Rachel entró en el solario, al que se accedía por la cocina y se sentó en el amplio alféizar de la ventana. Como aquella habitación casi nunca se utilizaba, en ese momento estaba vacía; precisamente lo que ella había estado buscando.

Necesitaba un descanso del tipo de galanteo de Sebastian. Si al menos pudiera convencerse a sí misma de que lo que estaba haciendo era por ella y no solamente para asegurar su papel en la vida del bebé que ella llevaba en su seno, Rachel se habría sentido en la gloria. Pero la realidad era que tenía un sinfín de dudas sobre los sentimientos de Sebastian y su falta de confianza en ella, a pesar de que él dijera lo contrario.

–Sabía que te encontraría aquí.

El corazón se le aceleró como le pasaba siempre cuando él estaba cerca de ella, pero las palpitaciones aceleradas no se habían vuelto a producir desde que tomaba la medicación que le habían recetado.

–Iba a leer un rato –dijo ella levantando el libro de bolsillo que tenía en la mano–. Aquí hay mucha tranquilidad.

–Estabas escondiéndote.

Ella se sonrojó un poco.

–Quería estar sola un rato. Me dijiste que tenías trabajo esta mañana.

–La mañana ya ha pasado, y no he podido evitar fijarme en que has desaparecido precisamente cuando te dije que iba a terminar.

–No tienes por qué pasar todo el tiempo conmigo –respondió ella a la defensiva.

–Sin duda preferirías que te dejara sola todo el tiempo. Ahora que tu salud no corre peligro, te contentas con fingir que no existo.

Como si eso fuera posible.

—Yo...

—Te alegrará saber que debo volver a Atenas para atender varios asuntos relacionados con la empresa —la interrumpió en tono irónico.

—¿Cuándo te marchas?

—Dentro de una hora. Si se me ocurriera invitarte, estoy seguro de que sería perder el tiempo. Tu corazón es de piedra para mí.

—Eso no es cierto —respondió Rachel.

—¿De verdad? Te niegas a aceptar mis regalos y me evitas a la menor oportunidad posible.

—Un único intento de estar un rato a solas no creo que sea evitarte.

No dijo nada sobre el rechazo de los regalos. En eso él tenía razón; se negaba a dejarse comprar.

—No quiero interrumpirte —Sebastian señaló el libro con desprecio—. Veo que tienes cosas más importantes que hacer que pasar el tiempo conversando conmigo.

Lo cierto era que no le hubiera importado estar un rato a solas, pero jamás había visto así a Sebastian. Casi parecía como si estuviera dolido.

Abrió la boca para decir algo, pero él la interrumpió de nuevo.

—Tal vez estando fuera consiga lo que no he conseguido con mi presencia.

Se volvió para marcharse. Sin poder evitarlo, ella fue a agarrarlo.

—Sebastian...

Pero él se encogió de hombros para quitarse su mano de encima.

—No te preocupes. Te dejo a mi jefe de seguridad. Él vigilará que no te falte de nada.

***

Una semana después, Sebastian no había regresado. Había llamado a diario, pero sus conversaciones habían sido tensas. Él le preguntaba por su salud y ella por su trabajo, pero ninguno de los temas daba para mucha conversación. Ella se sentía estupendamente, y en cuanto a él, sus conflictos con los negocios seguían arrastrándose.

Rachel intentaba decirse que la presencia de Sebastian era indispensable en Atenas, pero cuando estaba en la cama de noche se atormentaba pensando que él estaba utilizando su trabajo como excusa para estar lejos de ella.

Aunque todavía lo amaba, no sabía qué hacer para poder estar con él. Tenía miedo de volver a sufrir porque no era capaz de borrar los sentimientos que tenía hacia él. Había aprendido a hacer eso con Andrea, pero Sebastian le había llegado hondo, de un modo que su madre ni siquiera había intentado jamás.

Se volvió de espaldas en la agobiante oscuridad de su dormitorio. ¿Por qué el amor le resultaba tan difícil de aceptar? Andrea, que no había querido a nadie en su vida, había sido amada por muchos; sin embargo ella solo había recibido el amor de un padre de quien la habían separado totalmente.

En ese momento el timbre del teléfono interrumpió sus sombríos pensamientos. Se volvió para mirar el reloj despertador. Medianoche. ¿Quién podría llamarla tan tarde? ¿Le habría pasado algo a Sebastian?

Se levantó de la cama para llegar al aparato de la mesilla, y apretó el botón.

—¿Diga?

Una voz en griego dijo algo en ese momento. Entonces Sebastian habló en griego y se oyó un clic.

—¿Sebastian?

—Soy yo.

—¿Estás bien?

Una risotada grave y amarga le llegó desde el otro lado de la línea telefónica.

—No me digas que te importa. Ahora ya no soy nada para ti.

—Eres el padre de mi hijo. Eso no es poco.

—Quieres decir el donante de esperma.

—Qué tontería decir eso.

—No es una tontería saber que no puedo significar nada para ti, toda vez que no quieres casarte conmigo.

Se apoyó sobre el cabecero de la cama en la habitación a oscuras.

—Casarnos no resolverá nuestro problema.

En realidad, crearía más, siendo tan distinto el compromiso emocional de ellos dos.

—Resolvería los míos. Así podría tenerte a mi lado en mi cama y no pasaría las noches muerto de un deseo que no tengo derecho a saciar.

—Ni siquiera me has besado desde que hemos vuelto a Grecia.

Y eso le había preocupado. ¿Qué clase de galanteo no incluía algún tipo de contacto físico?

Él respondió enfurecido, con una retahíla de palabras en griego.

—¿Crees que no te deseo? ¿Es que no te demostré en California lo mucho que sigo deseándote? Puse en peligro tu salud porque no era capaz de quitarte las manos de encima, o apartar los labios de los tuyos.

—¡Y ahora que estoy bien no lo haces!

—No quiero deshonrarte de nuevo antes del matrimonio.

—Un simple beso no creo que vaya a deshonrarme –le dijo ella con sarcasmo.

—Lo hace cuando un hombre desea a una mujer tanto como yo a ti.

—¿Quieres decir que me deseas físicamente pero que no me tomarás hasta que estemos casados?

Era ridículo. No le había importado hacerlo antes, cuando incluso se había asegurado de que ella entendiera que no podía prometerle un compromiso.

—Sí, tienes razón. La próxima vez que nuestros cuerpos se junten serás mi esposa, tanto en nombre como en espíritu.

—¿Cuánto tiempo más te quedarás en Atenas? —le preguntó, incapaz de responder a sus exigencias, pero conmovida por ellas de todos modos.

Él suspiró.

—No lo sé.

A ella se le fue el alma a los pies.

—Ah.

—Pareces decepcionada.

—Lo estoy.

Un silencio preñado de significado respondió a su afirmación.

—Pero no im...

Él no le dejó terminar la mentira.

—Podrías venir al apartamento.

La invitación la sorprendió, aunque no debería haberlo hecho.

—Pero claro, no querrás venir —dijo él—. ¿En qué estoy yo pensando?

—Te equivocas —dijo antes de que siguiera diciendo algo negativo.

—¿Quieres venir? —le preguntó con perplejidad evidente.

Estar más tiempo separados no le iba a servir de nada, y le dolía estar lejos de él.

—Sí —dijo con énfasis.

—Entonces el helicóptero irá a recogerte por la mañana.
—Estaré lista.

Nada más descender el helicóptero sobre la azotea de Industrias Kouros, Sebastian se acercó para ayudarla a bajar del aparato. En cuanto la apartó del helicóptero se detuvo frente a ella. Su boca se unió a la suya antes de que ella pudiera decir nada, que en realidad no quería.

Un par de brazos fuertes la estrecharon, presionando su cuerpo contra los contornos ya excitados de su cuerpo viril mientras la besaba con toda su alma.

Allí, besándose con Sebastian, Rachel se sintió bien por primera vez desde hacía meses. Él apartó lentamente los labios de los suyos, y Rachel echó la cabeza hacia atrás y lo miró, empapándose de su rostro con avidez.

Él tenía los ojos inyectados en sangre, como si no hubiera dormido bien, pero también la miraba con intensidad.

—Has venido.

—Te dije que lo haría —le recordó sin aliento.

—Es cierto.

—El helicóptero vino muy temprano.

—¿Y estabas lista?

—Sí.

La conversación era absurda, pero la corriente subyacente era explosiva. Lo que ninguno dijo, pero sí quedaba claro, era que los dos sentían una necesidad de estar solos.

—¿También estás lista para casarte conmigo?

Ella tragó saliva.

—Vas derecho a la yugular.

Él negó con la cabeza.

—Debería ser refinado, romántico, pero no me siento para nada así. Necesito oírte decir que sabes que eres mía.

Veía que así era, y rechazarlo sería rechazarse a sí misma.

–Sí –le dijo por fin.

El beso que siguió a su monosílabo fue tan apasionado, que Rachel perdió la noción de la realidad de tal modo que no notó siquiera que él la tomaba en brazos hasta que oyó un gemido entrecortado cuando Sebastian y ella salieron de un ascensor.

La mujer que estaba a la mesa de recepción miró al presidente de su empresa como si tuviera dos cabezas. Sebastian asintió y salió con Rachel a la entrada del edificio, donde había una limusina esperándolos.

Hasta que no estuvieron dentro, ella sentada sobre su regazo, no volvió a hablar.

–¿Cuándo te casarás conmigo? –le preguntó él.

–Cuando tú quieras.

–¿Quieres una boda por todo lo alto?

Ella sonrió con aprobación al ver que él quería conocer sus deseos, que no se limitaba a asumir que serían los mismos que los suyos.

–No.

–¿Quieres casarte en la isla?

–No me importa.

Nunca había soñado con una boda de cuento de hadas, solo había esperado casarse con el príncipe. Y eso era lo que iba a hacer.

A veces se comportaba como un sapo, pero no era tan malo. Al menos sabía disculparse y escuchar. Después de todo, había cancelado su boda y había tratado de hacerle la corte. Su flexibilidad le daba esperanzas de futuro.

Esa flexibilidad brilló por su ausencia cuando Rachel dijo que quería que Philipa fuera a la boda, y Sebastian le dijo que su madre estaba de viaje y que no volvería a Grecia hasta pasada una semana.

—No puedo esperar otra semana para llevarte a mi cama —le dijo él.

Rachel sintió un calor en el sitio donde menos quería sentirlo.

—No tienes por qué hacerlo.

—Sí —su mirada no sugería que quisiera discutir el tema—. No volveré a deshonrarte

Ella lo miró con rabia, pero ninguno de sus argumentos lo conmovió. Era o bien casarse en ese momento y acostarse juntos, o bien casarse después y dejarle que se quedara en el apartamento de la empresa porque él no se fiaba de su deseo por ella si estaban bajo el mismo techo.

La última semana había sido la más horrible de su vida. Había echado de menos a Sebastian con toda su alma. No quería pasar ni una semana más en su apartamento mientras él estaba en el de la empresa, pero no quería reconocérselo para que no se diera cuenta de que ella también se moría por él.

La semana pasó muy despacio a pesar de los esfuerzos de Sebastian para tenerla entretenida, a pesar de su humor bastante precario a veces.

Cuando se encontró con él en el altar de la vieja iglesia ortodoxa para pronunciar sus votos, Rachel temblaba de pies a cabeza. Aunque habían hecho el amor meses atrás, no estaba nada segura de poder apaciguar el hambre voraz que veía en sus ojos cada vez que la miraba.

Había en ella una esencia que no había habido anteriormente, una necesidad que iba más allá de lo físico. Y era eso lo que le tenía tan nerviosa. Y eso unido a su creciente esperanza de que la amaba en realidad, no hacía más que confundirla.

Pero cuando lo miró a los ojos delante del pope, sus miedos se desvanecieron con el calor que vio reflejado en ellos. Tal vez él no la amara, pero sí que se interesaba por ella.

Además, ella lo amaba. Lo amaría siempre.

Su matrimonio sería lo que ellos quisieran, y estaba empeñada en aprovechar la oportunidad que Dios le había dado de vivir su sueño dorado.

Y así fue como se sintió cuando Sebastian la llevó a un hotel de cinco estrellas a las afueras de Atenas.

Sebastian cruzó el umbral de la puerta de su habitación con ella en brazos. Entonces él bajó la cabeza y la besó apasionadamente, con ternura y habilidad.

Cuando levantó la cabeza, ella estaba aturdida de deseo.

–Gracias –le dijo él en tono ronco y sensual.

–¿Por qué? –le preguntó ella confusa.

–Por casarte conmigo. Te prometo que te haré feliz, *yineka mou*.

–Estar contigo me hace feliz –le dijo en una explosión de sinceridad, ya que tenía el corazón tan colmado de felicidad que no podía contener dentro tanta emoción.

La primera vez que habían hecho el amor todo había sido muy rápido, pero en esa ocasión Sebastian no parecía tener prisa. Exploró con sus labios y sus dedos cada centímetro de la piel que le iba dejando al descubierto, acariciándole el cuello, los hombros, los pechos, la espalda y el vientre.

–Eres tan bella, *yineka mou*. Y toda mía.

Ella tragó saliva, incapaz de hablar con el nudo que tenía en la garganta, pero asintió de todos modos. Sebastian le bajó un poco más el vestido, dejando al descubierto sus curvas generosas, sonrosadas de excitación y coronadas por cumbres que pedían a gritos su atención.

–Tan bella... –suspiró él de nuevo mientras su boca le rozaba la piel sensibilizada por sus eróticas y ardientes caricias.

Pronunció de nuevo las palabras en griego antes de meterse un pezón en la boca.

Ella se arqueó de placer, hundiendo los dedos entre sus cabellos, pidiéndole en silencio que continuara haciendo lo que estaba haciendo.

–Oh, Sebastian, por favor... –aguantó la respiración mientra él succionaba el pezón tan sensible a causa del embarazo–. Cariño mío, oh, sí. Qué bueno...

Sus gemidos se trasformaron en sollozos de placer mientras su cuerpo se arqueaba y se movía debajo de él. La tensión en su interior aumentó desenfrenadamente entre sus brazos, más fuerte de lo que había experimentado jamás. Él empezó a acariciarle el otro pezón, pasando el dedo suavemente por encima y alrededor, hasta que ella creyó que iba a morir de placer o a explotar.

Y fueron las dos cosas, experimentando lo que los franceses llamaban muerte pequeña. Una oleada de proporciones gigantescas la arrolló por dentro, tensando todos los músculos de su cuerpo, y sintió la contracción de su vientre alrededor del bebé que empezaba a manifestar su presencia en su cuerpo. Gimió, atrapada en una agonía de placer, con el corazón estallando de amor.

No podía soportar ni un segundo más de aquel placer tan intenso. Pero entonces su cuerpo se estremeció violentamente para seguidamente quedar desfallecida sobre la cama, medio inconsciente.

Él empezó a besarle los labios y la cara. Entonces continuó besándole el cuello, los pechos y el vientre mientras continuaba elogiando su pasión, su belleza y su singularidad en una mezcla de inglés y griego.

Se apartó de ella y se levantó de la cama. Rachel entreabrió los ojos, confusa al verse privada del calor de su cuerpo.

–¿Adónde vas? –le preguntó.

Él se estaba desnudando.

—A ningún sitio. Necesito hacerte mía totalmente; quiero consumar nuestro matrimonio con la unión de nuestros cuerpos.

—Sí... —asintió ella, drogada de placer.

El tamaño de su erección quedó al descubierto cuando terminó de quitarse la ropa. Más que impresionarse, a Rachel le dio un poco de miedo. Lo habían hecho antes, pero no recordaba que su tamaño hubiera sido tan colosal.

—No te haré daño, pequeña mía —le dijo él, tal vez adivinando parte de su alarma—. Jamás volveré a hacerte daño.

Él le acariciaba la mejilla, y ella volvió la cara para besarle la palma de la mano, como gesto de que confiaba en él.

Su cuerpo atlético se estremeció.

—¿Querrás tocarme? —le pidió en un tono que ella no reconoció.

Era de tanta necesidad; y su orgulloso griego no necesitaba a nadie.

Tímidamente le acarició el miembro recio y sedoso. Él se frotaba contra su mano, palpitando de deseo, un deseo que no tenía intención de ocultar. Ella experimentó una sensación de poder. Aquel hombre tan tremendamente masculino la deseaba tanto que se estremecía de deseo.

—Eso es, *agape mou,* tus caricias son perfectas.

Le había dicho «amor mío» otra vez. Debía de ser algo relacionado con el sexo, pero le gustaba. Lo acarició con la mano, maravillándose de la singularidad de todo ello a pesar de haber pasado ya una noche de pasión.

—Te amo, Sebastian.

Lo que él le dijo en respuesta a eso le resultó indescifrable en el torbellino de pasión que los envolvió después de decirle esas palabras.

Terminó de desvestirla con torpeza, y de nuevo volvió a

acariciarla por todas partes, proporcionándole placer con palabras y movimientos tan tiernos que Rachel empezó a llorar de nuevo. Cuando su mano se perdió entre sus muslos, ella estaba turgente y lista para él. La tocó hasta que ella gritó de placer y entonces la penetró, estableciendo un ritmo que los llevó a alcanzar un clímax estremecedor a los pocos minutos.

Después él se tumbó de espaldas y la tumbó sobre él, para continuar unidos íntimamente. Era una sensación extraña, pero increíblemente especial.

–Háblame del ataque que sufriste cuando eras adolescente.

Eso era lo que Rachel menos se habría imaginado que podría preguntarle en esos momentos. Levantó la cabeza que tenía apoyada sobre su pecho y lo miró.

–¿Para qué?

–Te ignoré la mañana después de hacer el amor porque mis suposiciones erróneas me volvieron loco. Después, cuando me di cuenta de mi error, me quedé preocupado por lo que me habías dicho.

–¿Y ahora quieres que te lo cuente?

–Sí, pero si te resulta muy doloroso hablar de ello, lo entenderé.

Rachel no tenía idea de que Sebastian pudiera ser sensible. Antes de la muerte de su tío abuelo, Sebastian había sido amable con ella, pero no sensible. Se había llevado a sus chicas a la isla, rompiéndole su joven corazón al tiempo que lo reparaba con una sonrisa y un elogio.

–¿Pero por qué lo quieres saber?

Parecía incómodo, pero estaba muy serio.

–No quiero hacer nunca nada que pudiera recordarte a ese hombre.

Las palabras la asombraron, pero su razonamiento la conmovió profundamente.

—Nada de lo que hagas nunca podría recordarme a él.

Y sabía que era cierto. Con Sebastian todo era distinto porque lo amaba.

—Me alegro.

Ella aspiró hondo mientras los nauseabundos recuerdos asomaban por las rendijas de su memoria.

—Jamás se lo he contado a nadie, salvo a Andrea.

Él hizo una mueca.

—Y conociéndola supongo que no se mostraría comprensiva.

Eso era decir poco de la fría reacción de su madre ante el trauma que había sufrido. Había sido en ese momento cuando había dejado de querer a su madre.

—Me dijo que no volviera a hablar de ello, que lo olvidara.

—Lo siento mucho por ti, *yineka mou*. No te protegió como una madre debe proteger a su hija.

Jamás lo había hecho.

—No, no lo hizo.

Entonces Rachel empezó a contárselo. Había sido la noche de una de las fiestas de su madre. Rachel había estado escondida en su dormitorio, como de costumbre, intentando ignorar lo que pasaba en el resto del apartamento.

Un hombre entró en la habitación y cerró la puerta. Encendió la luz, y ella vio que era el hermano del amante de turno de su madre. Le hizo sentirse sucia cuando la miró porque se fijaba en partes de su cuerpo que su mente inocente de dieciséis años sabía que él no debía fijarse. Estaba borracho. Notó el olor a licor desde donde estaba él y sintió miedo.

Cuando se sentó en la cama, Rachel se asustó aún más. Le habló como hablan los borrachos, arrastrando las palabras. Ella le dijo que se marchara, pero él se echó a reír y empezó a tocarla, diciendo que era igual que su madre. Ella gritó, y él la abofeteó. Nadie la oyó porque la música estaba muy alta. Ella forcejeó con él, pero él le quitó las bragas y le metió la mano entre las piernas. Le metió los dedos dentro con fuerza, y ella sintió un dolor horrible que la hizo gritar de nuevo.

Aquella vez con más fuerza que nunca.

La puerta de su habitación se abrió de golpe y entró el hermano del hombre. Agarró al joven y le pegó un puñetazo, insultándole y diciéndole lo canalla que era. Su madre entró para ver qué pasaba porque había oído los gritos de su novio.

Cuando vio lo que había pasado, le pidió a su novio que se llevara de allí a su hermano. Rachel sollozaba descontroladamente, dolorida, con los muslos llenos de sangre.

–Andrea se negó a llevarme al hospital, diciendo que muchas mujeres sangraban la primera vez. Pero yo no había hecho nada. No habíamos practicado el sexo, y la sangre me horrorizó.

Sebastian le acariciaba la espalda, aunque Rachel notó que estaba muy tenso.

–¿Lo denunciaste?

–No. Andrea me dijo que no dijera nada, compró un cerrojo para mi habitación y fin de la historia. Seis meses después se casó con tu tío y nos mudamos a Grecia.

–Y se apropió de tu experiencia para la trampa que utilizó para cazar a Matthias.

–Sí.

Sebastian pensó que él la había acusado de lo mismo.

–Lo siento mucho por las acusaciones que te hice la mañana después de hacer el amor por primera vez –dijo con voz tensa–. Lo entenderé si no puedes perdonarme jamás.

–Te perdono –le dijo ella, más aliviada después de lo que le había contado–. Estabas confuso y dijiste cosas que no sentías.

Por primera vez se alegró de sentir de verdad lo que decía. Sabía que no había querido decir nada de lo que le había dicho esa mañana.

–Si te sirve de consuelo, pagué por mi arrogancia. Quise encontrarte y no pude. Tenía el corazón roto.

—¿Me buscaste?
—Sí. Pero Hawk no encontró ni rastro de Rachel Long.
—¿Quién es Hawk?
—Un hombre que dirige una agencia de detectives internacional. Raramente falla, pero tú no dejaste ni rastro.
—Es difícil encontrar a alguien que no existe.
—Tú sí que existes —le dijo Sebastian.
—Pero Rachel Long no.
—Eso es cierto. Sin embargo, doy gracias al cielo porque Rachel Kouros ahora comparte mi cama, mi vida y mi futuro.
—Te amo.
Esa vez le resultó más fácil decirlo.
Él cerró los ojos con fuerza, como si sintiera un dolor intolerable, pero cuando los abrió su mirada era tan cálida que Rachel se quedó sin aliento.
—No te pareces en nada a tu madre.
—Lo sé —respondió Rachel, contenta de que por fin él se diera cuenta.
—Y estoy muy orgulloso de que vayas a ser la madre de mi hijo.
—Hijos —ella le sonrió con expresión soñadora y llena de esperanza en el futuro—. Quiero por lo menos tres. Siempre he deseado tener una familia de verdad.
Nunca le había gustado ser hija única.
Él negó con la cabeza con expresión grave.
—Tal vez si adoptamos, pero no volverás a quedarte embarazada.
—¿Cómo? ¿Por qué no? —dijo Rachel bajando de las nubes.
—No es seguro. Esta vez te ha afectado al tiroides y al corazón; sabe Dios qué te podría pasar la próxima. No, no debes volver a quedarte embarazada. Ya he dado algunos pasos para asegurarme de ello.
Ella volvió la cabeza para mirarlo.

—¿Qué pasos?
—Dentro de un mes me harán una vasectomía.

Ella se incorporó como movida por un resorte, visiblemente sobresaltada.

—¡No puedes hacer eso!

Él le puso las manos en las caderas y se arqueó para que ella notara su miembro semierecto de nuevo.

—Puedo, *agape mou*. Y tú también.

No estaban hablando de lo mismo, pero ella hizo una pausa mientras se deleitaba en el placer de sus caricias antes de responderle.

—No... Quería decir que no puedes hacerte una vasectomía. No es necesario. El médico me dijo que estaría bien en cuanto haga el tratamiento que tengo que hacer después del nacimiento del bebé. Otro embarazo no será un problema.

Él la miró con intensidad.

—No quiero arriesgarme.

La había llamado «su amor», y finalmente ella empezaba a darse cuenta de qué era exactamente lo que él quería decir.

—¿Quieres decir que no quieres poner mi vida en peligro?

—Naturalmente, no —agarrándola por las caderas empezó a moverse de tal modo que ella dejó de pensar—. ¿Acaso lo dudas?

—Después de eso que dijiste...

—Te lo he dicho. Me volví loco —sus mejillas se enrojecieron—. Me diste miedo. Sentía cosas por ti que no había sentido por ninguna otra mujer. Pero yo no deseaba esos sentimientos; eran demasiado fuertes.

—Por eso me rechazaste —le dijo ella.

El recuerdo le resultaba doloroso, pero no tanto como antes. Porque se había dado cuenta de que él se había quedado tan desolado como ella por todo lo que había pasado después de hacer el amor. El hecho de que todo hubiera sido culpa de él no mitigaba el dolor que había sufrido.

–Detesté lo que había hecho, no a ti.

Por segunda vez esa noche, Rachel vio que tenía los ojos empañados.

–Destruí algo bello –añadió Sebastian.

Ella le puso la mano sobre el corazón.

–Lo estropeaste un poco, pero no lo destruiste, porque seguimos juntos.

–¿Y todavía me amas? –le dijo con incertidumbre, y eso sorprendió a Rachel.

–Me enamoré de ti a los diecisiete años y desde entonces no he dejado de amarte. Eres el único hombre con quien he querido compartir mi cuerpo, el único con quien querré hacerlo.

Él la besó con ternura.

–No te merezco, pero no quiero perderte jamás.

–Eso espero –se movió sobre él experimentalmente y sintió cómo su cuerpo se ponía tenso debajo de ella–. No quiero dejarte jamás.

–Rachel, te amo más que a mi vida.

Dejaron de hablar mientras aprendía una manera nueva y excitante de hacerle el amor. Él dejó que ella los trasportara hasta que estuvieron a punto de alcanzar el clímax, antes de hacerse con el control de la situación. Entonces la penetró como no la había penetrado jamás, provocando un estallido de felicidad mientras sus cuerpos se estremecían de placer.

Más tarde, se metieron juntos en la bañera de hidromasaje que había en el baño de la suite. Sebastian la colocó delante de él y le pasó las manos por todo el cuerpo, con la intención de lavarla.

–Ya veo que algunas partes están quedando muy limpias –dijo ella muerta de risa.

La sensación de saberse de alguien y de saber que alguien era suyo era increíble, y se echó a reír de pura felicidad.

Él la abrazó con una fuerza inesperada.

—Daría todo lo que tengo para oírte reír así en los años venideros.

—Lo único que quiero es tu amor.

—Eso lo tendrás, *yineka mou*. Cada día de nuestras vidas.

Pero él le dio más, mucho más.

Sebastian le demostraba su amor de cien maneras distintas, por ejemplo, poniéndoselo muy difícil a Rachel para convencerlo de que no se hiciera la vasectomía.

Ella quería tener más hijos con él, y solo después de hablar con tres especialistas y de que ella misma y Philipa discutieran con él hasta quedarse roncas, él accedió a un embarazo más. Lo hizo con la condición de que, si se presentaba alguna pequeña complicación durante ese segundo embarazo, no volverían a tener más.

Pero Rachel sabía que no habría complicaciones. Tenía pensado llenar el mundo de pequeños Kouros a los que amar.

Un mes antes de que naciera su bebé, Sebastian la sorprendió con una visita de Estados Unidos. El apuesto hombre de tristes ojos marrones resultó ser su padre, cuya expresión al verla fue de cariño y felicidad extrema.

Aparentemente, se había pasado los últimos dieciocho años buscándola, pero Andrea había cambiado sus nombres y había hecho todo lo posible para ocultarse de él. Se había llevado a Rachel por rabia cuando él le había dicho que quería el divorcio.

Nunca se había vuelto a casar porque no había podido olvidar a la hija a la que tanto había amado.

Esa noche se acostó al lado de su esposo en paz consigo misma y con el mundo, y con el corazón a rebosar.

—Será un abuelo maravilloso. Es un hombre magnífico.

—Tiene una hija maravillosa.

—¿Puedes creer que lleva todo este tiempo buscándome? Se

ha gastado miles de dólares intentando dar conmigo en estos años.

–Me lo creo. Yo jamás habría dejado de buscar.

Ella sonrió, le tomó la mano y se la colocó sobre su vientre.

–Nuestro bebé nos ha reunido a todos.

Un mes después, cuando nació el bebé, el círculo familiar estaba completo. Su padre y la madre de Sebastian descubrieron que tenían más en común que ser los abuelos de una preciosa niña, y se casaron el mismo día en que Rachel se enteró de que estaba esperando otro hijo.

Rachel se maravillaba de que una vida que había estado tan vacía de amor pudiera estar en ese momento tan llena de sentimiento y felicidad. Estaba convencida de que en Sebastian Kouros había encontrado el mejor regalo de amor. Él le decía que ella era su mejor regalo, y hacía cada día todo lo que estaba en su poder para hacerle saber lo valiosa que era para él.

El día que ella le dijo que estaba embarazada de su segundo hijo, los dos se dieron cuenta de que el amor era su verdadero regalo y que continuaba dándoles felicidad, llenando sus vidas con la riqueza que solo esa clase de amor podía proporcionar.

www.ingramcontent.com/pod-product-compliance
Lightning Source LLC
LaVergne TN
LVHW091613070526
838199LV00044B/789